탈식민과 디아스포라 문학

최강민

제이앤씨
Publishing Company

책머리에 탈식민과 디아스포라 문학

나는 소설을 쓰고 싶었다.

그래서 국문학과에 입학했다. 그러나 문학 청년 시절에 완성도 높은 소설을 쓰지 못했고, 시를 끄적거렸다. 이런 시도 나중에 제대로 쓰지 못했다. 소설도 시도 모두 얼치기였던 것이다. 나는 갈 곳을 잃었다. 짝사랑의 대상인 문학을 떠나기가 싫어 대학원에 진학했다. 그리고 석사 학위를 받고, 박사 과정을 마쳤다. 여전히 길이 보이지 않았다. 그러다가 문득 길이 보였다. 문학평론을 본격적으로 공부하기 시작했다. 수 없이 낙방의 고배를 마시자 내가 가야할 길은 더욱 또렷하게 보였다. 하지만 터널은 여전히 길었다. 2002년에 신춘문예 문학평론 관문을 간신이 통과했다. 그 전인 2000년 2월에 박사학위를 받았다. 이 책은 문학평론가로서보다 국문학자로서 2000년대에 고민했던 문제들을 주로 다루고 있다. 공저는 여러 권 내봤으나 단독 저서는 처음이다.

　나는 첫 번째 연구서의 주제가 탈식민과 디아스포라 문학이 될 것이라고 생각해보지 못했다. 박사논문을 폭력과 관련한 것을 쓰다 보니 이렇게 나의 연구 방향이 정해진 것 같다. 나는 「한국 전후소설의 폭력성」이라는 박사논문을 준비하면서 관심사가 개인에서 사회로 자연스럽게 확장되었다. 한국 내부만 아니라 외부의 폭력에도 연구의 시선이 확장될 즈음에 에드워드 사이드의 『오리엔탈리즘』은 신선한 지적 충격을 주었다. 그 이후 나의 연구 방향은 식민지적 주체와 소외된 타자, 한국의 내부와 바깥에서 자행된 다양한 폭력, 중앙아시아 고려인문학과 한국계 미국문학 등으로 확대되었다. 나는 개별 텍스트에 대한 미시적 분석보다 개별 텍스트를 상호 연결시킨 컨텍스트의 주제에 좀더 많은 관심을 두었다. 이 책에 실린 논문들은 이러한 고민의 흔적을 담아내고 있다.

　이 책의 제1부는 탈식민의 시각 속에서 혼혈인 문제를 통해 단일민족의 신화를, 대중적 판타지 소설에 나타난 서구중심주의를, 동서양의 양문화를 소통시키고자 노력한 펄벅의 소설 등을 조망했다. 제2부는 기존 한국문학의 범주를 넘어 한국계 미국문학과 중앙아시아 고려인문학을 분석했다. 서구 우월과 동양 열등이라는 오리엔탈리즘과 옥시덴탈리즘을 비판적으로 조망하면서 한국계 미국문학을 분석했다. 비극적 유랑의 삶을 살아야 했던 고려인들의 문학을 디아스포라 문학의 관점에서 고찰하기도 했다. 제3부는 ≪사상계≫의 '동인문학상'과 전후 문단 재편을 연결시켜 문학권력을 탐색했고, 김유정의 문학을 근대성과 반근대성의 시각에서 분석했다. 본문에서 직접 인용문의 경우 띄어쓰기를 포함하여 원문 그대로 싣는 것을 원칙으로 했다. 현대의 표기법으로 고치지 않았기에 독자들이 다소의 불편함을 느낄 수 있을 것으로 예상된다. 그렇지만 원문 그대로 표기하는 것이 오히려 독자들에게 원문을 제대로 볼 수 있을 기회를 제공하는 것이라고 생각했다.

그 동안 나는 문학평론가로서, 국문학 연구자로서, 남편으로서, 자식들의 아빠로서 다양한 역할을 수행하는 슈퍼맨이 되어야 했다. 그러나 나는 슈퍼맨이 완벽하게 될 수 없었고 늘 결핍감에 시달렸다. 이런 처지가 어디 나 하나 뿐이랴! 이 땅에서 어렵게 공부를 하는 수많은 학문 후속세대가 겪어야 할 난관일 것이다. 슈퍼맨이 되고 싶었으나 끝내 슈퍼맨이 될 수 없었기에 이 책은 미흡한 점이 많다. 당시에는 나름대로 열심히 쓴 것 같았으나 지금 읽어보면 허술한 구석이 보인다. 보따리장수인 시간강사이다 보니 하나의 주제를 지속적으로 탐구하기도 어려웠다. 이 책의 완성도를 높이기 위해 미흡한 부분을 수선하기도 했으나 여전히 만족스럽지 못하다. 이것은 내가 평생 짊어지고 가야할 몫이다. 첫 번째 연구서인 『탈식민과 디아스포라 문학』은 앞으로 내 국문학 연구를 비추어주는 성찰적 거울로 작용할 것이다. 이 책은 내 국문학 연구가 대외적으로 겨우 시작되었음을 알려주는 상징적 기호이다. 문학을 사랑했던 초심을 잊지 않고 국문학 연구에 헌신하고자 한다.

단독 연구서를 처음 내는 입장에서 감회가 새롭다. 이 책을 내는 데에 많은 이들의 도움이 없었다면 이 책은 세상에 나오기 힘들었을 것이다. 자식을 위해 평생 뒷바라지를 해준 부모님이 있었기에 내가 좋아하는 문학을 연구하는 직업을 가질 수 있었다. 작년에 돌아가신 장모님은 내 첫 번째 단독 저서도 보지 못한 채 세상을 떠나셨다. 좀더 부지런히 연구했다면 장모님에게 그 동안의 성과를 보여줄 수도 있었을 것이다. 그러나 나의 게으름 탓에 그것은 성공하지 못했다. 아내 강소현과 아들 최창현·최창준, 그리고 귀여운 막내딸인 최서윤에게도 감사의 말을 전한다. 특히 이들은 내 국문학 연구를 하는 데에 있어 믿음직스러운 버팀목이자 심도 있는 연구를 끊임없이 훼방 놓은 존재(?)들이다. 이들로 인해 연구의 성과물을 내는 데에 약간의 지장을 받은 것이 사실이다. 하지만 이들이 있어 내 국문학 연구가 결코 외롭지 않을 수 있었다.

끝으로 중앙대의 이명재 교수님을 포함한 은사님들, 박명진 선배를 비롯한 〈문학과비평연구회〉의 선후배들, 반연간 비평전문지인 ≪작가와비평≫의 편집동인들은 직간접적으로 내 국문학 연구에 도움을 주신 분들이다. 출판 환경이 어려운 가운데에도 흔쾌히 출판을 결정해주신 제이앤씨 출판사의 윤석원 사장님에게도 이 자리를 빌어 감사의 말을 전한다.

2008년 11월
노량진 서재에서
최강민

목 차 탈식민과 디아스포라 문학

2장
한민족과 디아스포라 문학

3장
문학권력과 근대성

1장

탈식민과
서구중심주의

탈식민과 디아스포라 문학

단일민족의 신화와 혼혈인

1. 민족주의 담론과 상상적 공동체

구한말 조선은 서구 열강에 의해 유린당하는 청나라와 중화주의의 몰락을 충격적으로 목격하게 된다. 서세동점으로 대변되는 서구 열강의 공세 속에 문명화의 담론이 지상과제로 던져진다. 문명, 반개화, 야만이라는 3개의 서열체계는 야만이라는 범주에 속하는 조선에게 하루속히 서구 문명을 모방해야 한다는 당위적 과제로 다가왔다. 서구 열강과 일제의 침입에 대한 위기 의식은 지배층만이 아니라 피지배층에게도 공통적이었다. 외적(外敵)인 서구와 일제에 대한 자각은 내부의 집단적 공동체 의식인 민족주의의 단초를 제공하게 된다. 외부의 강고한 적은 내부의 동질성에 대한 자각으로 이어져 민족이라는 상상의 공동체를 낳았던 것이다. 1894년 동학혁명은 구한말 조선에 싹트기 시작한 민족주의의 징후를 보여준다.

그러나 구한말 조선의 민족주의는 일제에 의해 강점되면서 된서리를 맞게 된다. 우승열패와 적자생존으로 대변되는 사회진화론의 유행과 일제의 탄압은 식민지 조선의 민족주의를 억압하거나 왜곡시켰던 것이다. 이광수를 비롯한 다수의 개량주의적 민족주의자들은 사회진화론에 입각해 일제의 조선 지배를 합리화했으며, 조선 독립을 꾀한 카프를 비롯한 사회주의자들은 계급의식의 강조 속에 민족주의를 공격했다. 일제의 대동아공영주의도 조선의 민족주의를 억압했다. 이런 와중에 조선독립을 목표로 한 저항적 민족주의는 생명을 어렵게 유지한다. 한국의 민족주의가 역사의 전면에 등장한 것은 해방 이후부터이다. 1960년대 들어서면 민족주의는 정치적 입장에 따라 다양한 양상을 띤다. 지배층은 자신의 정통성을 확보하기 위해 관변적 민족주의를, 진보 세력은 외세 배격과 자주성의 확보라는 입장에 있는 저항적 민족주의를 내세웠다. 상호 상반된 민족주의의 양상은 민족주의가 지닌 양면성을 보여주는 것이다.

　관변적 민족주의나 저항적 민족주의에서 공통적인 것은 단일민족(單一民族)이라는 신화이다. 한국 전쟁 이후 남한 지배층 세력은 한민족이 순수 혈통으로 구성된 단일민족임을 주장하는 신화를 고안해낸다. 단일민족의 신화는 단군신화를 절대화하면서 고조선, 삼국시대, 고려, 조선으로 이어지는 영속적인 순수 혈통의 실체를 상정한다. 하지만 수많은 외침의 역사를 지닌 한민족은 전쟁을 겪으며 다양한 민족과 피를 섞을 수밖에 없었고, 발해 유민을 비롯한 대규모의 인구 유입도 있었다. 이러한 역사적 사실들은 한민족이 단군왕검(檀君王儉)의 순수 혈통만으로 구성된 것이 아니라는 점을 말해준다. "'단군 할아버지'라는 한 분의 조상에서 오늘날의 한국인이 모두 퍼져나왔다는 것은 극단적 민족주의와 부계 혈통주의가 결합된 아주 난폭한 주장이라 할 수 있다."[1] 단일민족의 신화는 필연적으로 한민족 구성원의 기억을 지속적으로 재구성시킨다. 역사는 현재의 입장에 따라 과거의 자료들이 선택되고 배제되었던 것이다.

단일민족의 신화가 작동하는 곳에서 그것에 반하는 이질적 존재들은 배제된다. 한국의 현대사에서 혼혈인들은 대표적으로 단일민족주의의 신화로 인해 희생될 수밖에 없는 소수자(少數者)이다. 이민족과 접촉하면서 생기는 혼혈인은 예전부터 있어왔다. 일제 강점기에도 일본인과 조선인 사이에 태어난 혼혈인은 존재했다. 하지만 피부색이나 생김새 등에서 큰 차이점이 없기에 큰 문제가 발생하지 않았다. 하지만 해방 이후 미군이 진주하면서 태어난 혼혈인들의 문제는 크게 부각된다. 미군 등 외국인과의 성적 접촉을 통해 태어난 혼혈인은 외모적으로 대다수의 한민족과 쉽게 구별되었기 때문이다. 이러한 다름은 차별과 배제를 낳으며 혼혈인을 주변부로 내몰았다. 혼혈인은 순수 혈통인 단일민족의 신화를 허물어뜨리는 불결한 잡종으로 취급되었던 것이다. 고자카이 도시아키는 "원래 혼혈이라는 개념을 내세우는 것 자체가 순수인종의 존재를 논리적으로 뒷받침하고 있다는 사실을 깨달아야 한다. 태고부터 순수한 인종이란 존재하지 않았다"[2]고 말한다. 이런 점에서 혼혈인에 대한 용어가 인종차별주의를 내면화한 결과가 아닌지 성찰할 필요가 있고, 더 적절한 용어가 과연 무엇인지 생각해보아야 한다. 최근 혼혈인 대신에 '온누리안'이나 '다문화인' 으로 지칭하자는 의견이 일고 있다.

미군의 진주와 주둔 속에 태어난 혼혈인의 문제는 문학작품에서 오

---

1) 한홍구, 『대한민국사』 1, 한겨레신문사, 2003, 63쪽.
2) 고자카이 도시아키, 『민족은 없다』, 방광석 옮김, 뿌리와이파리, 2003, 12-13쪽.

랫동안 공론화되지 못했다. 간혹 등장한 혼혈인도 혼혈인의 문제보다 초강대국 미국의 오만한 횡포와 훼손당한 민족의 자존심을 드러내기 위한 민족적 장치로 활용되었다. 혼혈인의 문제가 한국문학에 본격적으로 등장한 것은 1970년대이다. 필자는 이 글에서 한국전쟁 이후부터 1970년대까지 문학 작품 중에서 서구인과 관계하면서 태어난 혼혈인이 등장하는 작품을 연구 텍스트로 삼아 논의를 진행할 것이다. 이것을 통해 우리들은 한국전쟁 이후 단일민족주의의 강화 속에 억압과 차별을 당했던 혼혈인의 아픔과 대면할 수 있을 것이다.

2. 형상화의 미흡과 가부장적 순혈주의

1945년 해방과 함께 미군이 진주하면서 한민족은 처음 낯선 이방인과 대규모로 조우하게 된다. 해방군이 아닌 점령군으로서 이 땅에 본격적으로 등장한 미국은 한국전쟁을 거치면서 한미상호방위조약에 따라 남한에 계속 주둔하게 된다. 미군의 주둔은 미군 부대를 중심으로 한 기지촌을 형성시키고, 미군 남성들을 성적으로 접대하는 양공주와 거간꾼인 펨푸를 등장시킨다. 한국전쟁은 종료되었지만 전후의 혼란, 경제 파탄, 다수의 인명살상 속에 55만여명의 여성들은 과부가 되어 하루의 끼니를 걱정하는 존재로 전락했다. 이러한 궁핍의 상황에서 일부 여성들은 가족의 생계나 자신의 생존을 위한 호구지책의 일환으로 매춘에 종사했고, 미군을 상대로 한 양공주도 생겨났다. 생계형의 양공주는 심청이처럼 자신의 몸을 희생하여 다른 가족을 돌본다는 점에서 기존의 가부장적 지배질서를 교란시키면서도 계승하는 이중적 속성을 드러낸다. 송병수의 「쇼리 킴」(1957)에서 따링 누나, 오영수의 「안나의 유서」(1963)에서 안나, 남정현의 「분지」(1965)에서 순이는 모두 생계를 유지하려고 양공주가 된다.

당대 한국사회는 이러한 양공주에 대해 서양 남성에게 몸을 더럽힌 불결한 존재로 간주하여 천대했다. 양공주는 "외세 지배라는 민족 현실의 부정적 표상이면서, 그녀들의 몸은 물질적 서구화와 관계없이 고수하고 지켜져야 할 것으로서의 전통적 성규범에서 일탈해 있는"3) 존재로 인식했던 것이다. 결국 이 시기에 양공주가 된 여성은 생계와 사회적 냉대라는 이중고를 겪을 수밖에 없었다. 양공주에 대한 비판적인 시각에는 가부장적인 한국의 남성이 자신의 소유물인 여성을 지키지 못하고 서양 남성에게 무력하게 빼앗긴 데에서 오는 상실감과 분노가 짙게 깔려 있다. 한국의 남성은 압도적 권력을 소유한 미국 내지 외국인 남성에게 비난의 화살을 던지지 못한 채 약자인 양공주에게 도덕적 타락의 책임을 전가함으로써 심리적 곤경에서 벗어날 수 있었던 것이다. 하지만 양공주의 부도덕한 매춘만을 문제 삼을 경우 양공주로 전락할 수밖에 없었던 다양한 사회적 조건들은 철저하게 은폐될 수밖에 없다. 가부장적 한국 남성들은 양공주를 비판하기에 앞서 그러한 조건을 만들도록 조장했던 자신들의 무능력과 위선을 성찰하는 것이 필요하다.

양공주에 대한 문학적 형상화는 해방 이후부터 간헐적으로 계속되어 왔다. 이에 비해 양공주와 불가분의 관계를 지닌 혼혈인에 대한 형상화는 미미했다. 이것은 1950, 60년대에 태어난 혼혈아들이 대개 유아

---

3) 박선애, 「기지촌 소설에 나타난 매춘 여성의 문제」, ≪현대소설연구≫ 24집, 2004, 282-283쪽.

나 10대였기에 작가들이 사회적 문제로 인식하기 어려웠다는 것을 얼마간 감안해야 한다. 하지만 1970년대 이후에도 혼혈인은 여전히 작품에 중심에 있지 못한 채 양공주의 비극적 처지를 드러내는 보조 인물로 대개 등장한다. 이것은 혼혈인의 형상화 미흡이 앞에서 언급한 이유보다 혼혈인에 대한 인식 부족과 배타주의적 민족주의 시각이 상호 결합하여 빚어낸 선택과 배제의 결과였음을 의미한다. 양공주는 미군과 성관계를 맺어 순수혈통을 훼손하는 존재로서 한민족의 경계선 밖으로 끊임없이 배제되는 타자였다. 그렇지만 이러한 양공주의 처지는 선천성이 아닌 후천성에 의해 발생한다. 이에 비해 혼혈인은 선천적으로 순수 혈통을 훼손한 '열등한 잡종'으로 인식된다. 양공주는 성적 행위를 통해 순수 혈통을 훼손했지만, 혼혈인은 태어남 그 자체로 이미 순수 혈통을 파괴한 이질적 존재로 규정되었던 것이다.

이런 이유로 양공주와 혼혈인에 대한 문학적 형상화에서도 많은 차이를 보인다. 양공주는 정치적 상황의 변화에 따라 민족의 구성원으로 들어올 여지가 조금이라도 있었지만, 단일민족의 신화가 작동하는 곳에서 혼혈인은 그 여지조차 아예 없었다는 것이다. 그 좋은 예로 박정희 군사정권은 1970년대 들어 매매춘을 불법으로 규정하면서도 기지촌 여성들을 관리하여 미군들로부터 좀더 많은 달러를 벌어들이도록 하는 이중성을 드러낸다. 국가주도의 경제개발 속에 양공주들은 화냥년에서 졸지에 애국자나 민족주의자로 호명된다. 그러나 이러한 호칭의 변동에도 불구하고 양공주에 대한 차별과 냉대는 예전처럼 지속되었다. 국가는 양공주를 달러를 벌기 위한 수단으로 이용했을 뿐 그들의 권익 보호에는 별다른 관심이 없었기 때문이다. 혼혈인의 경우 양공주와 같은 외화 벌이도 하지 못했기에 그 처지는 더욱 열악했다. 혼혈인은 국가나 한민족의 범주에서 모두 제외되는 '비국민, 비민족'이라는 타자였던 것이다. 부계혈통주의를 강조하는 한국사회에서 어머니보다 아버지가 누군인지가 더욱 중요하다. 한국 남성이 외국인 여성과 결혼하거나 성적 관계를 가져 혼혈아를 탄생시키는 것은 오히려 가부장적 권위를 증명하는 행위로 해석되어 권장되기도 한다. 이때 한국 남성은 힘 있는 지배 세력이고 외국 여성은 힘이 없는 피지배 세력을 의미한다. 이런 점에서 한국에서 혼혈아에 대한 차별과 냉대는 부계혈통주의의 산물임을 알 수 있다.

하근찬의 「왕릉과 주둔군」(1963)은 왕릉으로 상징되는 전통적 지배질서 내지 전근대성의 세계가 미군으로 대표되는 근대성의 서구문명이 침입하면서 몰락해가는 것을 상징적으로 보여준다. 이 소설의 주인공인 박 첨지는 자신의 조상이 과거에 임금이었다는 자부심 속에 왕릉을 돌보는 것을 자랑으로 삼는 인물이다. 박 첨지와 왕릉은 현재가 아닌 과거의 찬란한 전통에 기대는 수구 세력 내지 전근대성의 세계를 상징한다. 이러한 세계는 미군이 기지를 건설하면서 파괴된다. 작가는 마을의 '호롱불/미군 부대의 전깃불, 황소/현대식 건설차' 등의 상호 비교속에 쇠락하는 전통적 지배질서의 모습을 극명하게 보여준다. 흑인 미군이 양공주와 왕릉 위에서 성행위를 하는 행위는 박 첨지와 왕릉으로 대변되는 구세계에 대한 부정(否定)과 배제이다. 박 첨지는 흥선대원군의 폐쇄정책처럼 서양세력이 왕릉에 접근하지 못하도록 담을 쌓기 시작한다. 하지만 쇄국정책이 실패했듯이 박 첨지의 담쌓기도 실패할 운명일 수밖에 없다. 이 실패의 증거는 박 첨지의 딸 삼례를 통해 드러난다. 삼례는 서구문명에 대한 동경 속에 미군 기지가 철수하자 가출을 했다가, 몇 년 후에 백인 혼혈아를 낳아 집으로 다시 돌아온다. 이것에서 보듯 왕릉을 지키려는 박 첨지의 싸움은 철저하게 패배로 끝난다. 박 첨지가 자살을 결심한 것도 서구 모방의 근대화로 치닫던 1960년대에 자신이 고수하는 전통적 세계가 더 이상 있을 곳이 없었기 때문이다. 외손주 혼혈아의 등장은 이러한 인식을 박 첨지가 깨닫도록 하는 결정적 요인으로 작용한다.

> 「외할아버지.」
> 아이녀석의 부르는 소리가 들렸다. 그런데 그 소리가 바로 눈 앞의 높은 곳에서 들려오는 것이 아닌가. 박 첨지는 고개를 번쩍 쳐들었다. 왕릉에서였다. 왕릉의 두두룩한 어깨쯤을 애녀석이 기어 오르고 있는 것이었다. 기어오르다가 박 첨지를 내려다보며 노란 눈으로 생글 웃는 것이었다. 박 첨지는 온몸의 피가 왈칵 얼굴로 솟구치는 것 같았다.
> 「저누묵 호로새끼! 이리 안 내려올 끼가! 앙?」[4]

「왕릉과 주둔군」에서 삼례가 데리고 온 외손주 혼혈아는 박 첨지가 결코 인정할 수 없는 잡종이다. 그 혼혈아는 순수 혈통의 한국인이 아니라 미군과 같은 부류의 존재로 박 첨지에게 인식된다. 박 첨지는 왕릉 위에서 웃고 있는 혼혈아 외손주의 모습에서 성스러운 왕릉 위에서 양공주와 정사를 나누던 흑인 병사의 모습을 떠올린다. 그때 박 첨지는 왕릉을 모독하는 흑인병사와 양공주에게 화를 냈지만 정작 흑인병사가 싸우자고 내려왔을 때 도망쳐버렸다. 이것은 서구에 대항할 힘도 갖지 못한 채 과거의 찬란한 전통과 역사를 이야기하며 현실에 안주하던 수구세력의 모습이기도 하다. 이 소설에서 외손주 혼혈아는 예의

---

4) 하근찬, 「왕릉과 주둔군」, 『현대한국문학전집 하근찬/정연희/한말숙』 13, 신구문화사, 1967, 112쪽.

범절이 없는 흑인 미군과 등가물로서 설사 박 첨지가 죽을지언정 결코 한 가족으로서, 같은 민족의 구성원으로서 받아들일 수 없는 막되먹은 '호로새끼'일 뿐이다.

　단일민족의 신화에 기반한 순혈주의(純血主義)의 배타성은 1970년대 들어서도 변함이 없다. 시인 정호승은 「혼혈아에게」(1977)라는 시에서 혼혈아가 한국전쟁이라는 비정상적 상황에서 미군에 의해 강제로 강간하여 태어난 버림 받은 자식이라고 노래한다. 시인은 튀기라고 놀림받는 혼혈아에게 "울지 마라 아가야 울지 마라 아가야/ 누가 널더러 /우리의 동족이 아니라고 그러더냐"[5]라고 말하면서 혼혈아가 우리 한민족의 구성원임을 힘주어 강조한다. 그러나 시의 전체적인 상황을 보면 시적 자아인 혼혈아는 한국에서 살기 힘들어 미국으로 입양되는 처지로 암시되고 있다. 1978년 들어 한국정부는 혼혈인 지원사업을 처음 시작했다. 하지만 그 내용을 들여다보면 철저하게 단일민족주의에 기초해서 혼혈인을 해외입양이나 해외취업을 통해 한국의 경계 밖으로 내쫓는 것에 초점이 맞추어졌다.[6] 그것은 이름만의 지원사업이었을 뿐 혼혈인 추방정책에 다름 아니었다. 차별적인 냉대와 편견 속에서 혼혈인들 대다수도 이 땅에서 벗어나 미국 등으로 입양이나 이민을 욕망했

---

5) 정호승, 「혼혈아에게」, 『슬픔이 기쁨에게』, 창작과비평사, 1979, 22쪽.

6) 김수연의 「한국의 혼혈인 복지정책에 관한 연구」(중앙대 석사논문, 2000, 41쪽)에 따르면 "1978년 정부의 혼혈인 지원사업이 시작되었는데 그 내용은 13세 이하의 혼혈아동은 해외 입양토록 하고 14세 이상의 혼혈아동은 기능훈련을 시킨 후 해외취업을 통해 해외 이주케 하며 해외입양 및 이주 시까지 행계비 및 학비를 보조함으로써 생활을 유지하게 하였다. 이렇듯 한국정부의 혼혈인 정책은 혼혈인을 국내 통합을 위한 근본적 대책 마련 보다는 해외로 보냄으로써 혼혈인 문제를 해결하고자 하며 국내 거주 혼혈인에 대하여는 임시 방편적인 경제적 지원만을 고려하였다"고 언급하고 있다.

다. 정부의 정책은 이러한 혼혈인의 현실적 욕망을 반영한 것이지만 그것은 원인과 결과가 뒤바뀐 본말정도의 정책이었을 뿐이다. 그것은 혼혈인이 왜 한국을 떠나고 싶어하는지에 대한 근본적인 질문과 반성이 삭제되어 있기 때문이다.

한국은 미국과 혈맹 관계를 강조하지만 기본적으로 한미 관계는 강대국 대 약소국인 불평등한 관계이다. 혼혈인도 한국 남성 대 미국 여성의 구도가 아닌 미국(또는 미군) 남성 대 한국 여성의 구도에서 흔히 발생한다. 이것은 한국 남성의 가부장적 권력을 미국 남성이 침해했다는 것을 의미한다. 이 손상된 가부장적 권위를 회복하기 위해 단일민족의 신화는 더욱 강조되고, 양공주와 혼혈아같은 존재는 철저하게 주변부로 내몰린다. 한국의 문학작품에서 혼혈아가 성별이 은폐되거나 아니면 여성 혼혈아가 많이 등장하는 것도 이것과 무관하지 않다. 오정희의 「중국인 거리」(1979)에서 제니, 정한숙의 「엘리제초」(1965)에서 엘리제, 김명인의 「동두천 4」(1979)에서 등장하는 혼혈아는 모두 여성들이다. 가부장적 한국 사회에서 남성은 적통을 이어가는 계승자 역할을 담당한다. 이에 비해 여성은 가부장적 남성을 생산하는 생물학적 보조자로서의 역할에 한정되며 적통의 계승자로 인정되지 못한다. 한국의 남성작가들이 문학작품에서 남성보다 여성 혼혈아를 많이 등장시키는 것도 가부장적 권력을 손상 받지 않으려는 무의식이 반영된 것이다. 이것은 단일민족주의가 남성 위주의 가부장적 성격을 지니고 있음을 뜻한다.

3. 침묵하는 타자와 인종차별주의

순수 혈통을 중시하는 가부장적 단일민족의 신화가 작동하는 곳에서 혼혈인은 철저하게 타자이다. 혼혈인은 존재하고 있음에도 불구하고 존재하지 않는 비존재이다. 혼혈인들은 자신의 정당한 권리를 포기한 채 주변부인 기지촌에서 기생하는 것이 한국사회가 그들에게 선사한 유일한 안식처였던 것이다. 이렇게 혼혈아를 차별하는 한국사회는 배타적 인종주의에 기초해 있다. 외부의 인종주의가 외국인 혐오증으로 표출된다면, 내부의 인종주의는 민족에 소속되어야 함에도 불구하고 인종 때문에 상상된 공동체인 민족의 범주에서 배제되는 차별로 나타난다. 혼혈인은 바로 이러한 내부의 인종주의 때문에 한민족의 경계선 밖으로 쫓겨난 타자이다. 혼혈인은 학교를 입학해도 끊임없이 인종주의적 차별과 냉대 속에 생활해야 했으며, 이것은 학교의 부적응을 낳아 정상적인 학업활동을 마치지 못하게 만드는 중요 원인으로 작용한다. 학벌이 곧 출세의 지름길인 한국사회에서 제대로 된 학교 과정을 이수하지 못한 혼혈인들은 도시빈민이나 하층부로 편입된다. 정상적인 학업을 마친 혼혈인도 피부색 때문에 취직을 하지 못해 경제적 빈곤층을 벗어나기 힘들다. 이러한 구조적 요건으로 인해 혼혈인들은 한국의 중심부로 진입하는 것 자체가 원천봉쇄 되었던 것이다. 이런 상황에서 혼혈인들은 국가와 민족에 대한 불만, 분노, 자학, 절망 등의 부정적 감정을 공유할 수밖에 없다.

유주현의 「태양의 유산」(1957)은 전통을 지키는 보수주의자들의 기만적인 순혈주의를 잘 보여준다. 이 작품에서 배 생원은 하루에 세끼도 제대로 먹지 못하는 빈한한 집의 가장이다. 이렇게 빈궁에 허덕이면서도 배 생원은 자신의 집안이 과거에 뼈대 있는 집안이었다는 것을 강조함으로써 현실의 고통을 망각하고자 한다. 배 생원은 「왕릉과 주 둔군」에 나오는 박 첨지와 유사한 인물이다. 배 생원의 유일한 희망은 대처에 나가 있는 23살의 딸 삼순이가 돈을 많이 벌어오는 것이다. 그 러나 4년만에 귀향한 딸 삼순은 미혼임에도 불구하고 백일 남짓의 흑 인 혼혈아를 데리고 집에 돌아온다. 이것은 뼈대 있는 가문을 자랑하 던 배 생원의 삶의 근거를 한꺼번에 무너뜨리는 행위이다. 배 생원은 딸 삼순과 손자인 흑인 혼혈아를 가문에서 배제함으로써 이 위기에서 벗어나고자 한다. 삼순을 배제하는 것은 배생원만이 아니라 배생원의 뒤를 이어 집안을 이끌어갈 적자인 아들 삼보나 아랫집의 곰배 무당도 마찬가지 행동을 보인다. 이 소설에서 배 생원, 삼보, 곰배 무당은 모 두 한국의 전통적 지배질서를 상징한다. 아래 지문에서 보듯 삼순이를 때리려고 하는 '지게 작대기'는 혼혈인에 대해 배타적인 한민족의 태도 를 비유적으로 상징한다. 이때 지게 작대기는 한국 남성의 왕성한 성 적 에너지를 의미한다. 배 생원은 지게 작대기를 통해 훼손당한 한국 남성의 권위를 회복하고자 했던 것이다.

> 삼순이는 돌아선 채 일절 말이 없었다.
> 「이년 당장 나가지 못해! 여기가 어디라구 우물쭈물 하는 게냐! 썩 못 나갈 테냐!」
> 배 생원은 마당 구석을 두리번거리다가 지게 작대기를 손에 집어들 고 삼순이에게로 덤벼들었다.[7]

---

7) 유주현, 「태양의 유산」, 『현대한국문학전집 유주현/강신재』 2, 신구문화사, 1967, 119쪽.

이 소설에서 삼순이는 '아버지세요?'라는 말을 겨우 하고 난 다음 침묵하는 타자로 전락한다. 삼순이가 낳은 흑인 혼혈아도 백일 남짓의 아기이기에 기껏 표현할 수 있는 것은 울음뿐이다. 결국 삼순과 흑인 혼혈아는 배 생원으로 상징되는 가부장적 지배질서에 대해 자신을 변호할 어떠한 언어도 발설하지 못한 채 집 밖으로 쫓겨나야 했던 것이다. 양공주와 혼혈인에게 언어가 없다는 것은 그들에게 최소한의 발언권마저 허용하지 않은 당대 사회의 배타적 질서를 말해준다. 작가들이 작품에서 등장시키는 혼혈아가 대부분 초등학교에 들어가지 못한 유아로 등장시키는 것도 혼혈인이 침묵하는 타자인 것과 관련이 깊다.

미군 기지촌의 삶을 그린 박순녀의 「엘리제초」(1965)에 등장하는 백인 혼혈아인 엘리제는 겨우 4살의 나이에 불과하다. 전후의 궁핍과 소녀의 성장체험을 그린 오정희의 「중국인 거리」(1979)에서도 양공주인 매기 언니의 딸인 백인 혼혈아 제니는 다섯 살이 되었어도 말을 못하고, 혼자 옷을 입지도 숟가락질도 못하는 지진아이다. 이처럼 문학작품에서 혼혈아들은 한국말을 자유롭게 구사하여 자신의 권리를 주장하는 것이 원천적으로 봉쇄되어 있다. 제니는 엄마인 매기 언니가 흑인 미군의 폭력에 의해 죽자 고아원으로 보내진다. 이러한 충격적 사건이 벌어졌음에도 불구하고 지진아이자 나이가 어린 혼혈아 제니는 자신의 의사를 표현할 능력 자체가 부재하다. 이러한 제니는 전통적 지배질서를 상징하는 이웃집 할머니에게 '인간'이 아닌 '짐승의 새끼'로 규정된다. '인간'이 아니기에 이들은 한민족이나 대한민국의 당당한 구성원이 될 자격이 미달인 존재이다. 이러한 일방향성의 호명을 제니는 군말없이 수용할 수밖에 없다. 이것은 한국 사회에서 혼혈인이 지닌 불평등한 권력 관계를 말해주는 것이다.

백인 혼혈아인 제니는 다섯 살이 되었어도 말을 못 했다. 혼자 옷을 입는 것은 물론 숟갈질도 못해 밥을 떠넣어 주면 한 귀로 주르르 흘렸다. 검둥이가 있을 때면 제니는 늘 치옥이의 방에 있었다.

짐승의 새끼야.

할머니는 어쩌다 문 밖이나 베란다에 있는 제니를 보고 신기하드는 듯 혹은 할머니가 제일 싫어하는, 털 가진 짐승을 볼 때의 혐오의 눈으로 보며 말했다. 나는 제니를 보는 할머니의 눈초리가 무서웠다.[8]

작가들이 혼혈아를 침묵하는 타자로 형상화하는 배경에는 19세기 후반에 만들어진 우생학이 존재한다. 근대국가는 민족을 단위로 대개 형성되었다. 이때 근대국가는 자민족의 우수성을 강조하는 과정에서 이민족의 피가 섞이는 것을 부정적으로 취급했다. 이것을 논리적으로 뒷받침한 학문이 다윈의 진화론과 스펜서의 진화론에서 영향 받은 근대의 우생학이다. 우생학은 과학의 이름을 빌어 특정 인종이나 민족의 우월성을 증명하는 도구로 활용했다. 한국은 근대의 부정적 측면인 우생학도 무비판적으로 수용한다. 단일민족주의와 우생학의 결합 속에 순수 혈통을 지닌 민족 구성원 상호간의 성적 결합만이 가장 우수한 2세를 낳을 수 있다는 허구적 믿음이 유포된다. 과거 한국사회에서 이질적인 종족 사이에서 태어난 혼혈아는 순수 혈통의 우수성을 해치는 열성인자로 규정되었다. 따라서 조국과 민족의 근대화에 이바지할 임무를 지닌 한국 여성이 이민족과의 성적 결합을 통해 열성인자의 혼혈아를 낳는 것은 반국가적, 반민족적 행위로 간주되었다.[9]

---

8) 오정희, 「중국인 거리」, 『제3세대 한국문학 오정희』 13, 1983, 232쪽.
9) 김광억은 「종족의 현대적 발명과 실천」(『종족과 민족』, 아카넷, 2006, 32
   쪽)에서 "계몽적 지식인들은 몰락하는 자기의 사회와 민족을 재생하기 위하

전상국의 「아베의 가족」(1979)에서 한국전쟁 때 어머니는 임신한 몸으로 흑인 병사들에게 윤간을 당하고, 그 영향에서인지 정신박약아인 아베를 낳는다. 작가 전상국은 아베가 혼혈인은 아니지만 다른 인종인 흑인들의 윤간으로 인해 불량품이 나올 수밖에 없었다는 우생학적 인식을 독자에게 전달한다. 이러한 문학적 형상화는 근대 우생학의 영향을 받았다는 점에서 다소 우려하지 않을 수 없다. 물론 전상국은 미군 흑인들의 윤간을 통해 미국의 폭력성을 부각시키고 한국 여성의 희생자적 이미지를 부각시키려는 의도로 이렇게 형상화했다고 보여진다. 이것은 순수혈통의 순종이 혼혈에 비해 좀더 좋다는 단일민족의 이데올로기가 반영된 결과이다. 20세기 전반에 우생학과 결합한 극우적 민족주의는 제2차 세계대전에서 나치에 의해 대규모의 유대인 학살을 유발한 바 있다. 미국으로 이민 간 아베의 어머니는 흑인 병사들의 윤간이 준 폭력의 상처와 아베를 버린 데에서 오는 죄책감에 시달린다. 이러한 아베 어머니의 모습은 독자들에게 이민족과의 성적 결합에 대한 부정적 이미지를 효과적으로 전달하면서 단일민족의 신화를 강화시키는 역할을 수행한다.

일제는 우수한 일본 민족이 다른 아시아를 병합하여 인종적으로 개량함으로써 서구의 열강과 대항하는 대동아 공영권을 만들 수 있다는 제국주의적, 식민주의적 담론을 유포했다. 한민족은 해방 이후에도 일제가 유포한 우생학의 그림자에서 벗어나지 못한다. 단일민족주의와 결합한 우생학은 혼혈인의 존재를 한민족에 열성인자를 전염병처럼 퍼

여 인종주의와 우생학적 발상의 접목에 매료되었다. 건강한 신체에 건강한 정신이 깃든다는 구호는 단순히 보건을 위한 구호가 아닌 정치적 의미가 함축되어" 있다고 언급한다.

뜨려 국민국가의 건강성을 해치는 행위로 간주했던 것이다. 국가주의 담론이 지배하는 곳에서 개인의 신체는 자유로운 개인의 소유가 아니라 국가적, 민족주의적 전략에 의해 전유되는 공적인 신체이다. 한국전쟁 이후 한국은 우생학, 근대의 위생학, 민족주의적 담론을 결합시켜 자민족간의 성적 결합을 최고로 평가하고 그 이외의 것은 병적인 문제를 유포할 수 있다는 편파적 인종주의 담론을 전파시킨다. 이러한 자급자족형의 민족 담론은 폐쇄적, 이기주의적 양상을 보이며 극우적 민족주의로 변질될 가능성이 많다.

주요섭의 「열 줌의 흙」(1967)은 하와이로 이민 간 한국 남성의 순수 혈통주의와 고향에 대한 그리움을 형상화한 작품이다. 조선에서 하와이로 이민 간 낸시의 할아버지는 모국에서 자신보다 15살이 아래인 여자를 데려와 결혼한다. 하지만 그녀는 딸 정옥이를 낳고 도망가버린다. 딸 정옥은 성장해서 흰둥이 미국인과 함께 도망을 가 결혼하여 낸시라는 딸을 낳는데 낳고 보니 흑인이다. 사위는 정옥이 흑인과 간통했다고 트집을 잡고, 정옥은 자신의 결백을 증명하기 위해 목메달아 죽는다. 흰둥이 사위도 겉만 흰둥이 일뿐 흑인과 백인 사이의 혼혈인이다. 딸 낸시가 흑인으로 태어난 것은 한 세대를 격해 유전인자가 전해진 탓이다. 결국 혼혈은 이 소설에서 모든 불행의 씨앗인 셈이다. 부자가 된 낸시의 할아버지는 자신의 외손녀이자 흑인 혼혈인인 낸시를 한국 남성과 결혼시킴으로써 손상된 순수혈통을 복원하고자 한다. 낸시의 할아버지는 한민족의 순수 혈통을 지닌 남성을 낸시와 결혼시켜 조금이라도 순수 혈통에 가까워지려는 것이다. 이때 낸시의 할아버지에게 낸시와 한국 유학생인 황군(미국 이름 헨리)과의 사랑이 중요한 것이 아니다. 낸시의 할아버지는 한민족의 순수 혈통을 보존하고, 자신이 고국에서 가져온 흙을 고향인 북한에 가져갈 수 있는 사람이면 좋은 것이다. 이 작품에서 혼혈인 낸시는 1950, 60년대의 작품에 등장하는 혼혈인보다 비중 있는 역할을 하고, 식당 주인이라는 지배적 위치까지 보여준다. 그러나 이 작품에서도 혼혈이 삶의 비극을 초래했다는 인식을 드러내고 있을 뿐만 아니라, 순수 혈통에 집착하는 낸시 할아버지의 모습은 혼혈에 대한 부정적 인식을 독자에게 전달한다.

한국에서 혼혈인의 경우 흑인 혼혈인과 백인 혼혈인은 신분상에서 차이를 드러낸다. 유주현의 「태양의 유산」에서 흑인 혼혈아는 집안으로 들어오지도 못한 채 내쫓기는 데 비해, 하근찬의 「왕릉과 주둔군」에서 백인 혼혈아는 일단 집안으로 들어온다. 이러한 양상의 차이는 작가가 당대 현실을 반영한 것이지만 동시에 인종차별주의적 시선을 자신도 모르게 내면화한 결과이기도 하다. 한국인은 백인의 경우 자신보다 뛰어나다는 우월성을 인정했지만 노예에서 해방이 되어 미국 시민이 된 흑인을 경멸하는 이중적 태도를 보인다. 한국전쟁 이후 한국의 최상급 지배이데올로기는 반공주의였고, 미국은 공산주의 침략으로부터 자신을 구해준 은인의 나라이다. 반미는 공산주의를 이롭게 하는 이적 행위로 취급된다. 이런 실정에서 미군에 대한 부정적 평가나 형상화는 반공주의에 저촉될 위험성이 다분했다. 따라서 한국의 작가들은 미국의 부정적인 측면을 지배층인 백인보다 피지배층인 흑인에 집중시키는 전이(轉移)의 양상을 드러낸다. 오정희의 「중국인 거리」에서 매기 언니, 조해일의 「아메리카」(1972)에서 양공주인 기옥이를 죽인 것은 흑인 미군이다. 이처럼 흑인들이 악역을 도맡아 하면서 흑인에 대한 부정적 평가가 고정관념처럼 굳어지게 된다. 반면에 백인 군인은 부유한 문명인으로 등장해 한민족의 어려움을 도와주는 긍정적 이미지로 대개 그려진다.

이러한 차별적 형상화는 흑인을 희생양 삼아 간접적으로 미국에 대한 불만을 토로함과 동시에 한민족의 우월성을 확보하려는 이중적 전략이라고 할 수 있다. 문제는 이러한 태도가 인종차별주의적 태도를 내면화하여 백인은 선인이고, 흑인은 악인이라는 이분법적 편견을 심화시켰다는 점이다. 더욱이 이분법적 형상화는 백인과 흑인 내부의 다양한 이질적 요소를 삭제한 채 도식화시키는 오류를 범한다. 한국은 미국의 피지배층인 흑인과 연대하여 강대국 미국의 횡포와 만행을 시정하지 못한 채 오히려 미국의 인종차별주의적 시선을 그대로 가져오는 잘못을 범했던 것이다. 한민족은 일제강점기에 일본 민족에 의해 차별과 냉대를 받았던 기억을 망각한 채 흑인을 차별하는 편협한 인종주의를 노출했던 것이다. 한국에서 혼혈아의 과반수 이상은 흑인 혼혈아가 아닌 백인 혼혈아이다. 백인 혼혈아는 흑인 혼혈아처럼 대부분 아버지의 방치 속에 성장하면서 온갖 서러움과 박해를 받아야 했다. 이런 점에서 흑인 미군을 악역으로, 백인 미군을 정의의 사도로 그린 편파적 상상력은 현실을 왜곡한 행위이다.

4. 내부적 시선의 부재와 배타적 단일민족주의

민족의 범주 인식은 자립적인 것이 아니라 대타적 관계 속에서 생성된다. 한민족은 서구열강과 일본제국과의 대타적 의식 속에 민족을 자각하게 된다. 내부가 아닌 외부의 세력에 의해 민족이라는 범주를 자각하게 된 것이다. 한국 전쟁 이후 남한은 적화통일을 강조하는 북한,

그리고 과거의 식민제국이었던 일본과의 대타적 관계 속에서 민족의식을 강화시킨다. 남한은 교육과 매스미디어를 활용해 한민족의 번영을 이끌 수 있는 적통은 남한이고, 북한은 방계라는 인식을 형성시킨다. 남북의 지나친 대타적 체제 경쟁 의식은 냉전이데올로기의 뒷받침 속에 적과 아군이라는 이분법적 경계선을 고착화시킨다. 그러면서 남한과 북한은 각각 반공이데올로기와 반미이데올로기를 통해 독재체제를 강화하고 민중을 탄압했다. 결국 지나친 이념의 경계선 설정은 남북 모두를 독재와 민주주의 후퇴라는 역사의 퇴행을 불러왔던 것이다.

정한숙의 「어느 동네에서 울린 총소리」(1963)는 자각되지 못한 민족의 경계선 인식이 대타적 의식 속에 점점 강화되어 비극으로 끝난 이야기를 그리고 있다. 이 작품에서 간호원인 미숙은 정상적인 연애를 통해 미국인과 국제결혼 한다. 하지만 미숙은 마을 사람들에게 양공주가 미군 남성과 결혼한 것으로 오인된다. 마을 사람들은 양공주가 아닌 이상 다른 인종과 결혼할 수 없다는 편견에 사로잡혀 있었던 것이다. 미숙은 마을 아이들의 놀림은 참을 수 있지만 마을사람이 보내는 차가운 눈길은 매질보다 아플 때가 많다고 느낀다. 그 "차거운 눈길이란 경멸의 표정이기도 하고 경우에 따라선 저주의 눈길"[10]이었기 때문이다. 민족주의에 기반한 순수혈통 의식이 초래한 견고한 경계선 짓기는 '우리'와 '그들'이라는 이분법적 갈등의 구조를 생산한다. 집단적 범주의 강화 속에 경계선 짓기에 특별한 관심을 보이지 않던 미숙의 가족도 집단적 정체성을 자극받는다. 미숙의 집은 좀도둑들에게 여러번 털리는데, 이 소설에서 좀도둑은 단일민족의 신화에 기반한 배타적 민

---

10) 정한숙, 「어느 동네에서 울린 총소리」, ≪현대문학≫, 1963.2, 54쪽.

족의식을 상징한다. 남편 마이크는 한민족의 배타선 경계선 짓기와 맞물려 한민족을 '도둑'으로 인식하며 맞대응한다. 마이크는 집에 들어온 도둑을 잡겠다며 행동하다가 실수로 아내 미숙에게 총을 쏴 죽게 만든다. 이러한 결말은 민족을 기반한 배타적 경계선 짓기가 초래한 비극이자 다른 인종과의 결혼이 불행의 시작이라는 고정관념을 확인시켜 준다.

미숙의 자식인 혼혈아는 한민족의 범주에서 벗어난 타자들이다. 마을 아이들에게 튀기라고 놀림 받는 혼혈아 남매는 자신의 소속이 어디인지를 지속적으로 미숙에게 묻는다. 이러한 정체성의 자각은 단일민족이라는 배타적 범주의 자극 속에 생성된 것이다. 단일민족의 신화에 기반한 배타적 범주 속에 혼혈아는 한국에 포함되지 않는다. 미숙에게 질문하면서 갑론을박하는 혼혈아 남매의 모습은 인종과 국가의 경계선을 넘나드는 국제결혼이 쉽지 않음을 보여준다. 혼혈아들은 양쪽의 문화를 공유하고 있다는 점에서 양쪽에 다 속하는 존재이기도 하지만 순혈주의가 작동하는 곳에서는 배제될 수밖에 없는 운명이다. 미국은 다민족국가라는 점에서 이러한 순혈주의의 강도는 상대적으로 낮다. 이에 비해 유구한 5천년의 역사와 단일민족을 강조하는 한국의 입장에서 혼혈아는 낯선 이물질이다. 그들은 자랑스러운 한국의 국민이 아니라 순혈주의를 지키지 못한 당대 한국의 부끄러운 자화상을 증언하는 타자로 취급된다.

「어마요 우리 나라는 아메리카제?」
「어마요 우리 나라는 코랴제?」
엄마는 두 남매의 물음에 꼭 같이 머리를 끄덕였다.

「이것 봐 내가 맞았지!」

「아니야 내가 맞았어!」

남매는 서로 자기 의견이 옳다고 우겼다.

오빠가 여섯 살 누이 동생이 다섯 살인 연년생이다.[11]

1948년 대한민국 정부가 수립되고, 1949년에 우리 민족의 시조 단군이 개국한 날을 기념하는 국경일로 개천절이 제정된다. 개천절은 한민족이 단군에서 기원한 단일민족임을 기념하는 연례 행사로 정착된다. 이러한 기념식은 일시적이거나 유동적일 수 있는 집단적 기억을 고착화시켜 의미 있는 실체로 만든다.[12] 단군신화의 강조 속에 다양한 이질성과 다양성을 갖고 있는 한반도의 구성원들은 한민족이라는 단일한 범주로 수렴된다. 에릭 홉스봄은 주기적인 기념식이나 기념물과 같은 '만들어진 전통'이 다양한 이질성과 차이를 보이는 개인이나 집단을 하나의 동질성으로 묶는다고 언급한다.[13] 시간의 경과 속에 개천절 기념식은 1949년에 만들어진 것이 아니라 그 이전에도 줄곧 한민족의 구성원들에게 기념되어진 것으로 오인된다. 이러한 기억의 재구성 작업 속에 단일민족의 신화는 자명한 실체로 각인된다. 이것에서 보듯 "민족이 국가를 창출한다기보다는 국가가 민족을 선도하는 경향이 강한 것이다."[14] 이처럼 국가의 필요성에 의해 단일민족의 신화는 고안 발명

---

11) 정한숙, 앞의 글, 40쪽.

12) 개천철 외에도 10월 9일인 한글날, 일제 강점기에 자주독립정신을 표현한 3·1절 기념식, 7월 17일의 제헌절 등도 정도의 차이는 있지만 단일민족의 전통을 강조하는 효과를 발생시킨다.

13) 에릭 홉스봄 외, 『만들어진 전통』, 박지향 외 옮김, 휴머니스트, 2004, 495-561쪽.

14) 임지현, 『민족주의는 반역이다』, 소나무, 1999, 76쪽.

되었던 것이다.

시인 김명인은 1970년대 후반에 「동두천」 연작시를 통해 혼혈인의 슬픔을 노래한다. 혼혈인은 열악한 환경 속에서 제대로 된 교육도 받지 못했기에 사회의 하층민으로 전락해 빈곤에 시달릴 수밖에 없다. 한국은 혼혈인에게 희망이 보이지 않는 좌절과 절망의 땅인 것이다. 그래서 시인은 혼혈아에게 차라리 아메리카로 갔어야 했다고 반어법으로 이야기한다. 이것은 순수 혈통을 강조하는 한국에 대한 신랄한 내부 비판이자 자아성찰이다. 시인은 혼혈인을 단일민족이라는 범주를 통해 제외하는 한국의 배타성에 날카로운 비판의 시선을 던진다. 시인은 혼혈인도 단군의 핏줄이라는 것을 강조한다. 하지만 단일민족의 기원인 단군왕검을 전제하는 상황에서는 혼혈인은 영원한 타자일 수밖에 없다. 이것은 시인 자신이 단일민족이라는 신화에서 자유롭지 못함을 의미한다.

> 그래 너는 아메리카로 갔어야 했다
> 국어로는 아름다운 나라 미국 네 모습이 주눅들 리 없는 合衆國이고
> 우리들은 제 상처에도 아플 줄 모르는 단일 민족
> 이 피가름 억센 단군의 한 핏줄 바보같이
> 가시같이 어째서 너는 남아 우리들의 상처를
> 함부로 쑤시느냐 몸을 팔면서
> 침을 뱉느냐 더러운 그리움으로
> 배고픔 많다던 동두천 그런 둘레나 아직도 맴도느냐
> 혼혈아야 내가 국어를 가르쳤던 아이야
> — 김명인의 「동두천 4」 일부15)

---

15) 김명인, 『동두천』, 문학과지성사, 1979, 41쪽.

한국전쟁 이후 한국은 근대화의 추구 속에 민족국가에 기반한 근대 국민국가 형성에 매진하게 된다. 서구에서 근대 민족국가가 개별적 자율성에 기초한 개인들이 모여 형성되었다면, 박정희 군사정권은 개인은 삭제된 채 국가나 민족을 절대화한다. 1960년 4·19혁명은 개인적 가치에 눈을 뜨게 만든 역사적 사건이었지만, 이듬해 발생한 5·16군사쿠데타에 의해 개인적 가치는 억압되고 집단적 가치만이 도드라지게 된다. 박정희 군사정권은 1966년에 멸사봉공을 수행한 이순신의 성웅화 작업을 추진하고, 1968년에 국민의 윤리와 정신적인 기반을 확고히 하려는 목적에서 '국민교육헌장'을 발표한다. 민족의 발전이 곧 나의 발전이라는 국민교육헌장은 교육기관을 통해 끊임없이 학생들에게 주입되었다. 이러한 집단주의적 세뇌화 작업 속에 민족은 숭고함과 근원적인 순결함의 실체로 자리매김 된다. 1960, 70년대에 "민족은 훼손되지 않은 먼 과거의 기억 속에서, 또 언젠가 도래할 영광되고 복된 미래의 비전 속에서 끊임없이"[16] 되살려졌던 것이다. 이때 박정희는 민족의 중흥을 이끌어내는 민족의 영웅으로서 이순신과 동격의 완벽한 인물로 신격화된다. 박정희 군사정권은 압축적 근대화의 추진 속에 민족을 절대화하면서, 개별적 구성원의 이질적 요소는 철저하게 탄압했던 것이다. 이런 상황에서 혼혈인은 처음부터 민족의 구성원에서 제외된 타자였기에, 국가는 혼혈인을 보호할 의무도 없었다. 더 나아가 박정희 군사정권은 단일민족의 신화를 위태롭게 하는 혼혈인을 지속적으로 제거해야 할 열등한 대상으로 간주했다. 그래서 혼혈인의 외국 입양은 적극적인 권장사항이었다. 한국이 한때 세계에서 고아수출국 1위였던

---

16) 신형기, 「가상의 인격, 도덕의 광기」, 『민족 이야기를 넘어서』, 삼인, 2003, 47쪽.

것은 순수혈통을 강조한 배타적 의식과 제도적 뒷받침에서 비롯한 것이다. 정호승의 「혼혈아에게」라는 시는 이러한 현실을 안타깝게 보여준다.

한국의 작가들은 양공주를 형상화하면서 혼혈인을 간헐적으로 형상화했지만 대개 관찰자의 입장을 벗어나지 못했다. 작가가 혼혈인의 눈으로 세계를, 한국을 바라보지 못한 것은 단일민족주의에 포박되어 혼혈인과 자신을 동일화 할 수 없는 한계에서 비롯한다. 한국문학에서 혼혈인은 서술의 주체가 아니라 서술의 주체에 의해 동정을 받는 타자로 대개 등장한다. 보는 주체가 아니라 보여지는 타자로 등장하는 혼혈인의 모습은 현실에서 권리를 인정받지 못하고 있는 소외의 풍경을 그대로 반영한다. 보여지는 대상으로서의 혼혈인은 자신이 경험하는 다양한 차별과 배제의 양상을 제대로 보여주기 힘들다. 보는 자의 시선에 포착된 부분만이 서술되기 때문이다. 작가들은 혼혈인을 관념적 휴머니즘의 입장에서 동정과 연민의 대상으로 형상화했지만 그것은 어디까지나 작가의 입장에서 바라보는 한계를 보인다.

1970년대에 이러한 형상화의 한계를 극복한 것은 소설가 조정래이다. 조정래는 그 동안 작품에서 부차적으로 등장했던 혼혈인의 문제를 본격적으로 형상화한다. 중편 「황토」(1974)는 근현대사의 굴곡 속에서 태어난 혼혈인을 통해 민족과 한 여성의 불행한 역사를 조명한 작품이다. 일제강점기에 빼어난 미모의 점례는 아버지의 목숨을 구하기 위해 일본경찰 야마다 주임의 첩이 되었다가, 8·15 광복 후에 공산주의자 박항구와 결혼하고, 한국전쟁기에 미군 백인 프랜더스 대위의 정부가 된다. 이 과정에서 점례는 일본 경찰 야마다와 사이에서 야마다 마사오를, 프랜더스 대위 사이에서 로버트라는 혼혈아 아들을 낳는다. 혼혈아의 탄생은 점례의 주체적 의지가 아니라 타인의 일방적 의지에 의해 발생한다. 혼혈아가 사랑의 산물이 아니라 권력을 앞세운 남성들의 폭력에 기초해 있다는 것은 혼혈아에 대한 한민족의 부정적 인식을 말해주는 것이기도 하다. 점례가 한국전쟁이 끝나고 아비가 각기 다른 세 자식을 한 가족으로 끌어안는 장면은 민족사의 상처를 봉합하고 치료하려는 상징적 의미를 담고 있다. 그러나 혼혈인인 큰아들과 막내아들은 팽팽한 갈등을 낳으며 어머니인 점례의 통합 노력을 번번이 수포로 만든다. 이것은 한국전쟁 이후 여전히 계속되고 있는 인종차별주의와 민족사의 비극을 상징적으로 말해준다. 작가 조정래는 세 자식 중 유일하게 혼혈인이 아닌 순수혈통의 세연으로 하여금 형제간의 갈등을 풀어주는 중개자의 역할을 부여한다. 조정래는 혼혈인의 아픔을 끌어안는 열린 민족주의를 통해 혼혈인 문제의 해법을 제시했던 것이다.

민족주의에 바탕을 두고 혼혈인의 문제에 접근했던 조정래는 중편 「미운 오리 새끼」(1978)에서 한층 진전된 문제의식을 보여준다. 이 소설의 주인공은 미군과의 사이에서 태어난 흑백 혼혈인들이다. 작가는 다양한 혼혈인들을 등장시켜 이들이 직면하고 있는 냉혹한 사회현실을 부각시킨다. 다방 아리조나의 레지인 백인 혼혈인 애리샤는 부유한 한국 남성에게 농락당하고 임신한 몸으로 자살을 감행한다. 고아원에서 깜둥이 튀기라고 놀림 받았던 동수와 숙희. 동수는 초등학교 때 모래로 팔뚝을 문질러 검은 껍질을 벗겨 사람임을 증명하려고 발버둥질 쳤던 아픈 기억이 있다. 동수는 돈을 벌기 위해 취직자리를 알아보지만 혼혈인에게 그런 자리는 애초부터 있지 않다. 결국 동수는 도둑질이라는 반사회적 행동을 하고 만다. 숙희도 중학교 1학년 때 자신을 놀리던 반 친구에게 필통의 칼로 손등을 북북 긁어 빨간 피를 보여줌으로

써 깜둥이 피도 빨갛다는 것을 보여준 적이 있다. 양공주가 된 숙희가
미국인과 결혼하여 미국으로 이민 가는 것을 꿈꾸는 것은 순수혈통을
강조하는 한민족의 인종차별주의 때문이다.

> "소리지르지 말어. 깜둥이놈 하나쯤 꼬시는 건 자신 있어. 미국에
> 가서 이혼하는 조건으로라도 난 하날 꿰차고 말 거야. 거기 가서 혼자
> 청소부를 하거나 식모살이를 한들 얼마나 행복하겠어. 난 거기선 최소
> 한 구경거리는 아니란 말야. 섞여버리는 거야. 묻혀버리는 거야. 그것
> 만으로 난 미치게 행복할 거야. 어렸을 때 받은 천대는 아무것도 아니
> 었어. 이러게 다 커가지고 손가락질당하는 외톨이로 죽을 때까지 여기
> 서 살 수는 없어. 난 더 못 견뎌. 아무도 붙여주지 않고 아무데도 몸
> 숨길 수 없는 여기선 더 못살아. 차라리 죽고 말 거야. 철이 들고 어른
> 이 되면서는 무엇이든 참고 견디게 된다지만 이것만은 그 반대야. 난
> 꼭 가고 말 거야."[17]

작가 조정래가 이 소설에서 긍정적 인물로 삼은 것은 백인 혼혈인
창규이다. 창규는 공부를 열심히 하지만 피부색 때문에 학교를 졸업해
도 정상적인 취직을 할 수 없다. 창규는 어머니의 도움으로 음식점을
개업하고, 돈을 벌어 혼혈인들을 위한 공동체를 건설하겠다는 꿈을 갖
는다. 그러나 이러한 창규의 소박한 소망은 현실에서 실현하기가 쉽지
않다. 안데르센의 동화 「미운 오리 새끼」에서 오리로 알고 온갖 고초
를 겪으며 성장한 미운 오리 새끼는 나중에 아름다운 백조로 변신한다.
하지만 혼혈인들이 동화에서처럼 '미운 오리 새끼'에서 '아름다운 백조'

---

17) 조정래, 「미운 오리 새끼」, 『조정래문학전집 : 마술의 손』, 6권, 해냄, 1999,
226-227쪽.

로 변신하는 것은 배타적 인종차별주의가 작동하는 한국사회에서 거의 실현되기 어려운 꿈이다. 게다가 창규가 식당을 열 수 있었던 것도 어머니의 경제적 도움이 있다는 것을 감안해야 한다. 그러한 물적 토대가 없는 것이 대부분의 혼혈인의 처지라는 것을 감안한다면 돈을 벌어 혼혈인 공동체를 건설하겠다는 창규의 꿈이 지닌 비현실적 성격은 더욱 도드라진다. 1970년대에 혼혈인들은 입양이나 이민 외에는 다른 것은 꿈조차도 가질 수 없었다. 이런 상황에서 창규의 꿈은 그 실현 여부와는 별도로 혼혈인들이 이 땅에서 꿋꿋하게 살아가겠다는 의지의 표출로 해석할 수 있다.

지금까지 혼혈인에 대한 차별과 냉대는 그들이 지닌 외모적 특징에 비롯한 이질성에서 비롯한 것으로 생각해왔다. 하지만 고자카이 도시아키는 "거리가 가까워지면 질수록 경계를 유지하기 위한 차별화의 힘이 더 강하게 작용하는 현상이 여기에 잘 나타나 있다. 이질성보다도 동질성이 오히려 차별을 유발하기 쉽다"[18]고 말한다. 이 견해에 따르면 한국의 혼혈인이 차별과 냉대를 받았던 것은 그들의 이질적 특성 때문이 아니라 민족을 구성하는 중요 요소인 혈통, 언어, 문화의 동질성 부분에서 혈통을 제외한 부분이 동질화되었기 때문에 발생한 것이다. 비한국인으로 범주화된 소수자인 혼혈아는 끊임없이 자신이 지니고 있는 이질적 요소를 제거하여 한국에 동화되려는 노력을 강화한다. 혼혈인의 이질성이 동화 작용에 의해 탈색될수록 오히려 그것이 단일민족의 정체성에 위기 의식을 불러일으켜 차별과 냉대를 증폭시킨다. 필사적인 동화 노력에도 불구하고 계속되는 냉대와 차별은 혼혈인에게

---

18) 고자카이 도시아키, 앞의 책, 44-45쪽.

당대 한국 사회에 대한 분노와 절망 등의 부정적 감정을 유발시키며 부적격자를 양산한다. 이것은 또 다시 혼혈인의 부정성을 증명하는 논거로 활용되는 악순환으로 이어진다.

5. 인종적 편견을 넘어

한국에서 반공주의와 결합된 민족주의는 신생국가의 다양한 갈등을 봉합하여 하나의 구심점을 만들 수 있는 강력한 지배담론으로 자리매김된다. 반공 교육과 교련 교육, 전통적 지배질서인 충과 효의 강조. 혈연에 기초한 가족 이기주의, 새마을운동, 운동회, 동창회 등의 득세는 개인보다 사회 · 국가 · 민족이 먼저라는 전체주의의 산물이다. 이것은 한민족의 근현대사에서 보듯 집단의 운명이 곧 개인의 운명을 결정해버렸던 것에서 연유한다. 한민족은 자신의 개인적 행복을 찾기에 앞서 민족이나 국가를 수호해야만 했던 것이다. 박정희 군사정권은 반공주의, 민족주의를 적절하게 활용하면서 집단적 범주로 움직이는 일종의 병영체제였다. 국가적 파시즘이 양산되는 병영체제에서 혼혈인은 한번도 민족이나 국민 구성원에 포함된 적이 없다. 국가는 사회의 소수자인 혼혈인을 차별하고 억압함으로써 한민족의 우월적 정체성과 단일민족의 신화를 재확인한다. 한국에서 혼혈인들은 소수자였다. 소수자였기에 그들을 탄압하고 배제해도 대규모적인 저항에 부딪칠 위험성이 없었던 것이다. 혼혈인들은 단일민족의 신화를 빛내기 위한 희생양이 되었다. 한국은 일본의 제국주의적 폭력성을 비판했지만 정작 자신의 내부 식민성에 대한 자기성찰을 생략했던 것이다.

한국에서 단일민족의 신화는 강압적 동질성을 생산하면서 국가 주도의 조국 근대화를 위한 에너지를 발생시키는 동력원이었다. 단일민족의 신화는 다양한 이질성을 억압하면서 조국 근대화라는 명제를 이룩하기 위한 총동원체제를 가능하게 만든 동원 이데올로기였다. 그러나 단일민족의 신화가 긍정적일 수 있는 시기는 이미 지났다. 혼혈인을 배제하는 단일민족의 신화는 용도 폐기되거나 새로운 내용으로 충전되어야 한다. 일각에서 제기하는 민족주의 담론의 무조건적 폐기는 대미 종속의 신제국주의 구도하에서 유효한 저항의 수단을 자진포기하는 성급한 견해이다. 적어도 민족주의 담론은 민족적 정체성의 자각 속에 제국의 지배와 억압에서 벗어나려는 자주적 움직임을 배태시키는 원동력이기 때문이다. 따라서 민족주의 담론의 무조건적 폐기보다 열린 다원성의 민족주의로 형질 변경이 필요해 보인다. 그러나 단군왕검을 기점으로 한 단일민족의 신화는 국제결혼이나 외국인 노동자의 유입 등으로 인해 더 이상 논리적 타당성을 찾을 수 없다는 점에서 폐기하거나 개혁되어야 할 것이다.

광복 이후 1960년대까지 한국의 작가들은 혼혈인에 대해 양공주의 문제를 언급하면서 간헐적으로 미미하게 형상화했다. 이러다 보니 혼혈인인 내부자의 시선으로 혼혈인의 문제를 심층적으로 형상화하지 못했다. 작가들은 침묵하는 타자인 혼혈인을 형상화했지만 그들은 여전히 침묵하는 타자로 남아 있어야 했다. 단일민족의 신화가 기만적인 허구적 담론이라는 것을 문제제기하지 않는 상태에서의 작품화는 일정한 한계에 갇힐 수밖에 없다. 혼혈인의 아픔이 피상적으로 형상화됐던 것도 이러한 이유에서이다. '반공주의=친미주의'도 혼혈인 문제의 심층적 형상화를 가로막게 한 내적 금기였다. 1950년대 문학에서 혼혈인들은 양공주나 기지촌을 언급할 때 잠시 등장하는 일종의 풍경이었고, 1960년대 문학에서 혼혈인들은 강대국 미국의 오만함과 약소국 한국의 비루한 처지를 연상시키는 소도구였다. 해방 이후부터 1960년대까지 형상화된 문학 텍스트에서 혼혈인들의 아픔은 제대로 전달되지 못한 채 관념적 휴머니즘의 입장에서 일부 그려졌을 뿐이다. 혼혈인의 문제는 1970년대 들어 조정래의 소설을 통해 서술의 대상이 아닌 서술의 주체로서 자신의 목소리를 비로소 내기 시작한다. 조정래가 1970년대에 발표한 소설은 민족주의적 한계를 완전히 벗어버리지 못했지만 소외된 혼혈인의 문제를 우리의 문제로 인식하게 하는 소기의 성과를 거둔다. 그러나 대다수의 작품들에서 여전히 혼혈인들은 주변적인 것으로 취급되었다.

1980년대 민족민중문학은 반미적인 목소리를 분명하게 내세운다. 이것은 반공주의에 의해 억눌려졌던 다양한 목소리들이 전면에 부상했음을 의미한다. 혼혈인에 대한 문학적 형상화도 많은 변화가 보여진다. 지면 부족으로 인해 논하지 못했던 1980년대 이후 문학작품에 등장한 혼혈인에 대한 연구는 차후의 과제로 하고자 한다. 최근 2006년에 미국에서 성공한 미식축구 선수 하인즈 워드의 한국 방문은 혼혈인에 대한 기존의 태도에 대해 반성할 시간을 제공했다. 세계화가 추구되는 현재의 시점에서 혼혈인에 대한 배타적 태도는 더 이상 발붙이기 힘들다. 한국은 단일민족국가가 아니라 다민족, 다문화 국가로 향하고 있다. 이제 인종적 편견을 넘어 혼혈인을 바라보는 자세가 필요한 시점이다. 이것은 혼혈인을 주변으로 내몰았던 우리 자신에 대한 철저한 반성과 성찰의 요구이기도 하다.

서구 콤플렉스와 미국식 근대로의 질주

- 1960년대 소설을 중심으로

1. 서구적 근대를 향한 조급증

15세기부터 서구가 주도한 지리상의 발견 이후, 서구의 열강은 '근대'란 우월적 기호를 앞세워 동양에 괴물처럼 출현했다. 서세동점(西勢東漸)의 기세 속에 서구는 문명화 담론을 앞세워 동양을 유린했으며 철저히 타자화시켰다. 서구는 문명이었고, 동양은 야만이라는 이분법적 인식 구조는 제국주의를 미화하고 합리화시켰다. 이런 상황에 '개화'란 서구에 의해 주변부로 내몰리지 않으려는 생존의 몸부림이었다. 서구적 근대화에 재빨리 성공하지 못한 구한말의 조선은 우승열패(優勝劣敗)의 진화론에서 보면 열등한 존재로 규정된다. 당시 일본은 아시아에서 유일하게 서구를 재빨리 모방해 아서구(亞西歐) 단계에 도달한 국가였다. 일본은 이러한 지위를 제국주의 침략을 합리화하고 정당화하는 데 사용했고, 조선은 이러한 식민지 지배전략에 희생당한 첫 번째에 해당되었던 것이다. 이 결과 식민지 조선은 일제 의한 식민지적 근대화에 의해 파행과 굴절을 겪을 수밖에 없었다. 1945년 해방은 자주적 근대화의 도정에 들어서기 위한 절호의 기회였으나 미소의 냉전체제 구축과 좌우의 대립에 의해 또 한번 비극을 겪어야 했다.

1950년에 발발한 한국전쟁은 동족간의 전쟁이자 미소 강대국을 대신한 국제전이자 내전이었다. 3년간에 걸친 한국전쟁은 막대한 피해 속에 '민족의 통일'은 완성되지 못한 채 '휴전'이란 어정쩡한 상태로 종료된다. 이것은 강고한 분단체제의 본격적 시작이자 새로운 종속의 출발이었다. 모든 것이 파괴된 상황에서 남한은 미국의 원조에 의해 복구를 시작했고, 그 복구 과정은 미국으로 대표되는 세계자본주의 질서에 하위주체로 편입되었음을 뜻한다. 미국은 한국민에게 절대절명의 위기에 빠진 남한을 구원해준 강력한 보호자이자 지향해야 할 선진 문명국가로 자리한다. 1960년에 일어난 4·19혁명과 이듬해에 발생한 5·16군사쿠데타도 비록 발생 조건과 대의명분은 달랐지만 '서구적 근대', 특히 미국을 향한 모방 욕망이었다는 점에서 공통적이다. 이처럼 한국은 한국전쟁 이후 서구적 근대, 특히 미국식 근대화에 전적으로 매달린다. 민족 주체성의 확립과 합리적 성찰은 생략된 채 서구적 근대화에 대한 조급증만 비대하게 나타났던 것이다. 그 결과 한국은 압축적 근대화 속에 한강의 기적으로 불리우는 발전을 이룩하지만 대외종속과 노동자 희생이라는 그늘을 짙게 드리운다.

제2차 세계대전의 종식과 함께 무력으로 타국을 침략해 정치적 합병을 시도하는 공식적 제국주의는 마감된다. 하지만 무력 침략없이 경제적, 사회적 측면에서 지배하려는 비공식적 제국이 그 자리를 대치해 등장한다. 한국은 해방기의 미군정, 한국전쟁 시의 미군 참전, 종전 후의 미군 주둔과 대규모 경제원조 등으로 이어지는 일련의 역사적 흐름 속에 미국의 영향권 아래 놓여진다. 한국은 표면적으로 자주독립국가였지만 심층적으로 보면 대미종속 관계에 놓여 있었던 것이다. 한국은 비공식적 제국인 미국의 신식민지였다고 보아도 크게 틀리지 않다.[1] 그렇다면 한국은 미국에게 어떤 모습으로 보여지고 있었던가. 그것은 서구가 동양을 바라보며 지배하는 방식인 오리엔탈리즘(orientalism)이란 시각 아래 철저히 갇혀 있다. 오리엔탈리즘에 따르면 서구 대 동양의 관계는 '문명/야만, 이성/감성, 남성/여성, 발전/퇴보, 객관/주관' 등의 상하 서열체계로 파악된다. 이러한 '오리엔탈리즘'은 진정한 실체로서의 동양이 아닌 허구화된 동양의 동양이다. 한국은 미국에게 동격의 주체로서 대화를 나눌 상대가 아닌 보호해줄 약자이거나 열등한 단계의 존재로 간주되었던 것이다. 이런 점에서 에드워드 사이드는 오리엔탈리즘이 "동양을 지배하고 재구성하며 위압하기 위한 서양의 스타일"[2]로 규정하며 신랄하게 비판한다.

한국의 전후작가들이 미국에 대한 막연한 동경과 거대한 미국의 힘에 압도되어 제국의 실체에 다가서지 못했다면, 4·19세대인 1960년대 작가들은 한반도에 군림하는 미국의 실체에 다가가려는 주체적 모습을 미약하나마 보여준다. 이 글은 1960년대 한국소설에 나타난 제국주의 담론과 주체의 각성에 초점을 맞추어 논지를 전개할 것이다. 이때 필자의 기본 시각은 서양에 의해 구축된 오리엔탈리즘을 비판하는

---

1) 윤건차는 『현대 한국의 사상흐름』(당대, 2000, 292-293쪽)에서 포스트콜로니얼리즘과 탈식민지주의를 구별하면서 다음과 같은 언급을 한다. "한국은 과거에 일본의 식민지였을 뿐 아니라 해방 후에도 오늘날에 이르기까지 미국의 지배 아래 있는 신식민지이다. 일반적으로 포스트콜로니얼리즘의 과제가 독립 후의 식민지적 잔재의 청산이라고 하면, 탈식민지주의의 과제는 과거의 식민지지배 및 오늘날의 피지배에서 탈식민지화의 동시수행이다.
2) 에드워드 사이드, 『오리엔탈리즘』, 박홍규 옮김, 교보문고, 1991, 16쪽.

탈식민주의 입장을 견지한다. '서구적 근대'는 '발전과 진보'의 화려한 외면 아래에 '침략과 지배'라는 치명적 독성이 숨겨져 있다. 탈식민주의는 서구의 근대가 지닌 '침략과 지배'라는 제국주의 담론을 집중적으로 비판한다. 근대를 비판한다는 점에서 탈식민주의는 '탈근대'를 지향한다. 참다운 문학은 인간을 억압하는 모든 것들에 대해 저항하면서 끊임없이 새로운 세계를 꿈꾼다. 탈식민주의 문학은 그 새로운 세계에 다가가기 위한 예술적 행위이자 동시에 정치적 실천이다.

2. '빛=서구, 어둠=동양'의 재현 담론

서구 제국의 시각에서 보면 동양은 '야만, 전근대, 가난, 열등'이란 함량 미달의 하위 단계로 규정된다. 이에 비해 서구 제국은 '문명, 근대, 풍요, 우수'의 우월적 상위 단계로 설정된다. 서구 제국의 문학 텍스트는 이러한 차별적 서열체계를 흔히 빛과 어둠의 이미지로 즐겨 형상화한다. 시야가 차단되는 '어둠'은 대상을 쉽게 볼 수 없다는 점에서 존재에게 공포와 두려움을 유발한다. 이러한 어둠은 죽음과 분해라는 이미지와 연결되면서 자신의 소중한 것들을 빼앗는 폭력적 존재로 인식되어진다. 하지만 어둠은 지치고 병든 존재를 감싸 안아 재생시킬 뿐만 아니라 삶을 성숙시키는 원천이기도 하다. 따라서 어둠을 부정적 속성으로만 바라볼 때 왜곡과 억압은 필수적일 수밖에 없다. 서구 제국은 유색 인종의 동양을 어둠의 부정적 이미지와 결부시켜 이야기함으로써 우열을 극대화시킨다. 이때의 어둠은 삶의 성숙이나 재생과는 무관한 야만적 이미지로서의 어둠이다. 이제 어둠은 악의 이미지로 추락하면서 동양은 악의 온상이라는 이미지가 주입된다. 빛의 이미지에 자연스럽게 둘러싸인 백인 인종의 서구는 선의 수호자라는 이미지 속에 동양에 대한 폭력의 정당성을 확보한다. 서구의 침입은 침략이 아니라 우매한 동양을 깨우쳐주기 위한 계몽적, 희생적 포교로 간주되어 유포된다.

그러나 동양의 입장에서 보면 서구의 등장은 기존 질서를 무차별적으로 파괴하는 침략의 이미지로 다가온다. 하근찬은 단편 「왕릉과 주둔군」(1963)에서 '서구의 빛'이 동양에게 어떤 의미로 다가오고 있는지 잘 보여준다. 조용한 마을에 미군이 갑자기 주둔하면서 전통적 지배질서는 흔들린다. '조용한 마을/미군'이 소유한 힘의 우열은 밤에 반짝이는 등불의 촉수에 의해 냉정하게 갈린다. 서구의 '전등불'은 눈부시게 밝은 불빛을 쏟아내지만 동양의 '호롱불'은 가물거리는 수준에서 맴돌다가 어둠의 영역으로 사라진다. '전등불'과 '호롱불'이 발산하는 빛의 강도는 동서양의 권력 차이를 상징한다. 이때 전등불은 빛으로 당당하게 군림하지만, 호롱불은 전등불에 비해 약하기에 어둠으로 규정된다. 같은 문명의 빛인데도 강도의 차이 때문에 어둠으로 규정된다는 것은 서구의 우월적 지배권력에 의한 차별과 억압을 의미한다. 이 어둠의 영역에 '왕릉'으로 상징되는 전통적 유교질서가 초라하게 자리한다. 소설 결말 부분에서 박 첨지가 왕릉에서 쓰러지는 장면은 서구 문화의 침입과 전통 질서의 몰락을 극명하게 보여준다.

> 마을의 밤은 호젓했다. 가물가물 등잔불이 켜졌다가는 가물가물 한 개씩 꺼져 갔다. 그리고 마을은 어둠 속에 고요히 가라앉는 것이었다. 이따금 멀리 신작로를 향해 개 짖는 소리가 고요한 밤하늘을 흔들어

놓을 뿐이다.

  그러나 서양 병정들이 들어온 뒤부터는 마을도 밤도 그렇게 호젓할 수만은 없었다. 이집 저집의 아랫방에서 등잔불이 아닌 눈부시게 밝은 불빛이 쏟아져 나오기 시작했다. 그 불빛은 서양 병정들이 자리잡은 곳으로부터 가느다란 줄을 통해서 오는 것이었다.[3]

  서구 제국을 대하는 데에 있어서 기성세대와 신세대는 뚜렷한 변별점을 보인다. 기성세대인 박 첨지는 미군을 왕릉에 대한 적으로 인식한다. 그렇지만 그에게 미군을 응징하거나 쫓아낼 권력이 부재하다. 그가 할 수 있는 것은 구한말에 흥선대원군과 위정척사파가 쇄국을 주장했듯 왕릉을 둘러싸는 담쌓기일 뿐이다. 하지만 이러한 쇄국정책은 일시적으로 서구의 충격에서 내부의 질서를 유지 보전할 수 있겠지만 궁극적인 해결책일 수 없다는 것은 구한말 역사가 보여준다. 이 소설에서 미군 장교는 박 첨지가 건설하려는 담쌓기를 돕기 위해 중장비를 동원하는 역설적 상황이 전개된다. 며칠 걸려 수작업으로 한 일을 짧은 시간에 성취해버리는 미군의 근대적 생산력은 오히려 전근대의 폐기와 근대의 수용을 암시적으로 재촉한다. 박 첨지와 달리 신세대인 딸 금례는 미군이 선사한 '서구의 빛'에 우호적 호기심을 표한다. 그녀는 근대가 보여준 놀라운 광경에 압도되어 그것을 향유하고 싶은 욕망에 사로잡혔던 것이다. 금례는 아버지 몰래 미군을 상대하는 양공주와 어울리면서 근대 문물을 접해본다. 이러한 금례의 금기 위반은 아버지에 대한 두려움보다 그것을 훨씬 상회하는 서구의 빛에 대한 욕망의 끌림이다. 미군이 마을을 떠난 후 금례가 그 빛을 쫓아 고향을 등지는

---

3) 하근찬, 「왕릉과 주둔군」, 『현대한국문학전집 13』, 신구문화사, 1965, 99쪽.

모습에서 당시 젊은이에게 서구적 근대가 어떤 위치를 점하고 있는지 확인할 수 있다. 동양과 서양의 수평적 교류 지점은 없는 것일까. 적어도 이 작품에서 동양과 서양이 함께 대화할 공간은 부재하다. 미군과 마을 사람들 사이의 대화는 언어의 불일치 속에 단절되어 있다. 그들이 각자 사용하는 언어는 일방적으로 서로 미끄러지면서 교신에 실패한다. '영어/한국어'라는 배타적 이질성은 상대방에 대한 인정으로 이어지지 못한 채 박 첨지의 오해와 불안 속에 건널 수 없는 장벽으로 느껴진다. 그렇다면 박 첨지처럼 왕릉을 사수하려고 한 전근대의 길이 최선의 선택이었을까. 왕릉을 사수하려는 박 첨지의 행동은 민족적 주체성을 찾으려는 새로운 모색보다 기존의 전통에 안주하려는 수구적 퇴행에 가깝다. 이것은 일방적인 서구 문화의 습득 못지 않게 폐쇄적 민족주의의 발현이라는 데에 문제점을 안고 있다.

빛과 어둠의 차별화된 재현체계는 기지촌을 그린 오상원의 중편 「황선지대」(1960)에서도 동일하게 나타난다. 이 작품에서 '빛'과 '어둠'을 가르는 경계선 역할을 하는 것은 미군 부대의 '철조망'이다. 철조망 '이쪽' 기지촌이 경제적 빈곤에 허덕이는 주변부로서의 어둠이라면, 철조망 '저쪽' 미군부대는 경제적 풍요를 구가하는 중심부로서의 빛이다. '저쪽'에 위치한 '전등불'은 이쪽의 존재에게 일종의 스펙터클한 환상의 신기루로 비쳐진다. 환상의 신기루는 '저쪽'의 세계에 현존할뿐 '이쪽'의 세계에 부재하다. 그 부재의 결핍감은 끊임없이 저쪽을 향한 동일시 욕망을 채찍질한다. 이미 서구의 근대화 담론에 세례를 받은 존재에게 이쪽의 '궁핍, 후진, 열등'은 견딜 수 없는 고문이다. 자민족에 대한 열등감과 우월한 단계로 이동하고 싶은 상승 욕망이 교차하면서 저쪽의 세계는 현재의 고민을 모두 해결해줄 장밋빛 유토피아로 자리매김된다.

　　철조망은 이중 삼중으로 쳐 있고 그 사이는 지그자그하게 마구 가시
줄로 얽혀 있었다. 그는 술기로 붉게 타오르는 눈을 흽뜨고 그 철조망
저 쪽을 노리듯 바라보고 있었다. 그 쪽은 「콘센트」마다 전등불빛이
휘황찬란하였다. 그러나 그가 등진 곳은 마치 무덤속처럼 침울한 어둠
속에 잠겨 있었다. 그는 비굿이 시선을 한쪽으로 들었다.4)

　　서구와의 동일시 추구는 필연적으로 식민지의 모방으로 이어진다.
그 모방은 폭력에 기초한 타율적 억압이 아니라 스스로 제국을 추종하
려는 자발적 동일시이다. 식민지적 모방은 "식민 통치의 효과적 전략"5)
으로서 식민지 경영을 수월하게 해준다. 이런 이유에서 제국은 식민지
가 자신을 모방하는 것에 대해 적극적으로 후원한다. 이제 하위주체인
식민지의 모방은 미덕이라는 식민주의 담론이 생산된다. 이때 식민지
의 모방은 닮은꼴 수준을 넘을 수 없다. 닮은꼴이 제국과 동격이 되거
나 능가하도록 서구제국은 결코 허용하지 않는다. 그것은 우열에 기초
한 지배와 피지배의 식민지적 관계를 청산하는 것이기 때문이다. 그럼
에도 불구하고 「황선지대」에서 현실의 세계인 '이쪽'에 소속된 작중인
물들은 환상의 세계인 '저쪽'의 세계에 도달하고 싶어한다. 적어도 '이
쪽'보다 더 나은 세계가 펼쳐질 것이라고 생각하기 때문이다. 그것이
'서구적 근대의 신화'가 유발한 욕망의 악순환이다. '저쪽'에서 쏟아져
나오는 자본주의적 풍요와 화려함은 결핍된 '이쪽'의 욕망을 더욱 자극
하여 욕망의 포로로 삼는다. 이처럼 강력한 식민제국의 영향권에서는
식민지 원주민들이 민족적 주체성을 갖고 독립적으로 존재하기도 힘들

---

4) 오상원, 「황선지대」, ≪사상계≫, 1960.4, 312쪽.
5) 바트 무어-길버트, 『탈식민주의! 저항에서 유희로』, 이경원 옮김, 한길사, 2001,
　　312쪽.

다. 동양이라는 주변부는 서구라는 중심부에 기생하여 생존을 도모하는 비자립적 구조인 것이다.

제국을 모방하려는 주변부 식민지는 다시 주변부의 중심과 주변부의 주변으로 분리된다. 주변부의 중심은 식민지의 엘리트나 지배층으로서 제국의 문화를 적극적으로 수용해 근대화를 부르짖거나 또는 식민제국에 봉사함으로써 자신의 지배력을 유지 확장하려고 한다. 그들에게 서구 중심부의 문화는 기꺼이 모방하여 수용해야 할 새로운 상위 질서이다. 이 과정에서 주변부의 중심은 자신을 특권화시키면서 주변부의 주변과 분리된다. 그들에게 서구적 문화를 맛보지 못하거나 배척한 주변부의 주변은 경멸의 대상이거나 고루한 질서로 치부된다. 식민지의 지배층을 형성하는 주변부의 중심은 종국에는 서구 백인과 어깨를 나란히 하며 살기를 꿈꾼다. 서구 백인이 되고 싶다는 것, 그것을 위해 주변부의 중심은 자신의 피부색깔도 기꺼이 성형수술을 할 수 있다고 생각한다. 이것은 자연스럽게 전통질서의 부인과 정체성의 상실로 이어진다. 주변부의 중심이 제국을 모방하기 위해 제일 먼저 착수하는 것은 제국이 사용하는 언어의 습득이다.

전광용의 단편 「꺼삐딴 리」(1962)에서 외과의사 이인국은 일제식민지 시대에는 일어를 사용하는 친일파로, 해방정국의 북한에서는 소련어를 사용하는 친소파로, 한국전쟁 후에는 남한에서 영어를 사용하는 친미파로 역할을 카멜레온처럼 바꾼다. 이러한 이인국의 재빠른 변신은 한반도의 지배적 외세와 결탁해 기득권을 유지 확장하려는 생존 욕망의 발로이다. 이것을 위해 가장 필요했던 것이 지배적 외세의 언어학습이었던 것이다. 그에게 민족이나 국가라는 공동체를 위해 자신을 희생해야 한다는 것은 어불성설이다. 그는 자신의 이익을 위해서라면 기꺼이 민족과 국가를 파는 인물이다. 이러한 이인국의 처세술은 교활한 이기주의에 다름 아니다. 물론 이러한 이인국의 처세술은 역으로 격동의 20세기에 민족과 국가가 개인을 위해 과연 무엇을 해주었는가에 대한 신랄한 비판을 동시에 담고 있다. 이 소설은 꺼삐딴 리라는 작중인물을 통해 격동의 20세기 한국의 시대적 자화상을 그려낸다. 당대 사회의 지배적인 외세에 순응하는 이인국은 자신의 지식을 팔아 출세를 하는 부정적 지식인상을 대표한다. 이러한 매판세력은 당대 사회의 지배층이나 상류층이 되어 중심부인 제국을 모방하고 추종하면서, 한편으로 주변부의 주변을 경멸하고 멀리하는 이중적 행태를 보인다. 이것은 제국의 차별과 배제의 담론을 자민족에게 그대로 행사한 것이다. 이런 상황에서 주변부의 중심과 주변부의 주변은 일치된 공동전선으로 제국에 효과적으로 대응할 수 없다.

주변부의 주변은 주변부의 중심이 지닌 권력과 부(富)에서 소외된 부류들이 거주한다. 이들은 미국 제국에 대해 환상을 지니기도 하지만 상대적으로 주변부의 중심보다 비판적, 저항적, 주체적 태도를 갖고 있다. 1960년대 한국소설에서 주변부의 주변은 비판적 지식인, 가난한 도시 빈민, 열악한 상황의 노동자, 미군물자를 훔치는 얌생이꾼, 양공주, 외골수적 전통주의자, 궁핍한 농민 등으로 나타난다. 특히 얌생이꾼은 오상원의 「황선지대」, 김성일의 「흑색시말서」, 오영수의 「안나의 유서」에서 공통적으로 등장한다. 미군의 물자를 훔치는 얌생이꾼은 도둑이기에 미군 병사에 의해 발각될 경우 죽음을 당하거나 체포될 기구한 운명의 존재이다. 이런 얌생이꾼은 소설에서 미국의 풍요와 한국의 가난이라는 이분법적 구도를 더욱 두드러지게 보이는 역할을 수행한다. 제국인 미국은 '얌생이꾼=한국인=도둑놈'으로 간주하여 동양은 열등하고 서구는 우월하다는 오리엔탈리즘의 정당성을 더욱 강화시킨다.

빛과 어둠으로 나타난 서구 우월, 동양 열등의 재현체계는 한국 작가에게서도 반복적으로 많이 나타났다. 이것은 크게 보아 두 가지 관점에서 해석될 수 있다. 첫째, 서구가 동양을 지배하고 관리하는 오리엔탈리즘의 담론을 작가들이 무비판적으로 수용했다는 것이다. 둘째, 제국주의 담론에 점령된 당대의 모습을 온전하게 그려내려는 리얼리즘의 정신이 반영된 것이다. 이 중에서 특히 후자의 관점에서 1960년대 한국소설을 바라볼 때도 문제는 발생한다. 리얼리즘이란 단순한 현실 반영이 아니라 작가의 역사적 전망 속에서 재구성된 현실 반영이다. 따라서 총체성을 담보하지 못한 단순한 현실 반영은 제국주의 담론에 포섭될 가능성이 많다. 1960년대 한국소설에 나타난 재현 담론은 서구 제국의 폭력성에 대항하는 저항담론으로서 충분히 기능하지 못했다고 할 수 있다.

3. 가부장제와 결합된 제국주의 담론

동양인은 서양인에 비해 체구가 상대적으로 작다. 이러한 신체적 크기의 차이는 능력과 유전자의 우열을 의미하지 않는다. 그것은 환경과의 상호작용 속에 진화된 산물에 불과하다. 그런데 오리엔탈리즘 시각에서 체구의 차이는 그대로 서구와 동양의 우열을 증거하는 신체적 기호로 작동한다. 체격의 거대함이 권력의 차이로까지 이어지면서 지배와 종속을 합리화시키고 있는 것이다. '서구=거인=우월'과 '동양=소인=열등'이라는 이항대립적 제국주의 담론의 공세 속에 식민지 지배는 정당화되고 피식민지 주체는 크기 콤플렉스에 시달린다. 한국소설에서 서구인(미군)은 종종 거대한 이미지로 등장한다. '온 얼굴을 차지하는 겁나게 큰 코'(하근찬의 「왕릉과 주둔군」), '떡 버티고 서 있는 거인'(이동하의 「전쟁과 다람쥐」) 등 서구제국은 위압적 거인의 이미지로 형상화된다. 이런 거대한 이미지는 왜소한 이미지의 한국인에게 위협과 공포로 다가와 저항 의지나 용기를 원천 봉쇄한다. 이것은 거대한 초강대국 미국과 맞상대하여 싸운다는 것은 애초부터 어리석은 일이라는 패배주의와 열등감을 심어주는 역할을 한다. 예를 들어 한국전쟁을 다룬 박연희의 「표착」(1964)에서 북한 의용군으로 참전한 주인공 진우선이 언급한 '미국(美國)하고 싸우다니……'라는 대사 속에는 거대한 미국과의 싸움이 무모한 자살 행위임을 암시한다. 하근찬의 「왕릉과 주둔군」에서도 박 첨지는 왕릉에서 계집과 농염하게 어울리는 미군에게 호통을 치지만 오히려 씩씩거리며 내려오는 거대한 미군의 기세에 눌려 뺑소니를 친다. 이렇게 신체적 차이에서 드러난 권력의 차이는 미국을 '대국(大國)'으로, 한국을 '소국(小國)'으로 서열화해 지배를 정당화시킨다.

동서양의 신체적 이미지의 차이는 성별 구분으로 연결된다. 제국은 큰 신체를 보유한 자신을 남성의 이미지로, 작은 신체의 동양을 여성의 이미지로 위치시킨다. 이때 남성은 이성·정신·객관·능동·강함 등의 이미지라면, 여성은 감성·욕망·주관·수동·약함 등의 이미지로 고착화된다. 여성인 동양은 남성인 서구의 보호가 필요하다는 식민주의 담론은 가부장제 사회를 기반으로 더욱 위세를 떨친다. 한국소설에서 미국인의 성별은 거의 대부분 남성으로 등장한다. 물론 현상적으로 보면 이것은 한국에 주둔하는 미군이 대부분 남성이라는 사실에서 기인한다. 하지만 이러한 이유 외에도 서구를 남성으로, 동양을 여성으로 규정하려는 제국주의 담론이 개입했다고 보아야 한다. 한국의 작가들은 간혹 등장하는 미국 여성들을 여성보다 남성의 이미지로 형상화함으로써 당대 미국의 성별 이미지가 한국인에게 어떻게 다가오고 있는지 잘 보여준다.

서구 미국과 동양 한국의 우열 관계는 공간적 위치에서도 확연히 드러난다. '높이 솟은 전주 끝에 고촉 경계등'(「황선지대」), '높은 지대의 외인주택'(「어느 동네에서 울린 총소리」), '급한 경사를 내려오는 미군병사'(「왕릉과 주둔군」), '외인촌은 캠프 맞은 편의 양지바른 산비탈'(박순녀의 「외인촌 입구」)에서 보듯 미국인이 거주하는 곳은 대개 '고지대'이고, 한국인이 사는 곳은 '저지대'이다. 이러한 상하적 공간은 서구를 상급자로, 동양을 하급자로 자연스럽게 정렬시킨다. 하근찬의 「왕릉과 주둔군」에서 저지대에 위치한 박 첨지는 고지대인 왕릉에서 계집질을 한 미군 병사에게 쫓겨 도망친다. 왕릉을 관리하는 것이 박 첨지라는 것을 고려한다면 이것은 주객이 전도된 상황이다.

이제 남성적 서구가 여성적 동양을 지배하는 것은 자명한 진리가 된다. 이 목적을 달성하기 위해 한국의 남성상은 부정된다. 이미 일제식민지 시대와 한국전쟁을 거치면서 약화된 한국의 남성상은 서구의 남성상과 대비되면서 더욱 위축된다. 서구의 남성상이 보편적 합리성으로 무장한 휴머니스트라면, 한국의 남성상은 가부장적 폭력을 마구 휘두르는 무뢰한으로 자주 등장한다. 오상원의 「황선지대」에서 한국 남성인 짜리는 미군에게 몸을 팔아 가족 생계를 책임지는 아내를 상습 폭행하는 악질적 남편으로, 오영수의 「안나의 유서」에서 한국 남성은 젊은 여성의 육체에 탐익하는 호색꾼으로 등장한다. 이에 비해 「안나의 유서」에서 양공주인 안나를 상대하는 미군은 예의 바른 남성상으로 출현한다. 이러한 극과 극의 대비 속에 서구의 남성은 한국의 남성을 쫓아버리고 그 자리에 새로운 가부장으로 자신을 포진시킨다. 이 과정은 문명화란 역사적 사명으로 치장되어 보편타당성을 획득하는 것으로 선전된다.

> 이래서 나는 이날부터 「안나·박」이라는 이름으로 버젓한 양갈보가 됐다.
> 윌리암은 단순한 거래관계를 떠나 퍽 친절한 사람이다. 자기 권한 내에서도 결코 남의 인격을 무시하거나 함부로의 취급은 하지 않는다.
> 몸이 불편하거나 기분이 좋지 않은 기색을 보이면 윌리암은 곁에 앉아 반은 손짓으로 이야기를 하다 가곤 했다.[6]

물론 남정현의 「분지」, 박순녀의 「외인촌 입구」와 「엘리제초」에서 미국은 부정적 남성상으로 출현하기도 한다. 서구의 부정적 남성상은 대개 성이나 이권청탁의 문제로 등장한다. 특히 성과 관련해 동양 여성을 폭행하거나 강간하는 미군의 모습이 많이 보인다. 이러한 강간범의 이미지는 동양 여성을 지켜주지 못한 동양 남성의 무기력함과 서구 남성의 힘이 상호 대비되면서 식민지적 지배와 피지배의 정당성을 홍보하는 아이러니를 연출한다. 또한 당대 한국작가들이 부정적 미국의 남성상을 성적 코드로 즐겨 부각시키려 했던 전술은 미국의 제국주의적 속성을 개인적 차원으로 전락시킨다. 이것은 한국의 작가들이 반공 이데올로기와 레드 콤플렉스에서 자유롭지 못하기 때문이다. 1960년대에 미국의 체제를 정면으로 비판한다는 것은 북한을 이롭게 하는 이적

---

6) 오영수, 「안나의 유서」, ≪현대문학≫, 1963.4, 87쪽.

행위이자 근대화를 반대하는 복고주의자로 취급되었던 것이다. 이런 실정에서 한국의 작가들은 미국인을 긍정적으로 많이 형상화한다. 포로수용소를 그린 박연희의 단편 「표착(漂着)」(1964)에서 미군 군의관인 브라운은 인류애적 휴머니즘으로 골수 공산주의자 포로들에 의해 죽을 뻔한 진우선을 구해주는 생명의 은인으로 등장한다. 자본주의나 공산주의 모두에 염증을 느꼈던 진우선은 브라운의 따스한 마음에 감동해 자본주의 사회를 선택한다. 이러한 모습에서 따스한 인간애로 타인의 아픔을 껴안는 미국의 우월한 휴머니즘이 한층 부각된다.

앞에서 언급한 빛과 어둠의 식민주의 수사학은 1960년대의 한국 소설에서 거인과 소인의 신체적 이미지, 서구의 남성화와 동양의 여성화, 공간에서 저지대와 고지대 등의 형태로 변용되어 나타났다. 특히 제국주의 담론이 가부장제와 결합하면서 식민지적 지배력은 한층 강화된다. 국가란 거대집단에서 가족이란 소집단에 이르기까지 무차별적으로 살포된 제국주의 담론 속에 미국은 신성불가침의 '상징적 아버지'로 승격된다. 한국에게 선택의 여지가 별로 없었다는 점을 고려하더라도 이러한 대미 종속성은 민족의 정체성이란 입장에서 문제점을 노출한다. 한국없는 미국은 존재해도, 미국없는 한국은 생각할 수 없을 정도로 1950, 60년대의 한국은 미국과 심정적으로 동화되어 있었던 것이다.

4. 흑백 차별과 잡종의 배척

1960년대 한국소설에 등장한 미국의 모습은 대개 긍정적이지만 간혹 부정적 미국상이 등장하기도 한다. 이때 주목할 점은 부정적 이미

지의 인물이 대부분 흑인이라는 사실이다. 이처럼 '백인=선', '흑인=악'
으로 나타난 차별적 형상화는 무엇을 의미하는가. 흑인은 당대 미국사
회에서 중심이 아닌 주변에 속한 인종이다. 흑인의 역사에서 보듯 그
들은 지배자가 아닌 피지배자인 노예로 미국에 끌려온 존재들이다. 흑
인 해방이 법률적으로 이루어졌지만 미국 사회에서 흑인에 대한 차별
은 현재형으로 존재한다. 서구 백인의 담론 속에 흑인들은 '무식, 게으
름, 식인종, 가난'의 대명사로 취급된다.[7] 1963년에 마틴 루터킹 목사
가 피부색이 아니라 인격으로 흑인이 평가받는 세계를 꿈꾼다는 연설
도 흑백차별의 실상을 말해준다. 이런 점에서 주변부인 한국은 미국사
회의 주변부인 흑인과 갈등이나 분열보다 연대와 공존을 도모해야 할
것이다.

　그러나 당대 한국소설에서 흑인 미군은 비합리적이고, 폭력적이고,
충동적이라는 등의 부정적 수사로 도배질된다. 이에 비해 상대적으로
같은 미군이면서도 백인은 이성적이고, 지적이고, 온화하다는 긍정적
이미지로 부각된다. 여기서 우리는 서구를 향한 한국민의 이중적 욕망
을 읽어낸다. 한국의 동일시 대상은 분명 미국이지만 그것은 미국의
주류인 백인 문화였던 것이다. 이것은 한국이 서구 백인의 제국주의
담론을 비판없이 수용하였기 때문이다. 또한 흑인 미군병의 폭력에 피

---

7) 프란츠 파농은 『검은 피부, 하얀 가면』(이석호 옮김, 인간사랑, 1998, 179-
249쪽)에서 흑인이 왕성한 성적 능력을 자랑하는 야만인으로 취급되는 현실
에 강하게 이의를 제기한다. 흑인은 단지 육체적 능력만이 비정상적으로 발
달한 존재가 아니다. 흑인의 피부가 시커멓기 때문에 언어도, 영혼도 시커
멓다고 생각하는 것은 백인이 퍼뜨린 잘못된 흑인 신화이다. 흑인은 결코
추악한 악의 상징이 아니다. 그들은 백인과 같은 인간으로서 올바른 삶을
살기 위해 노력하는 존재들이다. 흑인이 악으로 규정된 것은 바로 백인의
제국주의 담론이 만들어낸 허구의 산물인 것이다.

해를 받은 한국의 역사적 경험이 더해져 증폭되었던 것이다. 한국전쟁을 그린 이동하의 단편 「전쟁과 다람쥐」(1966)에서 주인공 소년은 운동장에 숨겨둔 다람쥐를 구하기 위해 미군 병사 앞을 지나가야 하는데 사람 잡아먹을 듯한 귀신 같은 검둥이 병사보다 코가 큰 거인인 백인 병사가 낫다고 생각한다. 이런 모습에서 백인과 흑인을 차별적으로 대하는 한국인의 집단적 무의식을 확인할 수 있다. 한국민에게 제국의 주변부에 존재하는 흑인은 폄하 대상일 뿐 결코 연대의 대상이 아니다. 더욱이 흑인 차별은 서구제국주의 담론의 모방이기에 제국의 분노를 살 이유도 없었던 것이다.

이러한 흑백 차별의 심리에는 서구에 의해 상처받은 민족의 자존심이 존재한다. 서구에 대한 열등콤플렉스가 미국사회의 비주류인 흑인을 멸시함으로써 보상받고자 했던 것이다. 물론 그것은 서구적 근대나 미국에 대한 불만을 우회적으로 드러내는 방법이기도 했다. 기지촌을 그린 박순녀의 「엘리제초」(1965)에서 흑인이 사는 아프리카는 '살인 사기 혈투 유괴 총성'이 난무하는 저주받은 땅으로 여겨진다. 이런 실정에서 한국인과 흑인의 열린 교류를 기대하기 힘들다. 흑인을 희생양 삼아 자신의 열등감을 상쇄하려는 전술은 서구 제국주의 담론의 충실한 재현이다. 이것은 한국에 파견된 흑인 병사에게도 해당된다. 제국의 중심을 비판하지 못한 채 제국의 피해자 상호간의 멸시와 폄하는 오히려 식민지적 종속을 더욱 강화시킬 뿐이다.

> 영배는 흥분하는 브로커장을 무서워하면서 이 거리가 카사블랑카의 어느 뒷골목처럼 느껴졌다. 살인 사기 혈투 유괴 총성(銃聲)…… 이런 무시무시한 피비린내 나는 사건이 속출하는 북아프리카의 이름있는

그 도시처럼 느껴졌다. 그러나 아무 별다른 일은 일어나지 않았다.[8]

흑백차별의 논리는 '혼열아'의 문제에까지 이어진다. 같은 혼혈임에
도 불구하고 백인 혼혈아와 흑인 혼혈아는 상대적으로 다른 대우를 받
는다. 유주현의 「태양의 유산」(1957)에서 흑인 혼혈아를 낳은 삼순이는
아버지에 의해 쫓겨나는데 비해, 하근찬의 「왕릉과 주둔군」에서 백인
혼혈아를 낳은 금례는 아버지에 의해 내키지 않지만 일단 집안에 받아
들여진다. 흑인 혼혈아가 징그러운 괴물이라면 백인 혼혈아는 곤혹스
러운 애물단지로 취급되고 있는 것이다. 흑인 혼혈이든 백인 혼혈이든
혼혈아는 서구 문화의 침입과 왜소화된 한국의 모습을 알리는 일종의
거울 역할을 한다. 당대 한국은 이 거울을 이용해 자신을 반성하기 보
다 굴욕적 역사와 대면하는 데서 오는 고통에 시달린다. 그래서 혼혈
아는 한국사회에서 숨겨져야 하고 부정되어야 할 존재로 규정된다. 이
러한 냉대 속에 한국에도 미국에도 속하지 못한 혼혈아들은 또 다른
아픔을 겪어야 했다.

이것은 혼혈아를 낳은 일명 양공주에게도 해당된다. 60년대 소설에
등장한 양공주들은 대부분 생계 유지를 위해 서양인에게 몸을 판다.
오상원의 「황선지대」, 박순녀의 「엘리제초」, 오영수의 「안나의 유서」,
남정현의 「분지」 등에 나오는 여성은 모두 생존하기 위해 양공주란 직
업을 택한다. 특히 오영수는 단편 「안나의 유서」(1963)에서 한 젊은 여
성이 어떻게 해서 양공주로 전락하는지 그 과정을 자세하게 그린다.
전쟁통에 가족과 떨어진 한 젊은 여성은 남동생의 약값을 위해 처음
몸을 판다. 그때부터 그녀의 고난에 찬 인생 유전이 시작된다. 다방 레

---

8) 박순녀, 「엘리제초」, ≪현대문학≫, 1965.9, 113쪽.

지, 그곳에서 연결된 매춘, 친척집에 잠시 기거, 한 젊은 대학생과의 짧은 사랑, 끝내 양공주로 변신하여 안나라는 이름을 갖게 되는 그녀의 변천사는 바로 한국전쟁의 비극성과 전후의 궁핍함을 말해준다. 그녀는 사년 칠개월 동안 양공주 생활을 하면서 얻은 방광암으로 죽어간다. 그러면서 그녀는 자신은 결코 죄가 없다고, 왜 이러한 자신을 무슨 자격으로 동포들이 비난하느냐고 항변한다. 이러한 안나의 모습에서 주변부인 동양 한국에서 또 다시 주변화된 아웃사이더의 외침을 발견한다.

양공주 대부분은 서구인(특히 미군)이나 한국 남성에게 학대받으며 살아가는 기구한 운명의 소유자들이었다. 양공주에게 남아 있는 희망이란 서구인과 결혼해 미국으로 건너가는 것 이외에는 없다. 한국은 양공주에게 배타적 시공간이기 때문이다. 당대 한국인들은 서구중심주의를 공격하지 못한 대신 정작 사회적 약자인 양공주와 혼혈아에게 비난을 집중했던 것이다. 그들은 민족적 순수성을 훼손한 오명을 뒤집어쓴 채 당대 사회에서 철저하게 소외된다. 이렇게 잡종을 배격한 심리의 밑바탕에는 제국에 의해 손상된 민족적 자존심과 그나마 남아있는 순수한 혈통을 지키려는 보호본능이 자리한다. 이 과정에서 양공주와 혼혈아 등은 불행하게도 희생양이 되어야 했던 것이다.

민족적 순수에 대한 집착과 잡종에 대한 배척은 정한숙의 단편 「어느 동네에서 울린 총소리」(1963)에서 보듯 정상적인 국제결혼마저도 부정적으로 바라보게 만든다. 한국인 미숙과 미국인 마아크는 배타적 시선 때문에 한국에서 설자리를 찾지 못한다. 미숙은 남편과 함께 거리를 함께 나가면 자신을 양갈보라고 경멸하는 한국사람을 만나고, 미국사람은 자신을 얌전한 창녀라며 차갑게 대한다. 이처럼 한국이나 미국 어디에서도 환영받지 못한 이들 부부는 점차 사회에서 소외된다. 외인

주택이나 일반 한국인 마을에서도 편안하게 정착하지 못한 그들의 운
명은 파멸로 치달을 수밖에 없다. 배타적 시선에 의해 노이로제 증세
를 보인 마아크는 도둑을 잡겠다며 총을 들었다가 실수로 부인인 미숙
을 쏘게 된다. 이 장면에서 보듯 서구제국과 동양의 교류를 시도하는
중간지대는 양측 모두에서 배척된다. 하지만 튀기를, 잡종 문화를 인정
하지 않는 한국에서 오히려 서구적 근대에 대한 집요한 욕망을 발견할
수 있다는 것. 이러한 역설의 이중적 욕망 속에 서양과 동양의 식민지
적 관계는 공고해진다.

> 「야이 튀기 튀기!」
> 「잡아라 튀기!」
> 미숙은 벌떡 일어섰다. 몇몇 쪼무라기들에게 몰려 어린 남매가 쫓겨
> 들어왔다.
> 어린것들은 말이 서툴다. 격해진 남매는 볼이 불그락거렸다.
> 동생이 영어로 욕지거리를 먼저 퍼부었다.
> 그제서야 오빠가 서투른 우리말로 맞서고 나섰다.[9]

이처럼 1960년대 한국 소설은 서구 제국주의 담론을 내면화하여 '한
국인/흑인, 순종/잡종'이라는 변형된 이항대립체계를 형성한다. 제국주
의 담론의 피해자이면서도 오히려 제국의 식민주의 담론을 그대로 모
방했던 것이다. 그 결과 흑인, 양공주, 혼혈아 등은 제국과 동양 어디
에서도 환영받지 못한 존재로 전락한다. 제국과 식민지 사이에서 대화
의 물꼬를 트게 해줄 중간지대로서의 역할이 부정된 채 그들은 또 하
나의 침묵하는 '타자'가 되어야 했다. 식민지의 해방이 서구제국이 구

---

9) 정한숙, 「어느 동네에서 울린 총소리」, ≪현대문학≫, 1963.2, 43쪽.

축한 폭력적 이항대립체계를 해체할 때 가능하다는 점에서 이러한 식
민지적 모방은 해방의 가능성을 스스로 봉쇄한 자충수로 작용한다.

서구 근대에 대한 매혹과 잡종 문화의 배격 속에 1960년대는 민족적
순수성과 전통적 고유함에 눈을 뜬 시기이기도 하다. 하근찬의 「왕릉
과 주둔군」에서 등장한 '왕릉', 박순녀의 「엘리제초」에서 등장한 '콩밭
에서 반짝이는 이슬방울', 이동하의 「전쟁과 다람쥐」에서 '다람쥐' 등이
한국적 순수성의 원형으로 등장한다. 그렇지만 이러한 원형들은 이미
서구의 침입 속에 파괴되거나 곧 소멸되어버릴 운명에 처해 있다. 가
야트리 스피박은 제국주의 침략에 저항하기 위해 '순수한 뿌리'를 찾는
행위를 신랄하게 비판한다.[10] 서구 제국의 침입과 그 수용 과정 속에
이미 순수한 것들은 사라지거나 변형된다. 그럼에도 불구하고 순수한
원형을 계속 찾으려는 것은 또 다른 현실 도피이거나 신화의 구축일
가능성이 많다고 보기 때문이다.

5. 주체의 제한적 복원과 민족주의

미국과 강한 동일시 욕망에 사로잡힌 1960년대에 한국은 적어도 미

---

10) 스피박이 보기에 '순수한' 혹은 '원초적' 형태의 탈식민적 의식이나 정체성을
전제하는 것은 기만적 행위로 인식된다. 이러한 전제는 피지배자의 주체 구
성에 (신)식민주의가 아무런 영향도 끼치지 않았음을 강변하는 것과 마찬가
지이다. 식민적 주체 구성의 과정에서 피해받지 않는 순수한 원석(原石)이
존재한다는 것은 순진한 유토피아적 발상이며, (신)식민적 권력이 자행한
폭력의 역사를 희석시키는 행위로 전락할 위험성이 다분한 것이다.(버트
무어-길버트, 『탈식민주의! 저항에서 유희로』, 이경원 옮김, 한길사, 2001,
212쪽)

국과 한몸이라고 생각했다. 차라리 미국의 51번째 주가 되면 좋겠다는 식의 자기비하적 동일시 욕망이 강렬한 시기였던 것이다. 이러한 맹목적 서구중심주의의 추종에 대해 일부 작가들은 단호하게 이의를 제기한다. 4·19혁명에 의해 촉발된 민족의식의 각성과 미제국에 의한 축적된 피해경험도 저항적 움직임에 힘을 실어준다. 우리는 이 시기에 제국에 대항하는 저항담론을 형상화한 대표적 작가로 남정현과 박순녀를 손꼽을 수 있다. 이 두 작가는 모두 제국과의 대응 과정에서 자연스럽게 생성된 대타적 민족주의를 기반으로 작품 세계를 펼친다. 한국인들의 머리속에 각인된 제국의 영상은 미국보다 한반도를 35년 동안 지배한 일본이었다. 1964년 굴욕적 한일협정에 대해 불길처럼 일어났던 시위의 물결은 한국인의 민족의식이 어떤 상대를 향하고 있는지 잘 보여준다. 이처럼 미국을 하나의 제국으로 인식하지 못한 상황에서 남정현과 박순녀 등이 보여준 주체적 대미 인식은 제국의 종속에서 벗어나려는 움직임을 알리는 신호탄이었다.

박순녀는 사실주의 수법을 사용해 미국의 실체에 다가간다. 박순녀의 단편 「외인촌 입구」(1964)는 미군의 가정부인 하우스보이와 하우스걸의 삶을 통해 제국과 식민지의 문제를 조명한다. 이 작품에 등장하는 하우스 보이와 하우스 걸은 모두 대학생이다. 이들이 미국인과 생활하는 모습에서 우리는 당대 지식인층이 강대국 미국을 어떤 시각에서 바라보고 처신했는지 확인할 수 있다. 여성인 '나'와 김찬우가 미제국의 강자 논리 앞에서 동족끼리 서로 의지하여 삶의 정체성을 찾고자 한다면, 예전에 반미를 외쳤던 김순배는 이제 열등콤플렉스에 빠진 채 미제국의 이익을 위해 봉사하는 패배주의자로 비쳐진다. 김순배는 주인과 노예의 관계에서 필요한 것은 수평적 대화가 아니라 명령과 순종이라는 사실을 체득한다. 고학생인 그의 꿈은 풍요를 상징하는 서구의 백인이 되는 것이다. 그 꿈을 실현하기 위해 김순배는 민족보다 미제 국의 이익을 위해 앞장서는 매판적 지식인의 전형적 모습을 보여준다. 박순녀는 이러한 인물의 형상화를 통해 제국에 기생하는 매판적 세력 에 대해 날카롭게 비판했던 것이다.

> 「네(필자 주 : 김순배) 얼굴을 보고 있으면 네가 미국에 가고 싶어 하는 걸 잘 알 수가 있지. 너는 아마 미국에만 가게 되면 그 담엔 자기 가 코리언이라는 걸 잊고 싶어질 거야. 그때는 어떻게 하면 되는지 아 나?」(중략)
> 「그땐 그곳에서 여자를 얻어야 하겠지. 그 여자가 이세만 낳게 되 면 너는 영광스러운 미국시민의 부친이 될 수 있으니 말야. 한국의 영 리한 대학생들은 아마 그것이 평생의 소원일 걸.(중략)
> 「여잔 흑인이나 푸에루토·리꼬인을 얻게. 그러면 네 자존심도 살 릴 수 있을테니.」[11]

이 작품에서 한국인이 빈곤과 결핍의 식민지라면 백인인 미군 커널 은 제국의 풍요와 권력을 상징한다. 그는 한국인을 '인간' 취급하지 않 는 전형적인 식민주의자이다. 커널이 보기에 한국인은 이성적 능력이 전무한 쓰레기이자 자신의 물건을 훔치는 도둑일 뿐이다. 이런 인식의 바탕 위에서 상위 주체인 미국이 열등한 하위 주체인 한국을 지배하는 것이 당연하다는 사고를 보인다. 하위 주체는 아무리 상위 주체인 서 구 미국을 모방하려고 해도 결코 상위 주체가 될 수 없다. 커널은 미국 에서 푸에루토·리꼬인을 백인으로 착각해 안아보고 좋아하는 한국장

---

11) 박순녀, 「외인촌 입구」, ≪사상계≫, 1964.11, 353쪽.

교들을 예로 들며 한국인이 결코 자신과 동격이 될 수 없음을 언급한
다. 미국인의 기준에서 보면 푸에루토·리꼬인은 흑인보다 못한 부류
의 인간으로 취급된다. 따라서 그런 푸에루토·리꼬인과 성적 결합을
했다며 좋아하는 한국인은 푸에루토·리꼬인과 동격이거나 그보다 못
한 열등한 존재로 취급된다.

그렇다면 한국인을 경멸하는 미국인 커널은 도덕적 타당성을 겸비한
우월한 존재인가. 그는 한국 건설업자에게서 커미션을 착복하고, 한국
인을 노예처럼 부리는 근거없는 인종주의자에 불과하다. 서구가 동양
보다 우월하다는 것을 증명할 아무런 표시도 그에게 없다. 이것은 작
가 박순녀가 서구를 바라보는 시각의 일단을 보여준다. 그녀에게 서구
와 동양은 우열의 관계가 아닌 동격이다. 그래서 그녀는 한국인을 도
둑으로 모는 미군 커널의 편견에 당당하게 맞서는 민족주의자 김찬우
를 등장시킨다. 박순녀는 제국의 부당한 폭력에 대해 동양이 더 이상
침묵하는 주체가 아님을 보여주고자 했던 것이다. 찬우가 덩치 큰 커
널을 때려눕힐 수 있었던 것은 권투선수로서 평소 체력단련을 열심히
했었기 때문이다. 여기에서 작가는 민족의 자주성을 지키기 위해 힘을
키워야 한다고 우회적으로 암시한다.

남정현은 사실주의적 수법이 아니라 알레고리 형식의 단편 「분지(糞
地)」(1965)를 통해 미제국의 폭력성을 폭로한다. 이 작품은 북한의 기
관지 ≪통일전선≫에 무단으로 전재가 되어 반공법 위반의 논란에 휩
싸이면서 1960년대 반미소설의 대표작으로 등재된다. 이 소설에서 주
인공 홍만수의 어머니는 미군에게 강간을 당하고, 여동생 분이는 미군
스피드 상사의 정부가 되어 성적으로 학대받으며 살아간다. 홍길동의
자손이자 독립투사인 아버지를 둔 홍만수는 이 사실에 분개하지만 그

에게 상황을 타개할 능력이 없다. 스피드 상사가 폭력적 미제국이라면, 분이와 어머니는 핍박받는 식민지 약소국을 상징한다. 어느 날 홍만수는 한국에 온 스피드 상사의 부인인 비취를 강간하고, 이 사실을 안 미국의 펜타곤 당국은 홍만수를 응징하기 위해 이삼억불의 군비를 사용해 향미산을 폭격하고자 한다. 이때 홍만수는 그 폭격에 맞서 투쟁하겠다는 민족적 의지를 당당하게 보여준다. '반미'가 금기였던 시기에 남정현이 「분지」에서 보여준 주체적 움직임은 식민주의 노예 담론에 길들여졌던 당대에 일대 충격이었다.

> 여사(필자 주 : 스피드 상사 부인)는 연신 악을 쓰며 몸을 비틀다가 활활 타는 저의 동자를 대하곤 뜻한 바가 있던지 제발 죽이지만은 말아달라고 애원하듯 하고는 이내 순종하는 자세를 취해주더군요.(중략)
> "원더풀!"
> 얼마만에야 무슨 위대한 결론이라도 내리듯 이마의 땀을 씻으며 겨우 한마디 하고 여사의 몸에서 내려온 저는 세상이 온통 제 것 같아서 견딜 수가 없더군요.[12]

그런데 이 작품의 문제점은 홍만수가 보여준 민족주의가 단순한 복수심의 논리에서 크게 벗어나 있지 못하다는 데에 있다. 스피드 상사 부인을 강간한 홍만수의 심리를 살펴보면 민족의식의 고취와 주체성 회복이라는 대의명분을 내세우지만 그 심층에 열등콤플렉스가 존재한다. 그는 백인 여자를 소유함으로써 자신이 갖고 있는 열등콤플렉스를 해소하려고 했던 것이다. 백인 여자를 소유함으로써 자신도 백인과 같

---

12) 남정현, 『분지』, 한겨레, 1987, 335쪽.

이 우월한 지위를 확보할 수 있다는 착각. 이 논리의 연장선에서 보면 홍만수의 백인 강간은 서구 백인이 되고 싶은 동일시 욕망의 반영에 불과하다. 만일 그렇다면 그의 거창한 반역의 몸짓은 자기기만을 위장한 한낱 사기술에 지나지 않는다. 설사 그것이 아니더라도 제국주의와 닮은 폭력의 반복은 그가 내세운 민족주의의 취약성을 보여준다.[13] 편협한 민족주의는 상황의 변화에 따라 제국주의로 변신할 가능성이 많기 때문이다.

제국주의 담론에서 서구는 남성으로, 동양은 여성의 이미지로 형상화된다. 동양 남성인 홍만수가 백인 여자를 강간한 상징적 행위는 기존의 서구중심주의에 대한 전복이었다고도 할 수 있다. 그렇지만 아무리 알레고리적 상징성을 고려한다고 해도 저항적 폭력이 힘없는 약자인 여성으로 향해질 때, 피식민지 주체의 도덕적 정당성은 상실된다. 그럼에도 불구하고 홍만수가 폭력의 당사자인 스피드 상사를 직접 응징하지 못했던 것은 제국의 권력에 의해 저항의 내용이 변질되었다고 보아야 한다. '스피드 상사'가 장교가 아닌 일반 사병에 불과하다는 점에서 이 부분은 다시 한번 확인된다. 즉 스피드 상사는 미군의 지배층이 아닌 피지배층, 주류가 아닌 비주류이다. 따라서 독자가 보기에 서구제국의 부정적 폭력성은 극히 일부에 불과하고, 작가가 비판하고자

---

13) 이석구는 「식민주의 역사와 탈식민주의 담론」(≪외국문학≫, 1997. 봄호, 141쪽)에서 "백인의 통치에 맞서 싸우는 저항적 민족 문학이나 해방을 맞이한 후의 탈식민주의 문학에 있어 민족주의의 고취는 과거에 대한 막연한 동경과 이상주의로 빠지기 쉽다. 이러한 경향의 문학은 백인의 것은 무조건 우월하고 아름답다는 식민주의 담론과 유사한 "인식론적 모순"에 빠지게 된다. 식민주의 담론과 다른 것이 있다면, 이번에는 백인을 타자의 위치에 세움으로써 흑인(필자 주 : 동양)을 이상화하는 점이다."라며 민족주의의 위험성을 지적하고 있다.

했던 것은 미국의 중심이 아닌 주변이라는 생각을 낳게 한다. 다시 말해 홍만수의 이의제기는 제국의 폭력성을 효과적으로 공격하지 못한 채 변죽만 울렸던 것이다. 이런 점을 고려해보면 작가 남정현도 반공 이데올로기에서 자유롭지 못했음을 알 수 있다.

1960년대에 남정현이나 박순녀 등이 발견한 출구는 미제국과의 대타적 의식 속에서 생성된 소박한 의미로서의 저항적 민족주의다. 이것은 같은 피를 나눈 민족끼리 서로 의지하며 살아가야 한다는 식의 원론적 수준을 보여준다. 이러한 심정적 차원의 민족주의는 제국의 교묘한 담론 앞에 무력할 수밖에 없다. 제 3세계적 시각을 결여한 채 서구제국에 막연히 대항하는 민족주의는 그 저항 자체가 일정한 한계선에 갇혀 버린다. 게다가 당대의 민족주의는 서구제국의 이항대립체계를 모방해 소수 세력을 배척하거나 민족적 순수 혈통에 집착하는 닫힌 모습을 보여준 바 있다.

6. 서구중심주의의 극복을 향해

서구의 제국주의 담론은 근대란 장미빛 청사진에 포장되어 전달되었다. 보릿고개로 대표되는 경제적 궁핍에 시달리던 당시 한국에게 미국식 근대화는 궁핍의 탈출과 풍요의 도달로 여겨졌다. 그 지점에 도달하기 위해 모든 것이 미국식 잣대에 의해 평가받으면서 전통적인 것들은 진부 내지 고루함이라는 이미지 속에 폐기 처분되거나 구석으로 밀려나버렸다. 이런 상황에서 미국은 제국주의 국가라기보다 자본주의의 수호자이자 북한의 위협에서 우리를 지켜주는 아버지같은 보호자로 인식되었다. 따라서 '반미(反美)'는 박정희 군사정권에 의해 근대화에 대한 적이자 북한을 이롭게 하는 이적 행위로 취급되었다. 여기에 주체적 인식이 끼어들 자리는 협소했다.

1960년대 한국소설에서 '서구/동양, 빛/어둠, 백인/유색인, 중심부/주변부, 선/악, 남성/여성, 거인/소인'이란 이항대립적 재현체계는 그대로 투영되어 나타난다. 서구적 근대에 대한 매혹과 반공이데올로기의 족쇄 속에 한국의 작가들은 자신도 모르게 제국주의 담론을 내면화하여 작품에서 확대 재생산했던 것이다. 이러한 모방은 결과적으로 제국의 지배를 보편타당 하다고 용인하는 행위이자 우열 관계에 대한 승인이었다. 이 과정에서 민족의 정체성은 훼손되고 식민지적 종속은 더욱 공고화된다. 이렇게 손상된 민족 자존심은 민족적 순수성 추구와 잡종문화에 대한 배격으로 나타난다. 한국은 상대적으로 사회적 약자인 흑인, 혼혈아, 양공주 등을 희생양 삼아 손상된 자존심을 위안 받았던 것이다. 이러한 희생양 전략은 중간지대의 부재와 다원성 결핍을 노출하면서 제국에 효과적으로 대응하는 것을 방해한다.

서구 제국에 자신을 동일시한 시기였지만 일부 작가들에 의해 민족적 주체성에 대한 자각의 움직임이 일어난다. 남정현은 알레고리적 수법으로, 박순녀는 정통적 사실주의 기법으로 미국의 실체에 접근하고자 한다. 그것은 당대의 반공규율사회가 설정한 금기의 선을 뛰어넘어 미제국의 허상을 벗기는 작업이었다. 억압된 타자의 복귀로 표현될 이러한 시도는 서구제국의 탈신비화를 통해 상호 공존의 길을 찾고자 했던 것이다. 그렇지만 아쉽게도 남정현과 박순녀의 저항적 담론은 서구중심주의를 완전히 해체하지 못한 채 제국주의 담론에 갇혀 버린다. 이것은 서구적 근대화를 추진한 1960년대와 작가 자신의 한계이기도 했다.

서구와 동양의, 미제국과 한국의 관계는 단순히 지배와 피지배, 중심과 주변의 문제로만 끝나는 것이 아니다. 제국은 분단체제를 생성 유지시킨 중요 요인이다. 이것을 간과한 채 어느 한쪽에만 매달릴 때 분단과 제국의 문제가 별도인 것처럼 생각하기 쉽다. 분단문제를 다룬 최인훈의 장편『광장』(1960)에서 보듯 당대 소설은 분단과 제국의 문제를 분리시켜 전개한다. 당대 작가들은 분단과 제국의 문제를 함께 인식하는 역사적 전망을 확보하지 못했던 것이다. 이런 상황에서 서구중심주의 극복을 향한 움직임은 개별적으로, 산발적으로 이루어질 수밖에 없었다. 일부 작가에 의해 탈식민주의 문학을 위한 첫발을 내딛지만 그 성과가 만족스럽지 못했던 것도 바로 이러한 총체적 시각의 결여에서 비롯된다. 1960년대 소설이 지닌 서구콤플렉스는 제3세계적 시각이 반영된 민족문학론이 1970년대에 본격적으로 등장하면서 어느 정도 극복된다.

펄벅 소설에 표출된 경계인의 시선

─ 한국 배경의 소설을 중심으로

1. 펄벅의 생애와 문학

　펄벅(1892~1973)은 1892년 미국에서 태어난 지 3개월 만에 아버지의 선교사 임무를 따라 중국으로 이주한다. 그녀는 유소녀 시절을 중국에서 보내면서 영어보다 중국어를 먼저 배울 정도로 중국에 동화된다. 이 시기에 펄벅은 중국인 유모인 왕에게서 중국의 옛이야기를 많이 듣고, 공 선생에게서 한문도 배운다. 이처럼 펄벅은 비록 피부는 하얗지만 중국인 사이에서 자라면서 자신의 고향을 중국으로 알 정도로 중국을 내면화한다. 이러한 심정적 일체감은 9살 때 백인들을 학살하는 의화단운동이 발생하여 펄벅 가족이 피신하면서 균열하기 시작한다. 그때까지만 해도 펄벅은 자신이 황인종이 아닌 백인이라는 사실을 그렇게 심각하게 생각하지 않았던 것으로 보여진다. 1900년에 일어난 의화단운동은 중국 화북 일대에서 일어난 배외적(排外的) 농민투쟁으로 북경까지 침입하여 열강의 공사관을 공격하였다. 외부에 의한 생명의 위협 속에 펄벅은 백인으로서의 정체성에도 눈을 뜨게 된다. 이러한 사건 속에 펄벅은 동서양의 갈등 문제에 깊은 관심을 갖게 된다. 펄벅은 중국에서 여학교를 다니다가 1910년에 미국의 남부에 소재한 랜돌프메이컨 여대에 입학하여 심리학을 전공했다. 졸업 후 다시 중국으로 돌아와 중국의 농업을 연구하던 존 로싱 벅과 결혼했으나 결혼 생활은 전반적으로 불행했다. 1920년에 펄벅은 캐럴 그레이스라는 딸을 낳았으나, 그 아이는 대사장애 유전병인 페닐케토뇨증에 걸린다. 이 해에 펄벅은 자궁에서 종양이 발견되어 떼어내는 수술을 받는다. 그 여파로 그녀는 더 이상 애를 가질 수 없게 된다. 딸 캐럴의 장애와 더 이상 애를 가질 수 없는 불임의 처지는 펄벅의 인생에 심대한 영향을 미친다. 펄벅이 나중에 장애아의 복지 문제와 혼혈아에 입양에 관심을 쏟은 것도 이러한 심리적 외상과 무관하지 않다.

펄벅의 문학을 형성하는 데에 영향을 미쳤던 것은 성경과 『수호지』 『삼국지』 『서유기』 등의 중국 전통 문학이다. 그녀가 문학을 창작하게 된 직접적 이유는 선교사로서 항상 돈이 곤궁했던 처지에서 벗어나고 싶은 욕망이 계기가 되었다. 펄벅은 다소 늦은 나이인 38세인 1930년에 『동풍, 서풍』을 출간하면서 작가로서 본격적인 출발을 한다. 펄벅의 소설은 중국의 이야기 전통과 선교 활동에서 영향 받아 윤리적 확고함 속에 서사를 전개한다. 펄벅은 1931년에 『대지』를 출간해 베스트셀러가 되면서 작가적 명성을 얻기 시작한다. 펄벅의 『대지』는 낙후된 전근대적인 모습의 중국인상에서 벗어나 그들의 가치를 인정하는 문화 다원주의를 실현한 선구자적인 작품이었다. 펄벅은 잡지에 일부 선교사들을 비판하는 글을 실으면서 결국 1933년 5월 1일에 선교사 직을 사임한다. 그 이후 펄벅의 삶은 소설 창작, 여성 인권운동, 인종차별 반대, 아시아 알리기, 장애인 권리 보호 등에 정력적인 열정을 바친다.

펄벅은 1932년에 퓰리처상과 1938년에 노벨문학상을 수상하면서 작가적 명성에 권위를 부여받았다.

펄벅은 생애에 90여편이 넘는 장편소설을 쓴 대중적인 베스트셀러 작가였다. 한국에서 펄벅을 소개하는데에 앞장섰던 영문학자 장왕록도 "大衆毒刺를 즐겁게 해줄뿐만 아니라 그들을 啓蒙하고 그들의 榮養이 될만한 作品을 써서 앞날에 知覺 있고 快癒한 世界를 創造하는데 이바지 하고자 하는 Pearl Buck은 理想主義的 경향을 가진 大衆作家라 할 수 있을 것이다."[1]라고 평한 바 있다. 비록 그녀의 소설은 당대에 인기가 있었지만 지식인층이나 전문 독자에게 매력적인 작가로 대접받지는 못했다. 이것은 그녀의 소설이 독특한 문체나 내면심리의 천착 등 당대의 첨단 문학 기법과 동떨어진 채 낯익은 전통적 수법을 애용했기 때문이다. 게다가 펄벅의 소설은 당시 미국인에게 관심이 적은 아시아, 특히 중국에 대해 이야기함으로써 이국적인 정취인 엑조티시즘(exoticism)을 불러일으켰으나 당대 미국인의 주요 관심사는 아니었다. 여성 문인들의 작품을 저급한 것이라고 생각하는 당시 대다수의 남성 문인들의 비판적 입장도 반영되었다고 봐야 한다. 이밖에도 피상적인 인물의 형상화, 우연에 기반한 사건 전개, 작가의 지나친 의도 노출 등은 작품의 격을 떨어뜨렸다. 그리고 무엇보다 다작의 작가였다는 점은 그가 한 작품에 창작의 에너지를 집중하지 못하도록 만들었다.[2]

---

1) 장왕록, 「W. Somerset Maugham과 Pearl S. Buck 比較研究」, ≪영어영문학≫ 3집, 1955, 229쪽.

2) 송홍한은 「펄벅의 소설에 나타난 국제주의」(≪동아영어영문학≫ 12집, 1996, 348쪽)에서 "펄 벅은 그녀 스스로 다작으로 인한 약점을 인정했으나, 그녀의 문학활동이 민족과 국가를 뛰어넘어 인류공통의 인간성을 설파하고 동서양의 갈등과 편견을 없애려는 목적에 바탕을 둔 것이었음을 인정한다면, 그

펄벅의 노벨상 수상은 문학작품에 대한 평가도 있었지만 그보다는 파시즘 비판과 동서양의 화합을 도모하는 인도주의적 정신이 상당 부분 영향을 미쳤다고 보여진다. 수상이 결정되었을 때 펄벅 자신도 뜻밖이었다고 표현했지만, 미국 지식인층과 다른 문인들도 대부분 냉담한 반응을 보였다. 펄벅 평전을 쓴 피터 콘도 펄벅에 대해 다음과 같은 냉정한 평가를 내리고 있다.

> 우선 그녀는 친숙한 양식의 글을 손쉽게 접할 수 있도록 쓰는 대단히 인기 있는 소설가였다. 그 사실만으로도 그녀의 책들은 문학 담당 언론인들과 학계 평론가들이 선정하는 새로운 명작 목록에서 거의 자동적으로 제외되었다. 그들은 주로 문체 실험을 토대로 삼아 명작을 선택했기 때문이다.
>
> 게다가 펄은 주로 여성들의 흥미없는 일상 생활 이야기를 쓰는 여성이었다. 그것은 잃어버린 세대의 남성들과 그들의 옹호자들에게는 그다지 관심 없는 주제였다. 또 그녀는 종교 문제를 진지하게 다룸으로써 대다수 미국인들과는 긴밀하게 이어졌지만 지식인 층과 결별하게 되었다. 마지막으로 그녀의 책들은 아시아를 무대로 했기 때문에, 이국적이긴 하지만 단지 색다른 것으로 비쳐졌다. 여전히 미국의 평론가들과 학자들 대다수는 의미 있는 문화적인 질문을 하고 대답을 구할 곳은 유럽이라고 생각하고 있었다.[3]

이러한 요인의 복합 속에 펄벅의 소설은 미국문단에서 미학적 성취

녀로서는 대중이 이해하기 쉽고 손쉽게 구해 볼 수 있는 작품을 많이 내놓아야 했을 것이다. 그녀가 다작의 작가라는 점은 그녀의 대중성과도 일맥상통한다"고 평한다.

3) 피터 콘, 『펄벅 평전』, 이한음 옮김, 은행나무, 2004, 278쪽.

도가 떨어지는 것으로 평가받아 문학사에서도 외면된다. 펄벅이 한국을 배경으로 소설을 쓰기 시작한 것은 1950년대로서 나이도 50대말경이었다. 작가로서나 사회운동가로서 전성기가 다소 지난 시절이라 할 수 있다. 펄벅은 한국을 배경으로 한 『한국에서 온 두 아가씨』(1951), 『살아있는 갈대』(1963)와 한국의 혼혈아를 소재로 한 소설 『새해』(1968)를 썼다. 이외에도 동화책으로 『매튜, 마크, 루크, 존 Matthew, Mark, Luke and John』(1967)이 있다. 한국을 배경으로 한 소설들은 문학사적 가치보다 펄벅이 한국을 이해하려고 노력했다는 점과 자신이 이해한 한국을 미국에 소개하여 한미 관계를 돈독하게 하려 했다는 점이 높게 평가받을 만하다. 펄벅은 중국 당국에 의해 입국이 거절된 탓에 생전에 다시 중국에 들어가지 못했다. 펄벅은 중국과 유사한 나라인 한국에 와 봉사활동을 통해 중국 내지 동양에 대한 그리움과 애정을 드러냈다. 필자는 이 글에서 한국을 배경으로 한 펄벅의 소설을 중심으로 소설에 나타난 한국과 미국의 이미지를 분석하고자 한다. 그것은 궁극적으로 이질적인 '서구 대 동양, 한국 대 미국'이라는 양자의 대립 구도를 넘어 상대를 좀더 이해하기 위해서이다. 펄벅에 대한 연구는 한국, 중국, 미국 등에서 외면을 받았다. 최근 들어 이러한 경향에 변화의 조짐이 불면서 펄벅을 재조명하려는 연구가 생겨나고 있다. 영문학자 심상욱은 "펄 벅은 서양에 처음으로 아시아인의 목소리를 들려준 미국작가로, 동-서 문화교류에 힘쓴 진정한 오리엔탈리스트였다"[4]고 높게 평가한다. 이 글은 한국을 배경으로 한 소설을 중심으로 펄벅 문학에 대한 재조명이라고 할 수 있다.

---

4) 심상욱, 「동·서 양쪽에서 재조명되는 펄벅」, ≪신영어영문학≫ 37집, 2007. 8, 91쪽.

2. 서구에 한국의 근대사 소개

미국이 일본과의 전쟁에서 승리하자 그 부산물로 한국은 1945년 8·15해방을 맞이한다. 이때 아시아에 대한 미국의 관심은 중국과 일본에 집중되었지 한국에 대해 특별한 관심을 보이지 않았다. 미국은 북쪽에 소련군이 진주하자 점령군의 자격으로 남한에 서둘러 진주했을 뿐이다. 미국은 한국이 무엇을 정확히 욕망하고 있는지 관심조차 없었다. 그래서 가급적이면 일본이 남긴 식민지 제도를 활용하여 임시로 통치하고자 한다. 그렇지만 그것은 점령정책의 잇따른 실패나 혼란으로 이어졌고, 남한의 좌우 갈등을 격화시켰다. 미국은 남한에 이승만이라는 친미정권을 세우는 것으로 만족하고 이 땅에서 손을 뗀다. 당시 미국은 한국을 중국과 일본 사이에 낀 희미한 존재로 인식했던 것이다. 1950년 한국전쟁이 터지자 미국은 다시 한반도에 등장한다. 냉전체제의 등장은 한국의 전략적 가치를 재평가하는 계기를 제공한다. 이후 미국은 남한과 한미동맹의 관계를 구축하는 돈독한 모습을 보여준다. 그럼에도 불구하고 대부분의 미국인들은 한국에 대해 무지하다는 사실은 변함이 없었다. 한국전쟁을 통해 전파된 한국의 궁핍과 폐허의 이미지는 미국인에게 한국에 대한 부정적 이미지를 강화시킨다. 이런 것을 시정하고 한국의 긍정적 문화를 서구 세계에 알릴 수 있는 통로도 없었기에 왜곡된 한국인상이 서구에서 오랫동안 유통되는 결과를 낳는다.

이러한 시기에 펄벅은 한국의 고유한 문화와 긍정적 이미지를 미국에 전달하는 대외적 창구 역할을 한다. 펄벅이 노벨상수상 작가라는 상징적 권위가 더해지면서 한국의 역사와 진실을 미국에 전달하려는 펄벅의 존재는 한국인에게 서구와 소통할 수 있는 일종에 비단길로 인식되었던 것이다. 이것은 필연적으로 펄벅에 대한 아우라적 신비화를 탄생시킨다. 펄벅은 중국이 공산화되면서 중국을 비하하고 공산주의에 비판적이었다는 이유로 중국에 다시 돌아갈 수 없는 존재가 된다. 이런 상황에서 펄벅은 중국과 유사한 환경의 한국을 통해 고향에 돌아가고 싶은 욕망을 대리충족시켰던 것이다. 펄벅은 중국을 서구에 소개해 무지몽매한 중국이라는 고정관념을 해체했듯이, 한국의 문화와 역사를 미국에 소개함으로써 서구 위주의 오리엔탈리즘을 해체하고자 한다. 펄벅이 한국을 배경으로 그린 첫 번째 소설은 한국에 파견된 미국 선교사의 두 딸이 미국에 돌아와 겪는 사건을 그린 『한국에서 온 두 아가씨』(1951)이다. 이 소설에서 한국은 직접적으로 등장하지 않고 두 아가씨의 말을 통해 간접적으로 한국의 소박한 모습이 전달된다. 이것은 작가 자신이 한국에 한번도 와보지 않은 상태에서 소설적 상상력을 발휘한 탓에 구체적으로 그려낼 수 없었기 때문이다. 펄벅이 한국에 대해 구체적으로 쓴 것은 1963년에 쓴 『살아있는 갈대 The Living Reed』이다. 이 소설을 번역해 한국에 소개한 장왕록은 펄벅의 문학적 역할에 대해 동양을 서양인에게 이해시키는 중요한 매개체라는 것을 강조하고 있다.

> 펄벅이 東洋에서도 작은 나라인 한국에 대해서는 깊은 관심을 가지고 있다는 것은 여사의 말과 행동에 번번히 나타나곤 했지만 이번에 韓國 배경의 大長篇을 발표함으로써 그것을 완전히 증명하였다. 이 책 첫머리에서 여사는 우선 짤막하게나마 隱遁國이라고 일러진 한국의 역사를 외국인 독자들에게 소개하고 있다. 우리는 이 사실에 주목해야 한다. 펄벅은 동양을 서양인에게 이해시키는 것을 최대의 사명으

로 여기는 작가인 것이다.[5)]

『살아있는 갈대』의 주인공 김일한(金一韓)은 열강의 서세동점(西勢東漸)이 시작될 무렵에 왕실 친척으로서 그의 아버지와 함께 조정의 갈등 상황에 깊숙이 관여한다. 흥선대원군 축출과 명성황후 시해 사건 이후, 일제의 침략이 본격화되면서 김일한 가족은 낙향하여 아들 연춘과 연환에게 학문을 가르치며 지낸다. 성장한 김일한의 아들 연춘은 독립투쟁을 위해 집을 떠나고, 학교 교사가 된 아들 연환은 독실한 기독교 신자인 동료 교사인 인덕과 결혼하면서 점차 식민지적 현실에 각성한다. 그러던 중 연환은 3·1운동 때 불타는 교회에 갇힌 아내와 딸을 구하려다가 함께 죽고 만다. 홀로 남겨진 그의 아들 김양(金陽)은 할아버지 김일한이 키우게 된다. 한편 연춘은 중국과 만주 일대를 누비며 독립투쟁을 계속하여 전설적인 인물이 된다. 독립투쟁의 동지인 한녀는 연춘과 동거하다가 샤샤를 낳고 병들어 죽게 된다. 제2차 세계대전이 일어나자 귀국길에 오른 연춘은 우연히 샤샤를 만나 조선에 함께 오게 된다. 일본의 패전 속에 미군의 진주를 환영나간 길에 연춘은 일경에 의해 살해된다. 이 사건에 충격받은 샤샤는 형인 김양과의 갈등 속에 북으로 떠난다. 이러한 장면은 곧 이어 터질 남북 분단의 비극을 강하게 암시한다.

이처럼 『살아있는 갈대』는 구한말인 1881년부터 1945년 해방 되던 시기까지를 시간적 배경으로 삼고 있다. 작가는 왕실과 친척 관계인 김일한의 가족인 4대를 소설에 등장시켜 구한말의 격동,·일제식민지

---

5) 장왕록, 「펄벅여사의 동양관」, ≪사상계≫, 1963.11, 322쪽.

시대, 해방의 감격 등을 순차적으로 그린다. 이 중에서 소설의 서사를 이끄는 중심은 김일한이 활동하는 구한말과 일한의 자식인 연춘과 연환이 활동하는 일제식민지 시대이다. 한 마디로 이 소설은 한국전쟁 이전에 발생했던 한국의 역사를 미국 독자에게 알려줌으로써 양국의 문화를 상호 이해하는데 도움이 되고자 한다. 펄벅은 온갖 역경에도 굴하지 않고 다시 일어서는 한국인의 끈질긴 생명력을 '살아 있는 갈대'로 비유하며 한국의 이미지를 긍정적으로 형상화한다. '살아있는 갈대'는 전설적인 독립투사인 김연춘의 별명이기도 하다. 펄벅은 제목을 통해 현재는 어려울지 모르지만 한국의 미래는 밝을 것이라는 암시를 하고자 했던 것이다. 펄벅은 이 작품에서 한국을 금수강산의 아름다운 나라로 묘사하면서, 이곳에서 살고 있는 조선 민족은 명랑하고 부지런하고 검소하며 용감한 사람이라고 칭찬한다. 일제식민주의자들은 한국을 수동적이고, 패배적이며, 게으르고, 열등한 민족이라는 식민사관을 전파했었다. 이에 비해 펄벅이 바라본 한국의 모습은 적극적이고 역동적인 모습이다. 이러한 이미지의 차이는 펄벅이 한국에 대해 지닌 애정의 정도를 말해주는 것이다.

  주옥같은 바위와 땅이 있는 이 나라 조선, 산줄기에는 귀중한 광물이 풍부히 매장되어 있고 강줄기에서는 금빛 강물이 출렁이고 백성들의 뜨거운 마음이 바다에까지 뻗쳐 있는 이 금수강산의 나라, 이 예의범절의 나라는 틀림없이 지구상에서 보석 같은 나라 가운데 하나였다.6)

---

6) 펄벅, 『살아있는 갈대』 하권, 장왕록 옮김, 동문사, 107쪽.

"조선 민족이 자랑해도 좋을 민족이며, 그 모든 시련 속에서도 대단히 쾌활하고, 말할 때는 재치가 뛰어나며, 명랑한 노래를 즐겨 부르고, 부지런하고 검소하며 용감한 사람들"7)

이 소설에서 한국인 독자들이 놀라는 것은 한국의 역사에 대해 작가의 풍부한 지식이다. 펄벅 자신은 작품의 서문에서 "나는 내가 한국을 방문했을 때 알게된 사실들과 중국에서 살 때 보았던 것에 기초하여 상상력을 발휘하여 등장 인물들을 구상하였다. 나는 이 소설에서 한국인들을 묘사할 때마다 항상 그들에게 진실되려고 노력하였다."8)라고 언급한 적이 있다. 결국 동양을 이해하려는 작가의 노력과 중국 체험이 한국에 장기간 체류한 적이 없으면서도 한국의 근대사를 비교적 정확하게 형상화하는 성과를 낳았던 것이다. 그러나 다른 서양인에 비해 놀라울 정도로 한국의 역사를 통찰하고 있지만 이 소설에서도 여러 군데 역사적 현실과 다른 부분이 존재한다. 외국인이라는 작가의 한계와 길지 않은 창작기간은 끝내 이 작품의 리얼리티를 충분히 확보하지 못하게 한다. 필자는 펄벅이 한국의 근대사에 대해 좀더 오랜 기간 충분히 공부했다면 좀더 좋은 소설이 나올 수 있었다고 본다. 하지만 고령의 나이와 주거지가 미국이라는 사실은 이것을 불가능하게 만들었다.

펄벅은 『살아 있는 갈대』에서 동서양의 문명을 잇는 경계인을 지속적으로 등장시켜 미국과 조선의 교류를 시도하고자 한다. 이 연장선에서 펄벅은 주한공사의 부인인 푸트 여사와 주한 대리공사 푸크를 등장시킨다. 미국 공사 푸트 장군의 부인인 푸트여사는 활달한 성격으로

---

7) 펄벅, 『살아있는 갈대』 하권, 앞의 책, 232쪽.
8) 펄벅, 앞의 책, 11쪽.

민비와 친교하면서 대원군의 복권 음모에 가담한 모든 사람들을 죽이라고 명령한 민비를 설득해 생명을 구해준다. 그런데 푸트 여사가 이러한 공적을 쌓았다고 해서 "조선백성들이 마음속 깊이 사랑하는 사람은 부인뿐이었다. 그녀가 역모에 가담한 사람들의 가족을 죽이지 말도록, 그것도 조선 사람들이 섬기는 성인들을 인용하여 중전을 설득했다는 사실을 다들 알고 있었기 때문이다."9)라는 식은 지나친 상상력의 확대 오류이다. 흥선대원군의 복권과 관련한 권력 투쟁은 민중이 배제된 상층부 내부의 싸움이었다. 이 사건으로 인해 사람들이 죽게 된 것을 푸트 여사가 막았다고 해서 조선 백성들이 푸트 여사를 마음 속 깊이 사랑했다고 말할 수는 없다. 이것은 매개인으로서의 푸트 여사 역할을 지나치게 강조하려는 작가의 욕망이 반영된 결과이다. 펄벅은 중국에서 살면서 자신이 중국을 위해 끊임없이 노력해왔다는 것을 인정받고 싶어했다. 이러한 무의식적 욕망이 조선이라는 대상이 바뀌었음에도 그대로 투영되어 푸트 여사를 통해 형상화되었던 것이다. 푸트 여사는 작가 펄벅의 목소리를 대변하는 자화상인 셈이다.

펄벅은 이 소설에서 일제의 침략을 미국이 묵인하게 된 것도 결국은 조선을 잘 몰랐기 때문이라고 푸크를 등장시켜 변호한다. "우리나라 사람들은 조선에 대해서는 아무것도 몰라요. 그게 당신네 나라에 대한 우리들의 죄지요. 우리는 무지해요. 우리 정부는 몰라서 당신네 민족을 위해서 아무것도 하지 않은 겁니다."10) 그러나 그것이 과연 사실일까? 미국이 한국에 대해 무지했을지 모르지만 자국의 이권에 대해서만은 아주 영리한 존재였다. 1905년에 미일이 비밀리에 체결한 가쓰라태프

---

9) 펄벅, 『살아있는 갈대』 상권, 216쪽.
10) 앞의 책, 244쪽.

트밀약은 미국에 필리핀의 지배권을, 그 대신에 일본에 한국의 지배권을 인정한 조약이었다. 펄벅은 이 소설에서 미국이 조선을 침략하지도 않았고, 제국을 꿈꾸지도 않았다고 역설한다. 하지만 이것은 조선이 미국의 국익에 당시에 큰 의미가 없었기 때문에 방치해 놓으며서 발생한 현상이다. 신흥강대국인 미국의 제국주의적 팽창은 1898년에 노쇠한 스페인 제국과 전쟁을 벌여 카리브해 지역의 쿠바와 푸에르토리코를, 아시아에서 필리핀과 괌을 획득하면서 노골적으로 드러난다. 그러나 『살아 있는 갈대』에서 펄벅은 작중인물을 통해 미국이 과거 한국에 범한 잘못을 축소시키면서, 그 잘못도 잘 알지 못한 것에서 나온 실수로 치부한다. 그러면서 미국이 일제의 압제에서 한국민을 해방시켜주고, 미국의 선교사들이 병원과 학교를 세워 한국의 근대화에 이바지했음을 여러번 강조한다. 물론 펄벅은 이 소설에서 미국을 일방적으로 두둔하지 않는다. 선교사의 활동이나 미국의 과오에 대해 일정 부분 비판적 시각을 견지한다. 그러나 전체적인 시각에서 한반도에서 미국의 역할은 상당 부분 긍정된다. 특히 한국전쟁에서 미국의 젊은이들이 생면부지의 한국인들을 위해 목숨을 잃으면서까지 도와준 희생정신이 양국의 관계를 깊게 하는 초석이 되었음을 강조한다. 이것은 이 소설이 궁극적으로 한국전쟁 이후 남한과 미국의 우호를 진작시키기 위한 작품이기 때문이다.

하지만, 마리코도 말했듯이, 왜 지난 이야기만 하고 있어야 하는가? 그보다는 하나의 끈이 우리 두 국민을 한데 묶고 있다는 사실을 기억하자. 용감한 미국 젊은이들이 생면부지의 사람들을 위해 그리고 그들로서는 잘 이해하지도 못하는 목적을 위해 향수에 시달리고 절망적 피

곤에 찌들면서, 더러는 목숨을 잃어가면서까지, 한국의 험한 산비탈을
오르내리며 싸웠다. 그 의기와 희생 정신을 살려 지난 일들은 잊도록
하자. 미래를 위한 교훈이 될 만한 것만 남겨두고서.[11]

그런데 한국에서 미국의 긍정적 역할을 강조하는 과정에서 소설적
리얼리티는 적지않게 손상된다. 우드로 윌슨의 민족자결주의 원칙(1918)
에 감명 받은 김일한이 파리에 가서 직접 윌슨을 만난 부분을 보자. 개
인 자격의 김일한이 일국의 대통령인 윌슨을 과연 만날 수 있었을까?
또 일한이 윌슨을 만났어도 그가 언어적 한계를 넘어 고민하는 윌슨의
모습을 직접 발견할 여유가 있었을까? 이것은 역사적 개연성보다 한국
을 걱정하는 미국의 모습을 부각시키려는 작가의 의도가 만들어낸 작
위적 설정에 가깝다. 이러한 리얼리티의 상실은 구한말에 김일한이 조
선의 현실을 파악하기 위해 평민으로 분장하면서 말 한필과 하인 한명
을 대동하고 조선팔도를 여행한 장면에서도 나타난다. 이것은 미국에
서나 가능한 것을 그대로 한국의 현실에 대입한 결과이다. 당시 조선
에서 말을 몰고 여행할 수 있는 것은 관료, 양반, 부자가 아니면 결코
할 수 없는 것이다. 따라서 김일한이 평민으로 위장했다는 것은 허구
적 상상에 불과하다. 이러한 리얼리티의 결핍은 소설의 긴장감을 떨어
뜨리며 서사의 진실성을 무너뜨린다.

펄벅이 『살아 있는 갈대』를 통해 잘 알려지지 않은 한국의 역사를
미국인이나 서구인에게 알리고 있는 것은 높게 평가할 일이다. 소설에
서 조선인들이 수동적 패배주의자가 아닌 진취적 민족으로 형상화되고
있는 것도 주목할만 하다. 펄벅은 일제가 퍼뜨린 식민사관을 극복하고

---

11) 펄벅, 앞의 책, 314-315쪽.

한국의 긍정적 면을 새롭게 조명하고 있다. 펄벅은 왜곡된 한국의 이미지를 불식시키고 긍정적 한국인상을 미국과 서구에 전달하는 역할을 했던 것이다. 당시까지만 해도 서구인에게 아시아는 중국, 일본, 인도만 존재했다. 한국은 한국전쟁과 결부된 낙후된 후진 지역에 불과했다. 그런데 펄벅의 소설을 통해 동양 한국이 독자적 역사와 문화를 가진 나라라는 사실이 새삼 부각되었던 것이다. 이런 점에서 펄벅은 충분하지는 못했지만 한국을 세계에 알리는 소중한 문화 전달자였던 셈이다.

3. 혼혈아를 통한 동서양의 교류

펄벅은 1950년에 설립한 입양기관인 웰컴하우스를, 1964년에 펄벅재단(후일 펄벅인터내셔널로 바뀜)을 설립해 현지인과 미국인 사이에 태어난 혼혈아에 대한 입양, 교육 제공, 병원 혜택 등을 제공한다. 이처럼 펄벅이 혼혈아에 대해 관심을 쏟게 된 것은 혼혈아가 동서양 교류의 대표적 흔적이기 때문이다. 혼혈아는 태어나면서부터 이쪽에도 저쪽에도 속하는 경계인이다. 이러한 이중적 속성은 이쪽과 저쪽에서 모두 배척받을 수 있는 요인이기도 하다. 펄벅은 혼혈아는 아니었지만 중국에서 성장하면서 중국인도, 미국인도 아닌 경계 지점에 존재한다. 문화 면에서 펄벅은 혼혈아였던 셈이다. 이러한 자신의 성장 체험이 혼혈아에 대한 따스한 애정으로 변했던 것이다. 펄벅은 자신을 정신적으로 동서양의 혼혈인이라고 생각했던 것이다.

펄벅의『새해 The New Year』(1968)는 인종차별에 반대하는 펄벅의 세계관이 반영된 작품이다. 이 소설은 한국전쟁에 참전한 미군과 한국

여성 사이에서 태어난 혼혈아를 한국에서 미국으로 데려가는 과정과 미국 현지에서 겪는 다양한 사건들로 구성되어 있다. 기혼남인 미군 크리스는 한국 여성인 순희를 무도장에서 만나 사랑하는 사이가 된다. 이 둘 사이에 김 크리스토퍼라는 혼혈아가 태어나지만, 크리스는 복무 기한이 끝나자 미국으로 돌아가버리고 순희와 아들은 한국땅에 홀로 남겨진다. 이후 순희와 김 크리스토퍼는 가난과 멸시 속에 고통을 겪는다. 어느날 크리스는 한국에서 날아온 아들 김 크리스토퍼의 편지를 받고 고민하다가 아내 로오라에게 이야기한다. 펄벅의 분신으로 짐작되는 로오라는 크리스를 대신하여 한국에 와서 한국에서 혼혈아의 비참한 처지를 깨닫고 미국으로 데려간다. 친아버지인 크리스는 주지사 출마 선거 때문에 사생아인 김 크리스토퍼를 기숙사 학교에 맡겨버리자고 하고, 로오라는 김 크리스토퍼와 함께 살아야 한다고 주장하면서 크리스와 대립한다. 여기서 친아버지와 양어머니의 역할이 대조적으로 바뀌어 있음이 주목된다. 이것은 유전적 혈통보다 인도주의를 강조하는 펄벅의 입장이 반영된 결과이다.

크리스는 주지사에 당선되고, 김 크리스토퍼와 휴가를 즐기면서 자신의 잘못을 반성하게 된다. 마지막 장면에서 크리스는 새해를 맞이하는 파티장에서 김 크리스토퍼를 자신의 아들로 인정하고, 미국 국가를 다 같이 합창하면서 소설은 끝난다. 이 소설의 제목인 '새해'는 혼혈인의 차별이 종식되는 새로운 희망의 세계를 상징한다. 펄벅은 이 소설에서 모든 인종을 다 용해시키는 초강대국 미국의 이미지를 구축하면서 인종차별주의를 넘어 동서양의 공존을 지향했던 것이다. 『새해』는 후진국인 한국보다 문화적으로 선진국인 미국의 우월성이 전반적으로 드러나고 있지만 주체와 타자를 함께 끌어안으려고 하고 있다는 점에서 긍정적이다. 물론 이 끌어안음이 초강대국 미국이라는 주체의 동정심이나 우월주의라는 비판도 있을 수 있다. 그러나 적어도 타자인 혼혈아의 아픔을 선구적으로 이해하려고 노력하고 있다는 점에서 높게 평가할만하다.

펄벅은 1949년 입양기관 웰컴 하우스를, 1965년 다문화아동 복지기관인 펄벅재단 한국지부를 설립했다. 펄벅은 해외 입양과 혼혈아의 복지 증진을 통해 피부색이나 문화 등으로 인한 차별을 철폐하고자 했던 것이다. 펄벅은 『새해』에서 열악한 현실로 인해 고통 받고 있는 한국의 혼혈아를 친아버지인 미국의 나라에 입양하는 것으로 문제를 해결하고자 한다. 이것은 그녀 자신이 입양기관인 웰컴하우스를 설립한 것과 연관성이 있다. 그런데 펄벅은 해외 입양을 강조하려다 보니 『새해』에서 한국의 현실을 지나치게 왜곡하고 과장한 부분이 있다. 펄벅은 이 소설에서 1950년부터 10년 동안 미국인을 아버지로 가진 많은 혼혈아들이 한국에서 여러 가지 형태로 죽거나 거세당했다고 밝히고 있다. 한국의 단일민족이라는 전통이 혼혈아에 대한 대규모적인 폭력과 살인을 유발했다는 것이다. 이러한 풍토 속에 한국의 혼혈아들은 정상적으로 삶을 영위할 수 없다. 따라서 미국의 아버지들이 이들을 미국에 데려와 키워야 한다는 인도주의적 논리가 자연스럽게 강화된다. 그러나 이것이 과연 역사적 사실에 입각한 것인지는 의문이다. 혼혈아가 배척받고 살해될 수 있지만 이것이 대규모로 이루어졌다고는 볼 수 없기 때문이다. 펄벅은 부분적 사실을 일반화시켜 전체적 사실로 확대시키는 오류를 범했던 것이다.

이러한 오류는 순희를 형상화하는 데에도 그대로 반복되어 나타난다. 18살의 순희는 전쟁 후에 집은 폭격으로 파괴되고 아버지도 죽는다. 순희는 미국 군인과 사귀는 것을 통해 생계를 도모하려고 하는데 이 와중에 미군 크리스를 만나 사랑하게 되고, 아들 김 크리스토퍼를 낳게 되었던 것이다. 크리스가 떠난 이후 그녀는 뛰어난 노래 실력과 외모로 밤무대에 서는 가수이자 요정을 운영하는 마담이 된다. 로오라가 순희의 집을 찾아갔을 때, 세든 집에서 살고 있는 궁색한 살림의 순희와 만나게 된다. 이런 형편이기에 순희는 로오라에게 김 크리스토퍼를 넘겨주는 조건으로 위자료를 요구하고, 김 크리스토퍼를 데려가지 않으면 요정인 청화장에서 일하게 할 것이라는 말을 한다. 그런데 이것이 한국적 현실과 많이 동떨어져 있다는 점이다. 한국에서 유명한 밤무대 가수이자 인기있는 요정의 마담이 궁색한 형편이라니! 당시 이 정도의 사회적 위치를 지닌 여성은 상당한 재력을 축적할 수 있었다. 그렇다면 이렇게 왜곡된 형상화는 김 크리스토퍼를 미국에 입양하기 위해 한국내의 열악한 조건을 강조하는 과정에서 나타난 오류라 볼 수 있다.

펄벅은 이 소설에서 로오라의 목소리를 통해 "한국에서는 퍽 미국인처럼 보이겠지만, 그를 미국에 데려다 놓을 때-만약 그런다면-그는 동양인으로 보이리라는 것을 그녀는 알고 있었다. 대관절 그의 조국은 어디란 말이냐?"[12]라고 말한다. 이러한 이중적인 혼혈아의 입장은 중국과 미국 어디에서도 확실히 소속될 수 없었던 작가 자신의 고민이기도 하다. 작가 펄벅은 혼혈아의 처지를 통해 자신의 고민을 소설로 형상화했던 것이다. 펄벅은 두 가지 순종이 결합하여 생겨나는 잡종이 그것의 근원이 된 품종보다 더 바람직하다고 생각한다. 이것은 뛰어난

---

12) 펄벅, 『새해』, 앞의 책, 179쪽.

외모와 노래 실력을 지닌 『새해』의 김 크리스토퍼와 『살아있는 갈대』
의 마리코에서 다시 한번 확인할 수 있다. 이것은 육체적인 결합의 산
물인 혼혈아에게만 국한된 것이 아니다. 동양과 서양이 지금보다 더
나은 문명을 이룩하려면 동서양의 교류 속에 가능하다고 펄벅은 판단
하고 있는 것이다. 이러한 입장이었기에 김 크리스토퍼의 모습은 상당
히 아름다운 외모와 매우 빼어난 노래 솜씨, 그리고 학업에서도 뛰어난
성적을 보이는 매력적인 아이로 형상화된다. 아버지 크리스도 이러한
김 크리스토퍼의 매력에 빠져 처음에 같이 사는 데에 난색을 표시하다
가 나중에 공식적인 아들로 받아들여 집에서 함께 살 것을 결심한다.

> 크리스를 아버지로 하고−그리고 너그럽게 말해서−순희를 어머니
> 로 했으니 말이다. 그런데도 여기엔 특수한 연금술(鍊金術)이 작용했
> 음이 분명했다. 왜냐 하면 그녀는 이 아이만큼 아름다운 한국의 어린
> 이를 본 적이 없고, 또한 그녀가 어린 시절부터 함께 자란 본국의 어린
> 이들 중에서도 이처럼 아름다운 아이는 본 적이 없었기 때문이었다.
> 그건 단순히 얼굴 생김새나 피부색의 문제가 아니었다. 어쩌면 우아함
> 과 강인성이 결합되고 승화된 그런 면이 그의 모습에 있었다. 김 크리
> 스토퍼는 미국의 어린이보다 더 우아했고, 한국 어린이보다는 더 튼튼
> 했다.13)

그런데 혼혈아를 뛰어나게 형상화하고 있는 펄벅의 소설이 지닌 문
제점이 있다. 혼혈아가 장애인이거나 그리 우수한 특질을 보이지 못한
평범한 존재로 나타날 수도 있다는 점이다. 혼혈아가 다른 순종보다
뛰어나다는 점을 강조하기 위해 뛰어난 외모와 능력을 지닌 것으로 매

---

13) 펄벅, 『새해』, 장왕록 옮김, 민중서관, 1968, 178쪽.

번 형상화하는 것은 또 다른 오류를 낳을 소지를 안고 있는 것이다. 이 것은 순종보다 잡종인 혼혈아가 우수하다는 또 다른 고정관념이 만들어낸 허구적 신화이다. 한국사회에서 혼혈아는 배척받아 사회의 주변으로 밀려난 소외된 존재이다. 한국전쟁 이후 혼혈아는 대개 전쟁의 부산물로서 약소국인 한국의 비참한 처지를 상기시키는 존재였다. 그들은 단일민족을 자랑스럽게 생각하는 한민족의 입장에서 단일민족의 신화를 위협하는 적들로 규정된다. 그래서 양공주와 혼혈아는 사회의 냉대를 받아야 했던 것이다. 이러한 양상은 전후 한국소설에서도 등장한다. 유주현의 「태양의 유산」(1957)에서 딸이 흑인 혼혈아를 데리고 등장하자 아버지에 의해 마을 밖으로 쫓겨난다. 이에 비해 하근찬의 「왕릉과 주둔군」(1963)에서 백인 혼혈아는 비록 못 마땅하지만 아버지에 의해 일단 받아들여진다. 여기에서 혼혈아도 흑인과 백인의 인종차별이 존재하고 있음을 보여준다. 혼혈아에 대한 한국의 배타적 순결주의는 정상적인 국제결혼을 통해 가정을 이룩한 것에서도 부정적인 시선을 던진다. 단일민족의 신화가 강조되면 될수록 국제결혼과 혼혈아는 배타적 타자로 전락해야 했던 것이다. 정한숙의 「어느 동네에서 울린 총소리」(1963)는 정상적인 국제결혼을 한 한국인과 미국인 부부가 배타적인 한국의 민족정서에 의해 비극적 파탄을 맞게 되는 장면을 생생하게 보여주고 있다. 이런 상황에서 이민족 내지 다른 인종과의 국제결혼과 혼혈아의 탄생은 1950, 60년대 한국사회에서 기피해야 할 금기로 자리한다.

4. 동서양의 교량과 오리엔탈리즘

펄벅은 두 개의 고향을 갖고 있다. 하나가 태어난 미국이라면, 대부분의 유년시절과 사춘기를 보낸 중국은 또하나의 고향이다. 선교사인 아버지가 중국에 파견되어 선교 활동을 벌였기에 자연히 펄벅도 중국에서 10대 후반까지 생활하며 성장했다. 대학에 입학하러 미국에 올 때까지 그녀의 고향은 중국이었고 해도 과언이 아니다. 중국에서 미국에 온 펄벅은 다양한 경험 속에 이방인(?)으로서 미국적 문화를 체득한다. 그녀는 자서전에서 하얗고 깨끗한 장로교의 미국 세계와 사랑스럽지만 깨끗하지 못한 중국 세계가 서로 연결되어 있지 못한 채 불안한 공존의 상태로 자신의 내부에 존재했었다고 언급한다. 결국 펄벅은 중국과 미국 문화를 동시에 체험하면서 동서양의 문화를 연결하는 매개자로서 일생의 대부분을 바친다.

> 그 무렵(필자 주 : 8살 전후), 나는 스스로를 백인이라고는 생각지 않았다. 내가 중국 사람과 꼭 같지는 않다는 것을 알고는 있었으나, 그래도 역시 나는 장바닥에서 파는 과자를 아무 탈 없이 먹어내던 중국인이었다.
> 이와 같이 나는 두 겹의 세계에서 자라났다. 나의 부모들의 조그만한 하얗고 깨끗한 장로교의 미국 세계와, 크고 사랑스럽고 즐거운, 별로 깨끗지 못한 중국 세계에서. 그리고 이 두 세계 사이에는 아무 연락도 없었다. 내가 중국 세계에 있을 때는, 나는 중국인이었고, 중국말을 하고, 중국인처럼 행동하고, 중국인처럼 먹으며, 그들의 생각과 감정을 나누어 가졌다. 내가 미국 세계에 있을 때는, 나는 그 사이의 문을 닫아 버렸다.[14]

　중국의 삶은 펄벅에게 문학적 뿌리라고 해도 과언이 아니다. 펄벅은 중국에서 체험한 다양한 동양적 전통과 서구적 교육을 접목시켜 문학적 자양분으로 삼았던 것이다. 중국에서 여자의 발을 작게 하기 위해 발을 헝겊으로 묶는 전족(纏足)으로 대표되는 중국 여성의 삶은 철저하게 남성에게 종속된 것이었다. 여성은 주체로서 대접받지 못하고 항상 남성의 부속물로서, 재산으로서 평가받았다. 중국여성의 열악한 처지에 대한 인식은 또 다른 면에서 가부장제가 지배하는 펄벅 자신의 가족을 되돌아보게 했다. 아버지 압솔름 시던스트라이커는 종교적 열정에 불타올라 가족을 거의 외면했고, 애정없는 결혼 생활 속에 어머니 캐리는 신에게 부름받은 아버지를 보필하려고 자신의 삶을 희생해왔다. 펄벅의 문학에서 당당한 여성주체의 작중인물이 자주 등장하는 것도 바로 이러한 삶에서 비롯한 것이다. 펄벅의 소설에서 19세기 후반에 악녀의 화신으로 불리며 40여년간 철권통치를 했던 중국의 여황제를 그린 『서태후』(1956)의 서태후, 패션모델로 활약할 정도의 뛰어난 미모와 생물학 박사로서 뛰어난 지적 능력을 보인 『새해』의 로오라, 조선의 가부장제 사회에서도 자신의 개성을 잃지 않으려고 노력했던 『살아있는 갈대』의 순희 등은 남성중심주의에 대립하면서 자신의 개성을 드러내고자 노력한 대표적 여성인물로 등장한다.

　펄벅이 한국에 대한 관심도 중국 체험에서 비롯한다. 펄벅은 자신이 중국의 대학에서 교편을 잡으면서 가르치던 학생들 중 한국인 학생이 있었다. 그녀는 한국인 학생으로부터 일제식민지 통치의 실상과 그것을 거부하는 한국인의 저항적 모습을 확인한다. 이러한 이유로 1942년

---

14) 펄벅, 『나의 자서전』, 민재식 옮김, 삼중당, 1962, 16쪽.

5월 27일, 펄벅은 동서협회가 주최한 모임에서 1910년부터 일본의 지배를 받고 있는 한국의 해방을 촉구하는 연설을 했다. 이후 펄벅이 관여한 ≪아시아≫라는 잡지에 한국과 관련한 기사들이 몇 번 실리게 되었다. 이처럼 펄벅은 20세기 전반기에 아시아에 관한 정보를 미국에 전달하는 중요 통로였다. 1942년에 펄벅은 제2차세계대전이 자유를 위한 투쟁이 아니라 유럽 문명을 구하기 위한 전쟁으로 변질되었다고 경고하기도 한다. 펄벅은 서구가 아시아국가들을 식민지배에서 벗어나도록 세계 구도를 짤 의도나 관심이 부족하다고 판단했기 때문이다.

펄벅의 중국 선교사 활동, 장편『대지』의 창작, 지속적인 아시아 관련 칼럼 등은 펄벅을 아시아의 전문가로 서구에 인식시킨다. 펄벅은 글을 통해 지속적으로 인도 독립을 주장하고, 중국에 대한 관심을 표명했고, 일본제국주의를 비판한다. 그녀의 펜을 통해 서구가 동양(특히 중국)에 대해 지닌 고정관념은 상당 부분 해체된다. 특히 서구가 동양을 문명 대 야만으로 규정하는 폭력적 이분법에 그녀의 글쓰기는 저항한다. 펄벅은 자신의 글에서 동양이 야만국가가 아니라 서구에 비해 다른 문화를 지니고 살아가는 세계임을 알리고자 한다. 특히 펄벅의『대지』는 미국인에게 중국이 어떤 나라인가를 전달하는 강력한 매개체 역할을 했다.『대지』는 1937년 MGM 영화사에서 의해 영화로 상영되어 당대 미국인들이 많이 관람했다. 원작 소설은 왕룽과 부인 오란이 농촌의 궁핍을 벗어나려고 몸부림치는 과정에 초점이 맞추어져 있다면, 영화『대지』는 할리우드식 문법으로 원작을 변용해 왕룽과 오란의 사랑에 더욱 초점을 맞춘다. 펄벅은 이 영화에 출연하는 배우를 중국배우로 해야 한다고 주장했지만 받아 들여지지 않아 할리우드 미국 배우가 중국인으로 등장하는 기이한 동양 영화가 되었다. 영화『대지』는 많은 미국인들에게 중국에 관한 이미지상을 제공하는 역할을 수행한다.

펄벅이 한국에 대해 주로 쓴 시기는 1960년대로서 펄벅의 노년기에 해당한다. 모든 면에서 점차 위축되던 그녀의 소설은 『대지』만큼의 파급력을 보여주지 못한다. 제임스 미치너의 중편 『도곡리 철교』(1953)에서 한국이 피상적 배경이었다면, 펄벅의 소설에서 한국은 구체적 모습으로 등장한다. 이것은 무엇보다 펄벅이 한국을 이해하려고 애쓴 과정에서 나온 산물이다. 서구가 동양을 바라보고 지배하는 방식인 오리엔탈리즘은 서구가 우월하고 동양은 열등하다는 동양학 담론이다. 여기에서 동양은 여성으로, 서양은 남성으로 치환된다. 펄벅은 이러한 구도를 부분적으로 전복시킨다. 『새해』에서 혼혈아 김 크리스토퍼를 만나러온 서양의 매력적인 백인 여성 로오라는 호텔 식사를 하던 중 우연히 한국인 최씨를 만난다. 최씨는 한국에서 부유한 재력가이자 미국 대학에 유학을 다녀온 지식인이기도 하다. 이런 최씨의 시선에 우연히 만난 미국 여성인 로오라는 매력적인 성적 대상으로도 비쳐진다. 현실적으로 기혼의 여성인 로오라와 아내를 병으로 잃고 홀아비가 된 최씨가 사랑의 로맨스를 펼칠 수는 없었을 것이다. 하지만 감히 한국의 남성이 곧 주지사 부인이 될지도 모를 백인 여성을 일순간이나마 성적 대상으로 생각했다는 것은 기존 소설과 다른 면이다. 이것은 '동양=여성, 서구=남성'이라는 기존의 상징적 관습을 파괴하고 있기 때문이다. 물론 전체적으로 이 소설에서 크리스라는 미군이 김순희라는 여성과 만나 혼혈아를 낳았다는 점에서 '동양=여성, 서구=남성'이라는 이미지가 유지되지만 부분적으로 이러한 도식이 최씨의 주체적 욕망 시선에 의해 무너지고 있는 것이다.

이제는 홀로 되고 별로 할 일도 없고 마음이 어수선하게 헛갈려 있던 중, 그는 아름다운 요정의 마담인 순희와 또한 윈터즈 부인과의 두 방향으로 주의가 쏠리는 것을 느꼈다. 그는 지각 있는 사람이라 그들 둘 중의 어느 하나와도 결혼 같은 것은 생각해 보지 않았다. 비록 순희에 대한 그의 접근에 대해서 그녀는 겨우 한번 미소를 띠어 보였을 정도 밖엔 안되지만, 어떻든 그는 요정의 여자와 결혼할 필요는 없었다. 그리고 아무리 그가 마음이 끌린다 해도 이미 결혼해 버린 미국여자와도 물론 결혼할 수가 없었다. 그러나 그는 그들 두 사람을 여자로서 강렬하게 느끼고 있었으며 그의 상상력은 이 두 여성이 한 남자 ― 특이한 개성의 힘이 있고 정치적 권력을 얻기 위해 투쟁하고 있는 것으로 보이는 한 남자 ― 에게 똑같이 연관이 맺어지게 된 사실을 괴롭게 생각하기도 했다.[15]

그러나 펄벅의 동양에 대한 형상화는 늘 일정한 한계를 지니고 있다. 최씨를 형상하는 부분에서도 이러한 한계는 그대로 노출된다. 최씨는 로오라가 김 크리스토퍼를 데리고 미국으로 가면서 순희를 새 부인으로 맞아들인다. 그런데 작품이 끝날 때까지 최씨는 여전히 최씨로 남는다. 다시 말해 이 소설에 등장하는 많은 주요 작중인물들이 모두 온전한 이름을 소유하고 있음에도 불구하고 최씨는 성은 있지만 이름이 없는 상태로 남아 있다. 이것은 펄벅의 시선이 최씨를 크리스와 동등한 남성으로 완벽하게 보지 않았다는 무의식의 반영이라 할 수 있다. 또 김 크리스토퍼를 미국으로 데려가려는 목적이 앞서 한국에서 대규모적인 혼혈아 학살이 이루어졌다고 표현한 부분도 동양은 야만이고 서양은 문명이라는 기존 도식을 강화시켜준다. 기본적으로 이 소설에

---

15) 펄벅, 『새해』, 앞의 책, 161쪽.

서 펄벅은 동서양이나 모두 장단점을 갖고 있다고 생각했기에 어느 한 쪽을 일방적으로 칭찬하지 않는다. 하지만 그가 미국인이라는 입장은 알게 모르게 서구를 동양보다 좀더 긍정적으로 묘사하도록 만든다. 펄벅은 동양이 정신적이고 서양은 물질적이라는 이분법을 거부했지만 『한국에서 온 두 아가씨』(1951)라는 작품을 보면 이러한 도식이 그대로 작동하고 있다. 한국전쟁을 피해 한국에서 온 미국인 선교사의 두 딸인 데보라와 메리는 소박·순수·정신 등의 이미지로, 이에 비해 현지 미국에서 자란 째라는 영리·이해타산·화려·물질 등의 이미지로 그려진다. 이런 점에서 『한국에서 온 두 아가씨』는 동양에 대해 서구가 지닌 고정관념을 재생산한 오리엔탈리즘적 작품이라 할 수 있다.

5. 선구자적 경계인

펄벅은 여성, 소수인종, 장애인, 고통받는 아시아에 대해 지속적인 관심을 표명해왔다. 중국에서 성장한 체험은 미국 작가 중에서 선구자적으로 동서양의 화해를 이룩하는 데에 남다른 열정을 쏟게 했다. 펄벅의 삶은 억압받는 소수자나 주변을 옹호하는 데에 일생을 헌신했다. 인종차별 정책 반대, 인도 독립 주장, 남녀평등의 옹호 등 그녀는 인권 지도자로서, 페미니스트로서, 동서화합의 전도사라로서 다양한 사회적 활동을 했다. 이러한 그녀의 활동은 기존의 고정관념을 뛰어넘는 새로운 개척의 선구자였다. 펄벅은 영어도 중국어도 잘 하는 이중언어 생활자였다. 두 개의 언어에 정통하다는 것은 두개의 문화에 해박할 수 있음을 의미한다. 그러나 자칫 잘못하면 두 개의 문화 모두를 피상적

으로만 알게 만들 가능성도 있다. 펄벅이 동양의 고유한 문화와 장점
을 알리려고 노력했지만 그것이 충분했다고는 볼 수 없다. 여기서 생
각해볼 점은 이러한 한계에도 불구하고 펄벅의 활동을 통해 서구의 오
리엔탈리즘 시선에 의해 왜곡된 동양의 문화가 새롭게 재발견되었다는
점이다. 펄벅은 동양(특히 중국문화)과 서구(미국문화)의 경계선에서 양
문화를 조화롭게 연결시키기 위해 많은 노력을 한 선구자였던 것이다.
영문학자 김효원은 이 부분에 대해 다음과 같이 말한다.

> 중국인의 생생한 모습을 아주 실감나게 그려내는데 탁월한 재능을
> 가지고 있는 펄벅은 민족간, 인종간 모순대립을 승화시켜 평화적 세계
> 주의의 건설을 주요 작가의식으로 삼으면서 서구적 가치에 교훈적 보
> 상이 될 수 있는 대안으로서 동양적 가치를 제시하고 있다. 중국뿐만
> 아니라 일본, 한국, 인도 등의 아시아에서 각기 민족의 특수성을 이해
> 하고 그 본연성을 추구하기 위하여 아시아 지역을 두루 여행하기도 하
> 면서 각국에서 보고 느끼고 체험한 것을 작품 속에서 문학적으로 승화,
> 그녀의 인도주의적 세계정신을 구현시키고 있는 것이다.[16]

하지만 양쪽 지역에서 펄벅에 대한 평가는 그렇게 높지 못했다. 중
국에서 20세기 위대한 작가로 평가받는 루쉰은 펄벅에 대해 중국에 대
해 피상적인 지식을 지닌 미국인 여성 선교사로 낮게 평가했다. 미국
에서 펄벅은 이국적인 정취를 생산하는 대중적 작가로 평가되면서 문
학사에서 소외되었다. 펄벅은 동서양을 잇는 선구자였지만 그녀의 소
설에 나타난 동양의 모습이 피상적 접근에 머문 소설이 많은 것도 사

---

16) 김효원, 「펄벅의 문학작품에 나타난 세계정신」, ≪영어영문학≫ 19집 1호,
2000, 31쪽.

실이다. 펄벅은 서구 위주의 오리엔탈리즘을 해체하는 데에 많은 공헌을 했지만 그 자신이 서구의 오리엔탈리즘을 재생산하기도 했다. 이러한 시행착오에도 불구하고 기본적으로 펄벅이 동양에 대해 진한 애정을 갖고 있다는 사실은 변함이 없다. 특히 말년에 한국에 애정을 갖고 형상화한 것은 비록 서구인에게 많은 영향을 끼쳤다고 볼 수 없지만 나름대로 의미를 지닌다. 특히 문화적 다원주의를 제시하며 미국이 우월하고 한국은 열등하다는 오리엔탈리즘을 제한적으로 해체한 것은 무엇보다 큰 성과이다.

펄벅은 반공산주의자임에도 공산당의 토지 개혁에 감탄했고, 장제스의 무자비한 숙청을 비판했다. 이것 때문에 한때 좌익작가라 오해되기도 했다. 그렇지만 펄벅의 반공산주의는 중국 공산당이 그녀의 입국을 거절하도록 만든다. 중국의 대표적 작가인 루쉰이 펄벅에 대해 낮게 평가한 것도 방문 거절의 중요 사유가 된다. 그래서 그녀는 1934년 이후 죽을 때까지 중국을 방문하지 못한다. 이러한 펄벅의 처지는 동서양을 잇는 경계인으로서 살아간다는 것이 당시에 얼마나 힘든 작업이었는지를 보여주는 역사적 사례일 것이다. 펄벅에 대한 연구는 동서양 문화의 경계인으로 살아온 한 개인에 대한 연구이자 동시에 좀더 나은 동서 화합의 문화를 창출하기 위해서도 필요한 선행 작업이다. 때마침 1990년대 이후 미국과 중국에서 펄벅에 대한 재조명의 바람이 불고 있는 것은 고무적이다. 펄벅은 중국으로 돌아가지 못하는 상황에서 한국에 대해 남다른 애정을 통해 중국에 대한 그리움을 대신했다. 펄벅이 한국에 대한 애정은 한국을 배경으로 한 소설이 나오도록 한다. 이러한 펄벅에 대한 재조명 작업은 한국에서도 필요한 것이라고 생각한다.

대중적 판타지소설과 서구중심주의

1. 본격문학의 위기와 판타지소설의 유행

세기말과 세기초를 풍미하는 환상의 행렬. 그 중심에 조앤.K.롤링의
『해리포터 시리즈』가 자리한다. 요술지팡이를 든 평범한 소년이 초대
하는 환상의 축제에 전세계의 많은 사람들이 흥분과 기쁨에 휩쓸여 달
려가고 있다. 반면에 현실은 신자유주의 깃발을 든 자본주의의 확산과
빈부 격차의 심화 속에 오히려 희망의 부재를, 환멸로 가득한 허무주의
를 떠올린다. 마르크시즘으로 대표되는 거대담론의 성채가 웅장하게
버티고 있던 시절, 환상문학은 문화의 중심에서 축출된 지하문학에 불
과했다. 이렇게 오랫동안 저급 문학으로 평가받았던 환상문학은 비주
류를 지원하는 포스트모더니즘의 물결 속에 화려한 복귀를 선언한다.
환상문학은 가부장제 사회에서 소외된 여성의 문제를 다룬 페미니즘문
학, 근대화 과정에서 오염된 지구 환경의 복원을 노리는 생태주의문학,
이성애 중심주의에 반기를 든 동성애문학 등과 더불어 억압된 타자의
부활을 시도한다. 특히 환상소설은 무기력한 현실에서 출구를 찾지 못

한 대중의 욕망을 기반으로 하여 급속한 성장세를 보인다.

"환상은 인물이 지니고 있는 확신 체계와, 그를 불가능한 것에 대면하게 하는 어떤 사건의 충돌에서 태어"[1]난다. 확신 체계는 근대를 구축한 계몽적 세계관과 합리적 이성으로 구성된다. 그것은 현실의 자장에서 식별하여 검증될 수 있는 것만을 의미의 영역으로 인정할 뿐, 그 이외의 모든 것은 미신·미개·야만으로 평가하여 비의미의 영역으로 취급한다. 현실을 총체적으로 반영한다는 리얼리즘의 반영 이론은 요정이나 괴물 등의 환상적 세계를 배격하며 타자화한다. 하지만 현실(실재)과 비현실(비실재)의 경계선이 무너진 상황에서 현실만이 리얼리티를 온전하게 반영한다는 주장은 공감을 끌어내기 어렵다. 우리는 종종 비현실적 환상의 서사에서 당대의 진실을 발견한다. 한국에서 환상소설이 인기를 끌 수 있었던 요인 중의 하나는 더 이상 기존의 현실이라는 프리즘만으로 당대를 제대로 반영할 수 없다는 반성적 자각의 소산이다. 상상력의 벽에 부딪친 일부 작가들은 환상을 새로운 상상력의 돌파 수단으로 활용하여 새로운 문학의 지형을 탐색했던 것이다. 이외에도 디지털문화를 배경으로 한 가상현실의 롤플레잉게임(RPG)도 환상소설을 유행시키는 촉매제로 작용한다.

환상이 구축한 초월적 세계는 무(無)에서 창조된 것이 아니라 기존의 현실을 비틀고 찢는 콜라쥬와 몽타쥬 등에 의해 변용된 세계이다. 그곳은 현실의 규율이 적용되지 않기에 억압된 욕망이 마음껏 탈주하는 해방의 시공간이다. 이런 점에서 "환상문학은 문화적 억압이 야기하는 결핍을 보상하려는 욕망의 문학"[2]이다. 환상이 현실에서 억압된 욕

---

1) 프랑수아 레이몽·다니엘 콩페르, 고봉만 외 옮김, 『환상문학의 거장들』, 자음과모음, 2001.

망을 자유롭게 풀어놓는다는 것은 기존 지배질서와 충돌할 가능성이 상대적으로 많다는 것을 시사한다. 환상문학은 현실을 직접 반영하기보다 우회하여 간접 반영한다. 환상문학이 현실의 제반 모순을 망각하는 최음제라는 일부의 시각은 환상문학의 일부 속성으로 전체를 규정하는 오류라고 할 수 있다. 물론 일부의 환상문학이 현실 도피와 정체성 혼란을 부추긴 것도 부인할 수 없다. 그렇다고 해서 모든 환상문학을 싸잡아 부정적으로 평가할 필요는 없을 것이다. 세기말과 세기초에 송경아, 김영하, 하성란, 이영도 등은 환상을 등장시켜 타성화된 선형적 서사의 흐름에 제동을 걸어 새로운 서사문법을 추구한다. 환상의 출몰 속에 익숙한 일상은 낯설어지면서 현존 세계가 지닌 문제점이 자연스럽게 노출된다. 이처럼 환상은 현실을 추방하는 것이 아니라 현실의 문제점을 보완해 생명력을 불어넣는 불온한 동력원이다. 이 불온한 역할을 비교적 충실히 수행했던 것은 대중적 환상문학보다 본격적 환상문학이다. 반면에 대중적 환상문학은 현실전복의 공리적 기능보다 흥미본위의 유희적 기능에 치우친 것이 사실이다.

그런데 한국에서 대중적으로 맹위를 떨치는 환상문학은 서구풍이 물씬 배어나오는 대중적 '판타지소설'[3]이다. 이영도의 『드래곤라자』(1998)를 계기로 폭발적으로 증가한 환상소설에 대한 관심은 서점을 가득 메운 대중적 환상소설의 목록을 보면 이내 확인할 수 있다. 문학의 서자 신세였던 환상문학의 화려한 복귀는 반가운 현상이지만 그렇다고 문제

---

2) 심진경, 「환상의 기원, 환상문학의 논리」, ≪실천문학≫, 2000년 겨울, 240-241쪽.

3) 이 글에서 '판타지소설'이라는 표기는 환상소설과 같은 의미이지만 서구적 이미지를 강조할 경우에 '환상소설' 대신 '판타지소설'이라 표기했다.

점이 없는 것은 아니다. 김성곤은 작금의 대중적 환상소설을 "저질 문화 쓰레기"[4]로, 하응백은 "문학이라기보다는 활자로 된 신종 문화산업"[5]으로 규정하면서 그것의 문학적 미래는 없다고 단언하기까지 한다. 필자는 앞선 논자와 다른 시각에서 현존 판타지소설의 문제점을 인식한다. 그것은 새롭게 등장한 대중적 판타지소설이 문학의 새로운 가능성을 개척하기보다 오히려 서구중심주의를 수용해 강화시키는 역할을 하고 있다는 판단에서이다. 이 글은 바로 이러한 문제의식에서 출발한다. 김만중의 『구운몽』이나 허균의 『홍길동전』 등에서도 보듯 동양에서도 환상소설은 창작되었다. 그렇지만 최근의 대중적 판타지소설[6]은 동양적 전통과 철저히 단절한 채 서구추수주의가 전면에 깔려 있다. 이 글은 서구추수주의를 강하게 발산하는 당대의 판타지소설을 탈식민주의적 시각에서 분석하고자 한다. 탈식민주의 문학은 '서구 우월/동양 열등'이라는 허구적 이항대립체계를 해체해 동서양의 공존을 꾀한다. 이것을 위해 탈식민주의 문학은 제국이 자신을 열등한 노예로 규정하는 모든 식민지적 기제와 맞서 싸운다. 탈식민주의 문학은 투쟁의 문학이자 존재 해방의 문학인 것이다. 탈식민주의 문학은 외부의 식민화에 못지않게 내부에서 이루어지는 식민지화에도 동일한 관심을 표명한다.

---

4) 김성곤, 「리얼리티와 판타지 사이의 환상문학」, ≪문학사상≫, 1998.11, 218쪽.
5) 하응백, 「팬터지 소설의 허와 실」, ≪문예중앙≫, 1999년 봄, 147쪽.
6) 이 글에서는 서구적 배경에 서구적 인물이 등장하는 대중적 환상소설을 일반적인 환상소설과 구분하기 위해 '판타지소설'이라고 부르고자 한다.

2. 영어식 담론과 동양적 열등감

환상문학은 마르께스와 보르헤스 류의 마술적 리얼리즘, 톨킨 류의 모험판타지, 공포문학, SF문학 등 그 스펙트럼이 상당히 넓다.[7] 한국의 환상문학의 경우 본격문학에서는 마르께스와 보르헤스 류의 환상성을 주로 추구한다면, 대중문학에서는 톨킨 류의 환상성이 압도적 우위를 점한다. 특히 양적인 측면에서 보면 한국의 환상소설 대부분이 바로 톨킨 류의 환상문학이라 할 수 있다. 서구의 '판타지소설'을 모방해 창작한 김근우의 『바람의 마도사』(1998)에서부터 환상문학을 대중적으로 유행시킨 이영도의 『드래곤라자』(1998). 이들의 뒤를 잇는 김예리의 『용의 신전』(1998)과 전동조의 『묵향』(1999~) 등 톨킨 류의 환상소설은 흥미진진한 이야기와 낯선 세계의 구축으로 독자를 빨아들인다.

그런데 톨킨 류의 판타지소설은 동양적 전통의 단절과 서구 문화의 압도적 수용이라는 이식문학론의 연장선에서 생성된다는 데에 문제의 심각성이 존재한다. 지금까지 창작된 대중적 판타지소설은 동양적 정

---

7) 환상문학을 처음 구조적으로 이론화시킨 토도로프는 환상문학의 요건을 독자가 주저하는 것의 유무로, 톨킨은 독자의 믿음을 안겨줄 1차 세계(경험적 세계)와 다른 2차 세계(비경험적 세계)의 성공적 창조를 기준으로, 캐스린 흄은 환상문학을 미메시스(모방)문학과 더불어 문학의 2대 요소로, 국내에 환상문학을 소개하는 데에 앞장선 김성곤은 환상문학을 경이나 괴기나 로망스, 알레고리까지도 다 포함하는 더 넓은 의미로 파악한다. 이처럼 논자에 따라 다양하게 환상문학을 정의하는 것은 환상이라는 것 자체가 어느 특정한 틀에 갇히는 것을 거부하는 속성을 본래적으로 지니고 있기 때문이다. 따라서 환상문학을 정의하는 노력은 환상에 대한 탐구를 깊게 하는 긍정적 의미망을 지니면서도, 동시에 단일한 정의를 내리는 것이 오히려 '환상'의 세계를 죽이는 부정적 효과를 산출하기도 한다. 이런 점에서 필자는 이 글에서 '환상'을 협소하게 파악하기보다 김성곤처럼 넓게 파악하고자 한다.

체성을 드러내지 못한 채 서구적 환상소설을 단순하게 모방한 경우가 태반이었던 것이다. 한국에서 유행하는 대중적 판타지소설을 일반 독자가 접해보면 우선 낯설다는 느낌에 사로잡힌다. 그것은 현실과 다른 환상적 세계라는 독특한 형식에서도 기인하지만 형상화된 세계가 이국풍으로 도배질되어 있기 때문이다. 작품을 생산하고 소비하는 곳은 모두 동양 한국이지만 작중인물의 이름, 사용하는 무기, 주거하는 집, 전원 풍경 등등 모든 것이 서구적 이미지로 그려진다. 유교, 불교, 무속신앙, 전래 설화, 풍습 등의 동양적 전통이나 색채를 느끼게 할만한 요소들은 눈 씻고 찾아봐도 없다. 한 마디로 작금의 대중적 판타지소설은 이국취향의 '서구 콤플렉스'가 극단적으로 발현한 매판적 종속문학이라고 볼 수 있다.

이 중에서 한국적 판타지소설의 가장 대표적인 작품인 이영도의 장편 『드래곤라자』를 보자. 이 소설은 후치 네드발이라는 17세 소년이 아무르타트라는 용에게 잡힌 아버지를 구하려는 여정에서 겪는 다양한 모험을 그린 작품이다. 후치는 아슬아슬한 모험 속에 다양한 대상과 접하면서 세상에 대해 눈을 뜨고 한층 성숙해진다. 이러한 모험과 여행이 이루어지는 환상의 시공간은 정령·드워프·엘프·트롤 등의 작중인물, 출처 불명의 신화, 중세풍의 기사와 마법사 등 동양의 환상소설에서 찾아볼 수 없는 요소로 가득 채워진다. 동양의 환상문학에 주로 등장했던 인물이 옥황상제, 신선, 선녀, 이무기, 처녀귀신이라는 것을 감안한다면 작금의 판타지소설이 지닌 이질적 성격은 한층 도드라져 보인다. 다음 예문을 보면 기존 환상소설과 다른 이질적 성격을 바로 확인할 수 있다.

시오네는 레이피어를 휘두르며 달려들었다. 그러나 이루릴은 스르르 뒤로 걷기 시작했다. 시오네의 날카로운 공격은 밤바람은 끊었으되 이루릴의 동선을 끊지는 못했다. 넥슨과 마부가 뜻모를 괴성을 지르며 달려들었지만 이루릴은 여전히 뒤로 스르르 움직이며 끝까지 캐스트 Cast했다.[8]

동양의 폐기와 서구의 독주는 특히 앞의 지문에서 보듯 작가의 독특한 상상력보다 영어식 담론에 상당 부분 의존한다. '시오네, 레이피어, 이루릴, 넥슨, 캐스트' 등의 영어식 표기는 한글과 비빔밥처럼 섞여 낯선 이질감으로 독자에게 다가온다. 그 이질감을 한국의 대중적 판타지 작가들은 신비스러운 환상의 세계와 안이하게 연결시킨다. 만일 영어식 담론을 전면 삭제한다면 기이한 환상의 세계는 더 이상 존립하지 못한 채 도미노처럼 연쇄 붕괴할 수밖에 없다. 러시아의 형식주의자인 쉬클로프스키가 언급한 '낯설게하기'란 기법이 상투성을 거부하는 작가의 전복적 상상력에서 비롯한 것이라면, 대중적 판타지소설이 보여준 '낯설게하기'는 많은 부분 영어식 담론에 의존한 표피적 차원에서 구축된다. 이때 판타지소설의 영어식 담론은 대부분 명사형을 통해 이루어지고, 한국어식 담론은 부사나 형용사에 집중적으로 나타난다. 명사형은 대개 문장에서 주어나 주부를 구성하는 주요 인자로서 문장의 주체 역할을 수행한다. 명사형에 집중된 영어식 담론은 자연스럽게 영어식 담론을 '주(主)'로, 한국어식 담론을 '종(從)'으로 만들어버린다. 이러한 기묘한 동거는 한국의 판타지소설이 지향하는 서구추수주의를 극명하게 보여주는 단적인 사례이다.

---

8) 이영도, 『드래곤라자』 6권, 황금가지, 1998, 79쪽.

한 사회의 담론은 고립되어 작용하는 것이 아니라 다양한 제반 세력의 갈등과 투쟁의 산물이다. 대중적 판타지소설에 나타난 영어식 담론의 지배적 모습은 동양 한국이 처한 현재적 위상을 투영한다. 1997년 IMF로 대변되는 경제 위기와 그 극복 과정에서 한국이 선택한 길은 자주적 근대화가 아니라 서구문화를 완벽하게 베끼는 동일화 과정이었다. 여기에 서구적 근대성이 지닌 모순을 지적하는 비판적 목소리가 끼어들 자리는 협소하다. 결과적으로 IMF차관은 우월한 서구가 열등한 동양에 자비를 베푸는 행위이자, 서구에 대한 한국의 맹목적 충성심을 확인하는 자리였던 것이다. '세계화'란 구호는 동서양의 공존이라기보다 서구화를 의미했으며, '영어공용어론'으로 대표되는 영어 열풍은 서구라는 상징적 아버지를 하루속히 모방하려는 동양의 아들과 딸들이 표출한 조급증에 불과하다. 서구 제국은 자신을 모방하는 것을 부추기지만 그렇다고 모방 대상이 자신과 동등해지거나 뛰어넘으려는 시도를 결코 좌시하지 않는다. 동양의 서양 흉내내기는 원본과 결코 동격일 수 없는 구조적 한계점을 지닌 절름발이일 수밖에 없는 것이다.

한국에서 대중적 판타지소설의 독자층은 대개 1970, 80년대에 태어나 근대화의 모순보다 혜택을 누리며 성장한 10, 20대가 중심을 이룬다. 거대이념의 중압에서도 자유로운 그들은 인터넷이나 전자게임을 즐기면서 자연스럽게 영어와 접한 신세대이다. 그들에게 영어는 낯선 외국어라기보다 일상에서 자주 접할 수 있는 언어이자 타인과의 경쟁에서 우위를 점하기 위한 필수품이다. 이런 상황에서 민족어의 주체성을 강조하는 주체적 목소리는 시대착오의 보수성이나 세계화를 가로막는 방해꾼으로 치부되기 쉽다. 판타지소설에 나타난 영어식 담론은 그들에게 오히려 영어를 자연스럽게 학습할 수 있는 훌륭한 교과서로 인식된다. 판타지소설은 영어식 담론을 한국에 전파하는 매개체 구실을 하고 있는 것이다.

에드워드 사이드는 '오리엔탈리즘(orientalism)'을 서구가 동양을 지배하고 재구성하며 위압하기 위한 지배방식으로 허구적 신화라 규정한다.[9] 서구는 날조된 동양관을 통해 제국주의적 음험한 욕망을 숨기면서 동시에 지배의 정당성과 합리성을 교묘하게 홍보했던 것이다. 그것은 실제의 동양이 아니라 철저히 서구의 입맛에 맞게 변형된 '야만적 괴물'의 모습이었다. 그런데 동양 한국에서 오리엔탈리즘의 시각을 그대로 재생산한 대중적 판타지소설이 무비판적으로 범람하는 어이없는 상황이 전개되고 있는 것이다. 판타지소설에서 사용된 영어식 담론은 '영어=서구=선진, 한국어=동양=열등'이라는 서열체계를 끊임없이 환기시키며 유통된다. 이때 한국의 판타지 소설에서 영어의 특권을 거부하는 '전면적 폐기'나 영어를 이용해 서구제국의 허구성을 폭로하는 '주체적 전유(專有, appropriation)'[10]의 탈식민지적 전략은 찾아보기 힘들다. 그보다는 서구제국을 향한 동양인의 일방적 애모와 동경의 시선이 판타지소설을 가득 메운다. 이러한 과도한 서구추수주의의 반대편에는 동양을 자신의 마음대로 착취하고 수탈할 수 있는 거대한 서구제국에 대한 동양인의 공포와 열등감이 자리한다.

서구가 동양을 바라보는 방식이 오리엔탈리즘이라면, 동양이 서구를

---

9) 에드워드 사이드, 『오리엔탈리즘』, 박홍규 옮김, 교보문고, 1991, 16-22쪽.
10) 빌 애쉬크로프트·개레스 그리피스·헬렌 티핀의 『포스트콜로니얼 문학이론』(이석호 옮김, 민음사, 66쪽)에서 전유란 "〈모국어가 아닌 타자의 언어로 모국어의 정신을 전달하는 것〉을 의미한다. 즉, 그것은 상호 이질적인 문화적 경험들을 다양한 방식으로 전달하기 위해서 언어를 하나의 도구로 차용 및 선용하는 방식을 의미한다."

바라보는 방식은 옥시덴탈리즘(occidentalism)이다. 샤오메이 천에 따르면 서구의 오리엔탈리즘이 동양을 지배하기 위한 제국주의 담론으로 구성되어 있다면, 동양의 옥시덴탈리즘은 서구를 지배하려는 것이 아니라 국내의 정치적 목적을 달성하기 위해 주로 사용된다.11) 옥시덴탈리즘이 바라본 서구는 착취와 수탈을 하는 제국주의 국가 내지 선진문명을 자랑하는 민주국가라는 양면성 위에 자리한다. 동양은 이러한 상반된 이미지를 각자가 처한 정치적 입장에서 이용해왔던 것이 사실이다. 한국의 대중적 판타지소설은 대개 서구를 선진문명의 이상향으로 상정한 채 서사를 전개하는 옥시덴탈리즘을 보여준다. 문제는 그것이 주체의 정체성을 찾기 위한 방편이거나 정치적 유토피아를 건설하기 위한 저항담론의 형태가 아니라는 데에 있다. 판타지소설이 보여준 옥시덴탈리즘은 서구와의 동일시 속에 스스로 자신을 하위주체로 규정하는 사대주의적 발상에서 출발한다. 판타지소설이 보여준 자기비하의 옥시덴탈리즘은 서구가 동양을 지배하려는 방식인 오리엔탈리즘과 일종의 공모 관계에 놓여 있는 것이다.

판타지소설이 지닌 매판적 옥시덴탈리즘의 속성은 작중주인공과 용을 형상화하는 방식에서도 잘 드러난다. 판타지 소설에서 용(龍, dragon)은 사건을 움직이게 하거나 갈등을 점화시키는 모티프로 흔히 사용된다. 이영도의 『드래곤라자』에서 아무르타트라는 용의 횡포에 의해, 김

---

11) 샤오메이 천은 『옥시덴탈리즘』(정진배·김정아 옮김, 강, 2001, 16-18쪽)에서 중국의 옥시덴탈리즘을 크게 관변 옥시덴탈리즘과 반관변 옥시덴탈리즘으로 구분한다. 중국에서 관변 옥시덴탈리즘이 서양을 제국주의 타자로 만듦으로서 자국내의 정치적 입지를 강화하기 위해 사용되었다면, 반관변 옥시덴탈리즘은 서양이라는 타자를 전체주의 사회의 이데올로기적인 억압에 저항하는 정치적 해방의 은유로 사용했다.

예리의 장편 『용의 신전』에서 드래크로니안이라는 용인 제피로스의 폭력에 의해 서사는 긴장감 있게 움직인다. 용의 등장 속에 사건이 시작되고, 용의 부재 내지 소멸 속에 사건이 종결된다. 이때 '인간 대 용'의 이원적 대립에서 승자는 대개 '인간'으로 귀결된다. 이것은 판타지소설이 인간중심주의라는 휴머니즘을 표방하고 있음을 의미한다. 그러나 문제는 그 인간에 동양인은 포함되어 있지 않다는 점이다.

'날개 달린 뱀'인 용은 뱀(물질)과 새(정신)가 합체된 생명체로 미지의 것에 대한 인간의 공포와 두려움이 만들어낸 상상적 동물이다. 지상과 하늘을 자유자재로 다닐 수 있는 절대적 능력의 용은 보이지 않는 신의 실체를 드러내는 매개체이자 신성한 권위를 상징한다. 이런 이유로 동양에서 왕이나 황제는 곤룡포를 입음으로써 자신과 용을 일치시켜 권력의 신성함을 표시하곤 했다. 이러한 용은 태양에 속하면서 달에 속하기도 하는 이중적 존재이다. 용은 남성이자 여성이고, 선이자 악이기도 하다. 대체적으로 동양에서 용이 초자연적 힘을 소유한 긍정적 선이었다면, 서양에서 용은 인간 세계의 파괴자 내지 악으로 규정된다. 이러한 이미지의 차별화는 서구의 텍스트에서 용이 동양을 상징하는 은유로 자주 등장한 것과 무관하지 않다. 용의 부정적 이미지 구축은 서구가 동양에 대해 지닌 두려움과 불안이 만들어낸 산물이다. 이처럼 용은 서구식 담론에서 동양적 세력을 상징하기에 한국의 대중적 판타지소설에서 용의 부정적 이미지 작업은 자칫 잘못하면 서구우월주의에 대한 홍보로 귀착될 가능성이 많다. 이런 맥락에서 서구적 주인공과 동일시가 된 동양의 독자는 부정적으로 형상화된 용과 적대적 관계에 놓이면서 자신도 모르게 동양적 정체성을 부정하는 아이러니한 위치에 놓이게 된다.

판타지소설에서 용과 대척점에 서 있는 인물은 '드래곤슬레이어 (dragonslayer)'이다. 드레곤슬레이어는 사악한 용을 죽인 백인 영웅으로서 서구중심주의를 대변하는 대표적 표상이다. 드래곤슬레이어의 용맹성과 도덕성에 비해 무차별적 폭력을 일삼는 용의 대립적 대조는 무의식적으로 서구세계의 정당성을 홍보한다. 그 결과 용은 '비정상'으로, 백인은 '정상'으로 분류되면서 용을 처단하는 행위는 역사적 필연성을 획득한다. 이것은 마치 문명화의 사명감을 내세우며 동양을 침략했던 서구 열강의 모습을 연상시킨다. 이영도의 『드래곤라자』에서 절대적 힘을 소유한 아무르타트는 백인 인간들의 세력 확대 속에 자신의 은거지를 떠나 서쪽으로 이동하고, 김예리의 『용의 신전』에서 용족의 마지막 보루인 시지리스는 리반 아덴 등의 드레곤슬레이어에 의해 무참히 짓밟힌다. 이 작품들에서 용은 백인 세력의 성장과 함께 소멸의 길에 들어선다. 용의 존재가 사라진다는 것은 서구적 근대화의 물결 속에 자연 친화의 동양적 전통과 가치가 위축되고 있음을 우회적으로 환기한다.

> 보레아스는 고개를 저었다. 노을빛에 더욱 붉어진 그의 눈이 무척이나 쓸쓸하게 보였다.
> "드래크로니안들의 운명은 이제 다했습니다. 누가 죽이지 않더라도 우리는 서서히 사라져 갈 것입니다. 그리고 몇백 년 후, 레젠디아에는 어떤 드래크로니안도 남아 있지 않게 되겠지요. 그러나 저는 만족합니다. 단지 저희들이 원하는 것은ー타의에 의해서가 아니라, 서서히 친절하고 참을성 있게 다가오는 운명의 힘으로 사라져 가는 것일 뿐이었으니까요."
> "그건… 너무 슬픈 말이네요……"[12]

용이 미지의 신비스러운 힘에 의해 생성된 존재라면 인간은 이성이라는 능력을 활용하여 생물계에서 두각을 나타낸 존재이다. 이렇게 상호대립적 관계에서 열등한 위치에 있었던 인간은 이성을 과학문명과 연결시켜 전세를 역전시킨다. 전동조의 장편『묵향』(1999)에서 인간들은 오랜 마법의 연구 끝에 인간과 기계를 결합시킬 수 있는 타이탄을 만들어낸다. '타이탄'은 드래곤의 심장 조각과 인간의 과학력이 합작해 만들어낸 살아있는 기계인간이다. 기사가 타이탄과 한몸으로 합체하여 막강한 위력을 발휘할 수 있다는 것에서 우리는 과학과 기술을 바탕으로 하여 자연을 정복한 서구적 근대인을 떠올린다. 타이탄을 이용하는 인간에 의해 엄청난 능력의 소유자인 '용'은 상대적으로 점차 왜소해진다. 이제 용은 숭배의 대상이 아니라 정복하거나 경쟁해야 할 대상으로 전락한다. 물론『묵향』에서 타이탄을 조종하는 인간이 상대할 수 있는 용은 아직 미성숙한 용에 한정되어 있다. 그럼에도 불구하고 용을 죽일 수 있다는 자신감은 성숙한 용과 언제 한번 자웅을 겨뤄볼 수 있다는 생각에까지 이르게 한다. 이러한 자신만만한 의식의 한켠에 타이탄과 같은 기계를 만들어낼 수 없는 지역에 대한 근거없는 우월감이 밑바탕에 깔려 있다. 타이탄을 생산하거나 살 수 없는 나라들은 약소국으로 규정되어 제국의 침략에 무방비로 노출될 수밖에 없다. 이것은 동양이 근대적 산업혁명을 재빨리 성취하지 못해 서구 제국의 침략에 무참하게 유린되었던 풍경을 연상시킨다.

지금까지 한국의 대중적 판타지소설은 독자적 미학을 건설하기보다 서구지향성을 노골적으로 드러낸 종속문학이었다. 이것을 가능하게 한

---

12) 김예리,『용의 신전』7권, 자음과모음, 1998, 270쪽.

일등공신은 영어식 담론이다. 이러한 영어식 담론의 해체 내지 축소 없이 건강한 대중적 판타지소설의 청사진을 설계하는 것은 원천적으로 불가능하다. 한국어가 촌스럽고 영어가 세련된 언어라는 자기비하의 오리엔탈리즘은 서둘러 종식되어야 한다. 서구 우월의 오리엔탈리즘과 자기비하의 옥시덴탈리즘이 합작해 만들어낸 판타지소설이 자신의 문제점을 혁신하지 않는 한 서구 대 동양의 신식민지적 구도는 우연이 아니라 필연으로 규정된다. 이런 점에서 대중적 판타지소설은 혹독하게 비판을 받아야 마땅하다. 하지만 불행하게도 이러한 비판적 목소리는 출판상업주의의 확산과 평론가들의 직무 유기 속에 제 자리를 찾지 못하고 표류하고 있다.

3. 서구적 판타지소설 대 동양적 무협소설

주로 중국을 배경으로 한 무협소설은 동양에서 오랫동안 환상소설의 왕좌로 군림해왔다. 무협소설은 비록 본격문학에 의해 천대를 받았지만 지하에서 그 생명력을 왕성하게 이어왔다. 하지만 1990년대 후반 들어 영상매체의 확장과 대중적 판타지소설의 유행 속에 무협소설은 쇠퇴의 징후를 강하게 노출한다. 서구적 마법과 무술로 무장한 판타지소설은 주로 무술만 사용하는 무협소설을 압도하며 대중문학의 맹주로 부상하고 있는 것이다.

무협소설은 대개 주인공이 원수에 의해 가족이나 스승을 잃고, 복수심에 불타 열심히 무공을 연마해 악으로 설정된 원수를 처단하는 권선징악의 이원적 구도를 반복한다. 이러한 천편일률적 서사 전개는 일일 연속극처럼 뻔한 상투적 구조를 반복함에도 불구하고 주인공과 동일시 된 독자를 한 순간 영웅으로 만들어줄 수 있다는 장점 때문에 많은 독자를 확보할 수 있었다. 일상에서 한없이 무기력한 소시민이 무협소설의 주인공과 동일시 되어 수많은 부하와 미녀들을 잠시나마 소유할 수 있다는 마력. 동양의 무협소설은 미국의 서부극처럼 철저히 남근중심주의로 이루어진 대표적 남성 장르인 것이다. 연령보다 무공의 고하에 의해 결정되는 무협소설의 서열체계는 가부장적 남성들이 꿈꾸는 권력의 이상향을 일순간 실현시켜준다. 이러한 페니스(penis) 파시즘이 실현된 무협의 시공간은 다양한 소수의 의견은 묵살되고 오직 절대무공을 익힌 주인공의 욕망만이 정전으로 군림한다. 이런 점에서 무협소설은 비민주적 세계를 학습하여 전파시키는 반시대적 문학이라 할 수 있다.

그런데 최근 들어 젊은 독자들은 동양의 무협소설보다 서구적 판타지소설을 많이 찾는다. 이것은 무협소설에 독자가 식상한 점도 있지만 서구적 판타지소설이 좀더 세련되게 남성적 동일시의 욕망을 충족시켜준다는 점이 크게 작용했다고 보아야 한다. 독자들은 시대의 변화를 수용한 판타지소설에서 새로운 욕망의 배출 장소를 발견했던 것이다. 그렇다면 서구적 판타지소설은 무협소설과 어떤 점에서 차별성을 확보했기에 짧은 시간에 많은 독자들을 확보할 수 있었을까? 일부다처제의 무협소설과 달리 판타지소설의 주인공은 부르주아 이데올로기를 수용하여 일부일처제를 신봉한다. 판타지소설은 달라진 시대상을 반영하고 있는 것이다. 또한 판타지소설은 무공 내지 마법의 고하로 위계질서가 일률적으로 재편되어 있지도 않고, 권선징악의 구도도 무협소설보다 상대적으로 약화되어 있다. 그렇지만 이러한 차이점은 표면적일 뿐 남성이 여성보다 우월한 위치를 점하는 남근중심주의는 판타지소설과 무협소설이 구조적으로 동일하다. 이수영의 장편 『암흑 제국의 패리어드』 (1999)를 보면 주인공은 여성인 패리어드이다. 그녀는 막강한 능력을 소유한 존재로서 모험을 주도해가는 개척적 인물로 등장한다. 하지만 패리어드는 사람이 아니고 용이 변신한 모습이라는 것을 상기해보면 남근중심주의에서 완전히 탈피했다고 볼 수 없다. 게다가 『패리어드』 의 전작(前作)이라 할 수 있는 장편 『귀환병 이야기』(1998)에서 나중에 패리어드의 아버지가 될 이안이 화룡인 커크를 아내로 맞아들였다는 것을 상기하면 판타지소설이 보여주는 남근중심주의는 여전히 그대로 이다. 아무리 막강한 능력의 소유자인 용들이라고 해도 가부장제 사회 에서 남편의, 아버지의 권위에 비길 수는 없기 때문이다.

　서구적 판타지소설의 성장 속에 위기감을 느낀 무협소설도 변화의 흐름에 동참한다. 무협작가들은 무협과 서구적 판타지를 잡종적으로 결합한 '무협판타지'를 탄생시킨다. 무협판타지의 원조격인 전동조의 장편 『묵향』은 '묵향(동양) - 다크레이디(서구적 환상의 시공간) - 묵향의 귀환(동양)'이란 3부로 구성된 소설이다. 1부가 4권까지인데 이 부분에 서는 중국 송나라 시대를 배경으로 하여 주인공 묵향이 마교의 교주에 까지 이르는 과정을 무협소설의 형식으로 전개한다. 무림 고수인 묵향 은 교주에 오르지만 적의 음모에 의해 펼쳐진 마법진에 의해 시공간이 다른 차원으로 이동된다. 그곳은 달이 두 개 떠오르는 환상의 서구적 시공간으로서 마법과 무술이 공존하는 판타지의 세계이다.[13] 서구적

---

13) 이곳을 다룬 2부는 5권부터인데 현재 24권까지 나와 있다. 작가에 의하면 『묵향』이란 판타지소설은 주인공 묵향이 다시 동양의 시공간으로 돌아오는 3부로 마무리 할 계획이라고 말한 바 있다. 16권부터 동양으로 귀환한 묵향

환상의 시공간에 강제로 이동된 묵향은 이곳에서 다크(dark)란 이름으로 명명된다. 여기에서 주인공의 이름이 '묵향'에서 '다크'로 호칭이 전이되는 과정은 주목을 요한다. 오리엔탈리즘 시각에서 보면 서구는 빛으로, 동양은 어둠의 이미지로 표기된다. 이러한 빛과 어둠의 이분법적 구도는 그것으로 끝나는 것이 아니라 선과 악, 문명과 야만, 선진과 후진, 지배와 종속 등의 우열 구도와 자연스럽게 연결된다. 아마도 작가 전동조는 '묵향(墨香)'과 이름이 비슷하다는 이유에서 주인공의 이름을 별 뜻 없이 '다크(dark)'로 명명한 것인지도 모른다. 하지만 이러한 선택의 과정에도 서구중심주의로 대변되는 식민지적 담론이 무의식적으로 작가에게 작용했다고 보아야 한다. '묵향'과 '다크'의 명칭은 언뜻 보면 비슷해 보이지만 그 심층을 따져보면 전혀 별개의 의미임을 알 수 있다. '묵향'은 먹의 향기로서 색깔은 검은 색이지만 그곳에는 은은한 향기가 발산된다. 그것은 동양적 여유이자 성찰을 유도하는 깨달음의 향기이다. 반면에 '다크'는 어두운 상태로서 통제할 수 없는 폭력이나 감성의 폭주를 암시한다. 또한 '다크'란 표기는 환상적 서구 세계에 대해 잘 알지 못하는 묵향의 처지와 이성적 판별 능력이 떨어지는 묵향에 대한 비웃음을 내포한다. 다크를 고용한 크라레스 제국은 처음에 묵향의 힘을 이용할 뿐 결코 그를 동등한 서구적 인간으로 취급하지 않는다. 묵향은 그저 육체적 힘이 세서 두려운 야만적 존재일 뿐이다. 이용가치가 없을 경우 묵향은 거침없이 버려질 수밖에 없다. 이질적 동양인에게 내려지는 것은 배제와 차별이라는 제국주의적 단죄인 것이다.

의 이야기가 펼쳐진다.

무공의 절대고수인 '묵향'은 이름만 '다크'로 변한 것이 아니라, 크라레스의 마법사가 건 디스라이크 마법의 저주에 의해 10대 후반의 날씬한 서구 여성으로 변신한다. 이러한 성별과 외모의 전환은 서구에 대한 동양 남성의 성적 욕망과 동경이 반영된 것이라 볼 수 있다. 성별과 외모의 전환 속에 묵향의 무공 실력도 함께 감금된다. 이런 상태는 묵향이 자신의 성별이 바뀐 것을 인정하고 서구적 환상 공간에 적응하기까지 계속된다. 즉 묵향이 다시 힘을 되찾게 되는 것은 동양적 정체성의 박탈과 서구적 세계의 수용이라는 전제 조건을 충족하고서부터이다. 서양이 구축한 오리엔탈리즘에서 보면 서구는 남성으로 동양은 여성으로 간주된다. 아무리 여성이 뛰어나다고 해도 가부장제 사회에서 여성은 남성보다 우월한 존재가 아니다. 여성은 남성의 보호를 받아야 할 약자이다. 주인공 묵향이 서구적 환상 공간에서 남성적 정체성을 상실한 채 여성이란 신분으로 변신한 것은 바로 이러한 오리엔탈리즘적 시각의 재현이다. 비록 묵향이 다시 잃어버렸던 무공 실력을 되찾고, 환상의 시공간에서 용을 제외한 최강자로 등장하지만 그녀는 여전히 여성이란 틀에 묶여 있다. 이것은 묵향이 아무리 무공이 뛰어나더라도 남성적 서구 제국에 종속된 하위주체임을 시사한다.

> "놀라운 저주야. 육체가 완전히 바뀌었어. 아무리 정신이 강하다 해도 그 충격을 버틸 수는 없겠지. 일이 더럽게 되어 가는데……"
> 저녁 때가 되자 수색 작업에 나갔던 일행들이 속속 도착했고 그들은 가스톤에게서 놀라운 소식을 듣게 되었다.
> "다크는?"
> "지금은 잠들어 있어요. 충격이 컸겠죠."
> "흐음, 지금 다크의 실력은 어느 정도인가?"

가스톤은 시드미안의 질문에 침중한 어조로 조심스럽게 대답했다. "물론 라나보다는 낫겠죠. 그러니까 검술의 궁극을 강의만 받아 이론상으로는 완전히 터득한 어린 여자 애와 같다고 보면 될 겁니다."[14]

이 소설에서 묵향의 양아버지로 나오는 것은 골드드래곤인 아르티어스이다. 앞의 작품들에서 용들이 보통 동양적 이미지를 발산한다면 아르티어스란 용은 서구적 이미지를 강하게 떠올린다. 이것은 그가 서구인으로 오랫동안 변신하여 생활하고 있다는 점에서 그러하다. 골드드래곤의 보호와 묵향의 투정 속에 생성된 이들 기묘한 부녀관계는 서구와 동양이 맺고 있는 지배와 종속의 관계망을 다시 한번 상기시킨다. 물론 묵향은 서구적 절대 권력을 상징하는 또 하나의 기호인 정령왕 나이아드의 횡포에 맞서 싸워 승리를 쟁취하기도 한다. 이것을 동양적 정체성을 유지하려는 주체의 몸부림으로 해석할 수도 있다. 하지만 그는 여전히 골드드래곤의 보호와 서구적 여성의 외모를 지니고 있기에 제국의 종속에서 벗어났다고 볼 수 없다. 특히 묵향이 절대적 무공 실력을 지닌 것에 비해 상대적으로 함량 미달의 학식과 이성적 판별 능력이 떨어지는 모습은 지배와 종속이라는 식민지적 관계를 합리화시키는 원초적 조건으로 작동한다.

『묵향』에서 보듯 무협과 판타지의 잡종적 결합은 무협소설의 독자층을 확충하기보다 오히려 대중적 판타지소설로 이동하기 위한 징검돌로 이용되기 쉽다. 필자는 판타지소설에 스며든 서구중심주의를 비판한다고 해서 무협소설을 무조건 옹호해야 한다는 맹목적 '우리것 콤플렉스'도 단호히 배격한다. 곰곰이 따져 보면 무협소설도 폭력적 담론이

---

14) 전동조, 『묵향 5권』, 명상, 1999, 230-231쪽.

곳곳에 스며든 일종의 제국주의 문학이기 때문이다. 무협소설은 대개 중원을 '선'으로, 그 이외의 지역을 오랑캐가 지배하는 '악'으로 설정해 중국의 동양 지배를 합리화시키는 일종의 제국주의 문학이다. 이런 측면에서 무협소설에 대한 애정 표시는 서구중심주의라는 공동의 적을 몰아내기 위한 한시적 차원에서만 유효하다.

　무협소설이나 판타지소설은 모두 '영웅의 탄생'을 꿈꾼다. 이것은 두 개의 문학장르가 일상에서 일그러지고 왜소화된 소시민의 억압된 욕망을 매개로 성장한 문학이기 때문이다. 영웅이 사라진 현대에 끊임없이 영웅을 호출하는 무협소설과 판타지소설은 파시즘의 정서를 밑바탕에 깔고 있다. 이러한 판타지소설들은 소수의 영웅 대 다수의 비영웅이라는 이항대립체계를 생산하며 권력 욕망을 재현한다. 게다가 판타지소설이 생산하는 영웅은 동양인이 아니라 대개 서구 백인으로 등장한다. 서구 백인이 영웅으로 자리할 때, 비서구인인 유색인종은 영웅을 빛내기 위한 비영웅인 '소인(小人)'으로 전락한다. 동양 독자들은 서구적 판타지소설을 읽으면서 서구에 대한 콤플렉스가 더욱 강화되어 자립할 욕망조차 포기한다. 영어식담론은 주체적 입장에서 비판의 대상이 아니라 초강대국 미국의 세계화를 보편타당한 진리로 인식하도록 한다. 이러한 상황에서 '감히' 서구 내지 미국의 우월적 지위를 정면 비판하는 것은 생각조차 할 수 없는 금기로 자리매김되면서 신식민지적 구도는 구조적으로 고착된다. 서구적 판타지소설의 범람은 민족적 주체 의식이 부재하거나 약화된 상황에서 필연적으로 발생한 돌연변이이다. 서구적 판타지소설은 새로운 패러다임의 변화가 아니라 서구 편향의 콤플렉스를 내면화하는 퇴행형의 소설로 전락하고 있는 것이다.

4. 판타지 소설의 정전과 규격화된 상상력

환상은 현실이라는 거울이 없으면 결코 존재하지 못한다. 이것은 환상이 현실에 기생한다는 의미에서라기보다 환상은 현실의 또 다른 모습이기에 그렇다. 환상소설은 현실을 상상력의 도약대로 삼아 기존 소설이 보여주지 못했던 인식 지평을 개척한다. 그렇다면 한국의 대중적 판타지소설은 다채로운 상상력으로 인식 지평의 확대를 보여주었을까? 앞에서도 살펴보았듯이 이 물음에 대한 대답은 사뭇 부정적이다. 대중적 판타지소설은 현실과의 상호작용 속에 억압된 타자의 목소리를 보여주기보다 영어식 담론으로 상징되는 서구중심주의를 유포하며 동양의 주변부성을 가속화시키는 데에 앞장섰기 때문이다.

한국의 대중적 판타지소설에서 정전(正典)으로 군림하는 J.R.R.톨킨의『반지의 제왕』(1954)은 호빗인 프로도의 아슬아슬한 모험을 그린 장편이다. 프로도는 '운명의 산'에 반지를 던져 파괴시켜야만 악의 군주인 사우론의 부활을 막을 수 있다. 프로도가 이 임무에 실패하면 사우론이 지배하는 암흑의 시대가 도래한다. 이러한 서사의 흐름을 보여준 톨킨의 상상력은 작가 자신이 살고 있는 서구문명이란 현실의 토양에서 발원한 것이다. 비록 톨킨은 현실과 판이한 2차적 세계를『반지의 제왕』에서 구축하여 낭만적 환상을 불어넣고 있지만 그것은 어디까지나 자신이 경험했던 현실을 변용하고 조합시켜 만든 환상의 세계이다. 톨킨은 이 환상의 세계를 일종의 유토피아로 삼아 근대산업주의에 의해 황폐화된 서구 문명을 우회적으로 비판한다. 신비주의와 정신주의의 분위기를 물씬 풍기는『반지의 제왕』은 1960년대에 저항문화의 진앙지로 활용된다. 물론 톨킨이 설정한 유토피아는 복고적 취향 속에 중세적 세계로의 귀환이라는 퇴행성과 앵글로 색슨적 유토피아라는 점에서 문제점을 드러내기도 한다.[15] 이러한 한계점에도 불구하고 톨킨의『반지의 제왕』은 당대 현실에 대한 좌절과 새로운 유토피아의 모색이라는 시대적 의미를 담고 있다.

그런데 한국의 판타지소설 작가들은 자신이 살고 있는 당대 현실이 아니라 바로 톨킨의『반지의 제왕』과 같은 서구의 판타지소설이나 디아블로같은 롤 플레잉게임에서 상상력을 빌려온다. 한국의 작가들은 서구 텍스트를 모방하거나 복제한 판타지소설을 창작하기에 급급했던 것이다.[16] 이것은 서구의 정전이 한국의 판타지소설 작가들에게 일종의 초월적 기표로 작용하고 있음을 말해준다. 한국의 판타지작가의 상상력은 자유롭게 탈주하지 못한 채 규격화된 틀을 찍어내기에 바쁘다. 이것은 서구의 정전이 영구적이고, 판타지소설의 최고 수준이라는 순진한 착각에서 비롯한다. 서구의 판타지소설을 정전화한 순간 그것은 일종의 신비적 숭배 대상이 되면서 지배와 종속이라는 오리엔탈리즘 시각이 재현된다. 환상의 속성상 환상의 중심과 주변은 결코 존재하지 않는다. 그럼에도 불구하고 환상이 중심과 주변으로 분리되면 그 순간 환상의 세계는 소멸의 길에 들어설 수밖에 없다. 이것을 제대로 통찰

---

15) 이택광은「'해리포터'와 '반지의 제왕'」(『한국문화의 음란한 판타지』, 이후, 2002, 168-171쪽)에서『반지의 제왕』이 지닌 저항문화적 성격과 유토피아로 설정한 세계가 앵글로 색슨적 색채가 짙음을 언급하고 있다.
16) 하응백은「팬터지 소설의 허와 실」(≪문예중앙≫, 1999년 봄, 146쪽)에서 현재의 환상소설의 계보를 '톨킨류의 팬터지 소설 → 롤 플레잉게임 → 팬터지 소설'로 파악한다. 그가 보기에 한국의 환상소설은 서양 팬터지 소설의 격세유전이자 컴퓨터 게임의 직접적 자식인 것이다. 이것은 다양한 매개변수를 무시하고 환상소설의 계보를 단순화시켰다는 단점이 있지만 한국에서 유행하는 환상소설의 지형도를 선명하게 보여주는 장점이 있다.

하지 못한 한국의 판타지소설 작가들은 서구적 판타지소설을 중심부로, 자신의 판타지소설을 주변부로 규정하는 식민지적 종속성을 노출하며 자멸적 유희성에 빠져들었던 것이다.

그들은 문득 다시 탁 트인 곳으로 나왔다. 어슴푸레한 하늘에는 초 저녁 별 몇 개가 떠올라 있었다. 나무 한 그루 없이 널찍한 공지가 양 쪽으로 갈려 크나큰 둥근 언덕을 감싸안고 있었다. 공터 건너엔 흐릿 한 어둠에 잠겨 깊은 해자가 나 있는데, 그 가장자리의 풀들은 아직 햇 빛을 기억하기라도 하듯 눈부신 녹색을 띠고 있었다. 해자 저편에는 푸른 성벽이 그 땅에서 본 것 중에서 가장 큰 말로른나무들이 밀집한 푸른 언덕을 에워싸고 하늘 높이 솟아 있었다. 높이를 짐작하기도 벅 찬 나무들은 흡사 살아 있는 탑처럼 황혼이 깃든 하늘을 찌들 듯 우뚝 솟아 있었으며 여러 층을 이룬 가지들과 끝없이 움직이는 나뭇잎 사이 로 녹색과 황금색과 은색의 무수한 불빛들이 반짝이고 있었다.[17]

절벽 위로 부는 바람이 포효했다. 쏴아아아아!
일종의 계곡이었다. 아래에서는 그제의 비 때문에 불어난 것인지 거 세게 흐르는 강물의 모습이 보였다. 음? 이상하군. 그제의 비가 아직까 지도? 아, 아니다. 이런 엄청난 숲이라면서 굉장한 양의 물을 품고 있 었겠지. 아니면 원래 세차게 흐르는 강일까? 강 또한 웅장한 소리를 퍼뜨리고 있었다. 콰콰콰콰콰콰.
그러나 우리는 끝없이 펼쳐진 숲은 전경도, 세차게 흐르는 강의 모 습도 바라보지 않았다. 우리는 우리 바로 왼쪽에서 떨어지는 폭포를 바라보고 있었다.[18]

---

17) J.R.R.톨킨, 『반지의 제왕』 2권, 한기찬 옮김, 황금가지, 2001, 217쪽.
18) 이영도, 『드래곤라자』 7권, 앞의 책, 118-119쪽.

앞의 지문은 서구에서 대표적 판타지소설인 톨킨의 『반지의 제왕』
과 한국에서 창작된 대표적인 서구적 판타지소설인 이영도의 『드래곤
라자』에서 발췌한 글이다. 이 두 개의 문장을 비교해 보면 독자들은
그 차이를 어렵지 않게 간파할 수 있다. 톨킨의 소설은 이국적 풍경에
대한 꼼꼼한 묘사와 서술 등으로 신비한 환상의 세계를 그려낸다. 이
것은 작가가 끊임없이 현실과 대화하면서 비현실의 세계를 창출한 것
이기에 풍부한 울림을 생산한다. 이에 비해 이영도의 소설은 상대적으
로 꼼꼼한 서술이나 묘사 대신 대충 대상을 그려낸다. 특히 동화에서
자주 사용되는 의성어와 의태어의 빈번한 등장은 소설을 가볍게 만드
는 요인으로 작용한다. 한국의 판타지작가들은 대상에 대한 전복적 상
상력 대신 순간적 재치나 행동과 대화의 연속성으로 상상력의 빈곤을
메운다. 이것은 문학적 수련 기간, 작가의 역량, 창작 연대의 차이에서
도 기인하지만 한국의 판타지 작가들이 서구의 정전을 끊임없이 의식
하고 모방하는 과정에서 나온 산물이다. 플라톤이 언급한 '동굴의 비유'
처럼 한국에서 창작된 대부분의 판타지소설은 이데아란 실재가 아닌
파생실재란 그림자를 모방해 생산한 또 하나의 파생실재에 불과하다.
한국의 서구적 판타지소설은 파생실재이기에 원본이 지닌 아우라를 갖
지 못한 채 문화산업에 봉사한다. 더 큰 문제는 한국의 판타지작가들
이 자신들의 소설을 파생실재로 인식하지 못하고 있다는 데에 있다.
그 결과 한국의 판타지소설은 독자적 미학을 건설하지 못한 채 서구
판타지소설의 아류(亞流)로 전락한다. 이영도의 『드래곤라자』는 영어
식담론에 의존하고 있는 것은 마찬가지이지만 동양적 전통을 약간 가
미하여 나름대로 한국적 판타지소설을 만들어보려고 노력했다. 하지만
대다수의 다른 작품들은 『드래곤라자』에도 미치지 못하는 함량 미달의

아류작이라고 할 수 있다.

라캉에 의하면 인간은 어머니와 상상적 동일시를 한 거울단계에서 아버지로 상징되는 상징적 단계로 이동하면서 사회적 성장을 한다. 이 때 거울에 비쳐진 영상이 일종의 환상이라면 상징적 단계는 환상이 부서진 현실의 세계이다. 상징적 단계에 진입해서 억압받고 상처받은 주체의 욕망은 충족되지 못한 채 결핍으로 존재한다. 그 결핍은 다시 존재를 '있는 나'와 '있어야 할 나'로 분열시킨다. 이 간격이, 틈이 바로 새로운 환상을 꿈꾸게 한다. 이런 점에서 환상은 인간의 꿈이자 동경이 숨쉬는 무의식의 지대이다. 이때 상상적 동일시의 대상이 탈식민지적 주체가 아닌 서구라는 식민지적 주체일 때 문제가 발생한다. 식민지적 주체와 동일시된 존재는 주체적으로 삶을 구성하지 못하고 타자에 의존하는 기생적 삶을 청산하지 못한다. 식민지적 환상에 사로잡힌 존재는 현실을 망각한 채 끝없이 표류할 뿐이다. 이러할 때 환상은 더 이상 변혁의, 타자의 저항성이 아니라 현실도피의 백일몽에 지나지 않다. 한국의 대중적 판타지소설은 서구의 판타지소설을 동일시 대상으로 삼으로써 바로 이러한 오류에 깊이 빠져들었던 것이다.

판타지소설에서 아버지의 존재가 희미하거나 부재한 현상도 이와 무관하지 않다. 『드래곤라자』에서 주인공 후치의 아버지는 용 아무르타트에게 잡혀 있고, 『용의 신전』에서 로이의 아버지와 『지크』에서 지크의 아버지는 모두 일찍 돌아셨고, 『귀환병 이야기』에서 이안은 왕의 적자가 아닌 서자 출신이다. 이것에서 보듯 작중주인공들은 아버지로 상징되는 구질서에서 자유롭다. 이것은 주인공이 기존의 전통을 계승하기보다 새로운 문물의 흡수에 더욱 중점을 두게 만든다. 그들이 하는 모험도 대개 아버지를 죽인 자에 대한 복수의 여정이 아니기에 선택의 폭도 상대적으로 넓다. 아버지의 부재 속에 주인공들은 새로운 환경을 재빨리 수용한다. 그것은 서사가 진행될수록 작중인물이 서구적 문법의 체득 속에 서구적 주체로 재탄생되고 있음을 뜻한다. 환상적 모험 속에 생성된 판타지소설의 주체는 서구에 대한 동경과 동양에 대한 열등감에 사로잡힌 불구적 주체이다. 한국의 독자들은 판타지소설의 주인공과 '반동일시(反同一視)'하는 마음가짐으로 텍스트를 읽지 않는다면 자신도 모르게 열등콤플렉스와 식민지적 종속을 가속화시키는 데에 일조할 수밖에 없는 것이다.

모든 문화는 독자적으로 존재하는 것이 아니라 끊임없이 교류한다. 그 교류 속에 자신의 문화 양식을 창조한다. 따라서 서구 문화의 수입이 중요한 것이 아니라 창조적 변용이 중요하다. 이런 점에서 서구의 판타지소설을 가감없이 그대로 수입한 것은 서구콤플렉스 말고 달리 설명할 길이 없다. 한국의 판타지소설 작가들은 나름대로 '창조적 수용'을 했다고 주장할지도 모른다. 하지만 그 정도는 미미한 것이기에 서구중심주의를 타파하지 못한다. 우리가 서구의 판타지소설을 자신의 색깔로 재창조하지 못할 경우 '서구 우월/ 동양 열등'이라는 불평등한 관계를 재생산할 뿐이다. 서구인들은 서구의 판타지소설을 그대로 모방하여 사용한 동양인의 빈곤한 창조성을 들어 그들의 우월성을 주장할 것이기 때문이다. 이러한 사항을 고려해 볼 때 한국의 판타지소설 작가들은 우리 현실에 맞는 판타지소설의 형식과 내용을 끊임없이 생각해야 한다.

5. 유토피아에 대한 열망과 새로운 가능성

인간은 현실이 고통스러우면 고통스러울수록 그것이 부재한 세계를
꿈꾼다. 그러한 욕망이 만들어낸 세계가 바로 토머스 모어가 언급한
'유토피아'이다. 유토피아는 현실 속에 결핍된 인간의 무의식적 욕망이
증폭시켜 만들어낸 환상의 지대이다. 이러한 유토피아의 모습은 시대
와 억압된 욕망의 색깔에 따라 다양하게 나타난다. 허균의 『홍길동전』
에 등장한 '율도국'은 적서차별이나 계급타파라는 당대 조선인의 무의
식적 욕망이, 이청준의 「이어도」에 등장하는 '이어도'와 황석영의 「삼
포 가는 길」(1973)에서 '삼포'는 1960, 70년대 산업화 과정 속에 상실해
가는 정겨운 공동체적 삶에 대한 향수가 창조해낸 유토피아이다.

그렇다면 세기말과 세기초로 이어지는 시대에서 우리가 꿈꾼 유토피
아는 무엇일까. 전지구적으로 확장된 자본주의의 물결 속에 당대인이
열망한 유토피아에도 자본주의적 색채가 적극적으로 반영된다. 왕가위
의 영화 ≪중경삼림≫(1995)에 깔린 '캘리포니아드리밍'이란 배경음악
은 주변부 동양인들이 꿈꾸는 지상낙원인 '미국의 캘리포니아'를 환기
하는 상징적 기호이다. 넘실거리는 파도, 늘씬한 백인 미녀, 내리쬐는
햇살 등이 연상되는 '캘리포니아'는 물신주의적 자본주의가 만들어낸
허구적 유토피아이다. 물신화된 자본주의는 유토피아의 진정성마저 관
리하고 통제하려는 음험한 징후를 보여주고 있는 것이다. 이런 상황에
서 판타지소설은 어떠한 유토피아를 상상하고 있을까? 김하준의 장편
『지크』(2001～2004)는 인간, 엘프, 드워프, 몬스터인 오크 등의 모든 종
족이 어우러져 함께 살아가는 유토피아 세계를 보여준다. 이 소설은
다양한 인종이나 민족들이 조우할 기회가 많은 21세기에 우리가 지향

해야 다원적 미래상을 말해주고 있는 것이다. 이런 점에서 『지크』는 판타지소설에서 근래에 보기 힘든 탈식민주의 내지 세계주의 텍스트라 할 수 있다.

소설의 주인공인 지크 남작은 아버지의 유업을 이어받아 영지에서 다른 종족을 차별하지 않는 탈권위주의적 인물이다. 지크가 지배하는 후안시는 전투를 즐겨하는 야만족인 오크, 숲에 사는 엘프, 광물탐사나 예술품을 만들기 좋아하는 드워프 등이 함께 어우러져 살면서 서로의 취약점을 메워주기에 짧은 시기에 비약적으로 발전한다. 이 부분에서 주체와 타자가 공존할 때 이전 보다 좀더 나은 세계를 건설할 수 있다는 작가의 세계관을 감지할 수 있다. 중심과 주변을 설정하지 않고 모두가 중심이 되는 세상. 지크가 만든 후안시는 꿈에서나 있을 법한 다원적 세계를 환상의 현실에서 건설했던 것이다. 지금까지 나와 다르다는 이유 하나만으로 "이방인, 외국인, 주변인, 사회의 일탈자, 친숙하지 않은 언어를 말하거나 친숙하지 않은 방식으로 행동하는 사람, 그 근원이 알려지지 않았거나 특별한 힘을 가진 사람 등은 타자, 즉 악으로 구분"[19]되었던 것이 사실이다. 하지만 후안시에서 그것은 낯선 이야기에 불과하다. 지크는 드래곤의 조언을 통해 타종족과 단순히 함께 사는 물리적 결합만이 아니라 화학적 결합에까지 시선을 확장시킨다. 그는 인간과 오크의 성적 결합까지도 생각하는 코페르니쿠스적 사고의 전환에 도달한다. 이러한 지크의 성숙함은 곧 바로 후안시를 더욱 발전시키는 원동력으로 작용한다.

---

19) 로즈메리 잭슨, 『환상성-전복의 문학』, 서강여성문학연구회 옮김, 문학동네, 2001, 74쪽.

"누나는 드래곤이나, 인간이나, 오크나, 그게 그거겠지. 하지만 내가 생각하는건 오크를 하등종족이라고 얕보는 게 아냐. 종족이 서로 틀리는데 어떻게 서로 맺어지겠어?"

"쯧쯧. 너 그 생각을 고치지 않으면 나중에 오크들과 큰 분쟁을 면치 못할거다. 종족을 초월해서 오크도 이제는 인간으로 생각하지 않으면 안돼. 지금은 몰라도 오크가 점점 문화가 발전할수록 네가 갖는 것처럼 사소한 편견도 나중에는 커다란 분쟁의 원인이 될거야.

실제로 지금 마을에서는 인간과 오크는 훨씬 더 가까워져 있어. 하프오크들도 자주 봤다. 아직까지는 편견어린 눈으로 하프오크들을 보지만, 그렇다고 괴물 보듯 하거나 마을에서 쫓아낼 정도는 아냐. 점차 사회의 한가지 현상으로 받아들이고 있다고. 그런데 지도자라는 네가 그런 생각을 가지고 있다면 나중에 오크들이 인간과 완전 동등한 대접을 원할 때 어떻게 대처하려고 그러냐?"[20]

작가 김하준이 『지크』에서 건설한 유토피아인 신생국 '판게모니아'가 완전무결한 이상향이라 볼 수는 없다. 후안시의 변혁은 상층부가 중심이 되어 이룩한 '위로부터의 혁명'에서 기인한다. 여기서 지크는 계몽적 지식을 바탕으로 하여 무지몽매한 종족들을 개화시키는 상위 주체로 등장한다. 이러한 것들은 필연적으로 '상층=문명/하층=야만'이라는 서열체계를 생산한다. 이러한 논리의 연장선에서 '판게모니아'의 안전과 미개한 오크를 개화시킨다는 미명하에 오크들을 정복하는 전쟁이 합리화된다. 입장을 바꿔 생각한다면 야만족으로 불리운 오크에게 문명화의 담론을 표방한 지크가 일으킨 전쟁은 제국주의적 침략으로 해석될 수 있다. 게다가 지크가 주도한 새로운 국가인 판게모니아는 공

---

20) 김하준, 『지크』 1권, 영상노트, 2001, 314-315쪽.

화정 대신 입헌군주제를 채택한다. 입헌군주제는 군주의 오만과 권력 남용을 방지하기 위한 안전장치를 두고 있지만 왕권 중심이라는 색깔을 벗어버리지 못한다. 지크는 자식에게 판게모니아를 물려주기보다 뛰어난 사람에게 물려주겠다는 소박한 마음을 표출하지만 역사적으로 볼 때 이러한 지크의 생각이 후대에까지 온전하게 지속될 수 있을지 의문이다. 물론 이 작품에서 작가는 고엘프가 주도한 쿠데타의 시도를 통해 지크의 생각이 처음과 달라질 경우 이내 판게모니아가 허물어질 수 있음을 보여준다. 그럼에도 불구하고 신의 은총을 한꺼번에 받았을 뿐만 아니라 마계에서 신과 같은 능력을 얻은 지크의 모습은 영웅주의 세계관에서 크게 벗어나 있지 않다. 또한 대화와 행동 위주로 서사를 이끌어가는 김하준의 엉성한 문장력은 유토피아 건설을 일장춘몽의 가벼운 몽상으로 만든다. 작중인물의 내면을 드러내지 못한 채 표피적으로 빠르게 전개되는 서사도 작품의 구조적 취약성을 노출한다.

이러한 많은 약점에도 불구하고 김하준의 『지크』는 한국의 판타지소설이 가야할 길을 암시한다. 『지크』에서도 다른 판타지소설처럼 영어식 담론은 등장한다. 하지만 그 빈도수에 있어 상대적으로 축소되었고, 사용할 경우에도 지명과 명칭 등 필요한 부분에만 한정된다. 영어식 담론의 사용이 절제되면서 상대적으로 작가의 기발한 상상력이 펼쳐질 여지는 더욱 확장된다. 또한 중세 기사풍의 작중인물이 벌이는 싸움이 압도적이었던 이전의 판타지소설에 비해 국가나 도시 경영 등의 새로운 모습이 등장해 환상의 세계를 다채롭게 만든다. 물론 이러한 새로움은 전자게임인 '삼국지나 심시티'에서 일정 부분 영향받은 것임을 부인할 수 없다.

환상은 현실 도피 기능만으로 존재할 때 존립 기반 자체가 위협받는다. 환상은 현실이라는 거울이 없으면 결코 존재할 수 없는 것이다. 로즈메리 잭슨은 환상의 세계를 현실 전복으로 파악한다.21) 현실이 만족할 수 없기에 환상을 꿈꾸고, 그 구축된 환상의 세계를 유영하면서 바로 자신이 살고 있는 세계를 비판한다는 것. 이것이 바로 그녀가 파악한 환상의 이데올로기이다. 한국에서 창작된 대부분의 판타지소설은 현실 전복의 이데올로기를 보여주지 못한 채 오히려 서구중심주의에 기생하는 사대주의적 모습을 보여왔다. 현재의 판타지소설이 자생적이기보다 타생적으로 생겨난 문학양식이라는 점을 감안하더라도 계속된 서구추수주의는 오히려 환상소설의 기반을 잠식하는 자해적 행위라 하지 않을 수 없다. 김하준의 『지크』는 서구 정전을 단순하게 수용하지 않고 주체적으로 '전유'하는 모습을 보여줌으로써 한국적 환상소설의 실마리를 제공한다.

6. 건강한 환상소설을 기대하며

환상은 비현실성을 기반으로 존재하지만 현실이라는 토대가 없으면 생존할 수 없는 기묘한 속성을 지닌다. 현재 창작되는 대부분의 대중적 판타지소설은 한국의 현실이 아니라 국적 불명의, 달리 말한다면 상상화된 서구를 흉내내어 환상의 세계를 펼쳐나간다. 판타지소설이 서

---

21) 로즈메리 잭슨은 『환상성--전복의 문학』(앞의 책, 237쪽)에서 다음과 같이 언급한다. "현대의 환상물은 전복적인 문학이다. 그것은 '현실 세계'의 곁에, 지배적인 문화의 중심축의 또다른 측면에 말없는 현존으로, 침묵하고 있는 상상적인 타자로 존재한다. 환상적인 것은 억압적이고 불충분한 것으로 경험된 질서를 구조적이고 의미론적으로 해체시키는 것을 목적으로 삼는다."

구중심주의의 수용 속에 식민지적 종속성을 강화시키는 무의식적 기제로 작용하고 있는 것이다. 새로운 상상력의 출구로 평가받는 판타지소설이 동양적 정체성의 부인과 서구중심주의에 대한 추구로 귀결된다면 신식민주의적 지배와 종속의 구조를 강화시키는 매판적 기제일 뿐이다. 서구의 오리엔탈리즘을 비판적으로 수용하지 못한 판타지소설은 필연적으로 자기비하의 옥시덴탈리즘을 양산하고, 그것은 서구의 오리엔탈리즘의 논리를 더욱 강화시켜 열등콤플렉스에 빠진 옥시덴탈리즘의 생산이라는 악순환을 만들어낸다. 여기에 주체와 타자의 공존이라는 평등적 관계는 부재할 수밖에 없다. 중심과 주변의 서열화 속에 대다수의 판타지소설은 지배와 종속이라는 제국주의 문학의 기형적 변종으로 전락할 것이다.

한국의 판타지소설에서 서구중심주의를 유포하는 중심 역할을 담당하는 것은 영어식 담론이다. 많은 작가들은 자유로운 상상력으로 낯선 환상의 세계를 창조하기보다 영어식 담론을 통해 손쉽게 환상적 세계를 건설한다. 영어식 담론이 형성한 낯섦은 독자가 그 담론에 익숙해지면 곧 사라져버린다. 환상의 세계가 겨우 영어식 담론에 전적으로 의존하고 있다는 사실은 대중적 판타지소설 작가들이 지닌 상상력의 빈곤을 고스란히 말해준다. 톨킨은 환상문학이 일정한 내적 질서에 의해 지배받는다고 설명한다. 이것은 작가에 따라 다양한 환상의 창조가 가능하고, 그 세계를 규정하는 것은 그 소설 자체 내에 구축된 내적 질서임을 말한다. 하지만 한국의 대중적 판타지소설 작가들은 독특한 환상세계와 내적 질서를 구축하기보다 서구의 정전을 베끼는 안이한 상상력을 보여준다. 그것은 이미 현실 전복의 기능을 상실한 환상의 타락화 내지 상품화이다.

이런 상황에서 서구 정전을 폐기하거나 전유하는 탈식민주의적 전략은 대중적 판타지소설에서 찾아보기 힘들다. 눈에 자주 띄는 것은 중심부에 존재하는 서구 정전을 향한 사대주의적 동경이다. 이 연장선에서 한국의 판타지소설 작가들은 '동양을 어둠이나 여성'으로 규정하거나 동양적 은유로 작용하는 '용'을 '악'으로 규정하는 서구의 오리엔탈리즘 시각을 재현한다. 서구제국이 구축한 '서구 우월/동양 열등'이라는 편협한 이항대립체계를 한국의 판타지소설은 가감없이 그대로 수용했던 것이다. 서구보다 열등하다는 심리적 열패감을 상상적 환상물로 보상받으려는 욕망은 일시적으로 충족될 수 있을지 모르지만 그것은 더욱 더 열등감을 심화시킬 뿐이다. 최근 들어 김하준의 『지크』는 무책임한 서구추수주의에 대해 비판하는 단초를 제공하기도 한다. 하지만 이러한 움직임은 아직 극소수에 불과하다.

일반 대중에게 막대한 영향력을 행사하고 있는 대중적 판타지소설에 대한 평론계의 작업은 거의 찾아보기 힘들다. 이것은 기존 평론계가 '본격문학/대중문학'이라는 이원적 구도에 여전히 갇혀 있기 때문이다. 또한 대중문학에 관심 있는 전문 비평가의 부재가 초래한 현상이라 할 수 있다. '판타지소설'에 그 흔한 평론가의 해설 평마저도 뒷장에 없다는 사실은 기존 문학계가 '판타지소설'에 대응하는 방식을 확인할 수 있다. 판타지소설에 대한 비평적 무관심이 서구중심주의를 확산시키는 데에 일조를 했다는 점에서 평론계의 직무유기는 마땅히 비판받아야 한다. 서구중심주의에 대한 비판적 성찰과 주체성 찾기, 독특한 환상세계를 탐색하는 작가의 절실한 고민과 상상력, 판타지소설의 옥석을 구분하려는 날카로운 비평적 시선, 좋은 판타지소설을 읽으려는 독자 등이 긴장감 있게 상호 교차될 때 지금과 다른 건강한 판타지소설을 만날 수 있게 될 것이다. 대중적 판타지소설이 문제가 아니라 주체성이 부재한 채 서구추수주의에 중독된 판타지소설이 문제인 것이다. 탈식민의 출발은 영어식담론에 전적으로 기생하지 않는 판타지 세계의 구축이다.

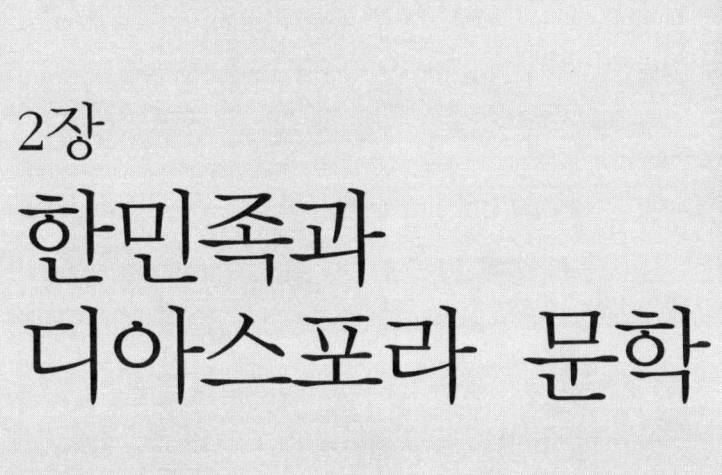

2장

한민족과
디아스포라 문학

탈식민과 디아스포라 문학

1세대 한국계 미국소설에 나타난 한국과 미국

1. 한국계 미국문학의 형성

근대는 한민족에게 매혹적인 동경보다 불안과 공포로 먼저 다가왔다. 흥선대원군의 쇄국정책은 서구적 근대에 대한 한민족의 부정적 반응의 상징이다. 그러나 아시아는 서구 제국 열강의 세력 각축장으로 변모되었기에 자기방어적 쇄국정책만으로 국가의 안위를 더 이상 보장받기 힘들었다. 적자생존의 냉혹한 법칙의 작동 속에 한민족은 생존을 위해 근대의 도정에 들어설 수밖에 없었던 것이다. 그것은 선진 서구에 대한 모방이자 일찍이 서구를 모방했던 일본에 대한 후발적 모방이기도 했다. 조선은 1876년 일본과 한일수호조약을, 1882년 미국과 '조미수호통상조약'을 체결하여 서구적 근대를 모방하는 길에 들어선다. 특히 미국과의 수교는 기존의 종주국이었던 청나라의 권유 속에 일본을 견제할 세력으로서 미국을 끌어들였던 것이다. 그렇다면 미국에게 한국은 어떠한 의미였을까. 미국은 조선과 수교하였지만 조선에 대한 관심은 미약했다. 동양에서 미국의 주요 관심사는 중국과 일본이었다.

미국이 동양으로 진출했던 것은 상품판매 시장과 원료공급처를 확보하기 위한 경제적 관점에서였다. 이제 막 근대로 들어서려고 준비하고 있던 한국은 매력적인 시장도 아니었고 중요 원자재를 공급받을 수 있는 지역도 아니었다. 고종은 미국에 이권사업을 몰아줌으로써 미국의 관심을 조선으로 집중시키려고 했으나, 미국은 러일전쟁에서 일본이 승리하자 비밀리에 가스라태프트 밀약(1905)을 통해 조선에 대한 일본의 종주권을 인정했다. 미국은 일본에서 필리핀의 소유권을 인정받는 대신 조선에 대한 일본의 소유권을 인정하는 실리를 취했던 것이다.

조선은 미국과 수교하면서 미국의 선교사들이 대거 들어와 근대문명을 선보인다. 이것을 통해 조선인들은 서구에 대한 대표적 표상으로 미국을 인식한다. 태평양 너머에 있었던 미국은 조선인에게 일종의 근대화를 이룩한 부강한 아름다운 국가였던 것이다. 아메리카의 번역어가 아름다운 나라인 '美國'이 되었던 것도 바로 이러한 이유에서이다. 조선인들에게 미국은 근대화의 꿈이 실현된 일종의 유토피아였던 셈이다. 조선인이 지리상으로 멀리 떨어진 신흥 강대국인 미국에 당시 갈 수 있었던 통로는 대개 유학 아니면 이민이었다. 20세기초 저임금의 노동력을 필요로 한 미국은 대량의 이민을 촉발시켰다. 19세기 후반 캘리포니아의 금광에 필요한 노동력으로 중국인이 미국으로 건너간 이후 노동력 부족을 메우기 위한 노동 이민이 20세기초까지 대규모로 이루어진다. 조선인들은 궁핍과 일제의 핍박에서 벗어날 목적으로 1903년부터 하와이의 사탕수수 농장으로 대거 노동 이민을 떠난다. 노동자를 이어 미국행을 많이 선택한 것은 서구문물을 배우려는 젊은 유학생들이다. 노동자들이 격심한 노동으로 인해 문학적 소양을 훈련할 기회를 갖기 어려웠던데 비해, 미국 유학생들은 상대적으로 미국문화를 체험하면서 그것을 글로 표현할 기회를 가질 수 있었다. 한국계(또는 아시아계) 미국문학은 이러한 지식인 유학생에 의해 그 터전을 마련하게 된다. 1세대 한국계 미국문학은 한국에서 태어나 청장년기에 미국으로 이민을 가거나 유학을 간 부모 세대이다. 같은 1세대라도 언제 미국에 이주했느냐에 따라 다양한 연령대를 보인다. 한국계 1세대 문학은 1930년대의 유일한과 강용흘, 그리고 시간이 좀 흘러 1950, 60년대의 김용익, 김은국, 박인덕이 1세대 문학을 형성한다. 1세대 문학의 특징은 작가의 체험이 든 자전적 소설이거나, 이민을 와 새로운 땅인 미국 사회에 적응하여 정착하는 과정을 집중적으로 형상화한다.

1세대 한국계 미국작가들은 태어나면서부터 영어를 모국어로 배운 세대가 아니다. 그들은 미국의 유학 생활을 통해 후천적으로 영어를 어렵게 습득하고 그것을 활용한 영어 글쓰기로 미국 문단에 자신의 존재를 알렸다. 미국 유학의 초기 세대인 1세대 작가들은 인종차별주의, 문화적 차이, 경제적 빈곤, 일제 강점이나 전쟁같은 모국의 열악한 상태 등 각종 불리한 처지에서 어렵게 공부를 했다. 이런 상황에서 영어로 말하는 것만이 아니라 글을 써 출판한다는 것은 자신들이 미국에서 소외된 타자가 아니라 주체임을 증명하는 상징으로 해석되었다. "영어 구사는 미국내 소수민족 주체들에게 자신이 미국인이라는 환상에 사로잡히게 하는 기제로 작용"[1]했던 것이다. 영어 글쓰기는 단순하게 영어로 글을 썼다는 것만을 의미하는 것이 아니다. 영어 글쓰기는 영어로 사고하고 행동하는 서구인의 문화 습관을 미국 유학생이 내면화하여 완성했다는 것을 의미한다. 1세대에 비해 다음 세대인 1.5세대, 2세대,

---

1) 임선애, 「한국 이야기하기와 미국 찾아가기」, ≪한국사상과 문화≫, 2005, 97쪽.

3세대는 영어에 대해 좀더 친근한 세대이다. 1.5세대는 한국에서 태어나 유소년기에 미국으로 건너가 성장기의 대부분을 미국에서 보낸 세대이고, 2세대는 1세대의 부모 아래서 미국에서 태어나 미국에서 성장한 세대이다. 3세대는 1세대가 조부모인 세대이다. 한국계 미국문학은 1세대의 터전 속에서 1.5세대, 2세대, 3세대에 의해 1990년대에 들어 창작의 르네상스 시기를 맞이한다. 영문학자 유선모는 세대별 한국계 미국문학의 특징에 대해 다음과 같이 언급하고 있다.

> 이들 전체적인 흐름은 "한국인의 정체성 추구"이지만 이들의 주제면에서 살펴보면 이민 제 1세대 작가들은 "자신의 이야기"이며, 제 1.5세대 작가들은 "부모의 이야기", 제 2세대 작가들은 대체적으로 미국 이민 사회를 배경으로 한 "이민의 이야기"이고, 제 3세대 작가들은 다시 "조부모의 이야기"로 회귀하고 있는 것이 그 공통적인 특징으로 나타나고 있는 것이다.[2]

이 논문에서는 1세대 한국계 작가인 강용흘, 김용익, 김은국의 작품을 중심으로 한국계 미국문학에 나타난 한국과 미국의 이미지를 비교하고자 한다. 1세대 작가들은 식민지 조선 내지 한국과 미국의 경계선에 놓여 있는 선구자적 존재들이다. 한국계 미국문학을 하는 작가들은 대부분이 이러한 경계선을 인식하고 있다. 한국계 미국작가들은 양문화를 공유하고 있다는 점에서 그들의 소설에는 동양문화와 서구문화가 자연스럽게 투영되어 나온다. 이때 서구적인 것은 동양적인 것을, 동양적인 것은 서구적인 것을 비추어주는 상호 거울 역할을 했다. 개척자들이었던 한국계 미국문학의 1세대들은 문화적 차이에 의한 경계선을

---

2) 유선모, 『미국 소수민족 문학의 이해』, 신아사, 2001, 260쪽,

더욱 예민하게 인식할 수밖에 없었다. 필자는 1세대 한국계 미국문학 작품에 투영된 양국의 이미지를 비교 분석함으로써 양국의 문화 갈등, 옥시덴탈리즘과 오리엔탈리즘, 인종 등의 첨예한 문제를 살펴보고자 한다. 이것은 궁극적으로 한쪽을 배제하고 억압하는 역사와 문화에 대한 반성이자 새로운 패러다임의 창출을 기대하는 욕망의 발현이다.

2. 강용흘의 소설 : 서구를 동경한 동양 선비

한국계 미국문학에서 최초의 선구자는 류일한의 「*When I Was a Boy in Korea*」(1928)이다. 그러나 이 작품은 습작품에 가까워 본격적인 문학으로 보기 어렵다는 점에서 한국계 미국문학의 본격적 선구자는 작가 강용흘(Yonghill Kang, 1898~1972)이다. 강용흘은 함경북도 홍원 출생으로 12세 때 일본 동경으로 유학했고, 1921년에 단돈 4달러만을 갖고 미국유학 길에 오른다. 보스턴 대학에서 의학을 공부하다가 적성이 맞지 않아, 전공을 바꿔 하버드대학에서 영미문학을 전공한다. 이어 강용흘은 '대영백과사전'의 편집위원으로 근무하면서 창작에 전념했다. 모국어인 영어를 구사하는 사람도 작가로 성공하는 것은 결코 쉬운 일이 아니다. 강용흘이 당시 미국에서 작가로 성공하겠다는 것은 헛된 망상에 가까웠다. 하지만 강용흘은 꾸준한 영어 공부와 백인 아내의 도움 등으로 영어 글쓰기를 계속한다. 강용흘은 1931년에 한일합방과 3·1운동을 배경으로 한 자전적 소설 『초당』을 발표해 많은 주목을 받고, 구겐하임상 등을 수상하며 작가적 명성을 획득한다.

작가 강용흘의 자전적 삶을 그린 『초당』(*The Grass Roof*)은 구한말 조선의 몰락, 그리고 일제 식민 지배를 배경으로 하여 서구의 선진문명을 배우려는 소년 한청파(韓靑坡: 한국의 푸른 언덕이라는 뜻)의 모험을 그린 입지전적(立志傳的) 소설이다. 조선의 박사가 되겠다는 꿈을 지닌 주인공 한청파는 일제의 강점 속에 그 길이 막혀버리자 서구 학문을 배워 박사가 되겠다는 꿈을 갖는다. 한청파는 서구의 선진 학문을 배우기 위해 무작정 서울에 상경해 일제 관립학교에 다니고, 일본 동경으로 밀항해 유학하기도 한다. 한청파는 4년간 일본에서 열심히 공부했으나 서구의 학문을 제대로 습득하지 못했다면서 어렵게 미국 유학길에 오르게 된다. '고향인 함경도 송전치 → 서울→ 일본 도쿄 → 미국'으로 이어지는 주인공 한청파의 공간 이동은 야만의 단계에서 점점 문명화된 지역으로 이동하는 서열 상승의 과정이다. 여기에서 조선은 근대화를 성취하지 못한 야만의 국가로, 일본은 서구문명을 모방한 아서구(亞西歐)로, 미국은 선진 서구문명으로 형상화된다. 이러한 서열체계 속에서 주인공 한청파는 개인적인 노력을 통해 하위 단계에서 상위 단계로 이동하는 데에 성공한다. 작가 강용흘도 『초당』을 쓸 무렵 인종차별의 벽을 뚫고 백인 미국여성과 결혼했고, 대학에서 학위도 얻었다. 강용흘은 1929년 번역한 『동양시집』으로 뉴욕대학에서 강의도 하는 성공의 길을 걷는다.

　『초당』에서 그려지는 동양 조선의 풍경은 분명 서구의 시각은 아니다. 여기서 그가 서술하는 조선은 강용흘 자신이 체험한 과거이지만 동시에 현재의 입장에서 기억의 왜곡과 변형이 개입한다. 『초당』을 읽어보면 작가 강용흘이 지닌 자부심과 엘리트 의식을 곳곳에서 발견할 수 있다. 작중 주인공 한청파가 미국으로 유학 가고자 했던 것은 식민지 조선을 계몽시키겠다는 계몽적 열정 외에도 엘리트주의, 배움에 대

한 욕망, 서구에 대한 호기심, 국권 찬탈로 인한 출세 기회의 봉쇄 등
이 복합적으로 작용한 결과이다. 한청파는 미국으로 가는 배 속에서
서양옷을 입은 아름다운 여인의 환상과 조우한다. 미국은 한청파에게
일제의 만행에서 벗어날 수 있는 도피처이자 최첨단의 근대 문명을 소
유한 유토피아로 인식되었던 것이다. 한청파는 미국으로 가는 배의 갑
판에서 '미국=근대=희망=꿈=기쁨'이라는 인식을 드러내며 자신이 꿈꿨
던 세계로 향하는 환희의 감정을 다음와 같이 표현하고 있다.

> 오, 미국의 기백이여, 나 역시 너에 대해서는 놀라움을 느낀다.
> 이제 나의 간절한 희망은 아무런 말없이 나 홀로 있는 것이다. 갑판
> 구석에서 나는 누구와도 사귀길 원치 않으며 손을 쭉 뻗어 찝찔한 공
> 기를 마시고 어둠과 탁 트인 공간을 움켜쥔다. 허다한 변화를 겪어온
> 지난 10년간의 활약 끝에 나는 이제 휴식을 갈망하며, 무한한 가능성
> 과 희망과 기쁨의 물결에 이렇게 흔들린다. ⋯⋯이것은 나 자신의 행
> 동을 통해 현실화되는 위대한 꿈의 기쁨이다.3)

『초당』이 발표되었을 때 미국인의 반응은 뜨거웠다. 그렇다면 『초당』
이 작품 자체의 우수성 때문에 그러한 결과가 발생했던 것일까? 물론
그것도 있었겠지만 성장하는 미국의 국력 속에 세계에 대한 관심이 증
가하던 시점에서 자전소설인 『초당』은 동양에 대한 서구인의 호기심을
효과적으로 충족시켜준다. 자전소설의 형식은 상상력보다 작가의 자전
적 체험이 보다 많이 드러난다는 점에서 사실적인 정보 전달에 더 유
리하다. 작중인물 한청파는 전근대의 동양에서 선진 문명을 자랑하는
서구, 그 중에서도 특히 최첨단 문명의 미국을 동경해 온갖 고생을 무

---

3) 강용흘, 『초당』, 장문평 옮김, 범우사, 1993, 375쪽.

릅쓰고 자발적으로 찾아온 이방인이다. 한청파는 미국이라는 일종의 황금광을 찾아 동양을 떠나 멀고 먼 미국에 도착한 이색적 존재이다. 미국의 근대 문명을 배우고자 멀고 먼 동양에서 온 한청파의 모습은 강대국 미국의 우월적 위상을 확인시켜주는 좋은 사례였다. 그래서 한청파는 정도의 차이는 있지만 미국인에게 환영 받는다. 이 과정에서 '미국=근대, 동양 조선=전근대'라는 대비적 성격은 더욱 강조된다. 임선애는 이 부분에 대해 다음과 같은 따가운 비판을 가한다. 『초당』은 작가가 원했든 그렇지 안했든 간에 문명화의 사명 속에 동양을 복속시키는 제국주의적 욕망을 합리화시켜주고 있다는 것이다.

> 미국이 그에게 미국시민으로서의 자격은 주지 않았지만 ≪초당≫을 극찬했던 이유는 무엇이었을까. 당시의 미국은 야만의 동양인이 온갖 고난을 헤치고 미국을 예찬하며 찾아오는 모습에서 동양의 문명화는 백인의 의무라는 백인우월주의에 젖어있던 서구들의 욕망을 합리화 시킬 수 있는 단서를 찾았을 것이다. 즉 서구의 제국주의적 침략에 저항하는 동양인과는 달리 자발적으로 미국을 열망하는 강용흘에게 미국은 찬사를 보내지 않을 수 없었을 것이다. 따라서 ≪초당≫은 강용흘의 욕망과 미국의 욕망이 미묘하게 교차 · 상승하면서 당대 서구세계에서 베스트셀러가 될 수 있었다.4)

강용흘은 『초당』의 후속편으로 한청파가 미국에 도착해 정착하는 과정을 그린 장편 『동양 선비 서양에 가시다』(East Goes West, 1937)를 발표한다. 이 소설은 동양인이 서구의 문화를 습득하고 내면화하면서 동화되어 가는 과정을 서술하고 있다. 『초당』은 시적인 산문체로 동양

---

4) 임선애, 앞의 글, 107쪽.

의 문화와 한국의 고유 풍습 등이 등장한다. 이에 비해『동양 선비 서양에 가시다』에 주로 나오는 것은 세익스피어와 미켈란젤로 등 서구의 정전에 대한 숭배와 내면화이다. 동양에서 미국으로 건너와 그가 처음 잡은 일자리는 호텔의 하우스보이였다. 조선에서 명문가의 후손이었던 한청파는 미국에 와 졸지에 최하층의 신분으로 격하된다. 이것은 조선이 지닌 모든 것들이 서구사회에서 쓸모가 없다는 것을 상징한다. 서구에서 생존하려면 동양 문명의 폐기와 서구 문명의 적극적 수용이라는 것을 이 사건은 보여준다. 고학생이었던 한청파는 학업을 마치고 커비 상원 의원과 우연히 만나 친분을 쌓고, 뉴욕에서 평론지에 동양소식을 정기적으로 기고하고, 브리태니커 백과사전의 편집직원으로 채용된다. 이러한 일련의 과정은 타자였던 한청파가 미국사회에서 받아들여지고 있음을 보여준다. 커비 상원의원은 한청파에게 한국인을 부정하고 아메리카인으로 살면 그에 따른 보답을 미국사회가 해줄 것이라고 말한다. 커비 상원의원이 보기에 한청파는 미국의 위대성을 확인시켜주는 것만이 아니라 미국의 개척정신과 아메리칸드림이 아직도 유효함을 증명하는 좋은 사례였던 것이다.

『초당』의 속편인『동양선비 서양에 가시다』는 동양적인 것보다 서양적인 것이 압도적으로 많이 나온다. 이 작품에서 강용흘은 자신이 프랑스의 파리도, 영국의 런던도 아닌 미국의 뉴욕을 늘 꿈꾸어왔다고 고백함으로써 미국의 독자를 흡족하게 한다. 식민지 조선인으로서 미국에 온 한청파가 보여주는 미국에서의 모습은 서구 일상에 매몰되어 민족적 정체성이 약화되고, 그 자리에 서구적 세계관이 대신 들어선 형국이다. 이 소설이 구겐하임 장학금을 받아 창작되고 미국에서 출판되었다는 것을 감안하면 한국적 정체성을 우위에 두고 창작하기는 어려웠을 것이다. 작가 강용흘은 이 소설에서 서구문명을 긍정하고 있지만 그 내부의 구조적 문제인 인종차별을 비판적으로 바라본다. 이것은 작가 자신이 동양인으로서 몸소 겪어야 했던 절실한 체험 때문이다.

하지만 강용흘은 인종차별 문제를 심도 있게 파헤치지 못한 채 피상적 수준에 머무르고 만다. 예를 들어 강용흘은 미국에서 피지배 계층인 흑인인 요리사이자 법학과 학생인 왁스타프의 목소리를 통해 인종차별의 문제를 제기한다. 왁스타프는 술에 취할 때만 억눌려 있는 비판적 목소리를 백인을 향해 퍼붓고, 평소에는 순종적이고 충실한 요리사이다. 이것은 미국사회에서 인종차별에 대한 흑인의 불만이 무의식에 억압되어 감금되어 있음을 의미한다. 작가 강용흘은 왁스타프의 저항적 행동을 한 개인의 우발적 사건으로 처리함으로써 인종차별의 문제에 대한 심도 있는 접근을 하지 못한다. 한청파보다 먼저 미국에 온 선배 지식인 김도원은 서구 여성인 헬렌과 결혼하고자 했으나 헬렌 집안의 반대로 무산되자 방황하다가 객사하고 만다. 이러한 김도원은 한청파에게 "자네는 곧 아시아에 접근하는 서양인같이 될 것이 분명하오"5)라고 말한 적이 있다. 한청파는 파티장에서 인도 태생 영국인인 세자르가 영국의 제국주의를 비판하며 서구인들을 비판했을 때 일제치하에 신음하는 한민족의 형편이 더 열악하다며 서구를 변호한다.

이것에서 보듯 한청파는 미국문명 내지 서구문명을 내면화 하여 서구 체제의 우월성을 옹호하는 입장을 취한다. 학업이 끝난 한청파가 집안의 몰락과 정치적 난관을 핑계로 조선에 돌아가지 않는 것도 조선적 정체성보다 미국적 정체성이 더 강해진 탓이다. 한청파는 자신을

---

5) 강용흘, 『동양선비 서양에 가시다』, 유영 옮김, 범우사, 2000, 307쪽.

망명객으로 비유하지만 그것은 미국 사회에 동화되어 민족적 정체성을
상실한 존재의 자기합리화일뿐이다.[6] 미국사회에서 백인들은 흑인과
황인종을 똑같이 유색인으로 취급하면서 야만인으로 대우했다. 미국에
서 흑인들은 백인 다음으로 많은 인종이었기에 상대적으로 우대를 받
았다면, 1930년대에 동양인들은 흑인보다 못한 취급을 받았다. "2차 세
계대전 전까지만 해도 미국사회에서 아시아인은 절대 미국 사회에 동
화될 수 없는 이방인, 미국에 충성하지 않거나 믿을 수 없는 외국인,
인종적으로 열등한 사람 취급을 받았다."[7] 강용흘의 소설들은 이러한
현실을 제대로 반영하고 있지 못하다. 비록 작가 강용흘은 미국에 동
양 한국의 문화를 알려주는 선구자적 역할을 했지만 서구 우월 대 동
양 열등이라는 이항대립의 오리엔탈리즘(orientalism)을 재생산하는 결
과를 빚는다. 이것은 작가 자신의 한계이기도 하지만 미국에서 소수민
족과 소수인종이 처한 열악한 위치가 만들어낸 현상이기도 하다.

3. 한민족 고유의 문화 알리기 : 김용익의 소설

소설가 김용익(Yong Ik Kim, 1920~1995)은 경남 충무시에서 출생하
여, 1948년 도미하여 플로리다 남부대학교, 켄터키대학교, 아이오와 대

---

6) 이 부분에 대해 이동하와 정효구는 『재미한인문학연구』(월인, 2003, 400쪽)
   에서 "『동양선비 서양에 가시다』에 나오는 한국인들이 예외없이 한민족의
   일원으로서의 자기인식을 결여하고 있다는 것은 결국 이 작품을 쓴 강용흘
   자신이 그러한 자기인식을 결여하고 있었다는 판단을 불가피하게 한다"고
   지적한다.
7) 장태한, 『아시안 아메리칸』, 책세상, 2004, 38쪽.

학교에서 수학했다. 김용익은 미국으로 건너오면서부터 영어로 소설을 쓰겠다며 꾸준히 노력하다가 1956년에 단편 「꽃신」(*The Wedding shoes*)이 출판된다. 「꽃신」은 세계 각국에 열아홉번 소개되는 등 김용익에게 문학적 명성을 안겨준다. 김용익이 주로 다루는 세계는 다른 아시아계 미국작가처럼 낯선 미국에 정착하면서 겪는 다양한 고난사가 아니다. 그의 소설이 주로 그리는 것은 한국의 과거를 배경으로 한 서정적 정한의 세계이다. 서종택은 "김용익 소설의 본질은 향수와 페이소스의 세계에 기초해 있다"[8]고 평가하기도 한다. 이러한 평가에서 알 수 있듯이 김용익이 그리고 있는 한국의 풍경은 구체적 현실보다 유년시절의 풍경과 정서의 환기에 강조점을 둔다. 김용익의 소설은 대부분 단편이다. 김용익이 소설을 시처럼 쓰기에 장편보다 단편에 적합했던 것이다.

김용익은 미국에서 영어로 소설을 쓰겠다며 매일 3시간씩 영어로 소설을 창작하지만 그의 원고들은 번번이 출판사에서 반려된다. 영어로 소설을 써 인정받는다는 것은 강용흘과 마찬가지로 김용익에게 자신이 타자가 아니라 주체로서 초강대국 미국에 의해 받아들여졌음을 의미한다. 광복 이후 미국에 유학을 온 아시아의 변방 국가인 한국의 청년 김용익은 자신의 글쓰기를 통해 세계에 한국을 알리려는 문화전도사로서의 역할도 인식하고 있었던 것으로 보인다. 그의 소설이 시종일관 한국적 전통을 배경으로 한 소설을 창작한 것도 이와 무관하지 않다. 다른 한국계 미국작가들이 자신의 작품을 한국에 번역시킬 경우 일부 참여하거나 전적으로 번역자에게 맡기는 경우가 태반이다. 그런데 김용익의 경우 자신의 영문 소설을 직접 한국어로 쓰는 이중적 언어 글쓰

---

8) 서종택, 「향수와 페이소스의 세계」, 『재외한인작가연구』, 고려대학교 한국학연구소, 2001, 150쪽.

기를 선보인다. 이러한 이중적 언어글쓰기는 그의 글쓰기가 민족적 정체성의 자각 위에 이루어지고 있음을 보여준다. 그렇지만 김용익은 자신의 작품에서 표나게 민족적 정체성을 드러내지는 않는다. 그는 한국의 고유한 문화 풍속을 통해 이것을 우회적으로 표현할 뿐이다. 김용익은 한국의 고유문화라는 특수성에 서구인이라도 누구나 공감할 수 있는 보편적 소재인 (첫)사랑, 가난, 인종차별 등을 접목시켜 형상화하는 데에 탁월한 능력을 발휘한다.

김용익의 대표작인 「꽃신」은 백정 출신 소년의 이루어지지 못한 첫사랑을 애상적으로 그리고 있다. 소년 상도는 꽃신 가게의 소녀에 대한 사랑을 키우면서 성장하여 청혼을 한다. 당연히 허락될 줄 알았던 청혼은 결혼식 때 쓰는 꽃신을 만드는 꽃신가게 주인에 의해 거부된다. 꽃신가게 주인이 청혼을 거절한 것은 조선 사회에서 가장 하층인 백정 집안과 꽃신을 만드는 일종의 예술가 집안이 서로 격이 엄청 다르다는 이유에서이다.

> 싸움 소리가 들려온다. 미닫이는 바람이 불어 그런 것처럼 확 열리며 노기 띤 목소리가 튀어나왔다.
> "내 딸을 백정네 집 자식에겐 안 주어!"
> 나는 그 다음 말을 들을 때까지 내 귀를 의심했다.
> "백정 녀석에 빚진 게 있다구 내 딸을 홀애비가 부엌뚜기 해먹듯 쉽사리 할려구 했지. 백정 녀석이 중매쟁이 있다는 걸 알리 있나. 내 딸은 일곱 마을에서 가장 훌륭한 꽃신장이 딸이야."[9]

그런데 꽃신은 세태의 변화 속에 사양산업으로 추락하고, 정육점은

---

9) 김용익, 『꽃신』, 돌을새김, 2005, 20쪽.

더욱 더 번창하게 되면서 이들의 신분적 위치는 뒤바꾸어진다. 상도는 한국전쟁 이후 꽃신 가게의 몰락을 목격하게 되다. 상도는 꽃신 가게 주인의 부인을 통해 꽃신가게 주인이 수용소에서 죽었고, 자신이 사랑한 여자도 폭격에 의해 죽었다는 사실을 알게 된다. 상도의 첫사랑은 영원히 성취될 수 없는 운명이 된 것이다. 신분의 차이로 인한 사랑의 파탄은 미국의 인종차별과 계급차별을 우회적으로 상기시키면서 보편적 호소력으로 서구 독자에게 다가설 수 있게 한다. 「꽃신」에서 부모 세대의 반대 속에 비극을 맞게 된 두 청춘 남녀의 사랑은 서구적 기준에 비추어보면 낯선 동양의 풍경이다. 개인주의적 사랑이 보편화된 상황에서 부모의 반대로 인한 사랑의 이별은 서구인들에게 이국주의적 정취로 다가온다. 게다가 아름답게 장식한 꽃신이 풍기는 이국적 모습은 서구인들의 호기심을 자극시켰다. 이러한 것들이 종합되어 「꽃신」은 서구 독자들에게 좋은 평가를 받을 수 있었던 것이다. 김용익의 「종자돈」(*The Seed Money*, 1958)도 소년과 소녀의 첫사랑을 다룬 작품이다. 늙은 암소를 소유한 바우네 집은 젊은 황소의 씨를 받아 송아지를 잉태해 가난에서 벗어나고 싶어 한다. 이 과정에서 가난한 집 바우와 황소를 소유한 집의 딸인 송화는 멸막 안에서 젖은 옷을 말리며 미묘한 첫사랑의 감정을 체험한다. 이처럼 김용익의 소설은 청소년층이 관심을 가지고 있는 우정과 사랑, 결혼을 중심적으로 소설에 그리고 있다.

　김용익의 중편 『푸른 씨앗』(*Blue in the Seed*, 1964)은 한국보다 서구의 독자를 의식해 만든 작품이다. 이 소설은 혼혈인인 천복이 자신의 혼혈적 처지에 대한 부정적 태도를 긍정적 태도로 바뀌는 과정을 동화적 감성으로 그리고 있다. 제주에서 살던 파란 눈의 혼혈아 천복이는 섬사람들이 새눈깔이라고 놀리자 파란 눈의 어머니와 함께 육지로 이

사한다. 새로 이사 간 마을에서도 천복이는 새눈깔이라고 놀림을 받는
다. 천복이는 친구들이 운동화를 사라고 모아준 돈으로 시장에서 색안
경을 사 자신의 약점을 감추려고 한다. 그러나 아이들은 운동화를 사
라고 준 돈으로 색안경을 샀다고 분개하며 천복이를 새눈깔이라고 더
욱 놀린다. 격분한 천복이는 아이들과 싸우다가 소를 잃어버리고, 소를
찾는 과정에서 스님을 만나 마음의 눈을 떠야 한다는 조언을 받기도
한다. 천복이는 거우 어렵게 자신의 황소를 찾지만 다른 사람이 자신
의 소라고 우기는 일이 발생한다. 천복은 그 소가 자신의 소라고 아무
리 강변해도 다른 사람들은 믿지 않는다. 이때 천복이와 싸운 반 아이
들과 소에 징을 새롭게 박아준 아저씨가 나서 천복이네 소라고 주장한
다. 소 징쟁이가 천복이의 편을 들 수 있었던 것은 천복이가 다른 사람
과 달리 파란 눈의 소유자였기에 특별하게 기억할 수 있었던 것이다.
이 순간 재수없는 파란 눈은 재수가 있는 눈으로 탈바꿈된다. 천복은
혼혈이 마냥 부정적인 것이 아니라 상황에 따라 오히려 긍정적일 수
있다는 사실을 깨닫는다. 박진임은 이 부분을 차이의 정치학으로 설명
하고 있다.

> (필자 주 :『푸른 씨앗』에서) 천복이 체현하는 차이의 정치학은 작금의
> 미국 문화의 핵심 주제에 닿아 있다. 더구나 한국 사회에서는 극소수
> 에 달하는 혼종적 존재를 주인공으로 삼아 소외와 그 극복의 문제를
> 다룬 점은 그의 텍스트가 한국 문화의 핵심을 건드리기 보다는 미국
> 문화에 호소력이 더 큰 주제를 다루고 있다는 것을 말한다. 차이의 문
> 제는 다분히 인류 보편의 주제라 할지라도 피부색으로 대표되는 인종
> 의 문제는 미국적 특수성에 더 친밀하다고 볼 수 있기 때문이다. 그런
> 의미에서 김용익은 한국의 토착적인 풍습의 색채로 미국 문화의 핵심

주제를 그려내었다고 볼 수 있다.[10]

그러나 『푸른 씨앗』은 혼혈인의 문제를 다루면서도 또 다른 면에서 혼혈인의 문제를 은폐한다. 천복이처럼 외모의 현격한 차이로 인한 혼혈인의 문제는 광복 이후 미군이 진주하면서 본격적인 문제가 발생한다. 외세와 약소국의 냉혹한 현실, 미군과 양공주의 문제 등 혼혈인의 존재는 다양한 문제를 함유하고 있다. 하지만 『푸른 씨앗』에서 등장하는 혼혈인은 한국전쟁이나 주한미군과의 관계에서 등장하지 않는다. 먼 과거에 혼혈이 발생하였고 현재까지도 그 영향이 남아 천복이는 눈만 파란색일뿐 그 이외 것은 한민족과 똑같은 존재이다. 이런 점에서 천복을 통해 드러내는 혼혈인의 문제는 일정 부분 한계를 가질 수밖에 없다. 김용익이 한국적 현실에서 작품의 소재나 주제를 가져오면서도 성인문학이 아니라 청소년 대상의 문학일 수밖에 없었던 것도 이러한 이유와 관련이 깊다. 김용익의 소설이 겨냥하는 독자층은 미국(또는 서구)의 청소년층이다. 성인을 대상으로 하지 않고 청소년을 독자층으로 김용익이 겨냥했던 것은 아마도 영어식 글쓰기의 한계에서 비롯한다. 김용익은 태어나면서부터 영어를 자유롭게 구사하는 원주민이 아니었기에 청소년을 대상으로 한 글쓰기를 한 것으로 보여진다.

동서양의 경계선에서 동양을 그려내는 이국적 풍경으로 미국의 독자들을 빨아들이면서 동시에 한국적 고유의 풍습을 세계에 널리 알린 것이 김용익의 소설세계이다. 그의 소설에 미국이나 서구의 풍경이 거의 등장하지 않기에 미국을 바라보는 김용익의 시선을 직접 포착할 수는

---

10) 박진임, 「김용익의 「푸른 씨앗」에 나타난 주체 형성과 차이의 문제」, ≪미국학논집≫, 2005/겨울, 306쪽

없다. 그래서 우리는 역으로 추적해볼 수밖에 없다. 김용익이 주로 활약하던 1950, 60년대에 미국에 전해지는 한국의 모습은 한국전쟁으로 인한 폐허와 궁핍이다. 살인과 파괴, 공산주의와 자본주의의 대결로 인식되는 한국의 풍경은 낭만적인 것이 아니라 민족과 이념에 의해 갈라져 통곡하는 비극의 땅이다. 서구의 기준으로 보면 위생이나 문화 등 상당 부분이 미개한 낙후 지역이 한반도의 풍경인 것이다. 이러한 상황에서 김용익은 한국을 비록 궁핍과 이념적 갈등이 존재하지만 서정적 아름다움과 따스한 정이 흐르는 낭만적 공간으로 형상화한다. 「꽃신」에서 백정인 상도의 애절한 사랑, 「푸른 씨앗」에서 소싸움, 「종자돈」에서 비를 피해 멸막에서 옷을 벗고 말리는 풍경 등은 서구독자에게도 흥미 있는 이야깃거리이다. 김용익의 소설에서 근대적 문명은 거의 등장하지 않는다. 김용익이 보여주고 있는 것은 문명과 동떨어진 전근대적 세계에서 살아가는 한민족의 표상이다. 치열한 역사의 현실과 고통받는 민중들의 모습은 김용익의 소설에서 찾기 힘들다. 서정적 낭만성으로 특징지어지는 김용익의 소설은 동양적 아름다움을 복원시키고 있지만 그것은 서구 문명 대 동양 자연(야만)이라는 오리엔탈리즘의 인식을 재강화하는 역할을 담당한다. 한민족의 서정적 낭만성을 세계에 알리려는 김용익의 소설이 서구 우월의 오리엔탈리즘을 강화하는 것은 아이러니라 하지 않을 수 없다.

4. 보편성의 세계 추구 : 김은국의 소설

소설가 김은국(Richard E. Kim)은 1932년 함경도 함흥에서 출생하여,

서울대 재학 중 한국전쟁이 일어나자 학업을 중단하고 통역장교로 군에 입대하였다. 그는 아서 트르더 장군의 도움으로 1954년 2월 부산에서 22세 때 미국으로 건너가 미들버리 대학과 하버드 대학교 등을 졸업했다. 김은국은 강용흘처럼 미들배리대학교 때부터 사귀어 온 서구여성인 펜니 김과 결혼한다. 서구 여성과의 결혼은 언어적 한계를 극복하는 데에 일정 정도 도움을 주었으리라고 보여진다. 김은국은 한국을 배경으로 하여 인간의 고난과 구원, 진실과 위선 등의 보편적 주제를 다뤄 서구인의 공감을 이끌어낸다. 김은국은 충격적이었던 동족상잔의 한국전쟁과 떨어져 미국에서 생활하면서 객관적 시선으로 한국의 현실을 볼 수 있는 거리를 확보한다. 이 객관적 거리와 한국전쟁에서 체험한 상처는 소설 창작에 있어 한국적 특수성보다 서구적 보편성 추구로 향하게 한다.

김은국은 실존주의에 영향 받은 장편 『순교자』(The Martyred, 1964)를 발표해 미국에 센세이셔널한 반응을 일으키며 문학적 명성을 획득한다. 이 소설은 한국을 배경으로 하고 있지만 한국적 특수성은 그렇게 심각하게 드러나지 않는다. 굳이 한국이 아니더라도 상관없는 신과 인간의 구원 문제를 다루고 있기 때문이다. 한국전쟁 중 북한에서 14명의 목사들이 공산주의자들에 의해 체포되어 12명이 처형되고 2명은 살아남는다. 왜 2명만 살아남았을까 라는 의문이 이 소설의 서사를 추동하는 핵심 모티프이다. 진실을 밝히려는 합리적 근대성의 소유자인 이 대위, 죽은 12명의 목사들을 순교자로 만들어 정치적 선전에 활용하려는 애국주의자 장 대령, 거짓으로라도 신앙의 환상을 유지시켜 고통 받는 사람들을 구원하려는 신 목사가 이 소설의 중심 인물이다.

추리소설의 기법을 차용한 서사의 진행 속에 순교한 12명의 목사들 대부분이 공산주의자들의 위협에 굴복해 서로를 배반하고 목숨을 구걸하는 구차한 모습으로 죽었다는 진실이 드러난다. 절대적 신의 존재를 한번도 의심치 않았던 광신자 박 목사는 이러한 현실을 목도하면서 정의를 수호하는 신의 부재를 말하면서 절대적 고독 속에 순교한다. 12명 목사의 죽음을 목격한 신 목사도 박 목사처럼 신을 통한 인간의 구원을 믿지 않게 된다. 그러나 신 목사 자신은 신에 대한 믿음을 잃어버렸지만 신도들에게 신은 여전히 있다는 것을 끊임없이 주지시킨다. 인간은 절망적인 곳에서 살 수 있어도 희망이 부재한 곳에서는 살 수 없기 때문이다. 신 목사는 구원으로서의 신을 부정했지만 또 다른 면에서 기독교적인 구원을 실천하고 있는 셈이다. 신 목사의 행동은 예수의 행동을 또 다르게 모방하여 나온 것이다.

『순교자』에서 북한군은 정치범 수백명을 동굴 속에 밀어넣고 기관총 사격을 가한 다음 다이너마이트를 터뜨려 동굴 입구를 막아 버린다. 그 후에 국내외 사진기자들과 방송 아나운서들은 이것을 특종으로 생각하며 사진을 연신 찍거나 촬영한다. 사진기자들은 사경을 헤매다가 간신이 사람의 손에 발견된 사람의 고통에 대해 신경 쓰지 않고 취재 목적의 사진 촬영에만 매달린다. 이 대위는 이것에 분노해 삽을 휘두르며 촬영을 막는다. 이 장면에서 작가 김은국이 말하고자 했던 것은 한 인간이 지닌 생명의 고귀한 존엄성이다.

그때 나는 사진기자들이 날카로운 금속성을 내며 카메라를 눌러 대고 있는 걸 보았다. 그 순간 어떤 이상하고도 강렬한 부끄러움에 휩싸였다. 나는 카메라 뒤의 무관심하고 차가운 눈초리들로부터 한 인간이 지닌 고통의 말없는 위엄을 내 온몸으로 지켜 주기라도 할 듯이, 남자

의 몸위로 상체를 구부리고 연옥과도 같은 그의 납빛 눈 속을 들여다
보고 있었다.[11]

『순교자』를 처음 읽는 것은 한국의 독자들이 아니라 미국 독자들이
다. 따라서 이 장면에서 등장하는 사진기자는 한국전쟁 중에 일어난
비극적 사건을 엿보는 서구 독자들을 대변하는 인물이다. 작가 김은국
은 서구 독자들에게 비극적 사건을 단순한 호기심의 차원에서 접근하
지 말고 인간의 고통을 함께 나누는 배려의 자세가 필요다는 것을
우회적으로 말하고 있는 것이다. 이 소설은 한국전쟁이라는 구체적 역
사에서 출발하고 있지만 서사의 전개 속에 특수성은 보편성과 추상적
문제로 발전한다. 작가 김은국은 공산주의자의 위협 앞에서 무력화된
기독교 신앙을 문제 삼음으로써 과연 진정한 구원은 존재하는 것인가
묻는다. 김은국이 제시한 것은 신의 부재 시대에도 절망에 가득한 인
간들을 위해 거짓 환상으로서의 신앙과 희생적 사랑의 필요성이다.

서구적 보편성을 추구한 작가 김은국은 『잃어버린 이름』(*Lost Names*,
1970)에서 민족적 정체성을 부각시키는 달라진 모습을 보여준다. 이 작
품은 일제에 강점이 된 1932년부터 1945년 광복이 되던 때까지 한 소
년의 눈을 통해 일제강점기의 암울한 풍경을 형상화하고 있다. 소설의
제목인 '잃어버린 이름'은 이 작품에서 다양한 상징적 의미를 갖는다.
먼저 이 작품에서 잃어버린 이름은 창씨개명을 통해 과거에서부터 내
려온 자신의 개인사적 혈통의 증명을 부정하는 행위이다. 그것은 가족
중심으로 이루어진 전통적 질서의 위반이자 부정인 것이다. 이름은 한
존재의 정체성의 출발이라고 할 수 있다. 이러한 이름을 일제의 강제

---

11) 김은국, 『순교자』, 을유문화사, 1990, 36쪽.

에 의해 잃어버리고 일본식 이름으로 표기하는 것은 기존의 정체성에 대한 부정이자 새로운 정체성의 요구이다. '잃어버린 이름'이 지닌 또 하나의 상징적 의미는 가족을 넘어 국가의 주권이 일본으로 완전히 넘어갔음을 뜻한다. 따라서 창씨개명은 일본제국의 신민으로 거듭나기를 요구하는 제국주의적 욕망의 실현이다. 이 소설에서 잃어버린 이름은 개인적 이름의 상실이자 동시에 민족독립국가의 상실을 의미한다. 주인공 소년의 잃어버린 이름을 찾도록 해준 것은 연합국, 특히 미국의 힘이 절대적이었다. 이 소설을 읽는 서구의 청소년 독자들은 일제의 만행에 분노하면서도 이러한 만행을 종식시키고 불쌍한 한민족을 해방시킨 미국의 위대함을 자연스럽게 발견하게 된다.

김은국의 소설이 빛을 발했던 것은 특수성보다 보편성의 문제를 형상화할 때 나타난다. 대학에서 철학을 전공한 그의 경력은 작품에서 본원적인 인간의 문제를 실존적 한계상황과 연결시켜 작품화하는 데에서 탁월한 능력을 발휘한다. 청소년을 대상으로 한 동화인 『잃어버린 이름』은 한국적 특수성을 드러내고 있지만 시점의 일관성에 있어 큰 문제를 안고 있다. 이 소설은 과거를 회상하는 '나'의 1인칭 시점임에도 불구하고 1인칭 화자가 볼 수 없는 것까지 이야기하는 시점상의 오류를 보여준다. 작품 후반부에서 주인공 소년이 일본경찰을 무장해제하는 논의에 개입하여 탁월한 전략과 전술을 제시하는 것도 작가의 지나친 개입이다. 결국 이 소설은 작가가 민족의 수난사와 민족적 정체성을 드러내려는 의도가 앞선 나머지 미학적 완성도가 떨어지는 결과를 초래한다. 미학적 완성도의 부족과 서구인에게 친숙한 소재가 아니라는 점이 맞물려지면서 이 소설은 앞선 작품에 비해 낮은 평가를 받게 된다. 그렇다면 창작 초기에 서구적 보편성을 추구했던 김은국은 왜 후반에 들어 민족적 정체성에 초점을 맞추는 행보를 보였을까. 김은국은 특수한 한국전쟁을 보편적인 문제로 이야기하여 문학적 명성을 획득했지만 이러한 이야기를 계속 반복할 수는 없다. 새로운 소재와 주제의 발견은 새로운 언어의 발견으로 이어지는데 이민 1세대인 김은국은 이 부분에서 취약할 수밖에 없었던 것이다. 김은국은 보편성을 추구하며 세계인을 지향했지만 그의 작품이 한국적 체험과 분리되었을 때는 창작의 지향점을 상실한다. 또한 그의 소설이 미국에서 인정을 받았지만 그는 여전히 이국적 타자일 수밖에 없었다. 그래서 작가는 나이가 들자 한국적 정체성을 강조하는 동화 『잃어버린 이름』을 쓰게 되었던 것이다.

5. 텍스트에 드러난 오리엔탈리즘

한국계 미국문학은 아시아계 미국문학의 한 분과이다. 강용흘, 김용익, 김은국 등 1세대 한국계 미국작가들은 아시아계 미국문학을 초기에 부각시키는 데에 많은 공헌을 했다. 이들의 활약 속에 그 이후 세대인 한국계 미국작가들은 소수인종을 우대하는 다원성의 문화와 함께 1990년대 들어 폭발적인 성장세를 보인다. 1세대 한국계 미국작가들은 초기이다 보니 창작에 있어 많은 어려움을 겪을 수밖에 없었다. 경제적 어려움, 언어 소통의 불편함, 동서양 문화의 차이, 피부색, 원주민의 텃세 등은 1세대 작가들이 타자로서 자신을 깨닫는 계기였다. 이민 1세대가 겪었던 문제들은 1.5세대와 2세대에 들어와서 언어와 문화를 자연스럽게 습득하면서 어느 정도 해소된다. 하지만 피부색으로 대변되는 인종의 차이는 영원히 극복할 수 없는 난제로 자리한다. 미국은 백인이 주류인 사회이기에 황인종인 한국계 미국인들이 동화하는 데에 한계에 부딪칠 수밖에 없는 것이다. 이것은 한국계 미국인들이 인종차별의 환경에서 성장해야 한다는 것을 의미한다.

1세대 한국계 미국작가들은 한국의 고유문화나 이민 와 정착하면서 겪은 문화적 어려움과 정착의 힘든 과정을 작품 속에서 그려왔다. 이들이 겨냥한 독자들은 한국의 독자가 아니라 서구 독자층이었다. 서구 독자들은 이국주의적 호기심 속에 한국계 미국작가들이 쓴 텍스트를 읽었다. 여기에서 주의할 점은 한국계 미국작가들의 작품이 출판되기 이전에 출판사에 의해 일차적 검열을 거쳤다는 것이다. 이것은 한국계 미국작가들의 작품이 미국의 독자들이 원하는 입맛에 적합한 작품들로 구성되었다는 것을 뜻한다. 1세대 한국계 미국작가들이 활약하던 1930년대와 1950, 60년대는 미국이 초강대국으로 자리매김하던 시기였다. 팽창하는 미국의 국력 속에 미국인들은 자신의 나라 이외인 동양에도 관심을 갖게 된다. 독자들은 동양에 대한 지적 호기심을 충족시키고 싶었기 때문에 상상력이 가미된 소설보다 작가의 자전적 체험이 깃든 논픽션을 선호했다. 1세대 한국계 미국작가들의 작품이 리얼리티가 있는 자전적 소설이 많은 것도 이러한 이유 때문이다. 서구인이 한국계 미국작가들의 텍스트를 읽을 때 지니는 기본적 입장은 서구(또는 미국) 우월과 동양 열등이라는 오리엔탈리즘의 시각이다. 1세대 한국계 미국작가들도 이러한 자장 속에 자리하고 있다. 다시 말해 그들이 창작한 텍스트도 기존의 오리엔탈리즘 시각을 강화시키는 역할을 했다는 것이다.

서구는 자신을 남성으로, 동양을 여성으로 비유했다. 전통적으로 남성의 이미지는 적극성, 이성, 질서, 강인함으로 표현되었다. 이에 비해 여성의 이미지는 소극성, 감성(욕망), 무질서, 약함으로 표현되었다. 강용흘의 『초당』을 보면 10대 소년인 한청파는 서구에 대한 유토피아적 동경 속에 온갖 고난을 헤쳐나가는 적극적인 모험형의 인물이다. 자신 만만함과 뛰어난 능력의 소유자인 한청파의 모습은 전통적인 동양인상과 배치되는 인물이다. 이렇게 적극적인 한청파의 모습은 『동양선비 서양에 가시다』에서 미국으로 유학을 온 장면을 보면 많이 위축되어 있음을 알 수 있다. 낯선 미국의 일상 속에서 한청파는 서구의 근대문명에 무지한 왜소한 체구의 이방인으로 축소된다. 한청파가 미국에서 얻은 첫 직장은 미국 가정집의 하우스보이였다. 이때 동료인 박은 한청파에게 한국 신부처럼 수줍게 있으면 된다고 말한다. 이것은 서구가 동양의 전형적 이미지를 침묵하는 여성으로 설정하고 있음을 보여준다. 여성화된 동양을 훈육하는 역할은 당연히 남성화된 서구가 맡게 된다. 고용주인 미국인 여성은 여성임에도 남성화된 이미지로 나타나 권력을 휘두르는 지배자로 군림한다. 미국인 여성은 한청파를 훈육시켜 주인에게 충실한 시종으로서의 역할을 부여하려고 한다. 조선에서 자신만만했던 한청파는 서구 지배자의 앞에서 당당한 위세를 자랑하지 못하는 동양적 타자로 위치지어진다.

"내게 모든 것을 맡겨. 자네는 뒤에 있기만 해. 그저 한국 신부처럼 수줍어해."
나는 수줍어하고자 애썼다. 그러나 부인은 나를 그대로 두지 않았다. 우리가 교외의 푸른 잔디 속을 달려서 반 시골거리를 가자 그녀는 말머리를 모두 내게로 돌렸다.
"당신이 하우스보이요. 알았지요? 뭐? 경험이 없다고? 당신을 훈련

시키는데 그리 오랜 시간이 걸리지 않기를 바라요…… 그리고 계
속……."
　내 역할은 박의 경우보다도 더 중요해 보였다.
　"그리고 당신은 '예, 부인' 하고 대답해야 해요."[12]

　서구 우월과 동양 열등이라는 서열체계를 내면화한 상황에서 동양
남성이 미국의 백인여성과 결혼하는 것은 일종의 금기이다. 열등한 황
인종이 감히 뛰어난 문화를 소유한 백인 여성과 결혼하려는 마음을 가
지는 것만도 불손한 행위로 간주된다. 미국인 라이블리는 한청파에게
점잖은 사람은 동양인과 결혼하지 않는다는 것과 인종을 뛰어넘는 결
혼은 주님도 원하지 않는다는 말을 통해 백인우월주의와 인종차별주의
를 가감없이 드러낸다. 이러한 발언에 대해 한청파는 말문이 막혀 아
무 말도 대꾸하지 못한다. 이때 미국인 백인남성 라이블리는 말하는
권력을 지닌 주체이고, 한청파는 자신의 말할 권리를 상실한 채 침묵할
수밖에 없는 타자이다. 서구 우월 대 동양 열등이라는 권력의 서열체
계는 고용주인 라이블리와 피고용자인 한청파의 관계로 그대로 전이되
어 나타난 것이다. "서양에서의 침묵은 표현할 수 없는 무능력을 의미
하는 반면, 동양은 침묵을 표현만큼, 때로는 표현보다도 중시하는 문화
적 전통을 지니고 있다."[13] 따라서 서구에서 유통된 강용흘의 『동양
선비 서양에 가시다』에서 한청파의 침묵은 라이블리의 논리적 타당성
과 그것에 대한 수용으로 해석된다. 강용흘은 이 소설의 결말 부분을
한청파가 백인여성인 트립과 연인 관계로 발전할 가능성을 보여주는

---

12) 강용흘, 『동양선비 서양에 가시다』, 앞의 책, 73-74쪽.
13) 권혁경 임진희, 「아시아계 미국문학 연구: 변방적 자아상의 표현」, ≪현대
　　영미소설≫, 제5권 2호, 1998, 263쪽.

것으로 끝을 맺는다. 강용흘은 이미 미국의 백인여성과 결혼했음에도 불구하고 이러한 장면을 형상화하지 않는다. 이것은 백인의 인종차별주의를 의식한 자구적 행위로 보여진다.

강용흘의 『초당』에서 보듯 한청파의 적극적이고 활기에 찬 시절은 동양에 있었던 소년기로 국한된다. 미국으로 유학 온 성인인 한청파는 서구문명에 무지한 후진국의 지식인일 뿐이다. 여기에서 그가 조선에서 터득한 능력은 별 쓸모가 없는 것으로 취급된다. 이런 상황에서 서구는 어른으로, 동양은 어린이라는 상하서열의 질서가 형성된다. 1세대 한국계 미국작가의 소설에서 어린이가 주인공이거나 동화 형식이 자주 등장하는 것도 이것과 관련이 깊다. 대표적으로 김용익의 많은 소설들은 성인보다 어린이가 주인공인 경우가 많다. 성인이 등장해도 「꽃신」에서 보듯 성인인 상도는 기존의 전통질서와 맞서 싸우지 못하고 운명에 순응하는 수동적 인물로 등장한다. 김은국의 『잃어버린 이름』에서도 어른인 부모세대들은 일제에 제대로 항거하지 못한 채 대체적으로 체제에 순응하는 모습을 보인다. 이에 비해 주인공 소년은 일본제국주의의 만행에 대해 분노하고 새로운 활로를 찾으려는 모색을 보여준다. 결국 어린이나 여성으로 상징화 되는 동양은 서구 독자들에게 아직 근대문명에 도달하지 못한 후진국의 형태로 인식된다. 권혁경과 임진희는 이 부분에 대해 다음과 같은 언급을 한다. 소년 혹은 무성적 이미지의 동양은 서구 우월의 오리엔탈리즘이 반영된 것이다.

아시아계 미국인의 자아상은 서구로의 이식과정에서 크게 손상된다. 특히 동양 남성들은 사회에 자아정체성을 의존하고 있기 때문에, 그러한 사회적 위치가 근본적인 전환을 가지는 서구세계로의 이식과정에서

가부장적 권위는 손상된다. 따라서 이들에게는 소년 혹은 무성적 이미
지가 지배적이다.[14)]

　김용익의 소설에 등장하는 인물은 현실과 불화하지만 맞서 싸운다기
보다 그 운명에 순응하는 인물이 많다. 이런 점에서 김용익의 작중인
물은 전형적인 동양의 모습을 그려내고 있다. 김용익의 소설은 바다,
숲 등 자연적인 배경 속에 전개되고, 문명의 이기는 거의 등장하지 않
는다. 근대문명에 의해 훼손되지 않은 땅에서 살아가는 순진무구한 사
람들이 김용익의 작중인물인 것이다. 서구는 자신을 문명으로, 동양을
전근대적 세계인 낭만적 자연으로 부각시켰다. 이러한 오리엔탈리즘은
문명에 속하는 미국의 독자들에게 이국적인 동양의 자연에서 낭만적
휴식과 문명적 우월감을 동시에 만족시키도록 해준다. 김용익의 소설
은 전후의 황폐함과 궁핍상을 그리는 대신 낭만적, 목가적 동양 한국의
풍경을 재생한다. 이것은 한국의 부정적 이미지를 씻어내는 데에 일정
정도 역할을 한 것은 사실이다. 하지만 이러한 낭만적, 목가적 한국의
형상화는 기존의 오리엔탈리즘이 생산한 이미지를 강화시킨다. 1세대
한국계 미국작가들은 서구에 동양 한국의 세계와 아름다움을 알리는
데에 노력을 한 것이 사실이다. 그것이 일정 정도의 성과를 내기도 했
다. 하지만 서구적 맥락에서 1세데 한국계 미국작가들의 소설은 기존
의 오리엔탈리즘을 전복시키지 못하고 오히려 그것을 강화시키는 역할
을 한다. 이것은 개별 작가의 한계이기도 하지만 동시에 시대적 한계이
기도 했다.
　같은 1세대 한국계 미국작가라도 일제강점기 시대에 활동한 작가와

---

14) 권혁경 임진희, 앞의 글, 252-253쪽.

한국전쟁 이후의 작가들이 생각하는 조국이나 한민족의 의미는 다르게 나타난다. 한국전쟁 이전의 1세대 미국작가들은 일제의 식민통치와 조국의 광복을 체험하면서 민족적 정체성을 강박적으로 느껴야 했다. 이에 비해 한국전쟁 이후의 1세대 미국작가들은 적어도 일제의 강압과 관련한 민족 정체성의 필요성은 상대적으로 희박했다. 분단 모순이 초래한 민족 내부의 갈등과 분열은 한국계 미국작가들이 대부분 한국 전쟁 이후 한국에서 살지 않았기에 절실한 문제로 다가오지 못했다. 이것은 민족적 특수성의 문제보다 세계적 보편성의 문제를 형상화시키도록 한다. 김은국의 경우 『순교자』에서 한국전쟁을 배경으로 하여 죽음과 종교의 근본적 질문을 던지면서 세계적 보편성의 문제를 다룬 바 있다. 이렇게 보편성의 세계를 김은국은 보여주었지만 무고한 기독교인을 학살한 북한군의 만행은 자연스럽게 서구 독자에게 전달될 수밖에 없다. 따라서 서구 독자들은 '북한=공산주의=악', '남한=자본주의=선'이라는 차별적 인식을 갖게 된다. 남한을 북한의 침략에서 구원한 것은 바로 미군으로 대표되는 '서구'이다. 이것은 구원자로서의 미국을 자랑스럽게 선전하는 간접적 효과를 발산한다.

6. 편협한 옥시덴탈리즘과 오리엔탈리즘을 넘어

아시아의 변방인 동양 한국에서 미국으로 건너간 1세대 한국계 미국작가들은 초강대국 미국에 대한 매혹과 후진국 한국에 대한 열등감을 갖고 있었다. '매혹'과 '열등감'의 거리는 1세대 한국계 미국작가들에게 좁힐 수 없는 머나먼 거리였다. 그들은 미국에서 영어글쓰기를 통해

서구와의 동일시를 추구했고, 문학적 명성을 얻음으로써 후진적 동양
에서 벗어나 선진 서구의 세계로 이동하고자 했다. 그러나 1세대들은
태어나면서부터 영어를 구사한 세대가 아니라 후천적인 노력에 의해
획득한 존재이다. 그들은 필연적으로 언어적 한계를 절감해야 했다. 이
들이 표현할 수 있는 영역은 자전적 체험이나 동화적 세계로 한정될
수밖에 없었던 것이다. 1세대 한국계 미국작가들은 주로 미국 독자들
의 이국주의인 엑조티시즘의 욕망 내지 보편성의 세계에 호소하여 문
학적 명성을 획득하게 된다.

　1세대 한국작가들은 문학적 명성을 얻었지만 피부색이나 문화면에서
여전히 동양을 벗어나지 못했다. 이들은 영어식 글쓰기를 통해 서구와
의 동일시에 성공했으나 주류인 백인의 세계에 편입할 수 없는 경계선
의 세대였던 것이다. 이러한 이중적 위치는 동서양 문화를 아우르는
작품 세계를 펼칠 수 있는 환경을 제공한다. 1세대 미국작가들은 한국
적 소재를 채택해 한국의 문화를 미국에 알리는 문화 전도사의 역할을
자연스럽게 수행한다. 강용흘은 동양 조선의 모습을 서구에 알리는 선
구자적 역할을 담당했고, 김용익은 특수성과 보편성을 함께 아우르면
서 근대적 문명에 훼손되지 않은 낭만적인 한국의 모습을 형상화했다.
이에 비해 김은국은 서구적 보편성을 추구하며 고통스러운 20세기 한
국의 역사를 세계에 알린다. 하지만 이들이 전달한 동양 한국의 풍경
은 정도의 차이는 있지만 서구의 오리엔탈리즘에 의해 재가공된 것이
다. 1세대 한국계 미국작가들은 '서구=문명=남성=어른'이고, 동양=야만
=여성=소년'이라는 기존의 오리엔탈리즘을 재확인하거나 오히려 강화
시킨다. 서구는 말하는 권력을 소유한 지배층의 주체였고, 동양은 말하
는 언어를 소유하지 못한 침묵하는 피지배층의 타자였던 것이다. 이것

은 서구적 시각과 한국적 체험의 결합 속에서 서구적 시각 내지 정체
성이 좀더 전면에 나선 결과이다.

한국계 미국작가들은 기본적으로 동서양의 경계선에 위치한다. 이들
은 양문화를 공유하고 있다는 점에서 동서양이 각기 지닌 편견과 고정
관념을 극복해 새로운 문학을 전개할 수 있다. 그렇지만 1세대 한국계
미국문학은 한국의 고유문화를 서구에 알리는 것에 만족했을뿐 그 내
용적인 측면에 대해 진지한 고민은 삭제되어 있다. 이것은 서구인 미
국에 대한 문화적 열등감과 매혹이라는 옥시덴탈리즘(occidentalism)의
결과이기도 하다. 한국 체험의 기억과 서구문화 텍스트의 교류 속에 1
세대 한국계 미국작가들은 서구가 유포한 오리엔탈리즘을 자신도 모르
게 내면화하여 옥시덴탈리즘에도 반영한다. 오리엔탈리즘과 옥시덴탈
리즘은 상호 공모하여 동양 열등과 서구 우월이라는 이분법적 도식을
양산했던 것이다. 이런 점에서 1세대 한국계 미국작가들의 한계는 뚜
렷하게 드러난다. 그러나 이러한 한계에도 불구하고 동양 한국의 존재
를 서구에 알렸다는 점에서 그 의의는 결코 작지 않다. 1세대 한국계
미국작가들의 터전 위에서 그 이후의 세대들이 문화적 다양성을 주장
하면서 다수인종인 백인과 공존하는 소수인종의 문학을 생성할 수 있
었기 때문이다. 또한 1세대 한국계 미국작가들의 활약이 있었기에 이
후의 세대인 한국계 미국작가들이 기존의 오리엔탈리즘과 옥시덴탈리
즘을 해체하고 새로운 패러다임을 만들 수 있는 가능성을 확보할 수
있었던 것이다.

1.5세대 한국계 미국소설에 나타난 오리엔탈리즘과 옥시덴탈리즘

1. 약소자로서의 한국계 미국문학

한민족의 미국 이주는 하와이 농장에 사탕수수를 재배하기 위해 필요한 노동자의 이민이 시작한 1903년부터이다. 미국 이주는 일제식민지 시대에 노동 이민 외에도 민족의 독립을 위한 지사들과 선진 학문을 배우기 위한 유학생이 뒤를 이었다. 해방 이후 미국 이주는 1950, 60년대에 주한미군 병사와 결혼한 여성·해외 입양·유학생 등이, 1970년대 이후에 중산층 출신이 주도했다. 한국계 미국문학은 1930년대의 강용흘, 1950년대의 김용익, 1960년대의 김은국 등의 1세대 작가들의 활약 속에 기틀을 다진다. 한국계 미국작가들이 주로 형상화하는 것은 모국(母國)1)인 한국과 관련한 문화와 역사, 새로운 미국땅에 정착하면서 겪은 자전적 체험들이다. 한국계 미국문학은 한국이 아닌 영어권의

---

1) 한국계 미국작가들이 형상화하는 고향은 일제식민지, 해방기, 남북한 분단기 등 다양한 시간적 배경을 갖고 있다. 따라서 이 글에서는 다양한 시기를 포괄할 수 있는 용어로 '모국(母國)'을 사용하고자 한다.

독자를 대상으로 한 문학이다. 이러한 기본적 조건은 한국을 배경으로
한 문학적 형상화에 있어 한국작가와 한국계 미국작가가 많은 차이를
낳게 했다. 한국작가들은 독자들이 자국의 문화와 역사에 대해 상당
부분 알고 있다는 전제하에 작품을 창작한다. 이에 비해 한국계 미국
작가들은 미국 독자들이 한국의 문화나 역사에 대해 상당 부분 무지하
다는 것을 전제로 하여 창작한다. 이런 이유로 한국계 미국작가들은
한국의 독자가 보면 굳이 필요해 보이지 않는 한국의 문화와 역사도
꼼꼼하게 형상화한다. 한국계 미국작가들은 미국이나 영어권에 한국을
알리는 일종의 문화 전도사 역할을 담당했던 것이다. 이때 모국의 형
상화는 한국계 미국작가들에게 자부심이자 동시에 부담감으로 작용한다.

초강대국 미국은 다인종, 다민족 국가이다. 영국의 청교도가 중심이
되어 아메리카로 이주한 서구인들은 원주민인 인디언에 대한 침략과
약탈을 통해 광활한 영토를 확보한다. 따라서 미국은 건국 초기부터
노동력이 부족했기에 유럽의 각지에서 백인들의 이민을 적극적으로 받
아들였을 뿐만 아니라 아프리카 흑인을 노예로 삼기도 했다. 이렇게
해도 노동력이 부족했기에 미국은 일본, 중국, 한국 등 아시아에서도
노동력을 수입했다. 이에 따라 미국은 백인이 주류인 지배층으로, 흑인
이나 아시아인 등이 비주류인 피지배층으로 구성된다. 백인 중심의 미
국사회에서 인종적으로, 민족적으로 한국인은 약소자(弱少者, 약자와 소
수자의 합성어)일 수밖에 없다. 영문학자 박인찬에 따르면 "주류 백인
평자들의 눈에 아시아계 미국문학은 문학작품이기 이전에 이민자들의
인생 역정을 적은 전기적인 산문 혹은 잡문에 가까웠다. 아시아계 이
민자들은 문학적 창조를 하기엔 역부족이라는 편견이 백인들에게 있
었"[2]다고 언급한다. 이것은 본격적인 문학이 한국계 미국문학(또는 아

시아계 문학)에서 불가능하고, 백인만 가능하다는 인종주의적 편견의 산물로서 편협한 오리엔탈리즘을 반영한 것이다. 에드워드 사이드(Edward W. Said)는 "오리엔탈리즘이란, 동양을 지배하고 재구성하며 위압하기 위한 서양의 스타일"[3]로 언급한 바 있다. 서구의 오리엔탈리즘은 서구가 동양보다 우월하다는 인식과 재현의 담론 체계인 것이다. 오리엔탈리즘에 의하면 '서구=문명=합리성=이성=빛=남성으로, 동양=야만=비합리성=감성=어둠=여성'이라는 이분법의 체계를 양산한다. 한국계를 포함한 아시아계 미국문학이 '문학 텍스트'보다 '문화 텍스트'로서 의미를 부여받은 것도 동양 열등의 기만적 오리엔탈리즘과 무관하지 않다. 박인찬은 문화 텍스트로서 활용되는 아시아계 미국문학이 탈역사적 신비화와 간극을 부추기는 것은 아닌지 다음과 같이 우려를 표시한다.

> 최근 들어 미국의 다문화주의와 지구화가 주요 현상으로 확산되면서 다양한 문화에 대한 지식과 서로 다른 문화간의 (의사)소통이 강조됨에 따라 문화적 매개체 혹은 도구로서의 아시아계 미국문학의 중요성이 크게 부각되었다. 문학적 중요성보다는 문화적 기능이 아시아계 미국문학에서 중시된 것이다. 그런데 여기서 문제가 되는 점은 아시아계 미국문학이 매개한다는 문화가 대개는 사회적 복합성과 역동성을 지닌 것으로서의 문화가 아니라 딜릭(Arif Dirlik)이 '문화주의'(culturalism)란 용어를 통해 비판하듯이 탈역사적 신비화와 간극을 부추기는 고정된 것으로서의 문화이며 그 과정에서 아시아계 작가는 스스로를 대상화 혹은 도구화한다는 것이다.[4]

---

2) 박인찬, 「한국계 미국소설의 좌표와 문학간 소통의 모색」, ≪안과밖≫ 20호, 2006, 영미문학회, 120쪽.
3) 에드워드 W. 사이드, 『오리엔탈리즘』, 박홍규 옮김, 교보문고, 1991, 16쪽.
4) 박인찬, 앞의 책, 127쪽.

한국계 미국문학은 유선모의 분류[5])에 의하면 성인이 되어 미국으로 이주한 한국계 미국문학 1세대, 어렸을 때 부모를 따라 미국으로 이주한 1.5세대, 처음부터 미국에서 태어난 2세대와 3세대 작가로 구성된다. 이 글에서는 1.5세대 한국계 미국작가인 이창래·이혜리·차학경·패티 킴·헬렌 킴·노라 옥자 켈러의 소설에 나타난 모국과 미국의 이미지를 중점적으로 비교 분석하고자 한다. 이것을 통해 한국계 미국인이 모국인 한국을 어떻게 바라보고 있는지? 또한 한국계 미국문학을 통해 한국을 바라보는 미국의 시선이 무엇인지 간접적으로 확인할 수 있을 것이다. 이것은 오리엔탈리즘과 옥시덴탈리즘을 상호 비교할 수 있는 자리이기도 하다. 한국계 미국작가는 한민족의 구성원이자 동시에 미국인이기 때문이다.

2. 1.5세대의 자아정체성 혼란과 길 찾기

영어로 쓰여진 한국계 미국문학은 언어를 기준으로 보면 한국문학이 아니라 미국문학이다. 이것은 근대문학이 민족국가의 경계선을 기준으로 발전해왔기 때문이다. 그 결과 한국계 미국문학은 한국에서 오랫동안 비평적 대상에서 제외되었다. 이러한 흐름의 변화는 1990년대 들어 전지구적으로 확장된 후기자본주의의 신자유주의체제가 등장하면서부터이다. 금융자본의 세계화 속에 원주소 불문의 초국가적 자본이 등장하여 민족에 기반한 근대 국민국가체제를 약화시켰던 것이다. 민족과

---

5) 유선모, 『미국 소수민족 문학의 이해』, 신아사, 2001, 15-27쪽 참조.

국가가 비교적 일치했던 시대가 지구화의 현상 속에 종료하면서 탈국가의 문학이 탄생한다. 이런 상황에서 기존 문학 연구의 장에서 배제된 한국계 미국문학은 새로운 민족문학의 영역이나 탈국가 문학의 사례로 평가되면서 한국에서도 최근 적극적으로 연구 대상으로 다루어지고 있는 추세이다.

한국계 미국문학이 폭발적인 성장세를 보인 것은 1990년대 전후이다. 선배인 1세대 작가들의 축적된 업적과 미국의 다문화주의의 강세 속에 소수인종으로서의 한국계 미국문학(또는 아시아계 미국문학)은 비약적인 성장을 할 수 있었던 것이다. 영문학자 김상률에 의하면 다문화주의의 패러다임 이전에 미국사회를 지배했던 것은 용광로(melting pot) 패러다임이다. 기독교 백인 남성 중심의 용광로 패러다임은 개별 주체의 문화가 개별성과 변별성을 상실하고 백인 중심의 문화에 동화되도록 만든다. 이것을 비판한 것이 20세기 후반의 샐러드 주발(salad bowl) 패러다임이다. 다문화주의의 샐러드 주발 패러다임은 각각의 개체성을 가지지만 드레싱에 덮여 외부로 개별적 주체성이 드러나지 않는다. 이러한 한계를 극복하려고 등장한 것은 각각의 고유한 주체성을 유지하는 조각이불(patchwork quilt) 패러다임이다.[6] 하지만 조각이불 패러다임은 2001년 9·11테러 이후 미국사회를 네오콘(neocons)의 신보수주의가 장악하면서 아직까지 주류의 패러다임으로 성장하지 못하고 있다.

한민족의 미국 이민은 후진국인 모국보다 좀더 발전한 나라에서 경제적 이득이나 선진 문화의 혜택을 받기 위한 자발적 이민이 대부분이다. 재미한인들은 재일조선인이나 중앙아시아 고려인들처럼 강제 이주

---

6) 김상률, 『차이를 넘어서』, 숙명여자대학교 출판부, 2005, 19-20쪽 참조.

한 것이 아니기에 미국에 대한 충성도는 상대적으로 높다. 한국계 미국 이민 1세대는 좀더 잘 살기 위해 미국으로 이민 와 청과물상, 세탁소 등 자영업이나 막노동을 통해 억척스럽게 일하면서 미국사회에 편입하려고 했다. 이민 1세대는 미국사회에 동화되려고 노력하는 한편한인교회나 사적 모임 등을 통해 한민족의 정체성을 유지하면서 모국과의 인연을 끊지 않는 이중적 모습을 보인다. 이에 비해 대개 어렸을때 모국을 떠나온 1.5세대는 가족 내의 동양적 문화 체험 속에 미국의교육과정과 문화체험을 동시에 수용하며 자신의 이질적 특성을 확인한다. 그것은 1.5세대에게 문화적 충격일 수밖에 없다. 1세대인 부모의기대와 낯선 이국땅인 미국에서 적응의 어려움은 1.5세대의 자아정체성을 근본적으로 위협하는 요소들이다. 한국에서 태어난 1.5세대들은유년시절에 한국에서 생활한 체험을 갖고 있고, 집안에서 한국어를 구사하는 부모와 함께 살았기 때문에 정도의 차이는 있지만 한국어 구사가 어느 정도 가능하다. 그러나 한국인들처럼 완벽하게 한국어를 사용할 수 있는 것은 아니다. 영어도 후천적으로 배웠기에 원어민인 미국인처럼 완벽하게 구사하기 힘들다. 설사 그것이 가능하더라도 영어 사용에 대한 콤플렉스를 완전하게 벗어나지 못한다. 이처럼 1.5세대는한국인도 미국인도 아닌 어정쩡하게 낀 세대인 것이다. 1.5세대는 미국사회에 동화하려고 했지만 결정적으로 인종차별주의로 대변되는 피부색 때문에 완전히 동화할 수 없다는 것을 깨달은 최초의 후속 세대이기도 하다.

3살 때 정신과 의사인 아버지를 따라 미국으로 이주한 이창래(Chang Rae Lee, 1965년 서울 출생)의 『영원한 이방인(또는 원어민)』(*Native Speaker* 1995)은 이민 1.5세대의 위축된 정체성과 패배주의를 잘 보여주는 작품이다. 이민 1.5세대인 주인공 헨리 박(한국명 박병호)은 미국인과 비슷한 영어 구사 능력을 보여주지만 원어민인 미국인과 똑같을 수 없다는 결핍감에 시달린다. 백인 아내 릴리아는 헨리 박과 헤어지면서 '당신은 숨기는 게 많아, 인생에서는 B+짜리 학생, 불법 외인, 정서적 외인, 황화(黃禍) : 신미국인, 침대에서는 훌륭함, 과대평가되고 있음, 파파보이, 감상주의자, 반(反)낭만주의자, 낯선 사람, 추종자, 반역자, 첩자' 등이 적힌 쪽지를 전해준다. 이것은 원어민인 백인 미국인의 눈에 한국계 헨리 박이라는 존재가 미국사회에 완벽하게 동화되지 못한 채 부유하는 타자의 기표임을 말해준다. 헨리 박이 남들에게 자신의 직업을 떳떳하게 말할 수 없는 사설 정보원이었던 것도 미국사회에서 소외된 존재임을 말해주는 상징적 기호이다.

한국계 미국문학에서 부모인 1세대와 자식인 1.5세대는 소설에서 흔히 첨예한 갈등 관계로 등장한다. 양자는 미국이라는 거대한 주체를 모방하려고 노력한다는 점에서 동일한 위치에 서 있다. 그러나 『영원한 이방인』에서 보듯 가부장적 유교질서를 내면화한 1세대의 아버지와 자유스러운 미국 교육을 받은 1.5세대는 가치관과 체험의 이질성으로 인해 상호 소통이 원활하지 못하다. 헨리 박은 사적 영역인 가족만 생각했던 아버지와 달리 자신감 있게 공적 영역에서 활동하는 한국계 시의원인 존 강을 만나면서 자신의 삶을 성찰하게 된다. 존 강의 당당한 모습은 한국계 미국인으로서 결코 상상하기 힘든 아버지의 모습이다. 이것은 역으로 그 동안 소수인종으로서 한국계 미국인이 미국사회에서 억압과 배제를 당하는 약소자였음을 상징적으로 말해준다. 헨리 박이 소설의 결말 부분에서 정치적으로 몰락한 존 강을 비난하는 사람들에 맞서 싸우는 모습은 미국에서 주체의식을 갖고 당당히 살아가겠다는 의지의 표출이다.

이민 1세대와 1.5세대의 갈등은 4살 때 미국으로 이민 간 패티 킴 (Patti Kim, 1970년 부산 출생)의 처녀작인 『아름다운 화해』(*A Cab Called Reliable* 1997)에서도 나타난다. 작가의 자전적 삶에서 소재를 따온 이 소설은 할아버지의 학대와 멸시를 피해 미국으로 이주한 무능력한 아버지와 엄마의 불화 속에 엄마가 동생 민주를 데리고 집을 나가버린 상황에서 서사가 본격적으로 전개된다. 주인공인 소녀 안주는 엄마에게서 버려졌다는 충격과 낯선 이국 땅인 미국사회에서 생활해야 하는 불안감이 상호 겹쳐지면서 학창 시절 방황하게 된다. 이 소설은 가정을 해체시킨 주범인 이민 1세대인 아버지와 1.5세대의 소녀가 서로를 점차 이해하면서 미국사회에 적응하는 과정을 섬세하게 보여준다. 이 것은 성별이 다른 부모세대와 자식세대의 갈등과 화해를 보여주는 것이다.

3살 때 미국으로 간 노라 옥자 켈러(Nora Okja Keller, 1965년 서울 출생)의 『종군위안부』(*Comfort Woman* 1997)는 이민 1세대와 2세대의 갈등과 대립이 등장한다. 이 소설은 12살에 종군위안부로 팔려나간 김순효의 비극적 역사와 딸 베카의 힘겨운 삶이 이중의 서사 구조 속에 펼쳐진다. 미국인 목사 브래들리와 종군위안부였던 식민지 조선인 김순효의 사이에서 태어난 혼혈아 베카는 일찍 아버지를 여의고 정신이상과 무병에 걸린 엄마 밑에서 성장하면서 외로움과 가난에 시달린다. 어린 시절 베카에게 정신이상의 엄마는 숨기고 싶은 부끄러움이자 그리움의 이중적 대상이다. 베카는 결손가정, 정신이상의 엄마, 가난이라는 자신의 현실을 은폐하기 위해 미국 아이들에게 수많은 거짓말을 한다. 베카의 거짓말은 낯선 이국땅인 미국사회에서 인종적 이질성과 경제적 궁핍 속에 따돌림 당한 존재의 서글픈 생존방식이었던 셈이다. 베카는 성인이 되어 종군위안부로서 살았던 엄마를 이해하고 순효를 이어 무당이 됨으로써 부모세대와 자식세대의 갈등을 해소하고 화해의 길로 들어선다.

이처럼 1.5세대 한국계 미국작가의 소설에서 1.5세대나 2세대들은 미국사회에 동화되지 못한 채 소외된 타자로서 존재한다. 그들에게 믿고 따르며 모방할 대상으로서의 1세대인 상징적 아버지는 부재하다. 유교적 가부장제로 상징되는 절대적 권위를 지닌 동양의 아버지는 낯선 이국땅에서 심리적 불안감과 소외에 시달리는 자식들을 충분히 보호해주지 못하는 울타리이다. 그 자신도 낯선 이국 땅에서 생존하기 위해 현실과 투쟁해야 하는 열악한 처지의 존재인 것이다. 그래서 1세대 아버지들은 자식들을 배려하며 원활한 의사소통을 할 시간과 여유가 부재하다. 심리적 안식처로 기능해야 할 어머니는 가부장적 아버지의 위세에 눌려서 억압된 삶을 살거나 이혼한다. 이러한 부모 부재 내지 역할 축소 속에서 미국이라는 거대한 주체는 끊임없이 자신을 모방하라고 자극한다. 하지만 민족적 주체성을 반납한 채 철저하게 미국사회에 동화하는 길을 택하더라도 백인 중심의 미국사회에서 소수인종(小數人種)이자 소수민족(少數民族)인 한국계 미국인이 있을 자리는 그렇게 크지 않다. 여기에서 한국계 미국인이 추구하는 정체성 찾기의 어려움이 더욱 가중될 수밖에 없다. 미국인도 한국인도 아닌 재미한인들은 과연 누구인가? 정체성 찾기는 1.5세대의 작가들에게도 중요한 테마로 자리한다.

패티 킴의 『아름다운 화해』에서 여주인공 안주는 자신을 중국인, 일본인, 대만인, 베트남인으로 보는 미국인의 시선에 대해 자신은 한국계

미국인이라고 마음속으로 주장한다. "그들이 그게 - 그거 - 아니냐는 눈
길을 보내며 히죽거린다. 아니, 달라, 밤과 낮이 다르고, 부자와 가난뱅
이가 다르고, 구원과 저주가 다르고, 천당과 지옥이 다르고, 깨달음과
무지가 다르고, 교육받은 사람과 문맹이 다르고, 너희들과 내가 다르듯
이 완전히 다르다구."[7] 이렇게 생각하는 안주의 변화된 모습은 아버지
와의 화해 속에 한국계 미국인으로서의 자아정체성을 깨달아가는 상태
를 보여준다. 미국인들은 아시아인들을 바라볼 때 그들이 지닌 민족적,
문화적 차이를 고려하지 않고 '아시아'라는 단일한 이미지를 통해 바라
본다. 그 결과 아시아 사람들은 개별적 정체성을 상실한 채 하나의 열
등한 이미지로 묶여져 부정적으로 통용된다. 이것은 아시아계 미국인
의 입장에서 보면 개별적 특성을 고려하지 않은 폭력적 인식의 태도라
고 볼 수 있다. 영문학자 고부응도 "한국계, 중국계, 일본계 그리고 미
국내의 그외의 소수 집단은 그들 자체가 가지고 있는 어떤 속성의 공
통성으로 인하여 동일 집단에 속하는 것이 아니라 주류 미국인들에 의
하여 배척되고 있다는 부정적 의미에서 공통되는 소수 집단으로서의
정체성을 갖는다"[8]라고 지적한 바 있다. 작중주인공 안주의 생각은 인
종적 다름이 사회적 열등감의 요인이 아니라 차이일 뿐이라는 다원주
의적 패러다임을 주장한 것이다. 그렇지만 이러한 생각들이 외부로 표
현되지 못한 것은 미국사회에서 개별적 주체성을 확고하게 주장하지
못하는 한국계 미국인의 열악한 처지를 반영한 것이라고 볼 수 있다.
　이런 상황에서 한국계 미국문학은 아시아계 미국문학과 상호 연대하

---

7) 패티 킴, 『아름다운 화해』, 민승남 옮김, 시공사, 1999, 155쪽.
8) 고부응, 「이창래의 『원어민』-비어 있는 기표의 정체성」, ≪영어영문학≫ 48
　권 3호, 2002, 한국영어영문학회, 629쪽.

여 인종차별적, 민족차별적 사회 구조와 이데올로기에 저항해야 한다. 이것을 위해 백인 중심의 주류가 생산하는 오리엔탈리즘의 편견과 고정관념을 해체하는 작업에 임해야 한다. 한국계 미국문학은 다름이 차별로 이어지는 현실을 거부하고 서로의 고유성으로 이해되는 다원주의적 패러다임을 확산시키는 데에 일조해야 한다. 그 출발은 한국계 미국문학 작가들이 소수집단으로서의 정체성을 갖는 것에서 시작된다. 그렇다면 한국계 미국작가들은 혈통의 기원인 자신의 모국을 어떤 관점에서 바라보고 있을까?

3. 민족적 동질성과 오리엔탈리즘 시선의 재강화

미국에 처음 이민 온 사람들은 미국사회에서 대체적으로 경제적, 문화적 약자일 수밖에 없다. 초강대국 미국보다 대부분 후진국 국가를 모국으로 둔 이민자들은 백인 중심의 미국사회에서 차별과 배제의 시스템 속에서 사회적 열등감과 패배의식에 지배될 가능성이 많다. 한국계 미국작가들이 모국의 문화와 역사를 집중적으로 형상화하는 것은 자신의 뿌리 찾기이자 사회적 열등감에 시달리는 자신을 성찰해 극복하려는 작업의 일환이다. 이것을 통해 한국계 미국작가들은 서구가 동양을 바라보고 재현하는 담론인 오리엔탈리즘이 서구의 편견과 제국주의적 지배 전략의 산물이라는 것을 깨닫게 된다. 이밖에도 한국계 미국작가들이 모국을 집중적으로 형상화하는 것은 다른 미국작가와 차별화하기 쉬운 이국주의 취향, 자전적 삶에서 소재를 취해 상대적으로 쉽게 소설화할 수 있는 장점도 무시할 수 없다.

1.5세대 한국계 미국작가들이 주로 형상화하는 모국은 대개 최근의 풍경이 아니다. 그것은 대부분 조부모(祖父母) 세대이거나 자신이 유년 시절에 체험했던 과거의 한국이다. 이것은 모국이 당대적 관점보다 서술자의 기억에 의해 재구성된 것임을 말해준다. 이러한 기억들은 현재적 관점에 의해 선택되고 배제된다. 다시 말해 현재 기억되는 과거 모국의 풍경은 실제라기보다 기억하고 싶은 부분만 제시되거나 일정 부분 왜곡된 상황에서 등장한다고 볼 수 있다. 결국 한국계 미국작가들이 형상화하는 과거의 풍경은 현재적 관점에 의해 재해석된 새로운 과거인 것이다. 한국계 미국작가들이 주로 형상화하는 모국의 시간적 배경은 일제 식민지, 한국전쟁, 1950·60년대가 많다. 이 시기는 대체적으로 모국이 일제의 탄압, 한국전쟁, 전후 정치적 혼란 속에서 고통, 절망, 궁핍 등의 부정적 이미지가 압도하던 무렵이다. 1세대와 1.5세대의 한국계 미국인들은 정도의 차이는 있지만 모국이 어려울 때 모국을 등졌다는 데에서 오는 부채감과 죄의식을 무의식적으로 갖고 있다. 1세대와 1.5세대 한국계 미국작가들은 세계에 잘 알려지지 않은 한민족의 역사와 문화를 미국 내지 서구 독자에게 소개함으로써 이러한 부채감과 죄의식을 극복하려는 모습을 보여준다. 한국계 미국작가 1세대인 강용흘의 『초당』(1931)·김은국의 『순교자』(1964) 『잃어버린 이름』(1970)·김용익의 「꽃신」(1956), 1.5세대인 노라 옥자 켈러의 『종군위안부』·차학경의 『딕테』·이혜리의 『할머니가 있는 풍경』·헬렌 킴의 『엄마의 집』은 정도의 차이는 있지만 모국을 배경으로 한 대표적 작품들이다.

12살 때 미국으로 이주한 헬렌 킴(Hellen Kim, 1959년 서울 출생)의 『엄마의 집』(*The long season of Rain* 1996)은 유년 시절에 한국에서 작

가 자신이 겪은 것을 소재로 하여 만든 자전적 소설이다. 1969년을 배경으로 한 이 소설은 11살 소녀 준희의 시선을 통해 가부장적 전통질서가 생산하는 한국의 억압적인 가족 문화와 유교질서를 드러내고 있다. 준희네 가족은 전통질서를 상징하는 할머니와 육군사관학교 교관인 가부장적 아버지(이 대령), 침묵하는 타자로서 억압적인 삶을 살아야 했던 어머니, 네 자매(13살의 장희, 11살의 준희, 9살의 문희, 6살의 기희)로 구성되어 있다. 평온했던 가족의 일상은 홍수로 부모를 잃은 11살의 소년 박병수가 등장하면서 감추어두었던 가부장적 지배질서의 모순이 드러난다. 이 소설에서 병수는 기존의 모든 것을 잃은 약소자이고, 병수를 괴롭히거나 배제하는 장희 언니·장희의 사촌·아버지는 기득권 지배 세력인 강자를 상징한다. 이에 비해 병수를 양자로 삼고 싶어하는 엄마나 따뜻하게 대하는 준희는 주변부의 타자를 끌어안으려는 다원주의적 목소리를 대변한다. 고아인 병수를 양자로 받아들일 수 없다는 아버지의 모습은 배타적인 순수혈통주의를 그대로 보여주다. 다민족이자 다인종의 사회인 미국사회에서 피의 순수성을 강조하며 타자를 배제하는 것은 미국사회의 화합을 해치는 대표적인 갈등 요소이다. 작가 헬렌 킴은 병수를 배척하는 아버지, 장희 언니, 사촌의 모습을 통해 역으로 미국사회에서 소외된 타자인 소수인종, 소수민족, 여성, 장애자 등을 끌어안아야 한다는 다원주의적, 인도주의적 입장을 드러낸다. 한국의 배타적 순수혈통주의는 아이들의 금긋기 놀이에서 첨예하게 상징적으로 노출된다. 작가는 어린이들의 놀이를 통해 한국사회의 배타성과 폭력성을 효과적으로 고발한다.

"내가 대장이야. 나는 내가 하고 싶은 대로 할 수 있어." 장희 언니
가 말했다. 병수가 살짝 내 쪽으로 다가왔다. "안 돼, 너는 거기에도
있을 수 없어!" 언니가 소리쳤고, 병수는 꼼짝도 하지 않았다.
"내 구역에 있으면 돼." 나(필자 주 : 준희)는 병수에게 말했다.
"안 돼, 절대 안 돼."
"왜 안 된다는 거야? 나는 내 구역 안에서는 내 마음대로 할 수 있
어. 게다가 이 방의 절반은 내 거야."11)

패티 킴의 『아름다운 화해』도 『엄마의 집』처럼 유년시절에 초점을
맞춘 자전적 소설이다. 이 소설에서 모국의 풍경은 비록 가난하지만
가족들이 단란한 행복을 누리던 시절로 기억된다. 그러나 이 행복한
시절은 난폭한 할아버지로 상징되는 현실의 개입에 의해 파괴되고 아
버지는 쫓기듯 미국으로 이민을 떠난다. 여기에서 모국의 이미지는 긍
정성과 부정성이 상호 교차하는 애증의 형태임을 알 수 있다. 이러한
모국의 이미지는 주인공 소녀 안주가 미국의 제도권 교육을 받으면서
그리움보다 부끄러움의 대상으로 변질된다. 풍요로운 초강대국 미국과
비교해보면 전쟁과 궁핍으로 점철된 모국은 열등한 존재로 안주에게
인식되었던 것이다. 안주는 친절한 미국인 선생님의 부탁에도 불구하
고 몸에서 간장과 메주 냄새가 난다며 한국에서 온 전학생 선주를 도
와주지 않는다. 이러한 안주의 반응은 미국이 동양 한국을 바라보는
편협한 오리엔탈리즘의 시선을 내면화하고 있음을 의미한다. 안주의
한국에 대한 부정적 생각들은 가정 해체의 주범인 아버지와 화해하고
한국계 미국인으로서의 자아정체성을 형성하며 극복되기 시작한다.

---

11) 헬렌 킴, 『엄마의 집』, 정영문 옮김, 작가정신, 2001, 101쪽.

4살 때 미국으로 이주한 이혜리(Helie Lee, 1964년 서울 출생)의 『할머니가 있는 풍경』(*Still Life with Rice* 1996)은 구한말, 일제식민지 시대, 해방기, 한국전쟁, 전후에 걸친 격동의 현대사 속에서 파란만장한 삶을 살았던 외할머니의 자전적 삶을 기록한 다큐멘터리 형식의 소설이다. 미국의 서부 개척시대의 영웅을 떠올리게 하는 주인공인 백홍용 할머니는 일제의 탄압, 가부장적 봉건 유교질서의 성적 차별, 한국전쟁이라는 고난 속에서도 굴하지 않는 진취적 여성의 삶을 보여준다. 여기에서 모국은 전반적으로 백홍용의 삶을 좌절시키거나 위축시키는 장애물의 형태로 등장한다. 이 소설은 미국 독자에게 한민족의 험난한 수난사를 알려주지만 동시에 일제식민지와 한국전쟁, 궁핍이라는 모국의 부정적 이미지를 확인시켜주는 역할을 하기도 한다. 비극적인 한민족의 수난사는 10살 때 미국으로 이주한 차학경(Theresa Hak Kyung Cha, 1951년 부산 출생)의 『딕테』(*Dictee* 1982)에서도 등장한다. 포스트모더니즘의 해체서사를 선보인 차학경은 몽타주와 콜라쥬의 기법을 적절히 활용해 한국의 현대사를 조명한다. 차학경이 고통스러운 한국의 현대사를 소설화하는 것은 묻혀진 기억의 복원 차원이다. 작가는 기억은 결코 부패되지 않는다는 신념을 갖고 있다. 그의 소설이 과거사를 들춰 기록하는 것도 잊혀진 역사를 후대의 사람들에게 알리려는 의도에서 나온 것이다. 차학경이 기억하는 모국의 모습은 일제식민지의 탄압과 그것에 맞서 싸운 유관순, 한국전쟁, 민주화의 투쟁을 벌인 4·19혁명 등 한국의 고통스러운 역사이다. 한민족의 수난사는 노라 옥자 켈러의 『종군위안부』에서도 나타난다. 일제식민지 시대에서 종군위안부로 팔린 김순효는 군대 위안소에서 새로운 이름인 '아키코'로 명명된다. 이것은 일본제국에 의해 한국적 정체성이 강제로 소멸되고 일본제국에 봉사하는 피식민지의 타자로 재탄생되었음을 의미하다. 일제의 성적 대상물로 전락한 순효의 몸은 국권을 상실한 식민지 조선의 현실을 다시 한번 상기시켜준다. 종군위안부를 소재로 한 한국계 미국소설은 식민지 조선인 여성 끝애가 등장하는 이창래의 『제스처 라이프』도 있다.

이처럼 한국계 미국작가들이 주로 형상화하는 모국의 풍경은 작가의 자전적 추억담이거나 고통스러운 한국의 현대사이다. 미국사회에서 사회적 열등감에 휩쌓여 타자의식을 체험했던 한국계 미국작가들은 불행한 한국의 현대사와 조우하면서 동병상린(同病相憐)의 감정을 교감한다. 고통스러운 한국의 현대사와 미국사회에서 소외된 타자인 작가 자신이 일체화된 동질성으로 묶여졌던 것이다. 이러한 동질성의 경향은 모국 체험이 많은 1세대 작가가 더 강하다고 볼 수 있다. 이에 비해 모국의 체험이 미흡한 1.5세대의 작가들은 모국과의 정서적 일체감은 상대적으로 덜하다. 1.5세대 작가들은 미국 주류 사회의 차별과 냉대를 겪고 어른이 되면서 모국과의 유대의식을 예전보다 강하게 느낀다. 그들은 모국의 형상화를 통해 이러한 동질적 유대의식을 더욱 확장시킨다. 이것은 모국에 대한 충성심의 차원이라기보다 정체성의 확인 차원에서 이루어진 것이다. 영문학자 임진희는 "한국계 이산자의 자아상에는 피식민의 고통과 조국에 대한 충성의 강박관념이 들어 있다. 이들은 자신의 정체성을 두고 온 조국의 정체성과 동일시한다"[14]라고 말한다. 하지만 이런 주장을 한국계 미국문학 전체에 적용하기보다 일부 작가나 작품의 경향으로 해석하는 것이 적절하다고 보여진다. 1세대와 후속 세대가 다르고, 개별 작가나 작품마다 편차가 있을 수 있기 때문

---

14) 임진희, 『한국계 미국 여성문학』, 태학사, 2005, 40쪽.

이다. 한국계 미국문학에서 모국의 형상화가 많다고 하여 이것을 모국에 대한 충성심으로 바로 연결시키는 것은 논리의 비약일 수 있다.

　1.5세대의 한국계 미국작가들이 형상화하는 모국의 풍경은 주로 과거사이기에 모국의 현재에 대한 성찰이 대체적으로 부족하다. 이것은 모국 체험과 정보 부족에서도 기인하지만 한국계 미국작가들이 기본적으로 갖고 있는 문제의식의 대상은 한국보다 당대의 미국사회이기 때문이다. 그런데 1.5세대 한국계 미국작가들이 주로 모국의 과거 수난사를 반복적으로 형상화하다 보니 발전된 모국의 모습보다 부정적인 이미지가 더 많이 전달된 것이 사실이다. 한국계 미국작가가 형상화한 민족의 수난사와 모국의 부정적인 모습의 반복은 영화 「매쉬」(*M.A.S.H* 1970) 등이 보여준 한국에 대한 부정적 이미지를 강화시키는 역할을 수행했던 것이다. 이러한 난점을 극복하려면 모국의 과거사나 수난사만이 아니라 다양한 모습을 형상화하는 작업이 필요하다. 이렇지 못할 때 한국계 미국작가의 모국 형상화는 매너리즘에 빠지거나, 왜곡된 오리엔탈리즘을 강화시킬 가능성이 농후하다. 초등학교에서 손금을 봐주는 안주(패티 킴의 『아름다운 화해』), 산 자와 죽은 자를 잇는 무당이 된 아키코(김효순)(노라 옥자 켈러의 『종군위안부』), 중국에서 신비한 지압술을 배운 백홍용(이혜리의 『할머니가 있는 풍경』)의 모습은 동양 한국의 풍경을 비합리성의 신비로움으로 만든다. 이것은 문명화의 사명을 공공연히 표출한 서구가 전형적으로 생산하던 오리엔탈리즘 담론의 전형적인 서사 방식과 닮아 있다.

　또 1.5세대 한국계 여성작가들이 소설 속에서 부정적인 한국 남성이나 여성화된 한국 남성을 등장시키는 것이 미국 독자들에게 왜곡된 오리엔탈리즘을 강화시킬 수도 있음을 알아야 한다. "서구문학은 타자의 이미지를 강화함으로써 자신들의 제국주의적 패러다임에 장애가 되는 소수인종남성들의 남성성을 제거하는 메카니즘을 도입"[15]했기 때문이다. 예를 들어『영원한 이방인』『종군위안부』『엄마의 집』『아름다운 화해』에서 동양 한국의 남성들은 대개 가부장적 유교질서를 고수하는 폭력적, 억압적 인물로 등장한다. 그렇지 않으면『할머니가 있는 풍경』처럼 남성적 권위를 상실하거나『아름다운 화해』처럼 여성이 주로 맡아왔던 요리를 하는 한국인 남성이 등장한다. 이러한 풍경들의 반복은 동양에 대한 부정적 이미지를 강화시키거나 동양을 여성화하여 남성화된 서구의 우월적 구도를 항구불변의 서열체계로 고착화시킬 위험성이 있다. 따라서 한국계 미국작가들은 작품을 형상화 할 때 서구의 오리엔탈리즘을 해체하여 재구성하는 탈식민의 작업을 병행해야 한다.

4. 문명화의 사명과 제국의 위선

1.5세대 한국계 미국작가들에 의해 그려지는 미국의 모습은 어떠한 것일까? 20세기초부터 시작된 미국 이민은 최근까지도 계속 이어지고 있다. 한국보다 좀더 나은 현실에서 살고 싶은 자연스러운 욕망이 이 이민 열풍의 근저에 자리한다. 미국으로 이민 온 한인들은 미국 주류에 편입하기 위해 소수집단으로서의 민족적 정체성보다 동화의 길을 선택했다. 한인들은 열심히 일한 덕분인지 1960년대 미국사회에서 모범 소수민족이라는 평가까지 받는다. 이처럼 한국계 미국인이 미국사

---

15) 권혁경 임진희, 「아시아계 미국문학 연구 : 변방적 자아상의 표현」, ≪현대 영미소설≫ 제5권 2호, 1998, 한국현대영미소설학회, 253쪽.

회에 편입하는 것은 큰 무리없이 진행되고 있는 것으로 보여졌다. 그러나 1992년 4월 29일 로스앤젤레스의 폭동을 겪으면서 한국계 미국인들은 미국사회에서 소수자 집단이라는 것을 뼈저리게 체험한다. 한국계 미국인은 오랫동안 자신들이 백인보다 열등하지만 흑인보다 우월한 존재라는 인종차별주의적 시각을 내면화했다. 하지만 그것은 또 다른 인종차별주의의 심화로서 소수인종간의 갈등과 분열을 조장했던 것이다. 4·29폭동은 한국계 미국문학에 소수인종의 정체성에 대한 자각과 상호 대화를 강조하는 다원주의적 흐름을 강화시킨다.

한국계 미국작가 1세대인 강용흘, 김용익, 김은국 등에서 미국을 직접적으로 다룬 작품은 많지 않다. 1세대 작가들은 가장 자신이 잘 알고 있는 모국의 형상화를 통한 이국취향의 작품으로 다른 미국작품과 차별성을 획득할 수 있었기 때문이다. 1세대 작가 중에서 미국을 형상화한 대표적 작가는 한국계 미국문학의 원조격인 작가 강용흘이다. 강용흘은 『동양선비 서양에 가시다』(East Goes West 1954)에서 미국에 도착한 젊은 청년 한청파가 미국의 인종차별주의적 벽을 깨고 '대영백과사전'의 편집위원, 대학 강의, 백인 여성과의 교제 등 성공적인 길을 걷는 동양인의 모습으로 등장한다. 작가 강용흘의 분신인 한청파에게 미국은 능력만 되면 모든 것을 이룰 수 있는 기회의 땅이다. 한청파는 미국의 인종차별주의 정책을 부분적으로 비판하지만 그러한 비판은 미국이 지닌 장점을 부각시키는 효과를 낼 뿐이다. 동양 조선은 나름대로의 독특한 문화가 있지만 서구적 근대에 도달하지 못한 열등한 문화라는 것이 『동양 선비 서양에 가시다』가 생산하는 지배적 담론이다. 동양 선비가 다시 동양으로 돌아가지 않고 서양에 머물러 사는 것도 서구 독자들에게 좀더 발달한 문명 세계에서 살고 싶은 동양인의 자발적 욕망으로 비쳐진다.

이처럼 1세대 한국계 미국작가들에게 미국은 비판의 대상보다 매혹의 대상이었고, 자신의 소설이 초강대국 미국에서 인정받는 것이 세계에서 인정받는 것이라는 자부심을 갖고 있었다. 이런 상황에서 1세대 작가들의 미국에 대한 비판적 목소리가 전면화되는 것을 기대하기 어렵다. 작가 강용흘이 미국에 대한 입장은 작중인물인 커비 상원의원이 한청파에게 설교하는 다음과 같은 목소리를 통해 확연하게 드러난다. 이것은 한국적 정체성의 부정과 미국적 정체성의 긍정을 의미한다.

> "그렇지, 젊은이. 당신이 아메리카에 머무르러 온 것을 나는 알 수 있어. 그래서 나는 기쁘고 자랑스러워. 자, 당신은 확고하게 아메리카 사람이 '되도록' 마음을 굳혀야 해. 누가 물으면 한국인이라고 하지 말아요. '나는 아메리카인'이라고 해요. 그러나 동양인은 아메리카에서 고생하지요. 그리 환영을 못 받으니까. 거기엔 하지만 하지만 따위의 변명이 있어서는 안 되지요. 당신의 온 마음으로 아메리카를 믿어요. 나는 많은 나라들을 보았어요. 그러나 여기는 역시 젊음을 위해, 온 인생을 위해, 또 야심적인 계획을 위해서 열려 있는 세계에서 가장 큰 나라지요.(중략)"[16]

1세대에 비해 1.5세대 한국계 미국작가들은 미국사회에서 교육을 받으면서 아름다운 미국이라는 환상에서 깨어난 세대이다. 1.5세대에게 미국은 더 이상 완전무결한 이상향의 세계가 아니다. 그러나 적어도 이 지구상에서 가장 쾌적한 삶의 조건을 가진 나라 중의 하나임을 인정한다. 따라서 1.5세대 작가들이 미국을 비판하더라도 그것은 미국체

---

16) 강용흘, 『동양선비 서양에 가시다』, 유영 옮김, 범우사, 2000, 419쪽.

제에 대한 전면적 부정이 아니라 좀더 나은 세계를 건설하기 위한 조언의 성격이 강하다. 1.5세대의 대표적 작가인 이창래는 『영원한 이방인』에서 소수인종에 대한 차별을 드러내는 미국을 비판적으로 형상화한다. 백인인 릴리아와 황인종인 헨리 박의 사이에서 태어난 아들 밋은 동네 아이들에 의해 혼혈아를 비하하는 '멋, 몽그럴, 해프브리드, 바나나, 트윙키'라는 비속어의 언어로 호명된다. 아이들은 밋을 혼혈아라고 놀리며 입에 흙을 넣기도 한다. 미국의 이상을 신봉했던 자유주의자 릴리아는 이 사태에 분노하며 미국 사회의 치부를 발견하게 된다. 릴리아는 혼혈아가 얼마나 소중한 존재인지를 언급함으로써 밋이 사회적 열등감을 갖지 않도록 한다. 하지만 7살의 밋이 아이들과 놀다가 사망하게 된 사건은 미국사회에서 소수자로서 동양 혼혈인의 삶이 받아들여지지 않는 세태를 상징적으로 보여준다. 차기 뉴욕시장의 유력한 후보였던 한국계 미국인 존 강이 정치적으로 파멸하는 것도 소수인종에 대한 배타적인 미국사회를 상징한다.

작가 이창래는 미국의 인종차별주의를 비판하지만 동시에 동양 한국을 왜곡되게 바라보는 측면도 존재한다. 『영원한 이방인』에 등장하는 모국의 풍경은 가부장적 유교질서, 전근대성, 비합리성을 지닌 전근대성의 야만적 이미지로 등장한다. 헨리 박의 아버지는 모국에서 명문대를 졸업하고 석사 학위까지 받은 최고의 엘리트이다. 이런 아버지가 미국 이민을 온 것은 "농촌 출신은 서울에서 어느 선까지밖에 못 올라간다"[17]는 지역주의 때문이라고 말한다. 그런데 이것은 작가 이창래의 한국사회에 대한 무지에서 초래된 것이다. 헨리 박의 아버지가 미국으

---

17) 이창래, 『영원한 이방인』, 정영목 옮김, 나무와숲, 2003, 108쪽.

로 이민을 온 시기는 1960년대로 추정된다. 이 시기는 한국사회에서 지역주의의 문제가 심각했던 시기가 아니다. 지역보다 심했던 것은 학벌로 인한 차별이었다고 볼 수 있다. 현재 한국의 문제점인 지역주의를 과거의 역사에까지 소급시켜 적용하는 것은 문제가 아닐 수 없다. 이창래처럼 부정확한 정보를 사용하는 오류는 차학경의 『딕테』에서도 보인다. 이 소설에서 차학경은 한반도를 그린 지도를 수록한다. 문제는 이 지도가 '동해'를 'Japan of sea'로 표기했다는 점이다. 아마도 이 지도는 미국 현지에서 구입했을 것으로 추정된다. 일본제국의 폭력적 만행과 민족적 정체성을 강조하는 소설에서 역사를 왜곡한 일본의 입장을 대변하는 지도를 아무 생각없이 사용한 것은 분명 작가 차학경의 잘못이다. 『딕테』에서 지도는 단순하게 책을 장식하는 소품이 아니라 중요한 문학적 장치로 사용되고 있다는 점에서 더욱 그러하다. 한국계 미국작가들은 모국의 문화와 역사를 형상화하기에 앞서 모국에 대한 충분한 공부가 더 필요해 보인다.

　미국에 대해 전면적인 비판의 시선을 던진 것은 작가 노라 옥자 켈러이다. 노라 옥자 켈러의 『종군위안부』의 주인공 김순효는 선교하는 목사인 남편을 따라 미국의 각지를 둘러보면서 경제적 풍요로움을 발견한다. 미국의 풍요로움은 필요한 물품만을 생산하는 것이 아니라 필요 이상의 물품들을 생산하고 소비시키는 낭비의 전시장이다. 김순효는 높은 빌딩들에 가려진 짙은 도시의 그늘을 확인하면서, 미국의 도시들을 '똥 계곡'처럼 인식한다. 처음에 미국을 보면 반짝이는 아름다운 환상의 세계처럼 보이지만 오랫동안 그 안을 걸어가면 그 꿈이 공허하고 거짓된 것임을 깨닫게 된다는 것이다. 이 미국에서 아시아의 소수인종인 김순효는 "우리는 이 나라에서 어떠한 얼굴도, 어떠한 자리도 없다는 것을 깨닫게 된다."[18] 미국은 순효에게 자신의 꿈을 실현하는 낙원이 아니라 자신이 예전에 살았던 식민지 조선과 비슷한 땅일뿐이다. 미국은 자신이 행사하는 억압과 폭력을 다른 제국주의와는 다른 예외주의를 적용한다. 이것을 통해 미국은 제국주의의 혐의를 벗고 세계의 평화와 안정을 수호하는 정의의 경찰이라는 이미지를 만들어낸다. 그러나 그것이 기만적인 허구였다는 것은 미국을 제외한 많은 나라들이 알고 있는 사실이다.

순효의 남편인 브래들리 목사는 '빛을 전파하며 신비한 동양에서의 경험'이라는 설교를 할 때면 꼭 순효를 한복 차림으로 대동한다. 이때 순효는 야만인 동양에서 문명의 선구자인 브래들리로 상징되는 서구에 의해 구원을 받은 열등한 하위주체이다. '서구=빛=문명, 동양=어둠=야만'이라는 이분법적 대립체계 속에 브래들리 목사의 말씀을 듣는 미국 청중들은 자연스럽게 문명화된 국민으로서의 만족감과 자랑스러움을 확인하게 된다. 우리는 이 부분에서 기독교와 결합된 문명화 담론이 일종의 차별적 식민담론이었음을 확인할 수 있다. 조선의 고유 복장인 한복은 민족적 정체성을 드러내는 표지가 아닌 야만을 환기시키는 상징적 기호로 변질된다. 브래들리 목사가 순효에게 평상시에 입히는 하얀 블라우스와 담청색 스커트는 목사 아내의 전형적인 복장으로서 서구에 의해 문명화된 순효의 상태를 상징한다. 이러한 서구 우월 대 동양 열등이라는 오리엔탈리즘은 서구가 동양을 지배하기 위한 기만적인 이데올로기의 공세이다. 순효는 목사 아내가 입어야 하는 정장을 감사하는 마음으로 입는 것이 아니라 오히려 '나체'가 되는 정반대의 수치

---

18) 노라 옥자 켈러, 『종군위안부』, 박은미 옮김, 밀알, 1997, 159쪽.

스러운 느낌을 갖는다. 이것은 서구가 동양에서 행한 거룩한 문명화의 임무가 실패로 끝났음을, 문명화의 사명이 동양을 지배하기 위한 자기 기만적 제국주의 담론이었다는 것을 폭로한다. 노라 옥자 켈러는 미 제국을 상징하는 브래들리 목사의 기만적 모습을 통해 미 제국의 위선을 비판하고 있는 것이다.

> "가르치거나 연구하거나 말씀을 전할 수 있도록 초대받는 곳은 어디든지 갔다. 나는 그가 '빛을 전파하며 신비한 동양에서의 경험'이라는 강의를 할 때 한복을 입고 옆에 서 있곤 했다.
> 강의를 하는 장소가 아닐 때 남편은 나에게 허리를 꼭 죈 하얀 블라우스와 엉덩이에 착 달라붙고 무릎을 거의 덮지 않은 담청색 스커트를 입혔다. 나는 그 옷이 내 몸에 닿자 나체임을 느꼈다. 그러나 그 옷은 목사 아내로서 입어야 하는 정장이었다.[19]

노라 옥자 켈러는 미 제국의 위선을 전면적으로 비판하고 있지만 대부분의 1.5세대 한국계 미국작가들은 미국에 대해 우호적이다. 그들에게 있어 미국은 새로운 조국이기 때문이다. 패티 킴의 『아름다운 오해』에서 주인공 안주는 미국 교사의 따스한 보살핌 속에 가족 해체와 낯선 땅에 대한 불안감을 극복하고 성공적으로 미국땅에 정착한다. 안주의 소설이 뉴욕 타임지에 실리고 결혼도 하는 모습에서 미국은 동양인에게 기회의 땅이라는 인식을 독자에게 심어준다. 이창래의 『영원한 이방인』에서 헨리 박의 아버지는 청과상을 경영해 많은 부를 축적한다. 『제스처 라이프』(A Gesture Life 1999)에서도 한국계 일본인으로서 2

---

19) 노라 옥자 켈러, 앞의 책, 154쪽.

차세계대전이 끝나고 미국으로 이주해온 프랭클린 하타는 의료기기 가게를 운영해 부촌에서 큰 저택을 소유한다. 예절 바른 하타는 부유한 재산뿐만이 아니라 원주민인 미국 사람들에게 존경받는 동양인이기도 하다. 이처럼 1.5세대 한국계 미국문학에서 열심히 일한 한국계 미국인들은 대부분 자신이 종사한 분야에서 성공을 거두어 미국의 중산층 내지 상류층으로 신분 상승하는 모습을 보여준다. 노라 옥자 켈러같은 예외적 존재도 있지만, 대부분의 1.5세대 한국계 미국작가들은 미국을 인종차별의 문제에도 불구하고 기꺼이 살만한 근대문명의 세계로 형상화하고 있는 것이다.

5. 한국계 미국문학의 가능성과 한계

미국은 백인들이 주도해서 만들어진 국가이다. 미국은 신대륙에서의 노동력 부족 현상 때문에 아프리카계 흑인, 아시아인을 받아들였을 뿐 그들에게 동등한 권리를 주어야 한다는 것을 처음부터 생각조차 하지 않았다. 이러한 백인중심주의적 태도는 21세기인 현재까지도 정도의 차이는 있지만 주류 사회에서 계속 생산되고 있다.[20] 미국 문단의 주류는 오랫동안 소수인종의 문학을 주변으로 취급하고 백인 작가들의 작품을 중심에 놓는 인종차별주의 태도를 견지해왔다. 이러한 흐름에 변화가 생기기 시작한 것은 1960년대의 흑인 민권운동, 다원주의적 문

---

20) 2008년 미국대통령 선거에서 흑인인 민주당의 오바바가 공화당의 매캐인 후보를 누르고 당선되는 역사적 사건이 있었다. 흑인 대통령의 출현은 주류 백인들의 인종차별주의를 약화시키는 결정적 계기가 될 것이다.

화관 등이 가시적 성과를 보여준 20세기 후반이다.

1990년대를 전후하여 폭발적인 성장세를 보인 한국계 미국문학은 민족 고유의 언어와 문화를 유지하면서도 미국 사회에 동화되려는 이 중적 태도를 보여준다. 소수인종이자 소수민족인 한국계 미국작가들은 모국의 형상화를 통해 집단적 유대감과 민족적 동질성을 확인한다. 1.5 세대의 소설에서 모국의 형상화는 모국에 대한 충성심보다 민족적 정체성의 자각을 통한 미국사회에서 당당하게 살아보려는 욕망에서 비롯한 것이다. 1.5세대 한국계 미국작가들이 형상화하는 이국취향적 모국의 풍경은 대부분 수난사이거나 추억담의 형태로 등장한다. 이때 모국은 긍정적 이미지보다 상명하복의 가부장적 유교질서, 비합리성, 전근대성, 궁핍, 전쟁이라는 부정적인 풍경으로 대개 등장한다. 모국의 형상화는 집단적 공동의 기억을 형성하여 민족적 정체성을 유지하는 중요한 수단일 수 있다. 하지만 지나친 민족적 정체성의 부각은 미국사회로의 동화를 가로막으면서 소수인종의 문학으로서 고립할 위험성이 있고, 민족 내부의 연령·성·계급 등 다양한 차이들이 무시될 수도 있다. 또한 모국의 비극적 수난사를 반복하는 것은 미국독자들에게 한국에 대한 부정적 이미지를 고착화시킬 위험성이 있다.

1.5세대의 한국계 미국작가들은 1세대 작가와 달리 미국의 인종차별주의와 배타적 질서를 간헐적으로 비판해왔다. 그러나 이러한 문제점에도 불구하고 미국은 전체적으로 보면 합리성을 지닌 긍정적 문명 세계로 형상화된다. 물론 노라 옥자 켈러같이 소설에서 미국에 대한 전면적 비판을 한 예외적 존재도 있다. 하지만 대부분의 1.5세대 미국소설에서 미국은 후진국 출신의 동양인이더라도 열심히 일하면 성공을 얻을 수 있는 기회의 땅으로 등장한다. 미국을 긍정적으로 바라보려고

노력하는 1.5세대 작가들의 기본적 시각은 약소자적 위치에서 오는 불안감, 현재의 조국인 미국에 대해 충성하려는 강박관념, 문명화된 초강대국에서 살고 있다는 자부심이 복합적으로 반영된 결과이다. 그러나 이러한 이유들이 서구가 만들어낸 오리엔탈리즘의 편견과 고정관념을 정당화시킬 수는 없다. 한국과 미국의 중간지대에 있는 한국계 미국작가들은 왜곡된 오리엔탈리즘과 옥시덴탈리즘을 넘어 양국 내지 동서양의 상호이해를 넓히는 데에 일조해야 한다. 그것은 한국(또는 동양)과 미국(또는 서구)이 공존하고 화해할 수 있는 경계선의 접점을 만드는 일이기도 하다.

이처럼 한국적 정체성과 미국적 정체성을 공유하는 한국계 미국작가들은 혼종적 정체성을 통해 양문화가 지닌 모순과 한계를 뛰어넘을 수 있는 대안을 제시할 수 있다. 이것을 위해 다른 소수인종과의 연대도 필요하다. 백인 중심의 미국문단에 대한 비판도 필요하지만 한국계 미국작가들도 자신의 문학작품이 질적 담보를 제대로 하고 있는지에 대한 매서운 성찰의 시선도 던져야 한다. 일부 한국계 미국작품들은 문학적 성취보다 이국주의 취향에 호소한 면이 분명 존재하기 때문이다. 한국에 소개된 한국계 미국작품 중에서도 단지 미국에서 호평을 받았다는 이유로 높게 평가했던 것은 아닌가 하는 반성적 물음도 필요하다. 이제 한국계 미국문학은 이국주의 취향을 넘어 문학적 보편성을 획득할 시점인 것이다. 이것의 출발은 소수민족의, 소수인종의 정체성을 기반으로 모국과 미국을 균형적으로 바라보려는 노력에서 시작될 수 있다.

중앙아시아 고려인의 디아스포라 소설과 민족정체성의 해체

1. 고려인 문학과 디아스포라(diaspora)의 욕망

유라시아 고려인들. 일명 러시아어로 '까레이쯔'라 불리우던 이들은 조선 정부의 북쪽 지역 차별 정책, 지방 관리들의 착취와 탄압, 대기근 속에 생존을 위해 연해주 지역으로 1863년에 처음 이주한다. 1917년의 러시아 혁명과 내전 속에서 볼세비키파에 적극 가담한 많은 고려인들은 사회주의국가 건설에 이바지하는 공적을 세운다. 고려인들은 스탈린의 강압통치 속에 1937년 중앙아시아로 강제이주 되면서 민족정체성이 위기에 봉착한다. 이러한 상황에서 '고려인문학'은 고려인의 언어를 그나마 유지시키는 마지막 보루 역할을 담당한다. '고려인문학'은 1923년부터 간행된 고려인 신문인 ≪선봉≫, 고려인 문학의 창시자라 할 수 있는 소설가 조명희의 지원, ≪선봉≫에서 제호를 변경하고 1938년부터 발간한 ≪레닌기치≫ 신문 등에 의해 발전과 명맥을 유지하게 된다. 특히 ≪레닌기치≫는 소련 공산당과 정부의 결정 사항을 독자에게 알려 고려인들의 체제 동참을 독려하는 친체제 성격의 신문이다. 이러한 한계점에도 불구하고 ≪레닌기치≫는 1958년에 문예면을 신설해 '고려인문학'을 유지 발전시키는 데에 중요한 몫을 담당한다. 이 신문은 프롤레타리아 국제주의를 표방한 소련의 이데올로기를 대변하는 입장이었기에 민족정체성이 부각된 고려인들의 작품을 찾기는 쉽지 않다. 고려인문학은 강제이주 전에 주로 항일독립투쟁과 민족정체성의 발현을 중심으로 이루어졌다면, 그 이후는 사회주의 건설과 개인 간의 일상사에 창작의 역량을 집중시킨다.[1] 이것은 사회주의 리얼리즘 원칙과 소수민족의 열악한 처지가 맞물려서 나타난 현상이다.

강제이주와 관련한 것들은 고려인작가들에게 오랫동안 표현할 수 없는 대표적 금기였다. '강제이주'라는 기호는 스탈린으로 대변되는 혹독한 정치적 탄압을 상기시켜 공산체제에 대한 일종의 저항이나 불만의 표출로 해석될 수 있었기 때문이다. 또한 내부적으로도 강제이주의 기억은 큰 저항없이 순응해야만 했던 고려인들의 치욕스러운 역사를 들추어보는 것이기도 했다. 이처럼 강제이주와 관련한 모든 것들이 공산정권과 고려인 모두에게 부담스러운 계륵같은 존재였던 것이다. 이 와중에 강제이주의 진실은 역사의 저켠으로 사라져버린다. 고려인 문학에서 강제이주는 오랫동안 망각되었거나 우회적으로 간략하게 처리된다. 그렇지만 강제이주의 사건은 소련 체제에서 살아가는 모든 고려인들을 짓누르는 원초적 기원으로 자리하면서 현재를 살아가는 삶의 방식을 규정한다. 강제이주로 인해 고려인들에게는 두 개의 고향이 존재

---

1) 채수영은 「재소 교민문학의 특징」(≪문화예술≫ 132호, 1990.7, 31-33쪽)에서 고려인 소설의 특징을 ① 사랑과 휴머니즘을 표현, ② 가정사를 중심으로 한 동양적 사고방식을 유지하려는 복고풍, ③ 전원무대를 중심으로 공존의 관계를 모색, ④ 자연주의적 사고에서 오는 순박한 인정이 동물과 인간이 교감하는 현상 등이 나타난다고 분석한다.

하게 된다. 하나가 강제이주 당하기 전 생활했던 연해주라면, 굶주림과
일제의 탄압에 의해 쫓기듯 이주해왔지만 자신의 조상이 살던 '조선'이
다. 이러한 고향들은 추방당하거나 빼앗긴 역사를 지닌 고려인들의 심
리적, 원초적 자궁 역할을 담당한다. 고려인 작가들은 "공산치하에서는
제 고향을 마음대로 노래 할 수 있는 그런 자유를 박탈당하며 창작해
야만 했다."[2] 그러면 그럴수록 고려인 작가들의 무의식에는 '연해주와
조선'에 언제가 반드시 돌아가리라는 디아스포라[3] 욕망이 숨 쉬게 된
다. 마음대로 갈 수 없기에 더 안타까운 심정으로 욕망할 수밖에 없는
'고향'. 이 고향의 이미지는 고려인들이 중앙아시아에서 박해를 박거나
어려운 처지에 빠지게 되면 강렬한 흡인력을 내뿜는다. 디아스포라의
욕망은 공산체제가 강력하게 작동할 시기에는 잠복되어 있다가 소련이
균열하면서 다시 수면 위로 부상한다.

특수한 상황에서 성장한 고려인 문학을 연구하는 데에 있어 기존의
한국문학을 접근하는 방식은 상당 부분 유효하지 않다. 고려인 문학을
문학작품으로 접근하기보다 고려인들이 어떠한 삶을 살아왔는지 검토
할 수 있는 유효한 자료로서 다가가는 문화론적 접근방식이 더 생산적
결과를 가져올 수 있을 것이다. 본 논문은 이러한 논리의 연장선에서
1960-80년대 구소련권 중앙아시아 고려인 작가들이 창작한 소설들을
중심으로 하여 디아스포라 욕망이 어떻게 억압되고 변용되어 왔는지
살펴보고자 한다. 그것은 궁극적으로 고려인들의 민족정체성이 어떻게

2) 박현, 『꼴호즈의 들길에서』, 의성출판사, 1997, 4쪽.
3) 이산(離散)을 가리키는 디아스포라는 원래 고대 이스라엘에서 예루살렘 신
   전이 파괴된 후에 세계 각지로 흩어져 살게 된 유태인이나 그 지역을 지칭
   하는 말이다. 그러다가 요즈음에는 의미가 확대되어 조국이나 원래의 거주
   지에서 추방된 민족이나 무리들을 일컫는 말로 확장된다.

변화되었는지 고찰하는 일이기도 하다.

2. 절멸이라는 집단 공포와 소비에트 국민되기

　고려인들은 1937년에 스탈린에 의해 중앙아시아로 강제이주 되면서 자칫 잘못하면 자신들이 절멸할 수 있다는 집단적 공포를 경험한다. 강제이주 사건 속에 고려인들은 소련체제를 성립시키는 데에 일조를 담당했다는 자존심이 여지없이 뭉개졌고 그에 비례해 스탈린 체제에 대한 배신감도 커졌다. 그렇지만 그러한 분노의 감정은 생존의 본능 앞에 억압되어지면서 당대 지배체제에 더욱 더 충성하지 않으면 안된다는 절박감으로 대체된다. 강제이주 사건은 언제라도 그와 유사한 일이 발생할지도 모른다는 공포와 불안을 고려인들에게 심어주었던 것이다. 이러한 고려인들의 집단적 외상 체험은 소비에트에 완벽하게 동질화됨으로써 위험을 회피하려는 소수민족의 생존 전략을 채택하게 만든다. 한반도에서 수천킬로나 떨어진 고립된 섬 같은 중앙아시아 지역에서 고려인들에게 게릴라식 저항과 같은 대안은 존재하기 힘들었던 것이다.

　이제 고려인들은 강제이주와 관련한 모든 기억을 무의식의 어둠으로 밀어넣어 감금시킨다. 그들은 스탈린 시대(1928~53)에 강제이주를 언급하는 것 자체가 소련 체제에 저항하는 것으로 오해받을 수 있다고 생각했던 것이다. 강제이주라는 집단적 외상은 집단농장인 콜호즈에 같이 소속된 고려인 사이의 교류마저도 꺼리게 만든다. 이것은 집단의 모임이 세력화된 민족주의적 행동으로 비쳐질 점을 우려했기 때문이다. 고려인들은 집단적 모임에서 자칫 스탈린 체제에 대한 비판이나 민족정체성을 드러내는 발언을 하면 끌려가 처형 당할지도 모른다는 극도의 공포와 불안을 느꼈던 것이다. 그래서 고려인들은 가급적 집단적 모임을 꺼려했다. 그들은 고려인들과 어울리기보다 러시아인이나 중앙아시아인들과 어울림으로써 민족정체성의 억압과 프롤레타리아 국제주의의 신봉을 대내외적으로 과시하고자 했다. 그 대신 고려인들은 사적 관계인 친척을 중심으로 한 가족 모임을 활성화시킨다.[4] 일부 고려인들은 프롤레타리아 국제주의를 표방한 소련 체제에서 민족어 교육도 민족 정체성을 드러낼 수 있다고 하여 민족어 학교의 폐쇄와 러시아어 학교의 설립을 요구하게 된다. 소련 정부는 1938년에 민족어 학교의 폐쇄와 러시아어 교육을 강제하게 된다. 고려인들은 단일한 지역에 뭉쳐 사는 것이 아니라 흩어져 살았기에 일상 생활에서도 민족어의 사용은 점차 줄어든다. 상상의 공동체인 민족이란 범주를 성립시키는 가장 기초적 조건 중의 하나가 언어의 동일성이라는 점을 상기할 때, 민족어의 위축은 고려인들이 지닌 민족정체성의 붕괴를 촉진시킨다.

레닌으로 대표되는 공산주의자들은 부패한 차르의 러시아제국을 무

---

4) 유게라씸은 연대의 고리를 상실한 고려인들의 형편을 다음과 같이 서술한다. "어부는 물고기를 먼데서부터 보지만 조선사람은 가까이에서도 조선사람을 보지 못한다고 말할수 있다. 여기에는 심리적 원인만이 아니라 사회정치적 원인도 있다. 조선에서만 박해당한 것이 아니라 개인숭배시기에 로씨야에서도 박해당한 조선인들은 자체의 그림자도 무서워하였다. 그들은 한 생산집단에서 조선인이 몇명 일하면 민족주의에 대한 기소를 받을가 두려워하였다. 때문에 그들은 생산에서만 아니라 지어 집에서도 교제하지 않다. 한마디로 말해서 그들은 생산에서 호상고립의 불문율을 지침으로 삼았다." (「재쏘조선사람들」, ≪한국과 국제정치≫, 경남대 극동문제연구소, 1990, 267쪽)

너뜨리고 사회주의라는 환상을 통해 집권에 성공했다. 그렇지만 반소비에트파인 백위군, 히틀러의 독일, 러일전쟁에서 승리한 적이 있던 동아시아 강자인 일본 등이 겨우 사회주의의 첫발을 내딛은 소련 체제를 호시탐탐 노리고 있었다. 이와 같은 일련의 위기적 상황 앞에서 본래 혁신적이었던 공산 집단은 폐쇄적이고 중앙집권적인 체제로 변질된다. 스탈린은 역사의 최종 단계인 사회주의를 수호한다는 명목하에 강압통치를 합리화시킨다. 이 과정에서 '적과 아군'이라는 이항대립체계가 끊임없이 재생산된다. 소수민족인 고려인들을 일제 스파이라는 명목으로 강제이주시킨 것도 바로 이러한 배제와 차별의 이항대립적 이데올로기가 만들어낸 산물이다.

이런 상황에서 고려인 문인들은 문학작품을 통해 자신들이 소련 체제에 적대하는 적성민족이 아니라는 것을 힘주어 강조할 필요가 있었다. 고려인 작가들은 러시아인과 고려인의 공통의 적인 일본에 대해 항일무장투쟁을 벌인 전력과 내전 시기의 빨치산 활동을 적극 부각시킨다. 이것은 "바로 여기에 현재 한인들이 소련공민의 한 일원임을 말해주는 道德的, 合法的 근거가"5) 있기 때문이다. 이러한 계열의 소설로는 주가이 알렉쎄이의 「빨찌산 김이완」(1943), 우가이 블라디미르의 「용의 아가리」(1946), 김준의 「지홍련」(1960)·『십오만원 사건』(1964), 김세일의 『홍범도』(1965), 김기철의 「복별」(1969)·「금각만」(1982), 김남석의 「뜬구쓰 빠르찌산」(1971), 김원봉의 「빠르찌산 김안똔과 그의 일가」·전동혁의 「하모니까」·리동언의 「아름다운 마음씨를 가진 사람들」(1975), 남철의 「민들레꽃 필 무렵」(1983) 등이 있다. 이 중에서

---

5) 임채완, 「소련 한인사회의 현황과 과제」, ≪통일문제연구≫ 8집, 1991, 64쪽.

김기철의 「복별」은 해삼(블라디보스톡)에 이주한 조선 농민의 경제적 궁핍과 일본 제국의 폭력성을 형상화한 작품이다. 일본 제국의 괴롭힘과 지주의 침탈에도 불구하고 마을은 농민들의 부지런함 때문에 점차 살기 좋은 곳으로 변한다. 하지만 복별로 상징되는 이러한 행복은 백위군 기병의 습격에 의해 산산조각 난다. 이에 마을 남정네들은 총을 들어 대항한다. 결국 마을 남정네들 몇명은 볼세비키파인 적위군에 합류하여 소련 사회주의 정권을 세우는 데에 한몫을 담당한다. 마을 사람들은 적위군에 소속된 영남이 아버지, 복돌이 아버지, 노랑둥이 아버지를 확인하며 환하게 웃는다. 이 장면에서 사회주의 정권을 수립시키는 데에 공헌한 고려인의 과거사가 효과적으로 선전된다.

> 이윽고 강건너에 또 다른 기병들이 나타났다. 그들속에는 로씨야사람도 있고 조선사람도 있었다. 그들의 앞에는 낫과 마치와 별을 새긴 붉은기발이 휘날리였다. 그들은 절벽이라도 박차고 나갈듯한 기세로 말에 박차를 가하여 앞으로 내달리였다. 마을사람들은 환성을 올려 그들에게 축하를 보냈으며 그들은 손짓으로 그에 대답하였다.[6]

1884년 이전에 이주한 고려인들은 러시아 국적과 함께 토지를 할당받는다. 이들 초기에 입적한 고려인들을 원호인(元戶人, 原戶人)이라 하고, 그 이후에 와서 국적을 얻지 못한 고려인들을 여호인(餘戶人 : 流戶人이라고도 함)이라 한다. "부유한 원호인들은 소작과 품팔이로 생계를 유지했던 여호인들을 차별하고 착취, 압박하는 일이 예사였다."[7] 원

---

6) 김기철, 「복별」, ≪레닌기치≫, 1969.11.26, 3면.
7) 반병률, 「한국인의 러시아이주사-연해주로의 유랑과 중앙아시아로의 강제이주」, ≪한국사시민강좌≫ 28집, 2001, 79쪽.

호인 가운데 특히 부유한 원호인들은 반혁명파인 백위군에 가담하거나 일본군과 결탁하는 이들도 있었다. 이에 비해 상대적으로 경제적 약자였던 여호인들은 대개 노동자 농민이 중심이 되는 세상을 주장하는 볼세비키의 적위군에 동조하여 혁명군에 가담한다. 1922년 내전이 종식되고 소비에트체제가 성립하자 혁명에 참여했던 고려인들은 소련 국적이 부여되는 혜택을 누리게 된다. 김기철의 「칼자욱」(1961)·「복별」이나 한병연의 「대표증 제333호」(1967)는 원호인과 여호인들의 갈등, 사회주의 이념의 정당성을 홍보한 작품들이다.

소련 현대사에 있어 가장 큰 위기는 1941년 독일의 침공이다. 이 전쟁으로 인해 약 1,500만~2,000만 명의 소련 군인과 민간인이 죽거나 불구·부상·굶주림 등에 시달렸다. 물자의 손실도 엄청나 대대적인 재건 작업을 해야 할 만큼 광범위했다. 일명 '조국수호전쟁'이라 불리우는 이 전쟁에 고려인들은 적성민족이라는 누명을 벗을 좋은 기회였지만 병역의 기회가 주어지지 않아 참여하지 못한다. 그들은 대신 후방인 탄광, 군수공장, 산림벌채 등에서 노력전선에 투입되어 열악한 환경 속에서 누구보다 열심히 일한다. 그것이 적성민족이라는 누명을 씻을 수 있는 최선의 길이라 믿었기 때문이다. 고려인 작가들은 노력전선에 나간 고려인들을 소설에서 부각시키며 조국수호전쟁에서 당당히 후방에서 싸워왔음을 강조한다. 이 소설들은 직접 참전할 기회가 주어졌다면 러시아 내전 때처럼 고려인들이 용감하게 싸울 수 있었음을 우회적으로 암시한다. 이 계열에 속하는 작품은 김기철의 중편 「붉은 별들이 보이던 때」(1963), 김광현의 「이웃에 살던 사람들」(1970) 등이 있다.

로력전선에 간 춘삼이는 물론이고 인순이는 우리 나라 모든 사람들이 그러하듯이 전쟁의 첫날부터 원쑤를 몰아내는 그 성전에서 최후 승리할 앞날을 바라면서 마음과 물건으로 군대를 도우며 살아왔다. 인순이는 남에게 떨어질세라 국가공채도 한달봉급치씩 샀으며 군대기금에도 빠지지 않았다.

실로 이것은 오늘 와서도 인순이가 딸 영실이를 비롯하여 그 누구에게든지 떳떳이 이야기할수 있고 "우리 나라 사람들은 이렇다!"하고 어느 때나 자랑할수 있는 장한 일인 것이다.[8]

그러나 고려인들의 노력 투쟁은 제대로 평가받지도 못한 채 최전선에서 싸우지도 못한 열등한 민족이라는 오명을 뒤집어쓴다. 독일과 직접 싸운 러시아민족을 포함한 다른 민족들은 자신들이 조국수호전쟁에 직접 동참하여 희생을 감수하였기에 참전하지 않은 민족에 비해 우월한 위치에 있는 것이 당연하다고 생각했다. 즉 '참전/비참전'의 논리 속에서 상하 서열의 민족 서열제도가 합리화된다. 여기에서 역사적 진실은 중요하지 않게 취급된다. 중요한 것은 이분법적 논리를 통해 권력의 기반을 확실히 다지는 것이 중요할 뿐이다. 게다가 소수민족인 고려인들의 역량은 다수민족들에게 어떠한 해를 끼칠 보복력도 전무하다. 이것은 역으로 고려인들을 희생양 삼아 자신의 패권을 정당화시킬 수 있는 환경을 제공했다. 소비에트 국민의 범주에서 또 한번 제외된 결과는 고려인들을 더욱 더 소련 체제에 충성하도록 하는 채찍질이 된다. '소비에트 국민'으로 당당히 인정받으면 모든 고난에서 벗어나 행복하게 될 것이라는 환상은 조국귀환신화인 디아스포라의 욕망을 지속적으로 억압한다. 강제이주 후, 사회주의 환상 대 민족주의 환상이 대

---

8) 김광현, 「이웃에 살던 사람들」, 『씨르다리야의 곡조』, 카자흐스탄 알마아따, 사수출판사, 1975, 14쪽.

결하면서 승리했던 것은 항상 사회주의 환상이었던 것이다.

이런 상황에서 고려인 소설은 '소련군=러시아인=선'이라는 등가의 이미지를 선험적으로, 고정적으로 재생산한다. 자신들을 끊임없이 배제하고 차별하는 주류 집단을 향한 고려인들의 일편단심은 한 마디로 눈물겹다. 전동혁의 「위훈」(1971)이나 박성훈의 「살인귀들의 말로」(1985) 등에서 소련군은 고려인들보다 상위의 위치에서 은혜를 베푸는 시혜자로 등장해 위용을 과시한다. 민족의 구원과 박해라는 상반된 양면성 사이에서 고려인 작가들은 가해자라는 기억을 지워버리고 구원자로서의 이미지만을 계속 기억하는 자기합리화의 방어기제를 사용했던 것이다. 사회주의리얼리즘이 있는 현실이 아니라 있어야 할 현실을 그렸던 것처럼, 고려인 작가들도 그렇게 생각하고 싶은 욕망을 투영해 그렸던 것이다. 이러한 소설 형상화는 고려인문학이 소련당에 의해 통제받는 관제문학이라는 점, 소련 영향권에서 계속 살아갈 수밖에 없는 고려인의 처지가 반영된 현상이다.

소련은 민족정체성을 부정하고 프롤레타리의 정체성을 공식 표명해 왔다. 그렇지만 소련체제는 민족주의의 부정을 통하여 역설적으로 수적으로 압도적 우위를 점하고 있던 러시아 민족이 헤게모니를 장악한다. 따라서 '소비에트 국민되기'라는 이데올로기 장치는 오히려 민족적 불평등을 심화시킨다. 실제로 민족적 차별과 배제가 이루어지고 있는 상황에서 "소비에트인민은 오로지 가공의 인민이며 가공의 국민이었다. 이 소비에트인민은 국가정책 속에 이데올로기 속에 그리고 억압과 감시, 강제라고 하는 형식을 통하여 유지되었다."[9] 스탈린 사후에 고려인

---

9) 권희영, 「러시아 민족주의의 특징」, ≪정신문화연구≫ 55호, 1994, 98쪽.

은 이 허구적 이데올로기에 사로잡혀 열심히 충성한 대가로 '소비에트 이등국민'으로 자랑스럽게 편입한다. 적성민족으로 취급되어 천대받았던 과거에 비해 엄청난 신분상승이었지만 민족 차별의 본질은 그대로인 채 현상만 달라졌을 뿐이다.

3. 현지 적응의 동화전략과 주종 관계

중앙아시아는 연해주에 살던 고려인들에게 생소한 이방인의 지역이다. 중앙아시아에 살고 있는 토착 민족들은 본래 유목민족으로서 농경민족인 고려인과 문화에서 많은 차이를 보인다. 중앙아시아인들은 강제이주 된 초창기에 집이나 식량 등을 제공하여 고려인들에게 많은 도움을 준다. 중앙아시아의 카자흐스탄이나 우즈베키스탄 등은 자치주의 형태를 띠고 있었지만 러시아 민족이 다수를 차지하는 소련체제에서 현지인들은 소수민족인 고려인과 동병상련의 처지일 수밖에 없었다. 게다가 그 당시 중앙아시아는 흉작과 질병의 유행으로 인구가 대폭 감소되면서 식량 생산에 있어 막대한 지장을 받고 있었다. 중앙아시아는 연해주에서 황무지를 개척하여 벼농사를 시작한 근면한 민족인 고려인들을 통해 뒤처진 농업의 발전을 도모하고자 했던 것이다. 이와 같은 현실적 이유에서도 중앙아시아인들은 고려인을 비교적 따스하게 받아들인다. 고려인 작가들은 현지인들이 고려인과 함께 살아가야 할 공동운명체임을 소설을 통해 전달한다. 이 계열의 작품으로 김기철의 「첫사귐」(1938), 주동일의 「백양나무」(1970), 김 보리쓰의 「집으로 가는 길」

(1988) 등이 있다.

김기철의 「첫사귐」은 중앙아시아인과 고려인 사이의 첫 만남에 대해 이야기한 작품이다. 이 소설에서 우연히 도랑물이 터지게 된 것을 발견한 고려인 다사는 그것을 막으려다가 기절하고, 우연히 지나가다가 그녀를 발견한 카자흐스탄 사람들이 업고 오다가 마을 사람들이 오해하면서 갈등이 드러난다. 다사를 구원한 사람들이 오히려 그녀를 해친 범인으로 오인받는 장면에서 중앙아시아인들과 고려인 사이의 만남이 순탄하지 않음을 보여준다. 그렇지만 이 소설은 오해의 해소를 통해 고려인과 중앙아시아인이 공존해서 살아가야 함을 보여준다. 앞의 작품이 카자흐스탄인이 등장하였다면 김 보리쓰의 「집으로 가는 길」은 마음씨 착한 우즈베키스탄인이 출현한다. 고려인들은 카자흐스탄에 10만 정도, 우즈베키스탄에 20만 정도가 산다. 이러한 수치는 왜 고려인 작가들이 작품에서 카자흐스탄인과 우즈베키스탄인을 중요하게 등장시켰는지 그 이유를 짐작하도록 한다. 이 소설은 집으로 돌아가던 고려인이 마침 묵을 숙소가 없어 곤란했는데 우즈베키스탄 친구의 도움으로 그의 집에서 하룻밤을 지내면서 겪은 이야기를 그린다. 친구의 아버지는 이 마을이 다양한 민족이 상호 협력하면서 살아가는 다민족마을임을 언급한다. 작가 김 보리쓰는 우즈베키스탄인의 목소리를 통해 다수민족이 소수민족을 배제하지 않고 상호 공존하는 다원성의 다민족 마을이 이상적인 세계임을 말하고자 했던 것이다.

「여기 우리 마을에는 조선로인이 한분 살고있다네. 한분인것이 아니라 한 가정이… 솔직히 자네에게 말하는데 그 로인은 우리 마을에서 우리 아버지보다 못지 않게 존경을 받고있지 않겠나. 어째서 그런지

알겠나?」

「가만있게. 조선로인이 여기에 무슨 상관있어?」

「무슨 상관이 있다니」

이쓰로일은 정말 놀라해하였다.

「자넨 그래 우리 동리에 맨 우스베크들만 살고있는줄 아나? 오해하네. 언젠가는 그랬어. 그러나 지금은 그렇지 않아, 여기에서는 로씨야사람들, 우크라이나사람들, 독일사람들, 따따르인들, 하여튼 다 기억은 못하겠으나 여러 민족들이 살고있다네. 말하자면 다민족마을이야.」[10]

고려인들이 중앙아시아인과 대등한 친구의 관계로 맺어졌다면 러시아인과는 다른 양상을 드러낸다. 러시아인은 소설에서 종종 고려인보다 우월적인 위치로 등장한다. 이러한 계열의 작품으로 한상욱의 「옥싸나」(1963), 리정희의 「아름다운 심정」·김광현의 「새벽」(1965) 등이 있다. 특히 한상욱의 「옥싸나」는 고려인과 러시아인과의 관계가 시혜자(施惠者) 대 수혜자(受惠者)라는 불평등한 관계임을 잘 보여준 작품이다. 이 소설은 제2차 세계대전 중 독일의 침공으로 인해 가족을 잃은 러시아인 그라쵸브의 이야기를 그린다. 그는 한국이 해방이 되자 조선에 지질탐사의 임무를 띠고 파견되는데 이 와중에 한국전쟁이 발발한다. 그라쵸브는 우연히 조선 모녀를 만나게 되는데, 조선 소녀가 자신의 이름을 '옥순이'라 발음한 것을 자신의 죽은 딸 이름인 옥싸나로 착각해 듣는다. 여기에서 주목할 부분은 작가가 '옥순이'를 '옥싸나'로 전치시키는 담론의 전략이다. 한상욱은 발음이 다소 비슷한 이름을 통해서라도 소련의 주류인 러시아인과 혈통적 교분을 맺고자 했던 것이다. 그라쵸브는 미국 전투기의 공습에 의해 옥순의 집이 파괴되고

10) 김보리쓰, 「집으로 가는 길」, ≪레닌기치≫, 1988.3.3, 4면

옥순의 어머니가 숨지자 옥순을 양딸로 입양시켜 소련으로 데리고 온
다. 옥순은 양아버지인 그라쵸브의 보살핌으로 모쓰크바 공업대학까지
다닐 수 있는 행운을 갖게 된다.

이처럼 고려인 작가들은 고려인과 러시아인과의 관계를 아버지와 딸
같은 주종의, 시혜자와 수혜자의 관계로 종종 형상화한다. 이러한 의식
의 식민화는 대러시아주의가 생산하는 차별과 배제의 메커니즘에 대해
고려인들이 암묵적으로 길들여졌음을 뜻한다. 이 소설에서 옥순이가
그라쵸브의 양딸이 된 것은 고려인들이 러시아인의 혈족이 되고 싶은
욕망의 표현이다. 고려인들은 소련에 맹목적으로 충성하는 것이 더 이
상 차별받지 않고 살아갈 수 있는 유일한 길이라 생각했던 것이다. 이
것을 위해 러시아인의 발 밑에 기꺼이 들어가는 것을 결코 마다하지
않는다. 이러한 고려인들의 자발적 순응성은 강제이주의 집단적 외상
에서 비롯한 공포와 불안이 체질화되어 있기 때문이다. 이처럼 고려인
들은 체제에 저항하기보다 소련 체제를 찬양함으로써 공포와 불안을
회피한다. 이러한 고려인의 체제 순응은 근면성과 성실성의 이미지로
표출된다. 고려인의 근면성과 성실성은 중앙아시아인들보다 경제적으
로, 사회적으로 더 높은 지위에 오르도록 가능하게 한다. 이러한 성과
에 대해 고려인들은 자신들의 능력보다 러시아인의 도움이, 사회주의
정권이 수립되었기 때문에 가능했다는 겸양의 미덕을 잊지 않는다.11)

11) 정상진은 「머리말 대신에」(『시월의 해빛』, 알마아따, 작가 출판사, 1970,
350쪽)에서 "쏘베트 정권의 50년 간에 조선인들의 사회적 면모는 근본적으
로 변모되었다. 이와 같은 위대한 갱생의 길은 위대한 시월 사회주의 혁명
이 개척하였다. // 만일 혁명 전에 쏘련 조선인들의 과반수가 무식자들이였
다면 현재에는 문맹자가 없으며 박사, 학사, 고등 지식 소유자들의 수가 쏘
련의 다른 민족들에 비하여 더 많다. 이 사실만으로도 이상 변혁의 결과를

이러한 겸양의 미덕은 자발적이었다기보다 소련 체제에서 생존하기 위한 생존 전술이었다고 보는 것이 더 정확할 것이다.

림하의 「불타는 키쓰」(1959)는 언제나 도움을 받던 고려인들이 러시아인을 도와주는 역할로 등장하는 특이한 작품이다. 고려인인 9살의 주인공 '나'는 백위군들이 무고한 러시아 사람들을 끌고가는 것을 목격한다. '나'는 곤경에 처해 쓰러진 러시아인 예쁜 처녀를 도와주어 생명을 구해준다. 그때로부터 2년이 지난 1921년에 학교에 찾아온 그녀는 11살의 내 뺨위에 수없이 키스를 해준다. 이러한 서사의 전개는 고려인들이 러시아인에 대해 품고 있는 욕망을 낭만주의적으로 한껏 드러낸 것이다. 소련 사회에서 백인 여성의 사랑을 받으며 출세하고 싶은 고려인들의 욕망이 과거의 역사적 사건을 형상화한 것에서 표출된 것이다.

> 나는 무심하고 서 있다가 점점 가까이 오는 처녀를 보게 되었다. 내 가슴은 또다시 울렁거렸다. 정녕코 그 처녀였다. 비록 가죽저고를 입고 낯은 활짝 피여난 백합꽃 같지만 그 푸른 눈만이 틀림없는 그 처녀의 눈이였다. 그 처녀는 내 앞에 와서 멈춰 서더니 돌연히 나의 목을 안고 수없이 나의 낯에 키쓰를 하여 주었다. 그 불타는 키쓰, 그 뜨거운 입술에 지금 이 이야기를 쓰는 순간에도 내 뺨이 막 뜨거워지는듯 싶다.[12]

증명할 수 있다. 현재 소련에 거주하는 조선 사람들 속에서 고등 지식을 소유한 사람이 없는 가정이 별로 없다는 사실 자체가 시월의 위대성을 직관적으로 말"해준다고 주장한다.

12) 림하, 「불타는 키쓰」, 『시월의 해빛』, 카자흐스탄 알마아따, 작가출판사, 1970, 252-253쪽.

「불타는 키쓰」에서 소년인 '나'는 러시아인이 되고 싶은 고려인의 욕망을 대변하는 존재이다. 이러한 욕망은 소설 속에서 예쁜 러시아인 처녀가 고려인 소년에게 감사의 키스를 하는 형태로 변용되어 등장한다. 고려인이 러시아인 여성과 사랑하는 관계가 된다는 것은 러시아인 남성에 의해 상징적으로 금지된 행위이다. 그것은 러시아인들이 지배하는 주류에 대한 도전으로 해석될 수 있기 때문이다. 여기에서 작가림하는 고려인 남성을 성인이 아닌 소년으로 설정함으로써 그러한 위기에서 슬그머니 탈출한다. 미성숙한 소년이 소유한 상징적 남근인 팰러스(phallus)는 성숙한 러시아 여성을 결코 소유할 수 없기 때문이다. 고려인 소년은 러시아 남성을 결코 위협할 수 없는 약자에 불과하다. 작가를 포함한 고려인들은 비록 허구적 세계의 소설이지만 러시아 여성의 키스를 받는 고려인 소년과의 동일시를 통해 일시적으로 주류에 편입했다는 황홀감을 맛본다. 하지만 앞에서도 잠시 언급했듯이 러시아인인 예쁜 처녀는 일방적으로 내게 키스를 할 권리가 있지만 타자인 '내'가 자발적으로 그녀에게 키스할 주체의 권리는 주어져 있지 않다. 이것은 러시아인과 고려인 사이의 불평등한 관계가 여전히 지속되고 있음을 암시한다.

소련에서 비주류였던 고려인들은 적성민족이라는 혐의를, 더 나아가 또 한번의 강제이주를 당하지 않기 위해 사회주의 건설에 헌신한다. 그 결과 고려인들은 '사회주의 노력영웅'들을 다수 배출하는 성과를 올린다. 특히 사회주의 노력영웅들은 1940, 50년대에 많이 나왔는데, 이 시기는 소련이 제 2차 세계대전과 한국전쟁 등을 경험한 시기이다. 독일과 미국 등에 의해 체제가 위협 받는 시기에 고려인들은 누구보다 열심히 조국 소련 옹호와 사회주의 건설에 헌신적으로 노력했던 것이

다. 이 계열의 소설로 리와씰리의 「첫걸음」(1965) · 「고친 생각」(1970),
한병연의 「내 어벌대기 큰 짓을」(1968) 등이 있다. 이 중에서 리와씰리
의 「고친 생각」은 집단농장에서 열심히 일하는 고려인 장꼴랴의 삶을
그린 작품이다. 쟝꼴랴는 자신의 일을 먼저 끝내면 남들을 도와주기도
하는 마음 착한 노동자이다. 그는 금년 오월 명절에 한번 쉬어보겠다
고 생각하지만 동료인 뜨락또르 운전사가 병원에 입원하는 탓에 제대
로 쉬지도 못한다. 이에 꼴랴는 작업반장에게 자신이 쇠덩이인 줄 아
느냐고 다소 불편한 심정을 토로한다. 그렇지만 그것도 잠시 꼴랴는
밤을 새워 일해 카자흐공화국 창건 50주년에 경축영예상을 받게 된다.
이러한 꼴랴의 모습은 다른 신분상승의 출구가 막힌 상황에서 '노력영
웅'의 명예를 통해 활로를 개척하려고 한 고려인들의 모습을 보여준다.
  고려인들은 열심히 일한 대가로 중앙아시아인들보다 높은 경제적 수
준을 누리게 된다. 고려인들은 1940~50년대에 집단농장에 귀속되어
성실함과 탁월한 농업기술을 바탕으로 하여 많은 수확을 올려 노력영
웅을 배출하거나 상대적으로 고소득을 얻게 된다. 하지만 1960년대에
부실한 중앙아시아인들의 콜호즈를 우수한 고려인의 콜호즈와 강제로
합치면서 생산성은 떨어지고 경제적 여건은 나빠진다. 이런 일이 반복
되면서 고려인들의 콜호즈는 급격히 줄어들고, 좀더 좋은 경제적 여건
을 찾아 농촌에서 도시로 이주하는 고려인들의 숫자가 많아진다. 게다
가 고려인들의 열성적인 교육열은 교육 여건이 좋은 도시로의 이주를
가속화시킨다. '노력영웅'이라는 칭호가 구시대의 화려한 훈장이었다면
교육을 통한 계층 상승은 새로운 시대의 훈장이었던 것이다. 도시로
대거 이주한 고려인들은 러시아인과 중앙아시아인 사이에서 중간관리
층으로 성장한다. 강제이주를 체험하지 않은 고려인 젊은 세대들은 부

모들의 교육열 속에 고등교육을 이수하고 학자, 언론인, 변호사 등 다양한 전문직에 종사하면서 현지인들보다 높은 사회적 위치를 차지한다. 이러한 성공은 고려인들이 철저하게 소비에트화에 성공했음을 의미하는 증거이다. 비록 그 대가로 민족정체성의 해체를 경험했지만 소비에트 국민에 편입된 새로운 세대들에게 있어 그것은 큰 문제가 되지 않았다. 러시아민족은 소련에 누구보다도 충성하는 소수민족인 고려인들을 다소 배려함으로써 사회주의 체제의 포용성과 우월성을 다른 민족에게 선전했고, 고려인들은 러시아민족에 대한 충성을 대가로 예전보다 나은 지위를 확보한다.[13] 이런 점에서 러시아민족과 고려인민족은 쌍방의 이익을 위해 공모한 동업자였다. 물론 그것은 상하의 서열이 엄연히 존재하는 불평등한 관계였다.

4. 부모에 대한 효심과 향수

소련체제는 러시아민족이라는 지배집단과 통치를 받는 피지배집단인

---

13) 권희영은 「러시아 민족주의의 특징」(≪정신문화연구≫ 55호, 1994, 105쪽)에서 다음과 같이 언급한다. "구소련에 있어서의 민족정책의 기조는 국제주의의 이름 아래 각 공화국의 민족주의에 대하여는 억압을 가하고 은밀하게 러시아의 헤게모니를 확립하는 데 있었다. 러시아의 헤게모니는 그러나 노골적으로 러시아 민족주의를 부추기는 방식에 의해서가 아니라 인구에 있어서나 경제력에 있어서 소련에서 최대의 구성을 차지하고 있는 러시아가 각 민족들간의 교통이 가능한 국제어일 수밖에 없음을 강조하여 이를 통하여 러시아화하려 하였다. 이러한 정책은 흔히 인민의 친화(sblizhenie) 정책을 통하여 구현되었다. 그리고 정책의 최종목적은 인민의 동화(slianie)에 있다고 선포되었다."

소수민족이 연방의 형식으로 결합한 거대 제국이다. 혁명 당시 볼세비키가 내걸었던 메시아적 프롤레타리아 국제주의는 시간이 흐르면서 소련 제국 내에 있는 소수민족들의 독립을 억압하는 기만적 이데올로기로 전락한다. 그럼에도 불구하고 소련은 공식적으로 민족주의를 억압하고 국제주의를 신봉하는 위선적 포즈를 계속 취한다. 이런 이유로 고려인 작가들이 민족정체성을 일깨울 수 있는 '조국이나 모국'이라는 단어는 가급적 사용하지 말아야 할 금기어로 규정된다. 고려인 작가 정상진은 좌담회에서 창작에 있어 민족주의와 관련한 일종의 검열선이 구소련 시절에 존재했음을 밝히고 있다.

> 어느 때부텀 너의 조국이 조선이냐? 너의 조국은 조선인 것이 아니라 소련이 너의 조국이다. 때문에 조국이라는 말을 삭제하라. 그래서 조기천 선생이 할 수 없이 조국, 모국이라는 말 대신에 이 나라 백성, 이 나라 산천, 이 나라⋯뭐⋯저⋯ 이 나라의 인민들 이렇게 바꾸지 않으면 안됐습니다. 대게 이런 상황에서 소련에 있는 문인들이 정말 마음에 없는 글을 써야햇으며 자기 모국을 향해서 모국이라는 말을 할 수 없는 그런 그 현실에서 글을 쓰게 됐습니다. 그런 다음에 주로는 소련체제를 환영하는 작품을⋯ 소련체제를 이상화하는 그런 인제 글을 쓰지 않으면 안됐습니다.14)

이처럼 제1의 고향인 조선을, 제2의 고향인 연해주를 마음껏 형상화할 수 없는 상황에서 고려인 작가들은 우회 전술을 채택한다. 그들은 항일독립투쟁과 내전 시기의 연해주를 언급하거나 죽음에 임박한 노인

---

14) 정상진, 「재소련 고려인 문학의 정체성」, ≪민족발전연구≫ 6호, 2002.3, 297쪽.

의 목소리를 통해 연해주의 시공간을 다시 현재로 호출한다. 물론 이
러한 소설에서 소련군은 구원자이거나 정의의 사도로 어김없이 등장한
다. 리왜체쓸라브의 「저 멀리 산이 보인다」(1988)에서 고령의 원춘 노
인은 병고에 시달리면서 자연스럽게 과거를, 조국과 쏘련 원동지방을
떠올린다. 그는 고려인 빨치산 중대장으로서 일본제국주의와 백위군과
맞서 싸우느라 아내와 아들을 고향 땅에 남겨두고 각지를 돌아다녔고,
위대한 조국수호전쟁에도 참여했다. 이 와중에 원춘 노인은 아내와 자
식과 헤어지게 되었고, 나중에 양딸을 하나 얻어 키운다. 원춘 노인은
병이 악화되어 숨을 거둘 무렵 권총집과 연옥알을 간호하던 혜순 아주
머니에게 준다. 이때 연옥알은 연해주의 아름다웠던 시절을 환기하는
상징적 매개체이다. 이 소설에서 원춘 노인이 왜 아내와 자식과 헤어
졌는지 그것은 자세하게 나와 있지 않다. 아무래도 이것은 강제이주와
관련한 부분과 관련이 있을 것이다. 소련을 위해 그렇게 힘들여 싸워
왔는데 원춘 노인에게 돌아온 것은 아내와 자식과의 이별이었던 것이
다. 그는 죽어가면서 연옥알을 혜순 아주머니에게 맡기면서 손자에게
물려주라는 말을 잊지 않는다. 여기에서 연해주와 관련한 기억의 흔적
들이 대대손손 이어져가기를 바라는 작가의 욕망이 숨어 있다. 연해주
는 잊혀진 과거의 땅이 아니라 끊임없이 되새겨져 후손에게 전해주어
야 할 마음의 고향인 것이다. 소설의 제목에 등장하는 '산'도 바로 연해
주를 상기시키는 기호이다.

　　마치 겨울해처럼 세월은 빨리도 지나가버렸다. 산마을의 고향집, 초
　　가집이며 소꿉시절이 눈에 떠올랐다. 빠르찌산에 가담하여 싸우던 때
　　도 어제일처럼 생각키웠다. 소나무를 스쳐 세차게 불던 바람이 지금도

아우성치는 것 같았다. 로인은 연옥알을 한손에서 다른 손으로 또 이쪽저쪽 옮겨쥐면서 한창 젊었던 시절, 싸움의 길에 나섰던 시절을 눈앞에 그려보았다. 〈참으로 아름다운 물건이거든!≫15)

한진의 「그 고장 이름은?…」(1988)도 죽음에 임박한 고려인 할머니가 등장해 고향을 회상한다. 사경을 헤매는 어머니는 평소에 쓰던 러시아말을 사용하지 않고 딸 까쥬샤가 이해할 수 없는 조선말을 사용한다. 까쥬샤는 조선말을 쓰는 어머니의 행동을 이해하지 못한 채 서러움의 눈물을 흘린다. 작가는 이 장면에서 민족어를 사용하는 고려인과 그렇지 못한 고려인 사이에 언어의 벽이 존재함을 보여준다. 이것은 연해주 체험 세대와 미체험 세대 사이에 존재하는 마음의 벽이기도 하다. 어머니의 임박한 죽음을 계기로 살아나는 명정, 한복, 조선말은 소련체제에 의해 억압되었던 한민족의 고유문화들이다. 특히 어머니의 마지막 유언인 '그 고장 이름은?…'이란 문장은 연해주 고향에 되돌아가고 싶은 간절한 욕망의 발현이다. 사회주의 환상 속에 오랫동안 고향은 억압되고 잊혀진 기억에 불과했지만 죽음이 가까워지자 민족적 기억들은 불사신처럼 소생했던 것이다. 여기에서 조국귀환신화인 디아스포라의 욕망이 얼마나 뿌리 깊은 것인지 작가 한진은 어머니의 임종 모습을 통해 효과적으로 보여준다.

고려인 소설 중에서 특징 하나가 부모에 대한 효심 강조이다. 고려인들은 강제이주 후 소련의 지배담론을 내면화하면서 급속도로 민족적 정체성을 잃어갔다. 대표적인 것이 민족어의 상실이다. 그럼에도 불구하고 계속 이어져온 전통 풍습 중의 하나가 음식문화와 부모에 대한

---

15) 리왜체쓸라브, 「저 멀리 산이 보인다」, ≪레닌기치≫, 1988.5.3, 4면.

공경심이다. 낯선 땅에서 힘이 되어줄 수 있는 것은 같은 고려인, 더 좁혀 말하면 부모를 포함한 친척일 것이다. 고려인들의 공적 모임이 민족주의를 자극할 수 있다는 우려에서 위축되었다면 가족들 사이의 사적 유대관계는 더욱 중요시된다. 혈연을 배경으로 한 사적 관계의 강화는 부모공경 문화를 유지시키는 데에 중요한 역할을 담당한다. 그렇지만 도시화와 핵가족화 현상이 촉진되면서 부모 공경 문화는 점차 위기에 봉착한다. 이 시점에서 고려인 작가들은 소설을 통해 부모 공경이라는 전통적 관습의 중요성을 다시 한번 주지시키고자 했던 것이다. 그나마 가족의 긴밀한 유대 관계는 고려인이라는 민족적 정체성을 유지하는 마지막 버팀목이라 할 수 있다. 이처럼 고려인 작가들이 부모에 대한 효심을 새삼 강조한 것은 인륜적 차원만이 아니라 점차 망각되어가는 민족정체성을 유지하려는 숨은 의도가 담겨져 있다. 가족이 발전하여 한 마을을, 마을들이 모여 지방을, 지방들이 모여 한민족이라는 큰 범주로 발전한다. 고려인 작가들은 민족을 구성하는 가장 기본적 단위인 가족의 전통적 규범을 강조함으로써 민족정체성의 망각을 저지하려고 했던 것이다. 가족과 관련한 서사가 전개되는 작품으로 김빠웰의 「쟈밀랴, 너는 나의 생명이다」(1972), 리정희의 「선물」(1975), 연성용의 「영원히 남아 있는 마음」(1977), 리한표의 「부모의 초상」(1988), 오쌈쏜의 「한 집에 두 어머니가……」 등이 있다.

이 중에서 리한표의 「부모의 초상」을 보자. 아들 일수는 일년만에 어머니를 찾아오지만 집에는 낯선 사람들이 대신 살고 있다. 어머니는 집을 놔두고 양로원에 가 있었던 것이다. 일수는 부모의 사랑 속에 중학교를 졸업하고 대학도 우수한 성적으로 졸업했다. 그는 고향도시에서 어여쁜 처녀와 결혼도 하고 딸도 낳는다. 하지만 점차 그는 바쁘다는 핑계로 홀어미가 사는 집을 찾지 않게 되었던 것이다. 어머니는 오히려 다른 젊은이들을 통해 대접과 보살핌을 받고 있다. 일수는 어렸을 적 자신이 아파할 때 노심초사 애태우던 어머니를 떠올리며 어머니를 보살피지 못한 자신을 부끄러워한다. 일수는 "어머니, 이 불효한 자식을 용서해주십시오. 이제부터는 나는 어머니곁을 한시라도 떠나지 않"겠다는 다짐을 한다. 이러한 주인공의 맹세는 고려인 독자에게 더 나아가 연해주의 고향을 잊지 않겠다는 간접적 의지로 전달된다.

> 「아니다. 나는 어머니를 모셔야 한다. 처가 그렇게도 리해하지 못할 사람은 아닐것이 아닌가… 사람이 늙어서 여생을 자식곁에서 보내는 것은 응당한 도리가 아닌가!」
> 이런 생각이 들자 일수는 숨이 후 나오고 꽉 막혔던 가슴이 탁 트이는것같았다.16)

고려인들에게 성장한 아들이 부모를 모시고 사는 것은 당연한 일로 여겨졌다. 농경문화의 산물인 이러한 풍습은 고려인들과 다른 민족을 구별시키는 중요한 특징 중의 하나이다. 이러한 문화는 중앙아시아로 이주하면서 점차 훼손된다. 오쌈손의 「한 집에 두 어머니가……」란 소설은 특이하게 우크라이나 할머니와 고려인 할머니의 갈등을 통해 한민족 고유의 문화가 쇠퇴해가는 현실을 다룬다. 고려인 마리아 할머니는 나이가 들어 자신의 여생을 아들에게 맡기려고 아들집에 온다. 그런데 이미 우크라이인 사돈댁이 아들집에 들어와 살고 있다. 우크라이나 사람들의 풍습은 나이가 많아지면 꼭 딸네 집에서 여생을 보낸다

---

16) 리한표, 「부모의 초상」, ≪레닌기치≫, 1988.8.5, 4면.

는 것이다. 여기에서 고려인과 우크라이나의 풍습은 상호 대립적인 형태를 취한다. 걸상 위에 앉지 않고 방바닥에 앉는 것이나 잉어의 경우 내장을 제거한 다음 물 붓고 요리하는 것은 모두 고려인 민족의 생활 습관이다. 이에 비해 우크라이인들은 방바닥이 아닌 걸상에 앉고, 잉어의 내장을 따개질하지 않고 그냥 먹는다. 이러한 상반된 문화적 대립 속에 고려인 할머니는 패배한 채 원래 살던 곳으로 되돌아간다. 이것은 고려인문화가 중앙아시아에서 점점 쇠퇴되어가는 현실을 안타깝게 드러낸다. 김빠웰의 「쟈밀랴, 너는 나의 생명이다」도 타민족과의 결혼을 반대하는 어머니와 아들 일남 사이에 벌어지는 갈등을 통해 문화적 충돌의 모습을 보여준다. 쟈밀랴를 며느리로 어쩔 수 없이 받아들이는 어머니의 모습에서 고려인이 현지에 동화되고 있는 현실을 알 수 있다.

고려인 작가들은 대부분 연해주에 살았거나 북한에서 넘어온 사람들로서 현재 고령의 노인이다. 이들은 죽음의 문턱이 멀지 않았기에 삶을 정리하면서 고향과 관련한 어린 시절의 추억을 떠올린다. 하지만 강제이주 후 새롭게 태어난 세대들에게 연해주와 한반도와 관련한 고향의 추억이 부재하다. 고향과 관련한 기성세대 고려인들의 집단적 기억은 망실될 위기에 처해 있는 것이다. 이런 상황에서 고려인 작가들은 부모 공경을 강조하는 가족의 서사를 통해 잊혀진 땅 연해주를 복원시키고자 한다. 그것은 고려인들의 잃어버린 집단적 기억을 되새김질하는 행위이자 디아스포라 욕망의 흔적들이기도 하다. 베네딕트 앤더슨에 따르면 민족은 집단적 기억의 연속을 통해 유지되는 상상의 공동체이다. 이러한 집단적 기억의 복원은 위축된 민족정체성을 회복시키려는 첫걸음이라 할 수 있다. 고향을 향한 디아스포라의 욕망은 소련 공산주의가 붕괴되고 각 종족의 민족주의가 부활하면서 더욱 강해진다. 고려인들은 민족주의를 표방한 중앙아시아 국가들의 정치적 움직임 속에 자신들이 다시 한번 소외나 고립을 경험한다. 이것은 강제이주에서 경험했던 것과 유사한 충격적 외상으로 고려인에게 다가온다. 그러면서 잠복되어 있던 고려인들의 디아스포라 욕망은 특히 연해주를 자신들이나 자손들이 언젠가 돌아가야 할 장소로 새삼 부각시킨다. "디아스포라 집단은 대체로 조국을 유토피아로, 그리고 현재 살고 있는 땅을 디스토피아로 인식"[17]하기 때문이다. 이러한 조국귀환신화는 디아스포라 집단의 민족적 정체성을 일깨우며 연대감을 강화시킨다.

5. 집단적 기억과 민족 정체성

소련 제국은 중앙집권적 관료제도의 부패와 생산의 비효율성으로 인해 1980년대 후반에 점차 붕괴되기 시작한다. 러시아민족에게 억압당했던 소수민족들도 자신들의 목소리를 내며 제국의 균열을 재촉한다. 고르바쵸프의 페레스트로이카(개혁)와 글라스노스트(개방)는 이런 흐름을 되돌리려는 마지막 안간힘이었다. 1991년 소련 연방의 해체 속에 프롤레타리아 국제주의는 용도 폐기되고 전면화 된 것은 민족주의였다. 강력한 민족주의의 재등장은 소련체제의 지배담론을 내면화하면서 살아가고 있던 고려인들에게도 큰 영향을 미친다. 외부에 의한 경계선 짓기는 고려인들에게 자신들이 어쩔 수 없는 고려인들임을 다시 한번 확인시켜 준다. 고려인 작가들은 망각과 왜곡된 기억의 출발지였던

17) 정근식·염미경, 「디아스포라, 귀환, 출현적 정체성-사할린 한인의 역사적 경험」, ≪재외한인연구≫ 9호, 2000, 241쪽.

'1937년 강제이주'라는 기원에 대한 탐색을 통해 민족정체성의 회복을 시도한다.

민족이란 범주는 근대국가의 성립과 맞물려 있다. 근대 국가의 성립 속에 경계선이 그어지면서 집단들은 자신들의 정체성을 확인했고, 그 것은 다시 경계짓기를 가속화시켰다. 이처럼 민족의 경계선은 항구불 변적으로 동일한 것이 아니라 역사의 변화 속에 생성된 것이다. 민족 이란 절대적인 것이 아니라 집단적 기억의 착시 현상이 불러오는 것이 다. 민족정체성은 한 개인이 공유된 특성들로 인해 어느 특정 민족 집 단에 대해 느끼는 소속감이다. 개인의 민족적 정체성은 자신이 스스로 정의하거나 타인에 의해 규정된다. 민족정체성은 자신이 누구인지를 알고 평가하는 준거 지대로 활용할 수 있다는 점에서 자아 형성에 있 어 중요한 요소이다. 주류 민족에 의해 소수민족이 차별과 배제를 받 을 때, 보통 민족정체성은 강화되면서 내부 결속력이 강해지는 현상을 보인다. 다시 말해 외부에 의한 경계짓기는 내부에 의한 경계짓기를 촉발시켜 민족정체성을 강화시킨다. 이처럼 민족정체성은 항상 존재하 는 항수가 아니라 대내외적 환경 속에서 달라지는 변수이다. 사회주의 의 환상이 사라진 시점에서 강화된 민족주의의 환상은 고려인들에게도 민족정체성의 자극 속에 억압된 디아스포라의 욕망을 일깨운다.

한진의 「공포」(1989)는 김기철의 중편 「이주 초해」(1990)와 함께 강 제이주와 관련한 진실을 정면으로 파헤친 수작이다. 이 소설의 주인공 리 선생은 러시아말을 유창하게 한다는 이유만으로 계속 학교에 근무 할 수 있게 된다. 그렇지 못한 선생들은 민족어 교육과정의 폐쇄와 함 께 감원의 대상으로 전락한다. 모스크바 종합대학을 우수한 성적으로 마친 동료인 김 선생은 민족주의적 정체성을 비판적으로 드러낸다고

하여 일본 스파이라는 명목으로 소련 당국에 의해 끌려간다. 소련 정
부는 강제이주를 반대하거나 민족정체성을 고취시킬 만한 고려인 지도
자 약 2500~2800명 정도를 체포하여 처형했던 것이다.[18] 강제이주
후 고려인들을 짓눌렀던 공포 분위기는 다음 지문에서도 확인할 수
있다.

> 말 한마디 잘못하고 붙들려가는 세월에, 아니 잘못하고가 아니다,
> 잘했건 못했건 말이 문제가 아니다. 그것은 구실이다. 그런데 자기는
> 말이 아니라 행동으로 상부의 명령을 거역한 것이다. 더구나 그것이
> 교장의 발의가 아니라 더 높은 곳의 지시였으면 죽음까지도 각오해야
> 할 일이었다. 그러나 이제 와서 뒤걸음질을 할수도 없는 일이었다.[19]

이러한 공포 분위기 속에서 리 선생은 우연히 『효경언해』, 『대전통
편』, 『해동명장전』 등의 조선책이 소각되는 장면을 목격한다. 이것은
민족어를 말살하고 러시아어를 모국어로 만들려는 러시아인 교장의,
당국의 지시에 의한 것이다. 그는 위험을 무릅쓰고 이 책들을 챙겨 알
마아따 국립도서관에 보낸다. 작가 한진은 고려인들의 책을 지키려고
목숨을 걸고 노력한 리 선생의 이야기를 통해 민족정체성을 지키기 위
한 선구자들이 있었음을 보여준다. 또한 이 소설은 과거에 비해 현재

---

18) 주돈식은 「재소 한인의 어제와 오늘」(≪월간조선≫, 1989.12, 472쪽)에서
"한인 지도자 숙청작업은 대략 1930년대에 단행되었다. 이는 크게 보면 스
탈린시대의 대숙청의 일환이었고, 적게 보면 블라디보스토크, 하바로프스크
등 동부시베리아를 중심으로 날로 세력이 커가는 한인들의 구심점을 제거하
고, 뒤이은 37년의 중앙아시아로의 강제이주를 준비하는 정치작업"이었다고
평한다.
19) 한진, 「공포」, 『오늘의 빛』, 카자흐스탄 알마아따 자수석, 1990, 33쪽.

의 고려인들이 민족정체성을 지키기 위해 어떠한 노력을 하고 있는지 우회적으로 질책하고 있는 것이다.

「공포」에는 강제이주 열차에서 사망한 고려인 어린이와 고려인들, 거주지 제한령에 묶여버린 고려인의 자유, 일제 스파이로 내몰려 처형당한 고려인 지도자들, 민족어 말살 정책 등 그 동안 금기시되어왔던 강제이주의 진실이 그대로 노출된다. 특히 김 선생은 길들여진 흑염소가 다른 염소들을 죽음으로 내모는 도수장 이야기를 통해 반민족적 동화정책에 순응한 고려인 자신과 더 나아가 고려인들을 마음대로 이용해먹고 내팽개쳐버린 소련 체제에 대해 강한 비판을 던진다. 고려인의 강제이주는 일본 침략의 전초기지로 이용될 가능성, 중앙아시아의 노동력 보충, 조선과 국경을 접한 상황에서 민족자치주의 결성과 민족분쟁을 야기할 가능성, 전쟁보다 경제건설에 치중했던 소련의 내부 상황, 일본을 자극하지 않으려는 소련의 대일 유화 정책 등이 복합적으로 작용한 것이다. 소수민족인 고려인에 씌워진 일제 스파이라는 혐의는 강제이주에 따른 고려인들의 반발을 합리화시키기 위한 고도의 선전 문구였던 셈이다. 대중적 메시지는 자구 반복되면 거짓을 진실로 만드는 마술을 보여준다. 소련 당국이 살포한 스파이 혐의는 자신들의 정책적 과오를 은폐하면서 오히려 고려인들에 대한 탄압을 정당화시키는 수단으로 활용되었던 것이다.

고려인들은 아이러니하게 역사적 진실을 밝히기보다 강제이주의 기억을 망각하고 왜곡시키는 데에 오랫동안 함께 동참했다. 더욱이 고려인들은 공포의 정치 시대가 끝난 시점에서 강제이주와 관련한 모든 역사적 과오를 스탈린이라는 한 독재자의 광기 탓으로 돌려 문제를 단순화시켰다. 스탈린이 문제이지 소련 사회주의 자체는 큰 문제가 없다는 고려인의 인식은 고통스러웠던 스탈린 시대나 그 이후에도 계속된다. 고려인들이 마르크스와 레닌에 대해 변함없는 신뢰를 보낸 것도 이러한 심리의 연장선에 놓여 있다. 남경일의 「생일날 아침」은 레닌을 고려인들의 행복을 위해 일생을 싸운 훌륭한 분으로 평가한다. 이처럼 사회주의 체제가 나쁜 것이 아니기에 고려인들은 사회주의의 건설에 더욱 매진할 수 있는 논리적 근거를 확보한다. 강제이주와 관련한 기억의 억압과 사회주의 환상의 전면화는 허구적 지배담론이 얼마나 역사적 진실을 왜곡할 수 있는지 잘 보여주는 사례이다.

강알렉싼드르의 「놀음의 법」(1990)은 민족정체성과 관련한 기억이 절대적인 것이 아니라 상황에 따라 만들어진 상대적인 것임을 드러낸다. 이 소설의 주인공인 '나'는 아버지와 할아버지에 대해 전혀 모른 채 어린 시절을 보낸다. '나'는 고려인 출신의 할머니가 러시아인 할아버지와 재혼하였기에 다국적 가정에서 성장한다. 다소 복잡한 가족 구성은 내가 마을 아이들에게 놀림을 받는 원인을 제공한다. '나'는 고려인이면서도 조선말을 하지 못한다고 마을 아이들에게 놀림을 받는다. 연극배우였던 러시아인 할아버지는 이것은 나의 잘못이 아니라 조국의 기억을 되살려주지 못한 기성세대에게 책임을 돌린다. 그러면서 그는 조금이라도 다른 것이 있다면 의심을 품고 배척하는 자민족중심주의적 지배담론에 대해 비판적 시선을 강하게 던진다.

「조국이란 기억이야. 조국이란 바로 사람들이야. 같이 놀며 자라고 같이 일을 하고 고락을 같이 한 사람들이란말이다. 우리에게는 그런 사람들이 많다. 별별 민족의 많은 사람들이 있단말이다. 아이들은 아직도 오래동안 너에게 그런 말을 할거다. 그러나 그것은 네 잘못이 아

니야, 아이들이 너에게 그런 말을 하는 것은 그 부모들의 잘못이야. 그
들은 자식들을 기르는 것이 아니라 그들의 배때 기나 몸을 기르는거
야. 그렇게 자라난 애들은 자기들이 어떻게 자랐으며 살았는가 하는
기억이 없을거다. 그리고 무서운 것은 그들이 무엇 때문에 이 세상에
서 사는가를 모르는거야… 밤이 늦었다. 이젠 어서 가 자거라. 다음번
엔 네 할머니가 어떻게 여기 왔으며 또 네가 왜 나와 함께 여기서 갈
게 되었는가 말을 해줄건. 어서 가서 자라, 어서… 20)

왕따 신세였던 '나'는 아이들과 어울리기 위해 억지로 거지 놀음을
한다. 거지 놀음을 하지 않겠다고 하면 또래집단에서 배척될지도 모른
다는 두려움. 그래서 '나'는 놀음의 법칙을 준수하며 거지놀음에 참여
했던 것이다. 여기에서 거지놀음은 강제이주사건을 연상시키는 알레고
리 기호이다. 작가는 놀음의 법칙을 위반하면 처벌을 받게 되는 부당
한 현실을 비판하면서, 이 놀음들은 다 고상한 자기 이름을 가지고 있
지만 모두 다 거짓말에 불과하다는 것을 보여준다. 고려인들은 당당하
게 강제이주의 부당함을 말하며 저항하지 못하고 소련체제가 요구하는
놀음의 법칙에 그대로 순응했다. 그러면서 한편으로 고려인들은 나의
할머니가 러시아인과 재혼했다고 하여 할머니와의 관계를 끊어버리는
일까지 저지른다. 여기에서 배타적인 놀음의 법칙은 소련 정부와 그것
을 그대로 모방한 고려인들 모두에게 해당되는 일이다. 주인공은 자신
의 딸을 바라보면서 이 아이는 놀음의 법칙에 얽매였던 자신과 부모의
세대와 전혀 다른 삶을 살 것이라고 생각한다. 여기에서 작가 강알렉
싼드르의 과거 역사 청산 의지와 새로운 미래에 대한 강한 의지를 파

---

20) 강알렉싼드르, 「놀음의 법」, 『오늘의 빛』, 카자흐스탄 알마아따 자수석,
   1990, 62-63쪽.

악할 수 있다. 고려인들의 민족정체성을 찾으려는 노력의 일환인 강제
이주의 진실 찾기 투쟁은 소기의 성과를 거두게 된다. 고르바초프는
1989년 11월 14일 성명에서 강제이주의 불법성과 범죄성을 인정했고,
1991년 4월 26일 러시아 대통령 엘친이 고려인들의 권리회복을 위한
법률적 근거를 마련했지만 강제이주 당시 받은 재산 피해와 정신적 상
처 등에 대해서 구체적 보상을 받지는 못했다.

　민족이 처음부터 고정된 동일성에서 출발한다는 것은 허구의 개념에
불과하다. 민족의 "동일성은 고유의 내용을 가질 수 없다. 동일화라는
운동이 있을 뿐이다."[21] 강제이주 후 오랫동안 프롤레타리아 국제주의
를 내세운 사회주의 환상에 젖어있던 고려인들에게 민족정체성은 먼
이야기였다. 민족어의 망각 속에 연해주와 조선의 땅은 잊혀졌다. 비록
고려인 작가들의 노력 속에 민족어는 명맥을 이어갔지만 중앙아시아에
서 살아가는 많은 고려인들에게 민족정체성은 부담스러운 존재였다.
그들은 고려인 대신에 소비에트인으로 살아가는 것에 만족했다. 비록
이등시민이었지만 과거보다 낫다는 자기만족은 역사적 진실의 왜곡에
의해 가능했다. 그러나 영원히 존속할 것 같았던 소련은 해체되었고,
고려인들은 또 다시 유랑의 길로 내몰리고 있다. 여기에서 디아스포라
욕망은 사회주의의 환상을 대체하면서 민족의 구심점으로 자리한다.
민족은 본질적인 것이 아니라 역사의 변화 속에서 탄생한 산물이다.
프롤레타리아 국제주의라는 울타리가 없는 상황에서 고려인들은 억압
되어 있던 민족주의의 신화를 재구성한다. 그것은 타자를 억누르기 위
한 것이 아니라 자신이 누구인가를 깨닫고 자신감을 가지고 세상과 마

---

21) 고자카이 도시아키, 『민족은 없다』, 뿌리와 이파리, 2003, 207쪽.

주하기 위해서이다. 민족적 정체성은 또 다시 유랑의 길을 떠날 수밖
에 없는 고려인들에게 삶의 좌표를 설정하도록 도와줄 것이다. 디아스
포라 욕망은 비록 현실에서 성취되지 못한다고 하더라도 일상의 힘겨
움에 고통스워하는 고려인들에게 큰 힘이 될 것이다. 언젠가 돌아갈
땅이 있기에.

6. 민족정체성의 복원과 고려인 문학의 미래상

고려인문학은 조선인들이 연해주나 중앙아시아로 이주하면서 창작된
것이기에 일종의 이민문학(移民文學)이다. '이민문학'은 낯선 땅에 정착
하면서 다양하게 겪은 삶의 애환과 고향에 대한 그리움을 주로 형상화
한다. 중앙아시아에서 고려인 문학은 한국문학처럼 자율적 경쟁 시스
템에 의해 구축된 것이라기보다 당의 정책을 선전하는 일환으로 등장
했다. 작가들이 당원이거나 신문사 기자 출신이 대부분인 것도 이것과
무관하지 않다. 소련 공산체제를 지지하는 체제문학의 속성상 민족정
체성을 드러내는 데에 있어서 한계점을 노출한다. 그러나 소련의 해체
속에 사회주의의 환상이 무너진 지금, 억압되었던 민족정체성의 목소
리는 고려인문학을 주도하는 패러다임으로 다시 복귀한다. 1980년대
이후 고려인문학의 심층을 지배하는 것은 언제가 조국으로 귀환하겠다
는 디아스포라 욕망이다. 하지만 현재 한반도는 남과 북으로 갈라져
있다. 고려인들이 욕망하는 조국땅은 남북의 분열이 없이 하나로 존재
하는 상상의 낙원이다. 여기에서 디아스포라 욕망이 현실보다 이상을
지향하는 유토피아적 욕망임을 알 수 있다. 디아스포라 욕망은 연해주

와 통일된 조선이라는 두 개의 지향점을 갖고 있다. 연해주에 아직 가지 못한 고려인들에게 연해주가 디아스포라의 땅이라면, 연해주로 이주하여 살고 있는 고려인들에게 통일된 조선은 또 하나의 디아스포라가 욕망하는 땅이다. 이러한 두 개의 고향은 고려인들이 처한 비극적 현대 역사를 고스란히 대변하는 것이기도 하다.

소련 붕괴 이후 연해주로 이주하는 고려인들의 증가는 잃어버린 민족정체성의 회복과 새로운 가능성을 보여준다. 한국의 비약적인 경제성장은 고려인들에게 큰 자긍심과 민족어를 다시 배우겠다는 욕망을 자극한다. 하지만 고려인들이 다른 소수민족처럼 결집하여 민족 부흥을 이룰 가능성은 현재 거의 없다. 자치주 확보도 어려운 상황에서 중앙아시아 고려인들이 추구할 수 있는 것은 민족 부흥이 아니라 소수민족으로서 최소한의 민족 정체성을 확보하는 일이다. 그 민족정체성은 현지에서 다른 민족과 차별하려는 전략이라기보다 차별당하는 상황에서 겪을 위축감을 극복하려는 전략이다. 민족정체성의 확립을 통해 획득한 자신감이 현지의 주류 민족과 더불어 살아갈 수 있는 힘이 될 수 있다는 점이다. 따라서 고려인문학은 고려인들의 민족정체성을 일깨워주는 데에 일정한 역할을 담당할 수 있을 것이다. 하지만 1991년 ≪레닌기치≫에서 제호를 바꾼 ≪고려일보≫의 문예면이 1990년대 후반에 폐지된다. 이것은 한글로 창작할 수 있는 작가와 읽을 수 있는 독자가 절대적으로 감소되고 있는 상황을 반영한 것이다. 이런 점에서 고려인문학의 전망은 그리 밝지 않다.[22]

---

22) 김필영은 『소비에트 중앙아시아 고려인 문학사』(강남대 출판부, 2004)에서 중앙아시아 고려인 문학을 형성기(1937~1953), 발전기(1954~1969), 성숙기(1970~1984), 쇠퇴기(1985~1991)로 나눈 바 있다. 필자는 이것에 덧붙

21세기가 시작되는 현재도 아직 정착지를 찾지 못해 유랑하는 고려인들. 그들의 비극은 한국의 굴절된 현대사가 낳은 흔적이기도 하다. 우리들은 그들에게 일정한 도움을 주어 민족정체성을 살리고 러시아나 중앙아시아에서 자부심을 갖고 살아가도록 해야 할 것이다. 특히 민족어 교육을 지원하는 정부 차원의 지속적 노력도 중요하다. 고려인의 민족적 정체성을 유지하는 데에 큰 공헌을 했던 ≪고려일보≫가 큰 경제적 어려움을 겪고 있다는 소식도 들린다. 그것에 대한 일정한 경제적 지원도 고려해보아야 할 사항이다. 잃어버린 민족정체성을, 민족 언어를 찾는 것은 그리 쉬운 일이 아니다. 오랫동안 노력해야만 집단적 기억은 복원될 수 있을 것이다. 고려인문학의 미래는 바로 여기에 달려 있다.

여 현재 중앙아시아 고려인 문학은 쇠퇴기를 지나 소멸기에 접어들었다고 판단한다.

중앙아시아 고려인의 시에 나타난 조국과 고향

1. 강제이주의 아픔과 고향 상실

궁핍과 기아에 시달린 조선인들은 1863년에 두만강을 건너 남우수리지역에 최초로 정착하면서 서글픈 고려인[1]의 역사가 시작된다. 그들이 정든 고향땅을 등지고 낯선 타향인 러시아에 이주하게 된 것은 학정과 오랜 가뭄으로 인한 흉작으로 인해 궁핍과 기아에 시달렸기 때문이다. 이런 상황에서 두만강을 건너기만 하면 북한 지역과 생존적 여건이 유사한 광활한 러시아 영토가 미개척 된 채 여기저기 널려 있었다. 따라서 조선인들은 생존을 위해 국경선을 넘어 자연스럽게 이주의 길에 나선다. 농경지 개척과 노동력 부족이라는 러시아의 내적 요인도 조선인들의 이주를 재촉시킨다. 수경 경작에 능한 고려인들은 근면함과 탁월한 농업기술을 기반으로 하여 러시아 땅에서 새로운 삶을 개척

---

1) '고려인'이라는 명칭은 1990년대 초 자신들을 남북한 사람과 중국의 조선족과의 차별성을 확보하기 위해 사용한 용어이다. 그 이전에는 고려인을 지칭해서 조선인, 재소한인 등의 용어가 혼용되어 사용되었다.

해나간다. 1905년 을사보호조약과 1910년 한일합방은 정치적 동기에 의한 러시아로의 이주를 가속화시키면서 고려인의 숫자를 더욱 증가시킨다. 1917년 볼세비키 혁명이 성공하면서 러시아가 소비에트정권으로 바뀌면서 고려인의 생활도 직간접적인 변화를 경험한다. 고려인들의 일부는 볼세비키파에 가담하여 백군파와 싸우는 내전에 참가하여 혁혁한 공을 세우기도 한다. 소비에트 정권 창출에 고려인들이 공헌하였다는 자부심은 이후 소비에트 정권과의 긴밀한 협조 관계를 형성하는 밑거름이 된다. 이주한 고려인들의 생활은 정도의 차이는 있지만 일제 수탈에 의해 고통 받는 조선 농민의 형편보다 나은 수준을 유지한다. 이런 실정이기에 그들은 궁핍한 조선이라는 고향으로 돌아가기보다 이주한 러시아 땅에서 새로운 삶을 건설한다. 이것은 고려인들이 새로운 고향이자 조국으로서 러시아를 점차 받아들이고 있는 과정을 상징적으로 보여준다.

그런데 스탈린은 1937년에 극동 지역의 고려인이 일본과 내통할 뿐만 아니라 소비에트 정권에 반대하는 자가 많다는 이유로 중앙아시아로 강제이주를 명한다. 조선이라는 고향을 실향했던 고려인들은 1863년을 기준으로 한다면 74년간 살았던 연해주라는 제2의 고향을 또 한 번 실향 당하는 고통을 겪어야 했던 것이다. 강제이주의 원인은 고려인의 간첩행위라기보다 1930년대 일소관계의 악화에서 기인한 것이다. 일제의 간첩이라는 죄목은 강제이주에 따른 고려인들의 반발을 무마하기 위한 정치적 구호였던 셈이다. 강제이주 된 고려인들은 집단농장에 귀속되어 일하면서 언제 어떻게 될지 모른다는 극심한 공포와 불안을 경험한다. 이러한 생존의 위협 속에 계급을 내세운 소비에트 정권은 소수민족의 민족주의를 억압하는 정책을 펼친다. 고려인들은 생존하기

위해 자의반 타의반 민족정체성을 억압하고 소비에트 국민되기에 전념
한다. 이것은 조선어에 대한 포기와 러시아어에 대한 자발적 학습으로
나타난다.[2] 이 시기에 연해주나 조선에 대한 언급은 결코 입 밖에 낼
수 없는 금기 사항으로 자리한다. 소련을, 좁혀 말하면 중앙아시아를
고향과 조국으로 내면화하는 작업 속에 본래의 고향인 연해주나 조선
은 집단적 망각과 왜곡 속에 희미해져간다. 강제이주 후 고려인들의
시에는 새로운 조국과 고향을 찬양하는 내용으로 가득 메워진다.

1991년 소련 연방이 해체되고 각 민족의 민족주의가 발현되면서 고
려인들은 현재의 고향과 조국에서 다시 배제되는 경험을 한다. 여기에
서 고려인들은 억압되었던 집단적 기억의 봉인을 해제함으로써 고향과
조국을 다시 현실로 호출한다. 이 논문은 고려인의 시에 나타난 고향
과 조국의 이미지 변화 양상을 통해 고려인의 내면의식과 민족정체성
의 의미에 대해 고찰할 것이다.

---

2) 김필영은 『소비에트 중앙아시아 고려인 문학사』(강남대 출판부, 2004, 70
쪽)에서 강제이주 후 "고려인 학교에서 아무런 제약 없이 민족어를 가르칠
수 있었으며 교과과정을 당국과 상의하여 조정할 수 있었다"고 밝힌다. "일
부 고려인들이 주장하는 것처럼 소련 당국이 민족어를 가르칠 수 없도록 제
지하여 고려말 교육과정이 폐쇄되었다는 것은 사실이 아님을 알 수 있다.
고려인 학교에서 고려말 교육이 폐지된 것은 쓸데없는 고려말을 배우는데
시간을 낭비하기보다는 하루 속히 러시아말을 잘 배워 소련 사회에서 성공
하기를 바라는 학부모의 뜻에 따라 취해진 조치로 외부 간섭과는 아무런 상
관이 없었다"고 주장한다.

2. 집단적 기억의 부정과 망각

1904년에서 1905년에 발발한 러일전쟁은 20세기 들어 러시아와 일본의 대립 관계를 극명하게 말해준 역사적 사건이다. 러시아를 무너뜨리고 새롭게 건설된 소련도 일본과 적대적 대치 국면을 형성한다. 망국의 한을 품은 고려인(조선인)들은 소련과 함께 일본에 대항하는 공동전선을 펼침으로써 조선의 독립을 시도한다. 언제가 독립한 조선에 돌아갈 것이라는 고려인의 열망은 1926년에 고려교육전문학교를, 1931년에 고려사범학교를 개설해 민족 교육에 힘을 쏟게 한다. 그렇지만 일제의 지배가 장기화되고, 연해주 지역의 삶이 굳건한 터전을 확보하면서 조국에 언제가 돌아갈 것이라는 디아스포라의 욕망은 점차 약해진다. 또한 사회주의국가인 소비에트의 건립에 동참했던 고려인들이었기에 신생국에 대한 낙관적 전망 속에 소련을 새로운 조국과 고향으로 생각하는 현상도 점차 확산되기 시작했다. 1937년까지만 해도 조선과 소련에 대한 이중적 애정은 갈등의 대상이 아니었다. 고려인들은 프롤레타리아 국제주의를 표방한 소련이 조선 독립을 도와줄 것이라고 굳게 믿었기 때문이다.

1928년 조명희가 소련으로 망명하면서 태동하기 시작한 고려인 문단은 1923년에 창간한 고려인 신문인 ≪선봉≫을 중심으로 작품 활동을 활발하게 한다. 이들 고려인 작가들 대부분은 소련과 연대하여 조선독립을 성취하겠다는 욕망을 품고 있었다. 따라서 사회주의 국가인 소련의 힘이 강해지면 강해질수록 조국인 조선의 독립은 더욱 가까워질 것이라는 생각에 소련 수호를 위해 헌신적으로 노력한다. 조명희는 「짓밟힌 고려」(1928)에서 일본제국주의가 군대와 경찰과 법률과 감옥으로 온 고려 대중의 입을, 손과 발을 얽어 놓았다고 분노한다. 조명희는 이 시에서 일제에 짓밟힌 고려를 회복할 수 있는 길로 소련과의 연대를 통한 사회주의 국가의 건설을 암시한다.

1937년 강제이주 전의 다수 작가들의 작품들은 주로 조선독립, 조선에서의 혁명운동을 주제로 하였다. 그것은 수천 명의 조선의 독립지사들이 국내 러시아 국내전쟁에 참가하면서 소비에트 국가의 지원하에서 조선독립을 수행할 수 있으리라고 진실로 믿었다. 국내전쟁이 끝난 후에도 이들은 이런 숙망을 버리지 않았다. 또한 버릴 수 없었다. 조선독립은 그들의 운명이였으며 생명이었기 때문에……. 바로 이와 같은 숙망이 연성용의 희곡 『장평동의 횃불』, 채영의 희곡 『동해의 기적』, 김해운의 희곡 『동북선』, 김기철의 희곡 『동변빨치산』, 포석 조명희의 시 「짓밟힌 고려」 등에 반영되었다.[3]

그래서 조명희는 「시월의 노래」(1931)를 통해 소비에트 공화국을 찬양한다. 이 시에서 소비에트 공화국의 성립 속에 낡은 제도는 골짜기 같이 무너지고, 온 세계는 소비에트 혁명 기운에 바다같이 들끓게 된다. 시인을 대변한 시적 자아는 "오, 우리의 모국 쏘베트 공화국의 거룩한 탄생이여!"[4] 라며 감격해 한다. 이 시는 원수로 대변되는 세력들이 인민들이 세운 소비에트 공화국을 시기하고 있기 때문에 대동단결하여 물리쳐야 한다고 주장한다. 이것은 소련을 새로운 조국과 고향으로 생각하려는 조명희의 욕망이 표출된 것이다. 그러나 소비에트 공화

---

3) 스쩨빤 김, 「스탈린의 한인 강제이주와 잃어버린 모국어」, ≪역사비평≫, 1990.봄, 263쪽.
4) 조명희, 『시월의 해빛』, 카자흐스탄 알마아따, 작가출판사, 1970, 3쪽.

국을 일종의 유토피아로 생각했던 조명희는 일본의 첩자라는 죄명으로 1937년에 체포된다. 이것은 강제이주 전 고려인의 지도급 인사들을 솎아내려는 정책의 산물이었다. 조명희는 이듬해인 1938년 5월 11일 하바로브스크 감옥에서 총살 당하고 만다. 그가 복권된 것은 스탈린이 사망한 뒤인 1956년이다. 소련을 새로운 조국과 고향으로 생각했던 고려인들은 자신들을 간첩으로 내몰아 탄압하는 적반하장(賊反荷杖)의 상황 앞에서 생존을 위해 침묵하지 않을 수 없었다. 고려인 시인들은 스파이 혐의에서 벗어나기 위해 소비에트 공화국에 대해 한없는 충성심을 보여주는 작품을 창작한다.

강태수는 1938년 크즐오르다사범대학 벽보신문에 「밭 갈던 아씨에게」라는 시를 발표한다. 이 작품이 떠나온 연해주를 그리워한다고 하여 강태수는 반동으로 체포되어 1959년까지 21여 년간 감옥살이와 거주지 연금 생활을 당한다. 이 시를 살펴보면 강제이주와 관련한 직접적 목소리는 전혀 등장하지 않는다. 시적 자아인 '나'는 어떤 이유에서인지 밭을 갈던 아씨인 '너'와 이별해 있다. 여기에서 '아씨'는 단순하게 젊은 시적 자아가 그리워하는 연인만을 의미하지 않는다. 연해주에서 고려인들은 대부분 농업에 종사하였다. 따라서 밭을 가는 아씨가 거주하는 곳은 바로 제2의 고향인 연해주를 암시하는 상징적 기호이다. 시적 자아인 '나'는 그리운 너인 '아씨'를 마음 속으로 찾아가지만 현실에서는 여전히 발이 묶여 있어 마음대로 찾아가지 못하기에 결과적으로 떠나는 것이 된다. 그러면서 시적 자아인 '나'는 역시 연해주를 상징하는 '우리 마을 뒷산'과도 멀어진다. 강제이주 된 중앙아시아에서 보면 연해주는 동쪽에 위치한다. 시인은 동쪽에 위치한 지역이 껌껌하다고 표현하면서 새날이 밝아오기를 희망한다. 이처럼 강제이주 과정에서 쓴 강태수의 「밭 갈던 아씨에게」는 고향인 연해주와 이별한 아픔과 그리움을 우회적으로 절절하게 표현하고 있다.

> 한밤의 벌판에 외로운 기적소리,
> 지금 나는 너를 찾아가느냐?
> 너를 두고 떠나가느냐?
> 우리 마을 뒷산은 보이지 않는다.
> 밝는 날은 어제일가? 그제일가?
> 북두는 말없이 지평선에 떨어지며
> 마음은 너를 찾아 달음박질,
> 아, 아직도 동녘은 껌껌 나라,
> 어서 동이 트고 날이 밝아야 우리는…
>
> 1937년 이주차에서
> − 강태수의 「밭 갈던 아씨에게」 중에서5)

강태수의 필화사건은 다른 고려인작가에게도 영향을 미쳐 작가의 상상력을 억압하는 족쇄로 활용되었다고 보아야 한다. 고려인 작가들은 연해주와 조선을 상기시키는 듯한 원동, 조국, 고국, 고향이라는 용어를 마음 놓고 사용할 수 없었던 것이다. 고려인의 강제이주도 당연히 검열 대상이었다. 스탈린이 사망한 1953년까지 고려인 작가들은 당이 허용하는 범위 내에서만 창작할 수 있는 일종의 암흑기를 겪어야 했던 셈이다. 스탈린 사후, 고려인들은 이전보다 나은 창작 환경을 맞이했지만 민족정체성을 드러내는 식의 연해주와 조선을 형상화하는 것은 여전히 금기 사항이었다.

---

5) 김세일, 「밭 갈던 아씨에게」, ≪고려일보≫, 1997.11.15, 3면, 재수록.

강제이주 후 연해주에서 발간되던 ≪선봉≫ 신문이 폐간되면서 고려인 작가들은 발표지면을 상실한다. 고려인들은 1938년 카자흐스탄의 크즐오르다에서 ≪레닌기치≫ 신문을 창간하여 겨우 발표지면을 확보한다. ≪선봉≫이 민족주의적 색채가 강했다면, ≪레닌기치≫는 고려인의 민족 정체성을 드러내는 내용들이 억압되어 있다. 소련 공산당의 정책을 홍보하는 기관지 성격의 ≪레닌기치≫는 사회주의 담론을 찬양하는 친체제 문학만이 생존할 수 있었던 것이다.

강제이주 된 고려인들은 새로운 조국이자 고향으로서 러시아, 좁게는 중앙아시아를 살기 좋은 유토피아로 생각할 수밖에 없었다. 현실의 삶이 고단하면 할수록 이러한 집단적 자기최면술은 더욱 강해진다. 그것이 바로 현실의 고통을 해결해줄 수 있는 유일한 길이라고 생각했기 때문이다. 이 과정에서 스탈린의 소비에트 정권이 고려인들에게 자행한 만행의 기억은 억압된다. 강제이주의 진실을 직시하는 것은 현재의 삶을 위태롭게 할뿐만 아니라 기억하는 자신들마저도 견딜 수 없는 추억이기 때문이다. 인간은 쾌락원칙에 지배되기에 자신을 고통스럽게 하는 진실을 회피하고자 했던 것이다. 강제이주의 기억은 소련 정권과 고려인들이 목적 지점은 다르지만 일종의 연합전선이 펼쳐져 억압, 자리바꿈, 변형, 왜곡이 개입한다. 강제이주의 진실은 고려인들의 깊은 내면인 무의식의 저장창고에 꼭꼭 숨겨 두어야 할 금기였던 것이다. 강제이주의 기억과 함께 강제이주의 아픔을 떠올리게 하는 고향인 연해주에 대한 기억마저도 무의식의 수면 아래로 가라앉는다. 이제 고려인들 의식의 표면을 지배하는 것은, 아니 끊임없이 자기 의식을 강제하는 것은 소비에트 공화국의 유토피아적 이미지이다. 강제이주 다음해에 조영길은 ≪레닌기치≫에 발표한 최초의 시인 「십월의 스믈한 돐」

(1938)을 통해 "맑쓰주의로 무장하고,/ 레닌의 말대로,/ 쓰딸린 태양 아래서/ 힘차게, 용감하게/ 행복의 나라--공산사회루/ 백만대중 거름 맞하 나간다"[6]고 자랑스럽게 노래한다. 여기에 강제이주로 고통 받았던 고려인의 흔적은 찾을 수 없다.

소련을 제1의 고향이나 조국으로 만들기 위해 소비에트 공화국에 대한 찬양 못지 않게 과거의 고향과 조국, 특히 조선에 대한 부정적 형상화가 집중적으로 이루어진다. 새로운 고향과 조국을 정착시키기 위해 과거의 조국과 고향에 대한 부정적 형상화가 필수적이라고 보았던 것이다. 이것은 프롤레타리아 국제주의라는 대의명분 앞에서 고려인의 민족정체성이 한없이 움츠려들 수밖에 없는 상황을 말해준다. 김두칠의 서사시인 「송림동 사람들」(1974)은 소비에트 고려인 사람들의 과거 역사를 부정적으로 조명하면서 현재적 삶을 긍정하는 대표적인 시이다. 이 시에서 조선의 고향집은 야만적 일제와 악덕 지주의 수탈 속에 인간이 살기 힘든 척박한 땅으로 등장한다. 아무리 뼈 빠지게 일해도 토굴같은 집, 낡은 어머니의 치마와 아버지의 누덕바지 무릎, 선반에 질그릇 몇 개와 소반과 함지뿐이다. 지주의 소로 밭 갈고 지주의 씨로 파종하여 온 여름 가꾸어 가을에 추수하면 각종 세금으로 뜯기어 소작인에게 남는 것은 궁핍과 빚뿐이다. 이런 극악스러운 현실 앞에서 시적 자아는 제 나라도 제 고향도 없다는 자기부정의 극단에 이른다. 그러면서 김두칠 시인은 조선인 선조들이 꿈꾸던 낙원의 땅인 소련으로 이주하는 것은 당연하다는 결론을 이끌어낸다. 시인은 이주한 러시아 땅에서 고려인들이 농지를 개척하였을 뿐만 아니라 일본제국과 반볼세

---

6) 김필영, 『소비에트 중앙아시아 고려인문학사』, 강남대 출판부, 2004, 93쪽, 재인용.

비키파인 백위군과 투쟁하는 데에 적극 협력하였음을 자랑스럽게 형상화한다.

제1의 고향이자 조국인 조선에 대한 부정적 형상화는 일제식민지 시대에만 한정되지 않는다. 소련의 공민인 고려인들은 사회주의 형제 국가인 북한을 우호적으로 형상화면서, 반면에 남한을 미제국주의자와 매판적 박정희 군사독정권이 지배하는 살기 힘든 불모지로 형상화한다. 우제국은 「겨울눈」(1965)에서 "죄 지은 양키들이 어디다 몸을 감추며/ 저주할 박 정희는 어디다 죄를 감추리,/ 복수심이 끓어 넘치는 인민의 앞에서/ 놈들은 어떻게 목숨을 구원하랴."7)라고 노래한다. 이 시는 제국주의 양키와 그 하수인인 박정희의 독재 정권 속에서 인민들이 고통 받고 있다면서 남한 인민의 폭동과 혁명을 부추기고 있다. 연성용도 「남조선아, 일어나라」(1986)에서 제국주의자 양키들을 몰아내기 위해 남조선이 봉기해야 한다고 주장한다. 남조선에 대한 부정적 형상화는 상대적으로 소련의 우월성을 자연스럽게 각인시키는 효과를 생산한다. 이렇게 열악한 조선 대신 살기 좋은 소련의 국민이 된 것은 행운이라는 인식을 유포시켰기 때문이다. 따라서 조선보다 더 나은 곳인 소련에 대한 불평불만은 자연스럽게 억제되는 결과를 초래한다.

소련이 조선보다 더 좋다는 체제의 우월성은 고통 받는 조선인을 구하는 영웅으로 소련인이 등장하는 형태로 이어진다. 공동작품집인 『씨르다리야의 곡조』(1975)에 실린 주송원의 「쏘련 인민께 감사드리자」에서 시적 자아인 '나'의 아버지는 소작인의 한을 품고 돌아가시고, 어머니는 일본놈의 고된 종살이에 시달린다. '나'는 독립투쟁을 하다가 왜

---

7) 우제국, 「겨울눈」, ≪레닌기치≫, 1965.7.11, 3면.

놈의 형무소에 갇힌 신세가 된다. 이렇게 생지옥에 시달리던 '나'는 소련군이 진주하면서 모든 문제가 해결된다. '나'는 광명을 가져다 준 소련에 대해 태산과도 같은 은혜를 입었다고 생각하여 새옷 입고 나와 소련 인민께 감사의 절을 올린다. 여기에서 '소련=시혜자, 북조선=피시혜자'의 관계 속에 상하 우열의 지배와 피지배의 관계가 설정된다. 북한이나, 조선인들은 사회주의의 모국인 소련에 대해 충성해야 한다는 메시지가 은연중에 깔려 있는 것이다.

3. 새로운 고향과 조국 만들기

중앙아시아에서 고려인들은 넓은 지역에 분산 배치되었기에 대규모적으로 민족의 연대를 확인할 기회가 원천 봉쇄된다. 또한 소수민족의 민족정체성을 억압하는 스탈린의 강압정치도 고려인들의 모임 자체를 기피하게 만든다. 그 결과 고려인들 사이의 접촉 기회가 줄어들고, 그 대신 러시아인이나 중앙아시아 현지인과의 접촉은 늘게 된다. 강제이주가 고려인 상호간의 감정적인 유대와 공동체 의식마저 파괴하는 결과를 빚었던 것이다.[8] 고려인들은 원고향인 조선에서 일제와 자본가의 수탈 속에 고통 받아 새로운 땅을 찾아 러시아 연해주로 이주했던 사람들이다. 따라서 그들은 강자에 대한 피해의식을 가지고 있었다. 스탈

---

8) 전광식은 『고향』(문학과지성사, 1999, 19쪽)에서 "고향 이탈의 과정에서 인간은 공간적이고 지정학적인 고향, 즉 근원적 삶의 공간으로서의 고향만 잃어버리는 것이 아니라 감정적인 유대와 공동체 의식, 그리고 자기 동질성, 존재와 삶의 근원까지도 망각 내지 상실할 위기에 직면"한다고 언급한다.

린의 강제이주는 고려인들의 피해의식을 더욱 강화시킨다. 다른 출구가 없었기에 고려인들의 피해의식은 능동적 저항보다 수동적 체념에 길들여진다. 생존의 욕망과 피해의식에서 유발된 체념의 감정이 맞물리면서 소련에 대한 동화 과정은 여타의 다른 소수민족보다 급격하고도 빠르게 진행된다.

소련에 대한 동화 현상은 새로운 조국과 고향 만들기 작업을 본격화시킨다. 윤수찬은 「고향」(1977)이란 시에서 "고향이 따로 있나/ 살면은 고향이지"9)라고 말하며 조국과 고향 만들기를 정당화시키는 시적 형상화를 보여준다. 고려인 시인들의 타향의 고향화 작업은 크게 네 가지 차원에서 이루어진다. 첫째, 사회주의적 자기정체성의 확보. 둘째, 유구한 전통 세우기. 셋째, 고향다운 정겨운 환경의 조성. 넷째, 다른 민족과의 상호 유대성 강화이다. 이러한 것들은 궁극적으로 타향의 고향화를 통한 동질성의 확보를 겨냥한다. 강제이주 전 연해주에서는 언제가 조선으로 돌아갈 것이라는 희망 속에서 민족 정체성을 강화하는 방향이 우세했다면, 조선과 멀리 떨어진 중앙아시아에서는 조선으로 돌아갈 가능성은 거의 없다고 할 수 있다. 이러한 절망적 인식은 기존의 민족적 정체성을 유지하는 방향 대신에 소비에트 국민으로 철저하게 거듭나도록 극적인 전환을 이루게 한다. 타향의 고향화 작업이 이루어지면서 소련은 고려인들이 임시로 거주하는 곳이 아니라 믿고 따라야 할 절대적 영혼의 시공간으로 자리매김 된다.

고려인들이 사회주의적 정체성을 확보했음을 대내외적으로 과시하기 위해 즐겨 애용했던 것은 10월혁명, 레닌과 스탈린, 사회주의에 대한

---

9) 윤수찬, 「고향」, 《레닌기치》, 1977.3.30, 3면.

찬양이다. 이 중에서 특히 압도적으로 많은 것은 소련 사회주의 아버지인 레닌(1870~1924)에 대한 칭송이다. 레닌을 추모한 시로 주송원의 「레닌은 살아 계시다」(1953), 최니꼴라이의 「레닌 도시」(1958), 김기철의 「레닌의 제자가 되겠어요」·주송원의 「레닌은 살아 계신다」·강태수의 「내 심장에 새겨진 레닌」(1960), 김남석의 「레닌의 기념비 앞에서」(1961)·김준의 「레닌과 함께」(1961), 김창욱의 「레닌의 이름」(1962), 우제국의 「레닌 아버지」(1963), 리은영의 「레닌의 능묘 앞에서」·홍봉식의 「레닌을 추억하며」(1968), 원진관의 「레닌의 앞에서」·장건식의 「레닌의 초상」(1969), 춘산의 「레닌의 거룩한 모습」·김세일의 「레닌의 전기를 읽으며」(1970), 리만식의 「레닌의 동상」(1971), 김니꼴라이의 「레닌을 추억하노라」·김종익의 「레닌의 초상화를 보며」(1975), 권칠남의 「레닌의 동상 앞에서」(1976), 박영걸의 「레닌의 동상 앞에서」(1980), 리상희의 「우리는 레닌의 세기에 산다」(1981), 주영윤의 「레닌 능묘 앞에서」(1982), 연성용의 「레닌의 초상화」(1987) 등이 있다. 스탈린(1879~1953)을 노래한 시는 주가이 알렉세이의 「스딸린의 봄」「쓰딸린의 뜻대로」, 김남석의 「생명의 움」·김진의 「쓰딸린의 해빛」(1944), 연성용의 「나는 자랑한다」(1953) 등이 있다.

레닌을 찬양한 시들은 특정 시기가 아니라 고르게 분포되어 있음에 비해, 스탈린을 찬양한 시들은 대개 스탈린이 집권하는 시기에 대부분 발표된다. 그래서 레닌에 비해 스탈린을 찬양한 시들은 절대적으로 숫자가 적다. 이것은 흐르시쵸프의 스탈린 격하운동과 맞물려 고려인들이 강제이주를 집행한 스탈린에 대한 무의식적 적대감이 반영된 것으로 보아야 한다. 레닌이 집권하던 시절에 고려인들은 프롤레타리아 국제주의의 분위기 속에 소련을 구성하는 당당한 소수민족으로 대우받았

다. 하지만 러시아 중심주의를 내심 표방한 스탈린 체제에서 고려인들
은 소비에트 국민으로 호명되기보다 적성민족으로 분류되어 타자화 되
는 아픔을 겪어야 했다. 따라서 고려인들은 레닌에 대한 그리움을 표
시함으로써 당당히 소비에트 국민이 되고 싶은 욕망을 표출한 것이다.
다시 말해 고려인들의 레닌 사랑은 소련이 자신들을 따스하게 품어주
길 희구하는 일종의 주술 행위였던 것이다.

　적성민족으로 분류되어 강제이주 된 고려인들은 자신들이 소비에트
국민이 될 자격이 있음을 타민족에게 끊임없이 홍보해야 했다. 이 과
정에서 먼저 제시된 것은 소련을 건국할 때에 볼세비키파에 고려인들
이 적극 가담하여 빨치산 활동을 했던 역사적 전력이다. 이때 고려인
들이 빨치산 투쟁의 영웅으로 적극 내세운 인물은 홍범도이다. 김 뾰
뜨르의 「홍범도의 무덤 앞에서」(1973), 토사의 「홍범도 거리에서」(1979),
리상희의 「홍범도 장군 동상 앞에서」(1985)란 시들은 끊임없이 홍범도
를 현실에 호출하여 고려인에게 자랑스러운 빨치산 전통이 있음을 대
내외적으로 선전하는 역할을 한다. 이때 홍범도는 단순한 개인이 아니
라 고려인들이 소련체제의 공민으로 당당히 존재할 수 있음을 증명하
는 상징적 기호였던 셈이다. 이외에도 고려인 빨치산을 그린 강태수의
「두 젊은 빨찌산」(1970), 김두칠의 「송림동 사람들」(1974) 등의 시들이
있다. 앞의 시들이 고려인 빨치산 전통을 형상화했다면, 허성록의 「전
우에게」(1978)는 조국수호전쟁 시기에 고려인들이 러시아인들과 힘을
합쳐 싸웠음을 상기시킨다. 러시아인 전우와 함께 파쇼 적을 쳐부수던
고려인의 모습은 러시아인과 고려인이 영원한 우정으로 맺어져 있음을
의미한다. 이 시는 만약 조국이 위기에 처한다면 비록 늙었지만 다시
전쟁터에 나갈 것이라는 고려인의 굳은 맹세로 끝맺는다. 조해룡의 「국

경선의 초병」(1969), 김남석의 「쏘베트의 초병」(1970), 박뾰뜨르의 「쏘
련의 국경 초병」(1976), 이동언의 「초병」(1978), 유성철의 「국경 수비대
원」(1983)도 사회주의 조국을 목숨 바쳐 수호하겠다는 결연한 의지가
드러난 시들이다.

소련 내 각 민족 중에서 고려인들은 인구수에 비해 노력영웅들을 가
장 많이 배출한다. 이것을 고려인들의 애국주의와 국제주의의 발현으
로 해석할 수 있다. 하지만 고려인들의 대중적 노력영웅들이 가장 많
이 출현한 시기가 1940∼50년대의 스탈린 시대라는 것을 상기한다면
단순하게 애국주의와 국제주의로만 해석할 수 없다. 고려인 노력영웅
의 배출은 사회주의 이념의 내면화이기도 하지만 동시에 공포와 불안
의 산물이다. 고려인들은 생존하기 위해 열심히 일할 수밖에 없었던
것이다. 태장춘의 「김만삼에 대한 노래」(1944)는 벼농사를 잘 하여 고
려인 중에서 최초의 노력훈장을 받은 김만삼을 칭송하고 있다. 이런
유형의 시로 리영균의 「로력영웅들에게」(1948), 박영걸의 「로력 영웅
리 류바」(1963), 김종세의 「우리 꼴호스」(1952), 오남흘의 「로력영웅 우
리누나」(1963), 연성용의 「위대한 공훈」(1984) 등이 있다. 빨치산 활동,
조국수호 전쟁의 참여, 노력영웅의 배출은 고려인들이 소련 체제에서
당당히 살아갈 수 있는 유구한 전통을 지닌 민족임을 과시하는 효과를
낳는다.

고향을 생각하면 먼저 떠오르는 것은 모든 것을 포용하는 듯한 어머
니의 이미지이다. 이러한 어머니의 이미지와 결부되어 떠오르는 풍경
은 녹음, 강물, 산 등의 자연 경관이다. 이처럼 우리는 자연 풍경을 떠
올리면서 고향을 자연스럽게 떠올리게 된다. 고려인들은 낯선 지역에
와 있는 탓에 처음 그들이 발견한 자연의 풍경은 타자일 수밖에 없었

다. 그러나 타향의 고향화 작업 속에 그들이 살던 풍경도 정겨운 풍경
으로 변한다. 이때 고려인의 시에 고향의 풍경을 떠올리는 장치로 자
주 등장하는 것은 씨르다리야강이나 아무르강이다. 황용석은 「씨르다
리야, 락원의 강이여」(1979)에서 다민족의 우정을 담고 흐르는 '씨르다
리야강'을 낙원의 강으로 호명한다. 강이 고향을 형성하는 풍경으로 자
주 등장한 것은 중앙아시아 지역이 사막 지역이라는 특수성 외에도 물
이 지닌 포용성과 깊은 관련이 있다. 고려인들은 너와 나, 주체와 타자
를 가리지 않고 포용해 줄 수 있는 속성을 물에서 발견한 것이다. 이외
에도 고려인의 시에서 고향적 풍경으로 까라딸강, 월가강, 네와강, 일
리강, 우랄강, 증가르산이 등장한다.

　중앙아시아라는 낯선 지역에 온 고려인들은 그곳의 현지인들과 조우
한다. 중앙아시아인들은 대체적으로 낯선 이방인인 고려인들을 따뜻하
게 맞이한다. 고려인들은 중앙아시아인들의 환대에 대해 감사의 마음
을 갖는다. 고려인 시인들은 자신들이 살고 있는 중앙아시아인들과의
만남을 우정으로 형상화하면서 그들과의 연대성을 강조한다. 이것은
낯선 이방인이 정착하기 위해 현지인의 도움이 필수적이었다는 점에서
자연스러운 것이라 할 수 있다. 연성용은 「카사흐쓰딴아, 나의 절을 받
으라」(1970)에서 "그때-1937년/ 가던 기차/ 멈춘 곳은/ 카사흐쓰딴의
평원"[10]이라고 언급하면서, 카자흐스탄의 사람들이 형제적 애정으로
고려인들을 도왔기에 고려인들은 학사, 박사, 의사, 기사, 노력영웅의
칭호를 받게 되었다고 노래한다. 시적 자아는 넉넉한 인심을 자랑하는
다민족 큰 가문인 카자흐스탄에 대해 마음에서 우러나오는 감사의 마

---

10) 연성용, 「카사흐쓰딴아, 나의 절을 받아라」, ≪레닌기치≫, 1970.7.15, 3면.

음을 '절'로 표시한다. 또한 이동언은 「어느 고장이 살기 좋은가」(1978)
에서 카자흐스탄이 어느 곳이든지 살기 좋다고 찬양한다. 시적 자아는
행복에 넘치는 유치원생, 뛰노는 고기떼, 기름진 초원, 쇠붙이 쏟아지
는 공장의 용광로 등을 언급하면서 자신의 고향이자 조국인 카자흐스
탄을 자랑스럽게 노래한다. 이런 유형의 시로 정상진의 「나의 우크라
이나」(1944), 맹동욱의 「카사흐 촌에서」(1962), 동철의 「나는 너를 노래
부르다 알마아따여!」(1962), 박형철의 「따스껜뜨여!」(1966), 김광현의
「고맙기도 하더니」・김준의 「알리야」(1970), 현성덕의 「따스껜트 달」
(1972), 리만식의 「따스껜트의 밤」(1973), 허성록의 「우스베끼쓰딴」
(1974), 주영윤의 「따스껜트 야경」(1975), 권칠남의 「우리 도시 홈스크」
(1975), 연성용의 「오, 알마아따!」(1976), 김알렉싼드르의 「나의 우스베
끼쓰딴」・김종세의 「카스흐스딴이여」・박영걸의 「나의 따스껜뜨」(1977),
김두칠의 「따스껜트」(1979), 강태수의 「카사흐스딴」(1980), 남철의 「알
마아따의 밤」(1980), 박현의 「가도 가도 정다운 고장」(1981), 황 뽀뜨르
의 「이 강산을 꽃피우는 봄」(1981), 남 안드레이의 「알마아따의 아침」
(1981), 연성용의 「카사흐스딴이여」(1982), 조해룡의 「꽃 피는 알마아따」
(1983) 등이 있다.

　소련 체제에 동화하려는 노력이 가속화되면서 고려인들의 기억 속에
연해주와 조선은 점차 망각된다. 이제 고려인들에게 조국과 고향은 소
련이자 중앙아시아였던 것이다. 허성록은 「쏘베트공화국」(1973)에서 소
련을 "오, 위대한 우리 조국/ 쏘베트공화국이여!"[11]라고 찬양한다. 황
운정은 「행복의 조국」(1981)에서 행복을 찾는 이들은 모두 소비에트 나

---

11) 허성록, 「쏘베트공화국」, 《레닌기치》, 1973.3.24, 3면.

라로 오라고 권한다. 시인은 빈부나 강약의 차별이 없는 이곳은 만민이 부러워하는 "지상락원 행복의 조국/ 레닌이 세워주신 백성의 나라/ 쏘베트 내 조국이라네"[12]라고 노래한다. 강태수는 「새들의 우짖음」에서 "로씨야는 안을수 있다면/ 만일 안아야 된다면/ 온 땅덩이라도 안으시리라"[13]면서 조국의 넉넉한 포용력을 노래한다. 이밖에도 소련을 조국과 고향으로 생각하며 찬양한 시들은 김종세의 「빛나라 조국 강토여」·우제국의 「조국에 대한 노래」(1960), 김종익의 「조국은 기다린다」(1961), 모용의 「조국에 드리는 맹세」(1963), 우제국의 「조국 땅」(1965), 장만금의 「조국의 해와 달」(1966), 김세일의 「조국의 상공에서」(1969), 김인봉의 「내 조국」·조정봉의 「조국은 부른다」·유 보리쓰의 「은혜로운 내 조국에」·김광현의 「제 나라 강토를 지켜」(1971), 김 뾰뜨르의 「로씨야여, 나는 그대를 사랑합니다」·조영의 「나의 조국」·박영걸의 「위대한 쏘련」(1972), 박현의 「고마운 조국에」(1974), 허성록의 「조국의 봄」(1975), 박 뾰드르의 「성스러운 우리 조국」(1976), 박 예브게니의 「조국의 하늘」·박보리쓰의 「로씨야여, 그대는」(1976), 맹동욱의 「조국」·허성록의 「나의 조국 쏘련이여」(1977), 허성록의 「조국이여 믿으시라」·박영걸의 「내 조국의 기발」·조해룡의 「사랑하는 내 조국이여」(1978), 주영윤의 「조국」(1979), 우제국의 「조국애」(1980), 유성철의 「내 조국」(1982), 명철의 「조국의 품」「조국의 봄」(1987) 등이 있다.

베네딕트 앤더슨은 『상상의 공동체』에서 민족이 상상의 공동체임을 역설한 바 있다. 그에 의하면 "각 민족에 보편화되어 있을지 모르는 실

---

12) 황운정, 「행복의 조국」, ≪레닌기치≫, 1981.9.30, 면.
13) 강태수, 「새들의 우짖음」, 『꽃 피는 땅』, 카자흐스탄 알마아따, 1988, 17-18쪽.

질적인 불평등과 수탈에도 불구하고 민족은 언제나 심오한 수평적 동료의식으로 상상"14)된다고 한다. 이와 동일한 논리가 프롤레타리아 국제주의를 표방한 소련에도 적용될 수 있다. 고려인들은 강제이주시 적성민족으로 취급되어 소비에트 국민의 범주에 들어갈 수 없었다. 이것은 소련이 겉으로는 계급적 연대를 말하고 있지만 그 이면에 흐르고 있는 것은 배타적 민족주의임을 말해준다. 러시아중심주의 흐름 속에 소수민족의 이익은 고려 대상이 아니었던 것이다. 강제이주 이후 고려인들은 자신들이 타자임을 절실히 깨닫고 러시아인과 같아지려고 피눈물 나는 동화의식을 보여준다. 온갖 노력 속에 스탈린 사후 적성민족이라는 꼬리표를 떼었지만 여전히 러시아인 다음인 이등시민에 만족해야 했다. 그럼에도 불구하고 고려인들은 소련의 사회주의가 차별없는 세상을 가져왔다고 찬양하거나 상상한다.

우제국의 「한피 물고 난 형제」(1966)란 시는 고려인이 상상하고 있는 이상적 사회주의국가인 소련을 잘 형상화한다. 이 시에서 타스켄트에 지진이 일어나자 모스크바 사람, 키예프 사람 등 소련을 구성하는 열 다섯 공화국이 모두 도와 복구 건설이 일사천리로 이루어진다. 이것은 사회주의로 인해 민족간의 경계가 허물어지면서 인류의 보편적 연민의 정이 만들어낸 아름다운 일화이다. 시인은 평일 평시에는 사회주의 이념을 공유하는 동무로서, 불행 속에서는 혈연을 나누는 친척으로 변신하는 사회주의 구성원을 보면서 어떠한 불행도 두렵지 않다고 생각한다. 서로를 생각하는 동지들이 있기에 어떤 불행도 이내 물리칠 수 있기 때문이다. 따라서 전체는 하나를, 하나는 전체를 위해 나서는

14) 베네딕트 앤더슨, 『상상의 공동체』, 윤형숙 옮김, 2002, 나남, 27쪽.

사회주의국가인 소련의 미래는 한없이 밝을 수밖에 없다.

> 레닌 선생이 일궈 세운,
> 쏘베트 나라 좋기도 하구나
> 착취 계급을 영영 몰아 낸
> 우리 나라 근로 대중은
> 평일 평시엔 동무이고
> 불행 속에선 친척이로다.
>
> 그렇도다! 우리 나라 사람들은
> 실로 한피 물고 난 형제다.
> 언제나 한마음 한뜻이고
> 무슨 불행이 생기든지
> 전체는 하나를 위해 나서고
> 하나는 전체를 위해 나선다.
>
> ─「한피 물고 난 형제」 중에서[15]

　　그러나 실제의 현실은 이 시에서 노래한 것과는 많이 달랐다. 소련 사회는 러시아인을 정점으로 한 서열적 차별이 존재하는 사회주의국가 였기 때문이다. 따라서 이러한 시적 형상화는 고려인들이 차별 받지 않고 함께 어울려 살고 싶은 이상주의적 욕망이 투영된 환상으로 보아 야 한다. 고려인들은 이상적인 사회주의국가라는 기만적 상상 속에 행 복감을 느꼈던 것이다. 연성용은 「나는 자랑한다」(1953)에서 위대한 레 닌과 스탈린에 의해 강제적 부역에서 해방되었고, "꽃 피는 아침에/ 뿌 리박은 주인이요/ 자유로운 이 나라에/ 당당한 공민이니"[16]라고 노래

───────────

15) 우제국, 「한피 물고 난 형제」, ≪레닌기치≫, 1965.8.21, 3면.

한 바 있다. 그런데 이 시가 발표된 1953년에 고려인들은 여전히 거주지 제한령에 묶여 다른 곳으로 마음 놓고 이동할 수 없었다. 그럼에도 불구하고 연성용은 자유로운 나라의 당당한 공민으로서 쏘베트 조국에 살고 있다고 자랑하였던 것이다. 실제의 진실과 동떨어진 시적 형상화는 있는 현실이 아니라 있어야 할 세계를 그려야만 하는 사회주의리얼리즘의 원칙에 따른 것이기도 하다.

4. 체제 동화와 고향의 재현 양상

강제이주 체험을 지닌 고려인 이주 1세대(1863~1893), 2세대(1894~1924), 3세대(1925~1955)들은 비록 열악한 조건 속에서도 나름대로 조선의 고유한 문화를 지키고자 했다. 그들은 ≪레닌기치≫의 창간을 통해 한글의 보존에 힘을 썼고, 민족적 색채가 강한 조선극장의 연극단이나 가무단을 통해 미약하나마 상호 교류한다. 그러나 강제이주 미체험 세대인 고려인 4세대(1956~1986)와 5세대(1987~현재)는 소련이나 중앙아시아를 모국으로 체험하면서 고려인의 민족정체성은 더욱 약화된다.[17] 이것은 세대에 따라 연해주와 조선에 대한 디아스포라 욕망이

---

16) 연성용, 「나는 자랑한다」, 공동작품집, 『시월의 해빛』, 카자흐스탄 알마아따, 작가출판사, 1970, 113쪽.

17) 윤인진은 『코리안 디아스포라』(고려대출판부, 2004, 43쪽)에서 이 부분에 대해 다음과 같이 언급한다. "거주기간(또는 세대)은 거주국의 사회문화에 대한 지식과 친숙도와 관련되어 개인의 생활기회와 가치정향성에 크게 영향을 준다. 이민 1세는 언어장애와 문화적 차이로 인해 거주국에서 불리한 위치에 처하게 되고 이에 대응해서 민족공동체에 의존하고 참여하는 정도가 높다. 이들에게 민족정체성은 주어진 것으로 거주기간이 길어진다고 해서

차이를 가질 수밖에 없음을 뜻한다. 고려인들은 거주지 제한령이 풀리고 집단농장의 수익성이 악화되자 더 높은 경제적 이익과 자식들의 교육을 위해 농촌에서 도시로 대거 이동한다. 이것은 그나마 민족적 정체성을 유지하는 기반이었던 고려인 집단농장의 붕괴를 의미했다. 개별적으로 도시로 이주한 고려인들은 주류문화와의 동화 속에 민족정체성의 상실을 가속화시킨다. 그 대신 고려인들은 혈연을 중심으로 한 '가족주의'로 똘똘 뭉친다. 민족 대신 가족의 이익이 우선시 되는 상황에서 소련의 지배문화에 대한 체제 동화는 더욱 확산된다.

> 사람들이 한곳에서 같은 목적을 위해 같은 일을 하면 자연히 단결되기 마련이다. 이런 노동장소와 일 프로필이 농사, 특히 벼농사였다. 그런데 50년대 말 60년대에 들어서면서 고려인농장들이 와해되고 도시들에서 각 직장에 흩어져 살게 되면서 자기만 어떻게 하든 살아나가야되니 우선 로어를 잘 배워야 했고 자기 재능, 능력을 보여야 살아 남을 수 있게 됐다. 게다가 쏘베트주권은 우리의 단결을 원하지 않았고 우리 대신 우리 운명을 결정했다.
> 이러는 과정에 우리는 자기 민족성을 망각하게 되고 민족언어마저 잃어버린 것이다.[18]

강제이주 전 연해주에서 소련이라는 존재는 형제나 후원자로 주로 인식되었다. 하지만 강제이주 후 기존의 조국과 고향이 부정되면서 소

크게 약해지지 않는다. 하지만 이민 2, 3세는 거주국이 모국이 되고 가치정향성이 거주국 중심으로 형성된다. 거주국의 언어와 사회문화에 익숙한 이들은 주류사회의 기회구조에 더 적극적으로 참여하게 되고 이로 인해 민족공동체에 참여하는 정도는 이민 1세에 비교해서 줄게 된다."

18) 양원식, 「과도기의 또 한해를 보내면서」, ≪고려일보≫, 1997.12.27, 5면.

련과 중앙아시아는 형제보다 더 진전된 관계인 어머니로 승격된다. 리은영의 「어머니」(1941)는 모국의 넓은 땅을 어머니로 비유한다. 이 시에서 시적 자아의 돌아가신 어머니는 중앙아시아에 새로 정착한 땅으로 환생하여 나타난다. 주영윤은 「조국」(1979)이라는 시에서 "사람에겐 귀중한 것이 많고 많아도/ 가장 귀중한 것은/ 하나밖에 없는 어머니 조국//(중략)// 온 인류의 등대인/ 쏘베트 조국을 위해서라면/ 둘도 없는 생명 바쳐도/ 추호도 아까ㅂ지 않으리"[19]라고 노래한다. 명월봉의 「조국의 품」(1987)도 소련이 백 가지 민족을 포용하는 어머니와 같은 존재임을 노래한다. 여기에서 고려인들의 체제에 대한 동화가 성공적으로 이루어지고 있음을 알 수 있다.

그렇다면 고려인 작가들은 새로 정착한 중앙아시아에 대해 일방적으로 찬양하는 시만 발표했을까. 김세일은 「우리는 새 땅에 살아요」(1966)에서 "우리의 조상들이/ 꿈에도 생각 못 하던/ 거칠던 벌판에 살아요.//(중략)// 낮이면 일터에서/ 웃음 소리 울려오고/ 밤이면 사랑 노래 들려 올제/ 우리는 행복을 느끼며 살아요."[20]라고 형상화한다. 이 시에서 주목할 부분은 새로운 땅에서 행복하게 잘 살고 있는 고려인들의 모습이 아니다. 이렇게 거칠은 벌판에 살 줄을 전혀 생각하지 못했다고 고백하는 시 전반부에 나타난 시적 자아의 진솔한 목소리이다. 김세일은 이 대목을 통해 우회적으로 강제이주와 관련한 고려인들의 불편한 심정을 드러낸다. 강태수는 「소홀히 나무라지 말라」(1968)에서 러시아 사람들이 월가강과 오까의 벌판을 사랑하듯 고려인들도 선조가 남긴 바구니까지 소중하다고 노래한다. 이것은 고려인의 본래 기원지

---

19) 주영윤, 「조국」, ≪레닌기치≫, 1979.2.14, 4면.
20) 김세일, 「우리는 새 땅에 살아요」, ≪레닌기치≫, 1966.10.30, 3면.

인 연해주와 조선에 대한 형상화를 탄압하는 소련 당국에 대한 불만의 표시가 간접적으로 표출된 것이다.

연해주에 있던 시절, 고려인들에게 연해주는 떠남의 장소였고 조선은 귀환의 장소였다. 하지만 연해주에서 강제이주 되면서 이제 연해주가 귀환의 장소로, 중앙아시아가 떠남의 장소로 형질 변경된다. 그러면서 연해주가 고향의 자리로 승격하면서 그리움의 대상이 된다. 고향 연해주에 대한 그리움을 오랫동안 직접적으로 표현할 수 없었던 고려인 작가들은 1960년대 들어 비로소 고향 연해주를 형상화하는 시들을 발표한다. 김세일은 1912년 원동 연해주 박석골에서 출생하여 조선 사범전문학교를 졸업한 작가이다. 20대 중반까지 연해주에서 생활하다가 중앙아시아로 강제이주 당해 온 김세일에게 고향 연해주는 그리움과 동경의 대상이다. 그는 50세 때 고향 원동을 그리워하는 「내 고향 원동을 자랑하노라」(1962)를 발표한다. 이 시에서 시적 자아는 고향을 떠난 지 스물 다섯해라고 밝히면서 고향 원동을 결코 잊을 수 없다고 노래한다. 고향은 생시에는 맘 속에 숨어 있다가 시적 자아의 꿈에만 나타난다. 이것은 고향 원동을 그리워할 수 없는 억압적인 당대 상황을 그린 것이다. 시인은 마지막 5연에서 "행복의 꽃 피여 오르는 내고향"을 "생시면 남들하고 자랑합니다"라고 형상화한다. 여기에서 행복이 꽃 피는 것은 현실적인 내 고향이 아니라 고향을 생각하며 행복에 젖는 시적 자아의 내면이다. 또한 꿈에 깨어 남들에게 고향에 대해 자랑한다고 하지만 앞에 나온 시구절인 "생시면 맘속에 숨어 있다가"라는 표현을 보면 그렇게 못했음을 알 수 있다. 이런 논리의 모순은 고향을 그리워하는 마음과 마음 놓고 표현할 수 없는 시대적 상황의 균열이 만들어낸 합작품이다.

내 고향 원동은 참 좋기도 해요
내 살던 고장은 더 훌륭하지요
그곳 떠난지 스물다섯 해건만
잊을래 잊을 수 없는 그 고장이
생시면 맘속에 숨어 있다가도
꿈이면 나타나 보이군 합니다.[21]

　연성용도 「신한촌」(1967)에서 꿈 속에서 보고 싶은 연해주 신한촌을 방문한다. 연성용은 1909년 원동 변강 쑤이푼 구역 하마탕에서 농민의 아들로 태어났다. 그의 20, 30대 청춘은 대부분 연해주에서 보낸 것이다. 그래서 이 시에는 과거를 회상하는 시인의 그리움이 애틋하게 표현되고 있다. 이 시에서 금모래 은물결에서 물장구 치거나 오월 단오 명절날에 우승기도 타던 꿈 많던 소년은 어느 새 백발이 휘날리는 오십 고개를 넘어섰다. 이러한 시간성의 의식은 마음의 안식처로서의 고향인 연해주를 떠올리게 하는 강력한 동인을 형성한다. 시인은 고향인 신한촌과의 합일을 통해 현재 자신을 옭아매고 있는 일종의 인생 허무감을 극복하고자 한다. 이런 점에서 이 시는 시인의 자궁귀소본능을 통해 실존적 정체성을 확보하려는 욕망을 담고 있다.

　김세일의 「내 고향 원동을 자랑하노라」와 연성용의 「신한촌」에서 시적 자아들은 모두 꿈에서 고향 연해주와 만난다. 프로이트에 의하면 꿈이란 현실 세계에서 억압되었던 것들이 자유롭게 활동하는 장소이다. 따라서 우리들은 꿈의 해석을 통해 한 존재의 억압과 욕망의 실체와 조우할 수 있다. 김세일과 연성용의 시에 등장하는 꿈의 내용은 고

---

21) 김세일, 「내 고향 원동을 자랑하노라」, ≪레닌기치≫, 1962.9.23, 3면.

향에 대한 기억들이다. 일상생활에서 그 기억들을 발설하면 자신이 거
세될지도 모른다는 거세콤플렉스는 그 기억들을 한없이 억압하거나 변
용시킨다. 그러나 이렇게 억압했음에도 불구하고 존재의 초자아가 통
제할 수 없는 시공간이 바로 꿈이다. 그래서 시인은 꿈의 형상화를 통
해 그토록 그리워하던 고향과의 만남을 성사시킨다. 꿈 속에서만 존재
의 쾌락원칙을 만족시킬 수 있다는 사실은 시적 자아의 현실세계에 대
한 불만을 간접적으로 말해준다.

고향인 연해주를 직접적으로 표현하거나 오랫동안 작품의 주제로 삼
은 대표적인 시인은 김준[22]이다. 그는 1900년 원동 연해주 이만 어인
발촌에서 출생해 원동 국립종합대학을 졸업했다. 김준은 「내 고향 땅
에서」(1970) 잊지 못할 고향인 연해주 이만강을 회상한다. 회상은 1921
년 고려인 빨치산인 한운룡이 백위군을 맞아 용감하게 싸운 모습을 중
심으로 하여 펼쳐진다. 이 시의 마지막 6장에서 고려인 빨치산들이 "무
산 혁명의 나라를 건져/ 조선독립의 길도 열고저" 원수와 싸웠음을 밝
히면서 "로시야 혁명과 조선 독립/ 이 형제 몸을/ 천하 만민이 보았더
이다"[23]라고 노래한다. 김준은 고향 연해주를 회상하는 방식으로 러시
아 내전 당시 백위군과 싸운 고려인 빨치산을 등장시켰던 것이다. 이
것을 통해 그는 고향을 회상함으로써 생길 수도 있는 각종 오해를 피
하고자 했던 것이다. 그는 「조국」에서도 연해주를 떠올리며 "너의 슬

<hr>

22) 김준은 연해주 고향을 그리워하는 「나는 조선사람이다」,「조국」이라는 시를
≪레닌기치≫에 싣지 않고 바로 자신의 시집인 『그대와 말하노라』(1977)에
수록한다. 따라서 이 두 작품의 정확한 창작 연대는 알 수 없다. 하지만 개
인 시집이 출판한 시기와 연관시켜 추정한다면 창작 연도를 1970년대 초중
반으로 볼 수 있다.
23) 김준, 「내 고향 땅에서」, 『시월의 해빛』, 앞의 책, 50쪽.

픔과 아픔,/ 너의 갈망과 기쁨/ 모두 내 피줄에 흐른다./ 다른 내물은
내게 없다…"[24)]고 노래하며 절절한 그리움을 표현한다.

김준은 연해주를 그리워하는 것에서 그치지 않고 고향의 기원인 조
선으로 거슬러 올라간다. 김준의 「나는 조선사람이다」에서 시적 자아
는 자신이 러시아 원동 이만강변 조선사람임을 당당하게 밝힌다. 비록
국적은 소련이고 현재 사는 곳은 중앙아시아이지만 자신의 정신에 더
깊게 새겨진 것은 조선임을 숨기지 않는다. 백두산 신령이 먹이지 못
했다는 표현에서 조상들이 궁핍과 굶주림에 의해 연해주로 이주했다는
것을 알 수 있다. 러시아를 양어머니로, 카자흐스탄을 양아버지로 삼아
새 인생을 살아가고 있지만 시적 자아의 깊은 무의식에는 조선의 흔적
이 여전히 살아 숨 쉬고 있는 것이다. 이러한 민족정체성의 자각은 시
의 후반부에서 구체적으로 이어지지 못한 채 조선의 금강산같은 산천
을 잠시 언급하다가 종료된다. 이것은 민족적 정체성이 계속 발전적으
로 확대될 수 없는 시대적 상황을 반영한 것이다.

> 나는 로씨야 원동
> 이만강변 조선사람이다.
> 백두산 신령이 먹이지 못해
> 멀리 강 건너로 쫓아낸
> 할아버지의 손자로다.
>
> 로씨야의 "마마"보다도
> 카사흐의 "아빠"보다도

---

24) 김준, 「조국」, 『그대와 말하노라』, 카자흐스탄 알마아따, 사수출판사, 1977,
   31쪽.

그투씨야의 "나나"보다도
조선의 "어머니"란 말이
내 정신엔 뿌리 더 깊다.25)

　앞의 시인들이 중앙아시아에서 연해주를 그리워하는 회상의 시를 형
상화했다면, 주영윤과 김막씸은 직접 연해주에 가본 소감을 시로 형상
한다. 주영윤의 「원동의 진주」(1973)는 연해주에서 백위군과 싸우다가
형장의 이슬이 된 고려인 김알렉산드리아라는 혁명 여성을 추모하면서
많은 공장들과 아름다운 집이 늘어선 현재의 연해주 원동을 함께 찬양
하는 시이다. 김막씸의 「원동이여!」(1976)도 어린 시절에 뛰놀던 곳을
못 잊어 고향 연해주에 찾아온 시적 자아의 감격스러운 기쁨을 형상화
한다. 돌아온 고향의 풍경은 졸졸 흘러내리는 시내물과 수양버들, 푸른
잔디와 녹음, 산봉우리에서 보이는 망망한 태평양과 수평선의 갈매기
들이 등장한다. 이렇게 뛰어난 전근대적 자연 경관과 더불어 연해주는
근대화를 상징하는 뜨락또르가 힘차게 달리는 근대적 풍경이 함께 존
재한다. 전근대성과 근대성이 병행 교차하는 고향의 풍경은 누구라도
이 연해주에 오고 싶게 하는 충동을 일으키게 한다. 한 마디로 시인이
그리고 있는 연해주는 현대판 낙원인 셈이다.

내 어린시절에 뛰놀던 곳
청춘의 힘과 랑만을 꽃피워준
원동의 산과 들이여!
너를 못잊어 내가 왔노라

---

25) 김준, 「나는 조선사람이다」, 『그대와 말하노라』, 앞의 책, 98쪽.

내 살던 옛마을을 감돌아
졸졸졸 흘러 내리는 시내물
그곁에 심어놓은 수양버들
바람에 흐느적흐느적 춤추고 있구나[26]

　고향은 개인의 의식에서 주로 과거의 지평위에 존재한다. 이러한 고
향은 회상의 영역에 속하기에 인간의 기억과 직간접적으로 연결되어
있다. 고려인들이 과거의 기억 속에 남아 있는 고향인 연해주는 부정
적인 모습이 말끔히 자취를 감추고 낭만적인 이상향의 시공간으로 자
리한다. 이런 상태에서 그렇게 그리워하던 연해주를 방문할 기회를 어
렵게 얻었을 때, 시인의 눈에 비친 연해주 풍경은 연해주의 진실된
모습이라기보다 시인의 내적 욕망이 투영된 풍경이라고 해야 할 것이
다. 또한 사회주의 국가인 소련의 발전하는 모습을 표현할 수 밖에 없
는 상황과 중앙아시아에 남아 있는 대부분의 고려인 동족들에게 고향
의 어두운 면보다 밝은 모습을 전달하고 싶은 욕망도 시적 형상화에
반영되었다고 보아야 한다. 이런 까닭에 연해주를 형상화한 시를 통해
고려인들은 향수병이 치유되는 것이 아니라 자신도 그곳에 가보고 싶
은 욕망을 오히려 더욱 증폭시킨다. 그것은 다시 고향을 절대적인 이
상향의 시공간으로 이미지화시킨다. 그것은 고려인들의 욕망이 만들어
낸 가공의 신화적 상상물인 것이다. 이런 점에서 고려인들이 욕망하는
연해주의 고향은 주체의 오인에서 비롯한 상상계라 할 수 있다. 라캉
이 언급한 상상계는 주체가 대상인 어머니와의 동일시를 통해 구축한
유토피아의 환상 세계이다. 이제 연해주는 그곳에서 살았던 고려인들

---

26) 김막씸, 「원동이여!」, ≪레닌기치≫, 1976.1.24, 3면.

에게 실제적인 고향이자 동시에 이상적인 고향으로 자리한다. 연해주는 중앙아시아에서 고려인들이 박해나 차별을 받을 때 느끼는 온갖 서러움과 소외감을 보듬어 줄 수 있는 따스한 어머니의 이미지로 기억된다. 이때 디아스포라의 욕망과 향수병은 고려인들의 심신을 갉아먹는 것이 아니라 현재의 고단한 삶을 견뎌낼 수 있는 힘의 원천이 된다.

5. 집단적 기억의 복원과 고향 회귀

소련과 중앙아시아를 다시 고향과 조국으로 생각했던 고려인들은 1991년 소련 연방의 해체와 민족주의의 전면화 속에 또 다시 현재의 고향과 조국에서 차별의 설움을 겪는다. 고려인들은 주류문화인 러시아문화에 대한 철저한 학습을 통해 동질성을 확보하기 위해 오랫동안 노력해왔다. 이것은 상대적으로 중앙아시아에 살면서도 중앙아시아인들의 언어와 문화에 소홀하게 만든다. 그런데 소련 연방이 해체되고 민족주의의 바람이 일면서 중앙아시아 각국은 자국의 언어를 국어로 채택하고 우대하는 정책을 펼친다. 러시아어 이외에는 학습을 하지 않았던 고려인들은 자연스럽게 타자화 되면서 중앙아시아 주류에서 배제되는 아픔을 겪는다. 소련체제에서 고려인들은 러시아인 다음의 이등시민이었기에 다소 게으르고 무지한 삼등시민인 중앙아시아인을 은연중에 얕보는 심리가 있었다. 물론 고려인들은 강제이주 당시 자신들을 따스하게 환대한 중앙아시아인에 대해 감사하는 마음도 가지고 있었다. 이렇게 복합적인 심리가 병존하는 상황에서 소련의 해체 속에 고려인들은 자신보다 열등하다고 생각했던 중앙아시아인보다 하루 아침에 신분이 하락하는 수모를 겪는다. 여기에서 억압되었던 연해주와 조선에 대한 디아스포라 욕망이 다시 수면 위로 부상하게 된다. 이것은 고려인들이 상실한 민족적 정체성을 다시 회복하는 과정이기도 하다.

1980년대 후반에 고려인 작가들은 민족적 정체성을 망각하고 왜곡시켰던 시발점인 강제이주와 관련한 기억들을 고통스럽게 들추어낸다. 연성용은 「오, 수남촌!」에서 강제이주를 "실상은 그것이/ 생지옥이었다/ 오, 1937년/ 강제이주!"라고 회상한다. 그러면서 강제이주를 명령한 스탈린에 대해 "오, 저주한다/ 끝없이 저주한다/ 스탈린의 개인숭배!"[27]라고 비판한다. 이 시에서 만춘이는 오늘도 연해주 수남촌을 그리워하며 고향 마을을 보고 싶은 마음을 표현한다. 박현은 「37년도의 하루가」(1997)에서 다섯 살 옥분이를 중심으로 기아와 무더위에 시달렸던 강제이주 화물차의 풍경을 그린다. 온갖 고통 속에 중앙아시아에 도착한 고려인들은 나무 한 그루 볼 수 없는 중앙아시아의 허허벌판에 도착해 천막을 치고 땅을 갈아야 했다. 박현은 「무심한 세월이 남긴」(1989) 시에서도 강제이주와 관련한 고려인의 서글픈 역사가 오랫동안 억압되어 온 비운의 역사였다고 비통한 목소리로 말한다.

프로이트는 기억은 망각되어 잊혀지는 것이 아니라 무의식의 창고에 숨겨지는 은폐기억을 주장한다. 따라서 망각은 기억의 반대가 아니라 오히려 기억의 한 형태로 해석된다. 쾌락원칙에 지배되는 인간은 현재의 기억들이 자신을 불쾌하게 만들면 그것들을 재빨리 망각의 이름으로 무의식에 저장한다. 망각의 형태로 호명된 은폐기억들은 억압과 반복, 자리바꿈, 전이 등의 다양한 형태로 저장된다. 이러한 것들은 현재

27) 연성용, 「오, 수남촌!」, ≪레닌기치≫, 1989.11.25, 4면.

의 상황이 달라져 다시 호출할 상황이 되면 망각의 이름 대신에 기억의 형태로 다시 복원된다. 고려인들은 강제이주의 기억을 은폐기억의 형태로 꼭꼭 숨겨놓았다. 그러다가 소련 해체 속에 민족주의의 열풍이 불면서 저장된 은폐기억은 귀환한다. 이때 은폐기억은 진실 그대로 복귀하는 것이 아니라 저자의 입장이나 당대의 지배담론에 따라 변용의 과정을 거친다. 연성용과 박현이 들추어낸 강제이주의 기억도 바로 현재의 관점에 의해 재해석된 기억들이다. 고려인들은 소련과의 체제동화 속에 오랫동안 민족정체성을 억압하거나 상실해왔다. 이것은 민족정체성을 중시하는 입장에서는 용서받기 힘든 과오이다. 따라서 고려인들은 민족정체성을 상실할 수밖에 없었던 상황적 요인을 강조함으로써 민족정체성을 망각했던 지난 역사를 용서받고자 했던 것이다. 강제이주의 기억들이 1980년대 후반에 봇물처럼 나와야만 했던 이유도 바로 여기에 있다. 강제이주의 고통스러운 기억은 민족정체성을 상실한 채 오랫동안 살아야 했던 고려인들에게 일종의 면죄부 역할을 했던 것이다.

　연성용과 박현은 고려인의 강제이주에 대해 부정적 시각을 표출하였지만 상반된 시각도 존재한다. 강제이주 전 고려인들은 부유한 원호인과 궁핍한 여호인이라는 두 계층으로 나누어져 있었다. 하지만 적어도 강제이주는 원호인과 여호인이라는 두 계층의 차별성을 무화시켜버렸다. 모든 사람들이 중앙아시아에서 다시 새롭게 출발해야 했던 것이다. 강제이주는 고려인의 계층적 차별성이 지닌 모순을 해결하는 데에 일부 공헌한 것이 사실이다. 또한 고려인들은 스탈린이 사망한 1953년까지 고통스러운 시간을 보냈지만 그 이후에는 성실함과 근면함을 기반으로 하여 러시아 다음으로 잘 사는 소수민족이 된다. 그런데 주목할

점은 강제이주를 부정적으로 평가한 연성용과 박현이 그 이전의 시들
에서 소비에트 공화국을 아름다운 조국과 고향으로 찬양했다는 사실이
다. 물론 이것은 다른 대부분의 고려인 작가에게도 해당되는 말이다.
이것은 소련 정부의 검열을 의식한 고려인 작가들의 위선적인 행동이
었을까? 그러나 이렇게 판단하기보다 소련 사회주의 국가에서 살았던
다른 대부분의 사람들처럼 그들도 사회주의 담론을 내면화하여 그것을
최고의 가치와 이상으로 생각했다고 보아야 한다. 소련 해체 이후 고
려인 작가 정상진이 서울에 와서 과거 고려인 작가들이 조선을 조국과
고향으로 부를 수 없는 강압적 사회 제도를 언급한 것은 현재의 관점
에서 과거의 기억을 바라본 것에 지나지 않다.[28] "과거는 기억하는 현
재의 상황과 내적 욕구에 따라 수정된 채 (재)구성된다. 그렇다면 우리
가 과거에 대해 이야기한다고 해도 그것은 과거의 사건 자체보다는 현
재에 대한 이야기라고 할 수 있다."[29] 고려인 작가들 상당수가 당의 정
책을 홍보하는 ≪레닌기치≫ 기자 출신이었다. 이것은 소련 해체 이전
시기에 고려인 작가들이 소련을 자기 조국과 고향으로 간주하는 데에
이질적 저항감을 경험하지 못했음을 암시한다.

---

28) 정상진은 「재소련 고려인 문학의 정체성」(≪민족발전연구≫ 제6호, 2002.3,
    297쪽)에서 "작가들이 자기가 할 수 있는 말을 할 수 없고 자기가 써야 할
    작품들을 쓰지 못했습니다. 왜냐면 검열이 아주 심했고 또 통제가 심했습니
    다. 그래서 일체 작품들이 쓰여지면 반드시 그 작품을 노어로 번역해서 당
    기관이나 검열 기관들에 바쳐야 합니다. 그런데 가장 우스꽝스럽다고 할 수
    있는 얘기가 고려사람들이 자기 나라를 조국이라고 부를 수 없는, 조선을
    조국이라고 부를 수 있는 그런 권리를 상실했습니다. 그래서 할 수 없이 소
    련을 이제 거 조국이라 해야되며 소련을 자기 고향으로 해야… 해야 되지
    않으면 그런 이제 그… 강압적 제도하에 살았습니다."라고 회고한다.
29) 김현진, 「기억의 허구성과 서사적 진실」, 『기억과 망각』, 앞의 책, 216쪽.

중앙아시아의 고려인들은 사회주의 국가인 소련의 공민이었기에 당연히 같은 사회주의 국가인 북한과 긴밀한 관계를 맺는다. 소련과 북한의 정치적 밀월 관계는 그대로 고려인들에게도 이어져 자신들의 원고향을 남조선(남한)보다 북조선(북한)으로 생각하게 만든다. 또한 러시아로 이주한 선조들이 아무래도 지리적 여건상 북한 출신이 많다는 점도 북조선을 우호적으로 바라보도록 만든 요인이다. 고려인들은 사회주의 체제의 홍보 속에 남조선이 미제국주의자들에 의해 고통받는 저주의 땅으로, 북조선이 인민의 평등이 보장되는 살기 좋은 사회주의 형제국으로 인식해왔다. 그래서 중앙아시아에서 민족주의가 부상할 때에, 고려인들은 원고향으로서 남한이 아닌 북한을 먼저 떠올렸다. 고려인 작가 우제국은 조선민주주의 인민공화국 예술부의 공식 초청으로 우즈베키스탄 작가동맹 조선과를 대표하여 북한에서 개최되는 국제친선예술축전에 참가한다. 여기에서 그는 "꿈에라도 한번 가보고싶던 아침의 나라, 나의 부모가 탄생한 삼천리강토, 증조부모들의 묘지도 보존되어 있는 새 조선"[30]에서 초대장이 와 기뻐서 한 순간 눈물까지 흘리며 감격했다고 서술한다. 그는 방문기 끝에서 아시아의 동쪽 위대한 수령님 모신 사회주의국가 조선이 있음을, 잿더미에서 일어선 '낙원 도시'인 평양이 있음을 자랑스러워한다.

이처럼 고려인들의 마음 속에 자리잡은 원고향은 남조선보다 북조선이었다. 이러한 고려인들의 고정관념은 1988년 서울 올림픽을 계기로 새로운 눈을 뜨게 된다. '풍요의 북한/ 빈곤의 남한'이라는 기존의 고정관념이 해체되고 전복되었던 것이다. 1990년 들어 고려인들은 자신의

---

30) 우제국, 「잊지 못할 상봉」, ≪레닌기치≫, 1989.11.30, 4면.

원고향으로 설정하지 않았던 남조선을 점차 새로운 고향의 지리적 심
상으로 떠올리게 된다. 일부 고려인들은 자신들이 고국인 남한에 대해
전혀 몰랐던 사실을 반성하면서 이제부터라도 한국에 대한 이해를 적
극적으로 해야 한다는 주장을 펼친다.[31] 1980년대 후반부터 드세어진
민족주의의 부상 속에 입지가 좁아졌던 고려인들에게 잘 사는 남한이
라는 존재는 일종의 심리적 위안을 안겨주며 고향으로 급부상했던 것
이다. 이것은 고려인들 사이에서 고향을 둘러싼 남북의 갈등이 재현될
가능성을 암시하는 것이기도 하다.

> 1988년 서울 올림픽대회와 1989년 제1회 세계한민족체전이 있은 후
> 부터 구소련과 한국간의 길이 열린 것은 누구나 다 잘 아는 사실이다.
> 이 두 역사적인 사변을 계기로 구 소련 고려인들은 비로소 조상땅을 직
> 업 밟아보게 되고 조국의 따뜻한 품을 느껴볼 수 있게 되었다. 또 한국
> 에서도 정치가들, 언론인들, 교육가들, 각급 기업체 대표자들, 종교가들
> 이 많이 구소련 각 지방에 진출하여 자기 사업을 벌이고 관광단원으로
> 도 많이 들어오게 되자 한국사람들과 구소련 고려인들간의 교제가 활발
> 하게 됨으로써 전에는 없었던 동포애의 정을 서로 느낄 수 있게 되었다.
> 특히 88서울 올림픽대회가 있은 후, 구소련 전체 인민들은 그때까지 뒤
> 떨어진 후진국가, 농업국가로만 알려져 있던 한국이 발전된 공업국가라

---

31) 카자흐스탄 국립 대학생인 현왜체쓸라브는 「나는 한국을 알게 되었다」(≪레
닌기치≫, 1990.11.14, 4면)에서 다음과 같이 진술한다. "서울올림픽대회전
까지 우리는 한국에 대하여 무엇을 알고 있었는가? 실제적으로 아무것도 모
르고 있었다. 우리 재쏘조선인들에게 있어서 이 나라는 오랜 세월 지도상에
공백으로, 수수께끼의 나라로 남아있었다. 그런데 쏘련에서 거주하는 많은
조선사람에게는 그 뿌리는 우리가 알지 못하고 있는 이 나라에 있지 않는
가. 이 모든 정세의 비극은 우리가 실로 고국땅에 대해서 전혀 아무것도 모
르고있은데 있다."

는 사실을 알게 되자 고려인들에 대한 태도가 전혀 달라지기 시작했
다.[32]

소련 해체 이후 고려인들이 욕망하는 조국과 고향은 크게 네 가지로
분류된다. 첫째, 강제이주 전에 조상들이 살았던 연해주를 고향으로 생
각해 회귀하려는 경향이다. 둘째, 통일된 조국이나 분단된 남북한을 자
신의 조국과 고향으로 생각하는 경향이다. 셋째, 첫째와 둘째의 경향도
보이지만 현실적으로 자신이 살고 있는 중앙아시아를 떠날 수 없는 상
황에서 현재의 중앙아시아를 조국과 고향으로 생각하는 경향이다. 넷
째, 연해주·남북한·중앙아시아를 모두 고향으로 간주하는 경향이다.
이 중에서 고려인이 주로 선택했던 것은 첫째인 연해주이다. 1991년
소련에서 독립한 중앙아시아 나라들이 러시아어가 아닌 자국어를 국어
로 채택하여 우대하는 배타적 민족주의 분위기 속에서 4~5만의 고려
인들은 조상들이 이주하여 최초로 정착한 연해주로 회귀한다. 중앙아
시아에 거주하기도 남북한으로 갈 수도 없는 고려인들은 조상들이 살
았던 '연해주'를 자신들의 마지막 안식처로 생각하고 귀환 행렬에 동참
했던 것이다. 그러나 고려인들이 회귀한 연해주는 1970년대 고려인 작
가들이 형상화한 시 속에 등장하는 유토피아적 이미지가 아니다. 연해
주로 또 다시 이주한 고려인들은 대개 적당한 직업을 구하지 못한 채
고통스러운 나날을 보내야 하는 냉혹한 현실이 존재하는 곳이다.

연해주에서 태어나 중앙아시아로 이주한 고려인들이 주로 연해주를
고향으로 떠올린다면, 연해주 체험이 없이 북한에서 온 이들은 한반도

---

32) 양원식, 「중앙아시아 카자흐스탄 고려인들의 사회문제」, ≪재외한인연구≫
　　제7호, 1998.12, 49쪽.

를 주로 고향으로 떠올린다. 박현(본명 박영준, 1936~1998)은 1936년 평양에서 출생하여 김일성 종합대학에 다니다가 소련으로 망명하여 ≪레닌기치≫ 기자를 역임했다. 그는 「태극기 휘날린다」,「하늘에도 별, 땅위에도 별」,「흙」,「고향」,「그리움도 행복일 게다」,「천산 너머 내 고향은」에서 고향에 대한 절절한 그리움을 표현한다. 이때 시인이 그리워하는 고향은 한반도이다. 그는 북한에서 소련으로 망명을 한 상태이기에 북한에 쉽게 돌아갈 수 없다. 또한 그는 고령이라는 나이와 북한과의 연관도 있어 남한인 서울에 쉽게 올 수 있는 형편도 아니다. 그렇기에 박현은 한반도를, 서울을 상상하며 그리움을 절절하게 표현할 뿐이다. 박현 시인은 비록 고향에 가지 못하지만 고향을 마음 속에 간직한 이는 행복한 사람이라고 노래한다. 그는 한국에서 『꼴호즈의 들길에서』(1997)라는 시집을 낸 이듬해인 1998년에 사망했다. 그는 끝내 고향 땅을 밟아보지 못한 채 세상을 하직한 것이다.

> 환성없이 맞아도 좋았다
> 친척하나 없고 아는 이 없어 서운해도
> 동포애로 눈시울 뜨거우면 그만이다
> 서울이란 그리움이고 그리움이 서울이기에
>
> 보고 싶었던 그리운 형제
> 밟아 보고 싶었던 고국 땅이기에
> 땅은 차가와도 마음은 그저 후더울 거야[33]

---

33) 박현, 「그리움도 행복일 게다」, 『꼴호즈의 들길에서』, 서울, 의성, 1997, 25쪽.

영화감독이자 시인인 양원식도 1932년 평남 안주군 남철리 출생이다. 그는 한국전쟁 후 모스크바 국립영화대학을 수료하고 북한에 돌아가지 않고 소련에 남았다. 따라서 그가 그리워하는 고향도 한반도이다. 「내 그리운 곳 고향이라네」, 「내 고향 마을」, 「고향 땅으로 날아다오」는 그가 고향을 그리워하며 노래한 시들이다. 이 시중에서 「고향 땅으로 날아다오」에서 자신을 "조국의 배반자로/ 대하지나 않을는지?/ 수난의 긴긴 세월을/ 이역에서 부득불 보낸 나를/ 동생들은 알아볼는지?"[34]라고 걱정한다. 여기에서 북한 정권과의 불편한 관계 속에 돌아갈 수 없는 시인의 애틋한 그리움과 걱정이 잘 표현되고 있다. 양원식은 북한으로 돌아갈 수도 없고, 연해주가 자신의 고향도 아니기에 중앙아시아를 자신의 조국과 고향으로 계속 삼을 수밖에 없다. 그래서 양원식은 「카자흐스탄 땅이여」와 「카자흐 사람들의 미소」에서 카자흐스탄의 사람들이 1930년대 탄압 시기의 수난 때 친형제와 같이 우리를 마중해주었고, 친어머니처럼 우리 아픔을 함께 나누어준 고마운 존재임을 상기시킨다. 그러면서 시인은 「고려인 송가」에서 "풍유한 우리 나라 카자흐스탄/ 유난히 밝아올 태양 아래서/ 웃으며 눈물을 씻게 되리라/ 친절의 손잡고 화목케 살자/ 사랑을 나누며 굳세게 살자"[35]고 노래한다. 중앙아시아 카자흐스탄을 떠날 수 없는 고려인들은 그 나라를 우리 나라로 지칭하면서 화목하게 살자는 희망을 피력했던 것이다.

---

34) 양원식, 「고려인 송가」, 『카자흐스탄의 산꽃』, 시와진실, 2002,
35) 양원식, 「고려인 송가」, 앞의 책, 24쪽.

6. 아직도 머나먼 고향과 조국

고향은 비록 자신이 어떤 과오를 범해도 모든 것을 안아줄 수 있는 포용적인 어머니의 이미지로 자리한다. 이것은 고향이 주체와 익숙한 대상으로서 동질감을 줄 수 있는 존재임을 의미한다. 소외된 존재는 고향에 돌아감으로써 더 이상 낯선 이방인이 아니라 익숙한 곳에서 동질성을 공유하는 존재로 탈바꿈한다. 여기에서 소외되었던 존재는 다시 자아정체성을 회복한다. 이처럼 고향은 동질성과 자기정체성으로, 타향은 이질성과 정체성 상실로 이해된다.

그러나 소련 해체 속에 중앙아시아로 강제이주 된 고려인들 대부분은 고향으로 회귀하지 못한 채 중앙아시아에서 힘든 삶을 영위하거나 유랑의 길로 내몰린다. 조선에서 연해주로, 연해주에서 중앙아시아로, 중앙아시아에서 다시 연해주나 기타의 곳으로 갈 수밖에 없는 고려인의 삶은 안타깝기 그지없다. 돌아갈 고향과 조국이 단일하지 않고 여러 개로 존재할 수밖에 없는 상황은 고려인의 비극적 현대사를 말해준다. 고려인 시에 나타난 조국과 고향이라는 대상이 시대에 따라 달라지는 양상은 바로 고려인들이 처한 사회적 상황을 그대로 대변하는 지표이다. 고려인들에게 고향과 조국은 현실 속의 결핍을 의미함과 동시에 지향해야 할 대상이 있음을 뜻했다. 욕망의 대상이 있다는 것은 아직까지 희망을 잃지 않을 수 있는 기초적 조건을 형성한다. 고려인들은 비록 갈 수 없는 고향이자 조국이지만 디아스포라의 욕망을 통해 살아가는 힘을 얻었던 것이다.

소련의 해체 속에 고려인들은 연해주나 한반도를 다시 본래의 고향으로 생각하며 민족정체성을 회복할 계기를 마련했다. 그러나 남북이

분단된 상황은 고려인들 사이에 미묘한 갈등과 분열을 조장한다. 사회주의 소련 체제에 살고 있었던 고려인들의 뇌리 속에는 본래의 고향으로 북한이라는 존재가 오랫동안 자리했기 때문이다. 1988년 올림픽을 계기로 남한이라는 존재가 알려지면서 점차 남북 갈등이 고려인들 내부 사이에서도 발생한다. 고향이 없어 유랑해야 했던 고려인들이 어렵게 민족정체성을 회복하려는 시점에서 조국이 분열되어 있는 현실은 곤혹스럽기 그지없다. 남북의 체제경쟁은 어떤 모습으로든지 고려인 사회에 영향을 끼칠 수밖에 없기 때문이다. 따라서 그들은 어느 한쪽을 선택하기보다 '한반도기'로 상징되는 가공의 통일국가를 상정하여 이러한 곤혹스러움을 피할 수밖에 없다. 우리들은 고려인들을 체제경쟁의 도구로 활용하지 않고 같은 한민족이라는 동포의 입장에서 접근해야 할 것이다.

고려인들은 여러 가지 여건상 러시아나 중앙아시아에서 소수민족으로서 살아가야만 한다. 그들의 고향과 조국은 일차적으로 러시아나 중앙아시아일 수밖에 없는 것이다. 물론 지금까지 고려인들은 자신이 살고 있는 터전에서 끊임없이 배제되는 아픔을 겪어야만 했지만 그렇다고 다른 곳에서 살기도 어렵다. 그나마 고려인들의 심리적 고향으로 자리할 수 있는 곳은 바로 연해주이다. 본래의 고향이자 조국인 한국은 이들이 연해주나 다른 곳에서 삶의 터전을 잡고 꿋꿋하게 살아가도록 도와주어야만 한다. 이들의 아픈 역사는 바로 우리들의 현대사이기도 하기 때문이다. 한국이 따스한 이미지로 고려인들을 포용하고 있다는 인식의 확산 속에, 그들은 자신들이 사는 곳에서 민족적 정체성을 유지하면서도 다른 민족과 어울려 조화롭게 살 수 있을 것이다.

3장

문학권력과
근대성

탈식민과 디아스포라 문학

≪사상계≫의 '동인문학상'과 전후 문단 재편

1. 전후(戰後) 문학계와 ≪사상계≫ 문인의 부상

민족 해방인 8·15와 동족상잔의 한국전쟁은 한민족에게 희열과 절망이 번갈아 교차하는 역사적 사건이다. 그 결과 성립된 분단체제는 한민족을 옥죄는 원초적 억압기제로 작동하기 시작한다. 남한에서 적과 아군을 가르는 척도인 반공이데올로기는 삶의 질곡으로 한국인의 무의식에 깊게 각인된다. 한국전쟁은 문학계에도 많은 변화를 초래한다. 전쟁 중 대다수의 중요 문인이 월북·납북·사망하면서 남한 문학계는 문단을 이끌어갈 원로나 권위의 부재를 맞이한다. 종전(終戰)과 함께 문단은 새로운 문인단체의 결성이나 문예지가 연이어 창간되면서 기존 중심의 공백을 메우는 재편의 움직임이 가속화된다. 이 무렵 해방기에 좌우 대립의 선봉에서 이념 투쟁에 복무했던 조선청년문학가협회의 우익 인사는 좌익 문인의 부재 속에 자연스럽게 남한 문단의 중심을 차지한다. 특히 경북 출생인 김동리나 경남 출생인 조연현이 상징하듯 전후 문단의 재편은 출신지가 남한인 문인들이 주도하는 상황

아래 이루어진다. 1954년 예술원회원 선거는 북한 문인들의 세력 약화
와 남한 문인들의 득세로 요약된다.[1]

이처럼 전후의 문단 재편은 문학적 정체성에 의한 '구별짓기'가 아니
라 남한 대 북한이라는 지역주의 코드를 통해 이루어진다. 이것은 전
후 남한 문단이 전근대성에서 여전히 벗어나지 못했다는 사실을 말해
준다. 이러한 구별짓기의 폭력은 필연적으로 대타적 대항 의식을 일깨
우면서 북쪽 출신 문인들을 타자의 이름으로 결집시킨다. 한국문학가
협회와 별도의 조직인 '한국자유문학자협회'의 결성과 '국제펜클럽 한국
본부'의 창립은 살아남기 위한 타자들의 생존 몸부림이었다. 한국전쟁
의 폐허 속에 새로운 문학을 꿈꾸었던 이들에게 지역주의 코드를 기반
으로 한 대립 구조는 구태의 재현이었다. 그럼에도 불구하고 이 지역
주의 코드는 문학계에 전면적으로 드러나지 않은 채 1960년대 초반까
지 맹위를 떨친다. 이러한 문단 역학 관계에서 1953년 4월 장준하 주
재로 창간한 월간 종합교양지≪사상계(思想界)≫는 미묘한 지점에 놓
인다. ≪사상계≫는 1955년 1월 편집위원회를 구성해 지면혁신을 단
행하면서 기존의 철학·사상 중심의 '교양잡지'라는 특성에서 벗어나
'월간종합잡지'로 변신한다. 이때 특히 보강한 것이 문학면이다. 당시
문학은 TV 등의 대중매체가 발달하지 않은 상황에서 지식인들의 지적,
예술적 욕구를 해소해 줄 수 있는 중요한 수단이었다. '동인문학상' 제
정으로 대표되는 문학면의 강화는 대학 인구의 팽창과 지식인의 양산

---

1) 당시 예술원 회원으로 선출된 문학 분과 문인은 종신회원인 염상섭(서울)·
   오상순(서울), 6년제 추천위원인 박종화(서울)·김동리(경북)·조연현(경남),
   3년제 추천위원인 유치환(경남), 서정주(전북), 윤백남(충남)이다. 이처럼 초
   창기 예술원 회원은 전부가 남한 출신의 문인으로 선출되었다.

이라는 사회적 변화와 맞물려 많은 지식인 독자들을 끌어모으는 흡인
력으로 작용한다. 전투적 논객인 사상가 함석헌의 영입과 논쟁의 촉발
은 독자를 확대시킨 기폭제 역할을 했다.

《사상계》는 1950년대 후반부터 일종의 《사상계》 지식인 집단
(또는 동인)을 형성하며 전후 사회에 많은 영향력을 발휘하기 시작한다.
1950년대 후반 월간 문예지 《현대문학》의 발행부수가 대략 1만 2천
부 정도였다면, 《사상계》는 평균적으로 4, 5만부 정도의 발행 부수
를 자랑했다.[2] 발행 부수의 차이는 사회적 영향력의 차이를 의미한다.
이런 점에서 종합지였지만 《사상계》는 대사회적 영향력에서 《현대
문학》보다 우월한 지위를 차지한다. 따라서 전후의 문단 구도는 표면
적으로 보면 《현대문학》 대 《자유문학》·《문학예술》의 대립구
도보다 《현대문학》 대 범《사상계》의 구도로 파악해야 한다. 《현
대문학》에 비해 열세였던 《자유문학》과 《문학예술》은 북한 출
신의 문인을 후원하는 《사상계》라는 버팀목을 통해 세의 열세를 만
회할 수 있었던 것이다.

문단 주류를 대표하는 《현대문학》은 1955년 9월호에 '현대문학신
인상'을, 《사상계》는 바로 그 뒤를 이어 서둘러 10월호에 '동인문학
상'을 제정해 양대 문학상 시대를 활짝 연다. 1개월의 시간 차이는 언

---

2) 《사상계》의 발행 부수에 대해 안병욱은 「옆에서 지켜본 《사상계》 12
   년」(《사상계》, 1965.4)에서 '5만부'를, 박경수도 『장준하』(돌베개, 2003,
   289쪽)에서 '5만부'(최고 9만 7000부)를, 이에 비해 박태순은 「민주·민족이
   념을 추구하다 쓰러진 《사상계》」(《역사비평》, 1997.여름호, 301쪽)에
   서 최고로 '7만부' 정도를 언급하고 있다. 이러한 수치들을 종합해 볼 때
   《사상계》는 1950년대 후반과 1960년대 초반에 대체적으로 4, 5만부 정
   도를 발행했던 것으로 보여진다.

뜻 보면 무심히 지나쳐도 될 지엽적인 일로 간주할 수도 있다. 하지만 그 이면을 살펴보면 상징적 권위를 누구보다 먼저 선점해 문단의 주도권을 행사하려는 주류와 비주류의, 남쪽과 북쪽 문인의 치열한 갈등과 긴장이 내재해 있다. 다시 말해 ≪사상계≫의 '동인문학상'3)은 단순하게 문인의 창작 의욕을 장려하고 그 업적을 칭송한다는 문학상의 일차적 성격에서 그친 것이 아니라 당대 문학장에서 발언권을 확보하려는 소수파의 생존 투쟁이었던 것이다. 등단제도가 문학적 재능이 있는 인재를 뽑는 행사라면 '문학상'은 그 중에서도 더욱 우수한 문인과 작품들을 선별하는 작업이다. 특히 문학상은 고전에 준하는 상징적 권위의 부여와 정전 구축이라는 현상을 빠르게 가능하도록 만드는 공식화된 문학제도이다. 기존 문단의 중심 세력이 몰락한 전후(戰後) 시기에 문학상이라는 제도가 무엇보다 중요할 수밖에 없었던 이유가 바로 여기에 있다. '문학상'이라는 공식화된 제도는 '상징적 권위'를 주기적으로 생산함으로써 손쉽게 문단의 패권을 차지하는 데에 일조할 수 있기 때문이다. 다소 늦게 제정된 '동인문학상'이 '현대문학신인상'의 권위를 압도하면서 전후 최고의 문학상으로 자리하는 과정은 소외된 목소리의 복권이자 전후 문단의 재편을 의미한다. 이 글은 '동인문학상'을 중심으로 ≪사상계≫의 문학계 위치와 전후 문단 재편이라는 현상에 대한 고찰이다.

---

3) '동인문학상'은 1963년부터 사상계사에서 제정한 독립문화상의 한 부문으로 편입되었으나, 1967년 12회 시상을 끝으로 ≪사상계≫사가 운영난에 빠지자 중단되었다. 그 후 12년의 공백기를 거쳐 1979년 동서문화사가 다시 부활시켜 계속하다가 다시 중단되었다. 이것을 1987년 제 18회부터 ≪조선일보사≫가 인수하여 다시 시행하고 있다.

2. 왜 '동인문학상'인가?

≪사상계≫는 문학상 공고를 내면서 "韓國文學의 開拓者의 한 사람인 故金東仁氏를 記念하고 우리 文學의 純化發展에 寄與하는 一端으로" '동인문학상'을 제정한다고 밝히고 있다. 심사 대상과 방법은 "一年間을 통하여 國內主要雜誌에 發表된 新人創作短篇小說中에서 審査委員會를 通過한 一篇에 수상한다"[4]고 명기하고 있다. 이러한 규정에서 '동인문학상'이 작가 김동인의 업적을 기념하고, 한국문학 발전을 도모하려는 제정 취지를 알 수 있다. ≪사상계≫는 '동인문학상' 공고를 내면서 김동인의 단편 중 「감자」를 "우리 文學史에서 短篇의 白眉라는 定評"[5]이 있다고 평하면서 재수록한다. 그렇다면 이념성과 사상성을 중시한 ≪사상계≫가 왜 근대작가 중에서 예술의 형식성(또는 미학성)을 유독 강조한 '김동인'을 택했을까? 이광수의 계몽주의 문학관에 반발하면서 문단에 등장한 김동인의 문학적 성향은 다양하게 표출되었지만 예술지상주의가 중심에 있음을 부인할 수 없다. 그렇다면 김동인의 대표작으로 예술지상주의에 속하는 「배따라기」나 「광화사」 등이 ≪사상계≫에 재수록되어야 한다. 하지만 ≪사상계≫는 사실주의(또는 자연주의) 성향을 대표하는 「감자」를 재수록함으로써 '동인문학상'의 성격이 사상성과 이념성의 강조임을 은연중에 전달한다. 이것은 필연적으로 ≪사상계≫가 제정한 '동인문학상' 수상작과 김동인의 문학적 색깔과 일정한 괴리가 발생할 수밖에 없음을 말해준다. 작

---

4) ≪사상계≫, 1955.10.
5) ≪사상계≫, 1955.10, 268쪽.

가 김동인이 처음부터 사상과 이념에 대해 별 다른 관심이 없었다는 것을 상기한다면 ≪사상계≫와 김동인의 결합은 처음부터 불구적 만남이었던 것이다. '동인문학상' 수상작들이 형식보다 내용에 좀더 중점을 둔 일련의 작품들이 당선된 사실은 이것을 암시하는 단적인 사례이다.

김동인의 문학적 특성과 동떨어진 일련의 '동인문학상' 수상작들은 논란을 일으킨다. 이에 대해 ≪사상계≫ 편집위원이기도 했던 시인 박남수는 심사평인 「상의 성격·기타」(≪사상계≫, 1958.10)에서 '혁신성'의 관점으로 동인의 문학적 성향과 수상작이 공통적이라고 주장한다. 이것은 논리의 오류라 하지 않을 수 없다. 동인의 작품을 보수적이라고 지칭한 사람들은 형식보다 내용적 측면에서 당대 사회 현실에 대한 형상화가 부족하다고 말했던 것이다. 이런 식으로 이야기한다면 당대의 뛰어난 작가들은 모두 혁신성이 있다고 말해도 무방하다. 박남수의 옹호는 하나마나한 변호였을 따름이다. 그럼에도 불구하고 이러한 아전인수식의 주장을 할 수밖에 없었던 것은 그만큼 동인문학상 수상작과 김동인의 문학적 특성이 일치하지 않음을 역설적으로 보여준다. 김우종도 「동인상수상작론」에서 수상작과 김동인의 문학적 업적이 일치하지 않음을 선우휘의 「불꽃」을 예로 들어 언급한다. 물론 김우종은 ≪사상계≫에서 글을 청탁받은 입장이기에 '혁신성'의 입장에서 옹색하게 김동인과의 연관성을 잠시 언급하고 있다. 하지만 글의 전체적인 맥락에서 보면 그것은 어디까지나 ≪사상계≫의 처지를 십분 고려한 인사치레에 불과하다는 것을 알 수 있다.

東仁이 들고 나온 文學은 바로 그러한 것이었다. 더 많은 의미의 함축성과 설명하기 어려운 신비성과 해결이 없으나 해결해야만 되는 문제성과 독후에 길게 남는 餘韻이 있는 文學을 東仁은 내 세우며 春園과같이 ≪궐기하라, 새로운 文明을 받아들여라 신성한 연애를 하라≫ 하는 계몽문학을 차 버린 것이다. 그런데 「불꽃」은 이제 다시 東仁의 그러한 문학을 차 버린 문학이다. 그러므로 「불꽃」은 東仁의 文學과는 전연 다른것, 어떤 의미에선 復古的인것, 즉 春園을 닮은 문학인 동시에 그 革新性으로 보자면 가장 東仁文學的인 것이다.6)

이러한 논란은 수상자들이 모여 동인문학상을 회고하는 「한국창작문학의 당면과제와 방향 : 동인문학상 12년의 편력」(≪사상계≫, 1968.4)이라는 좌담회에서도 슬쩍 내비쳐진다. 수상자들은 좌담에서 '동인문학상'의 혜택을 받은 입장이기에 '동인문학상' 자체에 대한 이의제기를 할 수 없는 형편임을 슬쩍 내비친다. 동인문학상과 관련한 문제제기는 수상자들에게 일종의 금기였던 것이다. 그렇다면 ≪사상계≫는 왜 '동인문학상'이라는 타이틀을 굳이 내걸고 문학상을 제정한 것일까? 그것은 첫째가 서북지역주의에 기초한 범북한지역주의이고, 둘째가 김동인의 형이 수양동우회의 중요 구성원인 김동원이었다는 사실, 셋째가 반공이데올로기에서 찾아야 한다.

1950년대 ≪사상계≫를 이끈 편집위원은 장준하, 김준엽, 김성한, 박남수, 안병욱, 엄요섭 등이다. 이들을 출신 지역으로 보았을 때, 이북 출신이 압도적 다수를 차지한다.7) 대표적으로 ≪사상계≫의 발행인인

---

6) 김우종, 「동인상수상작품론」, ≪사상계≫, 1960.2, 253쪽.
7) 이용성은 「한국 지식인잡지의 이념에 대한 연구 : ≪思想界≫를 중심으로」 (한양대 박사논문, 1996, 123쪽)에서 "1950년대 편집위원 29인 가운데 21인이 북한 출신으로 확인되었으며, 다수가 기독교나 천주교 신자였다. 특히 ≪思想界≫의 편집위원은 아니지만 ≪思想界≫ 지식인에 포함되는 주요

장준하도 평북 의주 출생이다. 북한 공산주의 정권의 탄압에 못 이겨 월남한 ≪사상계≫의 편집위원들은 남한 사회에서 약자일 수밖에 없었다. 여기에 기존에 있던 서북지역주의는 서로를 똘똘 뭉치게 하는 원동력이자 울타리 역할을 한다. '서북지역주의'는 한양을 수도로 한 조선에서 서북 지역인 평안도와 황해도에 대한 사회적 차별이 역사적으로 축적되면서 서북인들의 집단적 피해의식이 만들어낸 허구적 산물이다. 일제에 의한 국권 상실이라는 공통된 민족적 위협 앞에서도 서북지역주의와 남한중심주의는 화해의 길을 모색하지 못한 채 상호 갈등이 내연한 상태로 계속 존재해왔다. 이러한 '서북지역주의'는 해방과 한국전쟁을 거치면서 많은 북한 사람들이 월남하여 정착하면서 경험한 궁핍과 고통에 의해 더욱 공고화된다. 베네딕트 앤더슨이 민족을 상상의 공동체라고 규정한 것처럼 '서북지역주의'도 핍박받은 서북인들에게 힘겨운 현실을 견딜 수 있게 하는 '상상의 공동체'였던 것이다. 잡지 ≪사상계≫는 구심점을 찾지 못해 방황하던 서북인들(특히 엘리트)의 보호자이자 그들의 욕망을 대변한다. 특히 북한 출신의 ≪사상계≫ 편집위원들은 서북지역주의를 발판 삼아 확장시킨 일종의 범북한지역주의(凡北韓地域主義)를 내면화하여 차별과 배제를 일삼는 폭력적 남한중심주의에 저항했던 것이다. 문학에 국한시켜 이야기한다면 남한 출신 문인들이 주도하는 ≪현대문학≫의 독주로 인해 자신의 문학 활동 영역을 축소 당했던 북한 출신 문인들이 타자 의식에 눈을 떠 ≪사상

필자인 함석헌, 김재준, 백낙준, 김성식, 강원용 등이 북한출신임을 감안한다면 그 포진은 더욱 뚜렷해진다."고 언급한 바 있다. 1960년대 편집위원은 상대적으로 남한 출신이 많이 증가하는 추세를 보인다. 그럼에도 불구하고 편집위원들은 여전히 북한 출신이 다수를 차지했다.

계≫를 중심으로 결집했던 것이다.

이런 상황에서 작가의 이름을 내건 문학상을 ≪사상계≫가 제정할 경우, 필연적으로 이북 출신의 작가를 선호할 수밖에 없다. 김동인보다 앞선 선배 작가로 평안북도 정주(定州) 출생의 이광수가 있다. 이광수가 문학사적 위치, 이북 출신, 계몽주의적 문학관 등을 감안한다면 '동인문학상'보다 '춘원문학상'이 ≪사상계≫가 지향한 문학상에 적합했을 것이다. 그러나 이광수는 일제식민지 시대에 친일 행적으로 말미암아 반민특위에 기소된 대표적 문인이었기에 ≪사상계≫가 부담스러웠을 것이다. 게다가 문학상을 제정할 무렵, 한국전쟁 중 납북된 이광수의 행적이 묘연하여 반공이데올로기와의 관계도 불명확하였다. 김동인과 함께 단편문학의 개척자였던 서울 출생의 염상섭이나 경북 대구 출신의 현진건은 출신 지역이 남한이라는 이유만으로 자연스럽게 배제되었다고 보아야 한다. 따라서 ≪사상계≫는 친일 경력이 있음에도 불구하고, 서북지역주의의 적자인 평양 출생의 김동인을 택했던 것이다. 작가 김동인은 '동인문학상'의 제정을 통해 일제식민지시대에 친일로 인해 훼손되었던 문단적 권위를 회복했을 뿐만 아니라 더 나아가 범북한지역주의를 대변하는 상징적 인물로 재탄생된다. 전후에 북한 출신의 문인들은 '동인문학상'이라는 문학적 권위를 기반으로 하여 자신들의 문학적 지분을 점차 확보해 나간다.

서북지역주의에 기초한 ≪사상계≫의 범북한지역주의가 얼마나 강고한 형태로 존재했는지 알 수 있는 리트머스 시험지는 대표적 친일문인인 '이광수'를 다루는 부분에서 나타난다. ≪사상계≫의 이념적 토대가 민족주의라는 것을 상기한다면 당연히 반민족적 친일 문인들에 대해 비판적 시각을 견지해야 한다. 그렇지만 ≪사상계≫가 주장하는 민

족주의가 범북한지역주의와 충돌할 경우, ≪사상계≫의 편집위원들은
'범북한지역주의'에 손을 들어준다. ≪사상계≫는 1958년 2월호에서
김팔봉, 주요한, 이은상의 글을 통해 이광수의 친일 행적을 축소시키면
서 민족에 대한 변함없는 애정을 지닌 민족주의 인사로 치장하고 있다.
특히 친일문학에 함께 종사했던 시인 주요한은 이광수의 친일 부분을
생략한 채 이광수가 "탄압정책과의 싸움에서 받은 상처는 외부적으로
도 혹심했고 내면적으로도 심각했었다"[8]는 식으로 친일에 면죄부를 준
다. 이것은 이광수를 옹호함으로써 주요한 자신도 범했던 친일 논란을
잠재우려고 했던 것이다. 이러한 논조의 글을 ≪사상계≫가 가감없이
실어주었다는 것은 ≪사상계≫의 범북한지역주의가 작용한 결과로 볼
수밖에 없다.

≪사상계≫가 이광수 등을 긍정적으로 끌어안으려고 했던 데에는
범북한지역주의 이외에도 근대를 바라보는 시각의 유사성에서 찾을 수
있다. ≪사상계≫는 교육이나 문화를 통해 나라를 근대화해야 한다는
계몽주의적 세계관을 견지했다. 이런 논리의 연장선에서 최남선과 이
광수의 계몽주의는 일본과의 제한적 협력을 통해 조선을 근대화하려는
긍정적 의도로 해석된다. 총을 들고 직접 싸우는 무장투쟁 대신 교육
과 문화를 통해 조선을 근대화해야 한다는 사관은 도산 안창호의 사상
이기도 하다. ≪사상계≫는 도산 안창호가 주도해서 만든 흥사단의 정
신을 일정 부분 계승하고 있다는 점에서 개량주의적 근대주의와 일맥
상통했고, 이것은 이광수에게 우호적 시선을 던지게 하는 계기를 제공
한다. 이 지점에서 ≪사상계≫가 김동인을 택할 수밖에 없었던 또 하

---

8) 주요한, 「춘원의 인간과 생애」, ≪사상계≫, 1958.2, 32쪽.

나의 중요한 동기를 발견한다. 김동인의 이복형인 김동원은 일제식민지시대에 수양동우회의 중요 일원으로서 조만식과 함께 평안도를 대표하는 민족주의 인사였다. 도산 안창호의 무실역행 정신을 계승한 수양동우회는 민족 부흥을 목적으로 설립된 흥사단의 계열단체로서 남쪽에 이광수가, 북쪽에 김동원이 책임을 지고 운영했다. 이러한 경력의 김동원은 경제계에 투신해 실업가로 성공하면서 1930년대 후반부터 본격적인 친일행각을 벌인다. 그는 해방 후 제헌국회 부의장까지 지낸 인물로서 북한 출신 인사 중 가장 성공한 경우에 해당한다. 김동인은 형 김동원의 후광 속에서 흥사단의 정신을 일부 계승한 ≪사상계≫의 편집위원들이 선호할 만한 외적 조건을 갖추었던 것이다. 이광수가 신통치 않은 가문으로 인해 필마단기(匹馬單騎)의 존재였다면, 김동인은 북한의 명문가 출신이라는 점도 '동인문학상' 제정에 든든한 배경으로 작용한다.

≪사상계≫의 편집위원들은 대부분 기독교를 믿는 월남 인사로서 종교를 부정하는 공산주의에 대한 적대감과 피해의식을 공유하고 있었다. 이러한 기독교 신앙은 공산주의와 대척점에 있는 '반공이데올로기'를 자생적으로 내면화하면서 ≪사상계≫ 편집위원들의 정신에 깊숙히 자리한다. 한국전쟁 중 지병으로 사망한 김동인의 죽음은 북한 공산주의의 침략으로 인한 무고한 희생양으로 인식되면서 반공이데올로기를 대변하는 상징적 인물로 자리매김시킨다. 반공이데올로기는 일제 말기 김동인의 친일 경력에 면죄부를 부여하며 문학계에 복권시키는 힘이 된다. ≪사상계≫ 편집위원들은 작가 김동인의 불행한 죽음 앞에서 북한 공산정권에 의해 탄압을 받는 같은 피해자라는 심리적 일체감 속에 결합되었던 것이다. 월남 인사들의 피해의식은 서로를 심정적으로 감

싸안는 연대의식을 통해 낯선 남한 땅에서 둥지를 틀었고, ≪사상계≫
의 '동인문학상'은 이 연대감과 세력을 대내외적으로 과시할 수 있는
상징적 기호였다. 이러한 '동인문학상'은 한국문학에서 선배 문인을 기
리는 문학상 형태의 선구자적 기원(基源)을 형성한다. 그렇지만 기념
작가의 문학적 세계와 수상작의 작품 경향이 불일치하는 현상은 후대
의 '이상문학상'에서 보듯 극복되지 못한 채 오히려 확대 재생산 된다.
≪사상계≫의 '동인문학상'은 한국문학 발전에 이바지한 공로에 못지
않게 역설적으로 한국문학의 퇴행을 초래시킨 원인 제공자이기도 한다.

3. ≪사상계≫의 편집방침과 심사위원의 함수 관계

문학상 시상에 있어 표면적으로 가장 큰 영향력을 행사하는 것은 심
사위원이다. 이러한 심사위원의 운명은 문학상을 제정하고 시행하는
주체의 의지에 종속되어 있다. 심사위원이 마음에 들지 않을 경우 시
상 주체는 심사위원을 다음에 바꿔 간접적으로 징계할 수 있다. 이런
점에서 '동인문학상'의 선정에서 ≪사상계≫의 입장은 중요한 변수로
작용한다. ≪사상계≫는 1955년 1월에 장준하 1인 편집위원 체제에서
다수의 편집위원이 포진하는 체제로 바뀐다. 하지만 ≪사상계≫의 발
행인이자 편집위원이었던 장준하의 영향력은 여전히 절대적이었다. 따
라서 장준하의 삶과 사상을 살펴보는 것은 ≪사상계≫의 성향을 이해
하는 데에 유효한 수단이다.

1918년에 평북 의주 출생인 장준하는 민족주의적 성향이 강한 기독
교 계통의 학교인 숭실중학교를 거쳐 신천중학에서 공부했다. 일제 말

기 학도병으로 끌려나간 장준하는 중국 서주에서 탈출해 고생 끝에 장
정 6천리를 횡단해 대한민국 임시정부인 중경에 간다. 그곳에서 그는
1945년 광복군에 들어가 장교가 되고, 그해 11월 서울로 돌아와 대한
민국 임시정부 주석인 김구의 비서로 맹활약한다. 이러한 그의 이력은
민족과 조국을 위해 이 한몸 바치겠다는 민족주의 세계관을 여실히 보
여준다. 장준하는 혼란한 해방 정국에서 김구가 피살되자 정치에 깊은
환멸을 경험한다. 황해도 해주 출생인 정치인 김구는 한민족을 위해
어떤 자세로 일해야 할 것인지 장준하에게 실천적으로 보여준 상징적
아버지와 같은 존재이다. 김구의 피살은 장준하에게 일종의 정치적 거
세로 다가온다. 장준하의 위축된 팰러스(라캉이 언급한 상징적 성기)는 정
치에서 물러나 ≪사상≫과 ≪사상계≫란 잡지를 창간해 문화 계몽을
시도하는 방향으로 선회한다. 이것은 부패한 정치 현실에 대한 환멸의
표현이자, 전쟁으로 폐허가 되어버린 조국의 미래를 걸머질 새로운 주
체를 형성하려는 시도였다. 이러한 심리의 저변에는 서구의 근대를 하
루속히 따라 잡아 근대국가에 도달해야 한다는 후진국 지식인의 열등
콤플렉스와 조급증이 내재해 있다. 장준하는 일제 식민지의 과거나 동
족상잔의 전쟁을 통해 힘없는 민족과 국가는 멸망한다는 우승열패의
사회진화론에 사로잡혀 있었던 것이다. 근대 추구는 초강대국 미국으
로 대표되는 서구에 대한 모방으로 나타난다. 이것은 장준하를 비롯한
≪사상계≫ 다수의 편집위원이 서구에서 전파된 기독교 문화를 통해
근대를 꿈꾸도록 한다. 잡지 매호에 외국 이론을 중요하게 소개한 것
도 서구를 향한 ≪사상계≫ 지식인의 지적 편향성을 보여준다. 물론
서구에 대한 동경은 부패한 이승만 정권을 비판하는 대항담론을 형성
하는 밑거름이기도 했다.

장준하는 근대 국가의 건설을 위해 지식인들이 앞장서서 무지몽매한 민중들을 계몽해야 한다고 생각했다. 그는 다른 사람보다 많은 지식을 획득한 지식인들이 이러한 임무에 봉사하지 않고 사리사욕이나 쾌락주의에 빠지는 것을 정도에 어긋난 일로 간주했다. 장준하는 권두언인 「문학의 바른 위치를 위하여」에서 역사적 실천을 방기한 채 다방 구석에 처박혀 담배나 피워대거나 통음난무(痛飮亂舞) 하는 문인들을 사이비문학에 사로잡힌 노예나 환자로 매섭게 비판한다. 그가 1950년대를 휩쓴 허무주의적 실존주의에 대해 알레르기적 반응을 보인 것도 이러한 생각의 연장선에 있다. 나약한 패배주의, 현실도피주의, 허무주의를 배격하는 교훈적 문학관은 민족의 생생한 경험을 형상화하는 '민족주의적 리얼리즘'을 정통으로 삼게 한다. ≪사상계≫의 편집방침이 민족통일, 민족 사상의 함양, 경제발전, 새로운 문화의 창조, 민족적 자존심의 양성이라는 것도 장준하의 생각들이 적극 반영된 것이다.

全民族의 생생한 經驗을 土臺로 하여 그려진 眞實한 作品이 나와야 하겠습니다. 이러한 작품이야 말로 民族을 福되게 하고 人類의 問題를 풀어 줄 것입니다. 人類의 福祉를 指向하는 作品은 萬古에 빛날 것입니다.9)

≪사상계≫의 편집방침과 계몽주의적 세계관은 '동인문학상' 심사위원에게도 일정한 영향력을 행사했다고 보아야 한다. ≪사상계≫의 편집위원과 동인문학상 심사위원들은 출신지역이나 오산중학교 같은 학맥의 유사성으로 끈끈하게 결합되어 있었다. 이것은 ≪사상계≫ 편집

---

9) 장준하, 「문학의 바른 위치를 위하여」, ≪사상계≫, 1955.2, 9쪽.

위원들의 생각이 자연스럽게 심사위원들의 심사에 반영될 수 있는 외적 조건을 형성한다. 사상성과 이념성을 강조한 일련의 '동인문학상' 수상작들은 ≪사상계≫ 편집위원들의 생각이 심사에 적극 반영되고 있음을 보여준다.

문학상의 시상에 있어 가장 중요한 것은 심사의 공정성과 객관성의 확보이다. 공정성과 객관성을 담보하지 못한 정실 위주의 나눠먹기식 문학상은 상의 권위를 추락시키는 결정적 요인이다. ≪사상계≫는 2회 경우 문단의 작가 및 평론가 20인에게 추천을 의뢰하고, 3회와 4회 경우 권위자 100명으로부터 해당 기간에 발표된 우수작 추천을 의뢰하여 대상작품 결정에 참고한다. 이러한 제도는 5회부터 없어져서 바로 심사에 들어간다. 이것은 동인문학상이 권위를 확보해가면서 각계 인사들을 통하지 않고서도 문학상의 권위를 유지할 수 있다는 ≪사상계≫의 자신감 표현일 수 있다. 하지만 각계 인사들로부터 추천받은 예심 작품의 선정 중단은 '동인문학상'이라는 축제에 다수의 사람들을 참여시키지 못한 채 소수의 사람들만을 위한 축제로 전락하는 계기를 제공한다. 추천은 추천일 뿐 중요한 결정은 본심의 심사위원들이 결정한다. ≪사상계≫는 문학상의 공정성을 확보하기 위해 제1회 동인문학상의 심사위원으로 그 당시 명망 있는 인사인 김팔봉(충북), 이무영(충북), 백철(평북), 전영택(평양), 계용묵(평북), 최정희(함남), 정비석(평북), 주요섭(평양), 이헌구(함북)를 심사위원으로 위촉한다. 이때 주목할 부분은 9명의 심사위원 중 7명이 북한 출신이라는 점이다. 9명의 심사위원은 제2회 때부터 축소되어 대개 5명이 심사를 하게 된다. 그렇지만 북한 출신의 심사위원이 수적 우위를 점한 현상은 여전히 계속된다. 문제는 '동인문학상' 심사위원과 수상자의 지역별 편향성이 맞물려 있다는 점이다. 이것은 두고두고 심사의 공정성과 객관성에 논란을 야기하는 불씨가 된다.

'동인문학상'의 제1회 수상자는 작가 김성한이다. 당시 김성한은 ≪사상계≫의 편집주간이었다. 1회 심사위원들은 '동인문학상'의 심사가 '작가'보다 '작품 본위'로 이뤄졌다는 점을 누누이 강조하면서 김성한을 수상자로 결정한다. 그럼에도 불구하고 김성한의 수상이 작품의 우수성에 기인한 것만으로 단순하게 해석하기에는 석연찮은 구석이 상당 부분 있다. 심사위원인 평론가 백철은 심사평에서 "第一回만은 東仁賞의 대상을 해방뒤 十년간의 新人作家로 하게 되었을 때에 나의 視野엔 곧 직선적으로 떠오른 작가가 있다. 그는 누구도 아닌 이번 授賞의 金聲翰"10)이라고 밝힌다. 여기에서 우리는 '동인문학상'의 첫번째 수상자로 김성한을 염두에 두고 수상자 범위를 선정한 것이 아닌가 하는 의문을 지울 수 없다. 본인의 고사가 있었음에도 불구하고 심사과정에서 제외하기로 했던 김성한이 수상자로 최종 결정된 것은 다양한 전략적 포석에 의한 것으로 해석할 수 있다. 김성한 개인도 제1회 '현대문학신인상'에서 장용학, 곽학송, 손창섭과 겨루다가 낙선한 바 있기에 '동인문학상' 수상은 훼손된 작가의 자존심 회복이었다. 또한 ≪사상계≫에서 문학 부분을 책임지고 있는 것이 '김성한'이었다는 점을 감안한다면, 그것은 한 개인의 영광만이 아니라 ≪사상계≫ 편집위원이 지닌 문학적 역량에 대한 공식적 인정이기도 했다.

작가 김성한은 1919년 1월 17일 함경남도 풍산에서 출생하여 함흥함남중학과 일본 야마구치고교를 졸업하고, 도쿄대학과 영국 맨체스터

---

10) 백철, 「김동인문학상수상작품선후평」, ≪사상계≫, 1956.5, 277쪽.

대학에서 수학했다. 그는 당대의 최고 엘리트 코스를 이수한 재원으로서 범북한지역주의가 가장 자신 있게 내세울 수 있는 지식인 중의 한 사람이다. 그 덕분에 그는 1955년 ≪사상계≫의 편집 주간이 되었던 것이다. 이런 김성한의 문학상 수상은 북한 출신으로서 차세대 대표적 문학 주자로 대외적 공인을 받는 의미로 해석된다. 또한 ≪사상계≫의 입장에서 김성한의 '동인문학상' 수상은 심사위원과 ≪사상계≫를 연결시킬 통로를 확보한 것이기도 하다. 김성한은 '동인문학상'을 수상한 이듬해부터 작품 추천위원으로 활약하면서 간접적으로 '동인문학상'에 영향을 끼치게 된다.

제2회의 '동인문학상'은 기성과 신인을 막론하고 그 해의 최우수작을 선정하는 것으로 바뀐다. 불과 1년만에 수상자의 범위가 달라진 것이다. 이때 최종 심사작은 손창섭의 「설중행」, 정연희의 「파류장」, 황순원의 「산」과 「소리」, 정한숙의 「고가」, 박연희의 「닭과 신화」, 선우휘의 「불꽃」이다. 당선자는 심사위원 전원이 찬성한 선우휘였다. 문제는 황순원의 작품이 2개나 올랐음에도 불구하고 수상작으로 선정되지 못했다는 데에 있다. 1930년대부터 문단 생활을 한 황순원이기에 후배에게 최종심에서 자신의 작품이 밀려났다는 것은 견디기 힘든 치욕이었을 것이다. 이 치욕감은 자신이 제3회 심사위원으로 백철, 김동리, 안수길, 박남수와 함께 위촉되면서 표출된다. 황순원은 심사에 들어가기 전에 수상 작가를 제1회처럼 8·15 해방 이후에 배출한 신진 작가로 한정하자고 제안한다. 이러한 제안은 별다른 저항없이 받아들여진다. 그것은 황순원처럼 신진 문인들에 의해 기존 문인들의 권위가 손상받는 것을 누구도 원치 않았기 때문이다. 이것은 신인론이 신세대론으로 바뀌면서 기성문인을 압박하고 있는 당대의 문단 상황과 무관하지 않다. 황순원과 다른 심사위원들은 신진 후배 작가들만 심사 대상으로 삼음으로써 기존 작가와 신진 작가 사이에 확실한 위계 질서를 설정한다. 이것은 김동리로 대표되는 소장 세력들이 어느 새 '신(新)'이 아닌 '구(舊)'세대로 변질된 문단 상황을 반영한 것이다. 다시 말해 3회의 '동인문학상' 심사는 전후에 등장한 신세대 문인과 구세대인 기성 문인의 첨예한 주도권 싸움이 일정 부분 투영된 것이다.

　3회 심사위원 중 특이한 인물은 김동리이다. 황순원도 순수문학 계열의 문인이지만 출신 지역이 평안남도이자 오산중학교 출신이라는 것을 감안한다면 북한 출신들이 중심인 ≪사상계≫와 자연스럽게 연결될 수 있다. 하지만 남한 출신으로서 순수문학을 대변하는 김동리는 아무리 보아도 ≪사상계≫와 일정한 거리에 있다. 이것은 ≪사상계≫가 '동인문학상'의 범문단적 보편성을 강화하려는 의도로 보여진다. 김동리는 제7회 '동인문학상' 심사평에서 자신이 내심 생각하는 후보작들이 다른 심사위원들에 의해 거부되어 소수파로 전락하고 있음을 솔직하게 고백한다.[11] 문학의 사상성과 이념성을 중시하는 ≪사상계≫의 편집방침과 북한 출신 심사위원들 속에서 김동리의 견해는 외딴 섬이었던 것이다. 그렇다면 왜 김동리는 심사위원 자리를 박차고 나가지 않았을까. 이것은 ≪사상계≫의 영향력과 '동인문학상'의 권위가 점점 높아지는 상황에서 그 선정 과정에 동참함으로써 문단적 권위를 확보하는 데에 일정 부분 도움을 받았기 때문이다. 김동리 외에도 동인문학상에 고정적으로 자주 선임된 심사위원은 백철, 황순원, 최정희, 안수길 등이다. 이러한 심사위원의 고정화 현상은 이들의 문단적 권위를

---

11) 김동리, 「제7회 동인문학상 선후평」, ≪사상계≫, 1962.10, 282쪽.

높이는 데에 일정 부분 공헌을 했다고 봐야 한다.

그렇다면 '동인문학상' 심사에서 가장 많은 영향력을 행사했던 것은 누구였을까? 아마도 그것은 제1회 때부터 계속적으로 심사위원이었던 '백철'일 것이다. 동인문학상은 백철이 지지했던 작품들이 공교롭게도 대부분 수상의 영예를 얻었다. 평론가 백철은 과거 계급성을 중시한 카프의 일원이었다. 해방과 전쟁 속에 다수의 카프 출신 문인들이 이북으로 가거나 사망하면서 덜렁 남한에 혼자 남게 된 백철의 처지는 한 마디로 고립무원의 처지였다. 이런 상황에서 ≪사상계≫의 계속적인 심사위원 위촉은 문단의 변방으로 자칫 밀려날 수 있었던 백철의 문단적 지위를 복원시켜주는 강력한 기반으로 작용한다. 사상성과 이념성을 중시했던 ≪사상계≫와 백철의 만남은 서로에게 도움을 주는 공생 관계였던 것이다. ≪사상계≫는 평안북도 출신의 백철이 북한 출신 문인들을 보호하고 그들의 문학적 입지를 넓히는 데에 도움을 줄수 있는 적임자라고 판단하여 백철을 중용했던 것이다. 이에 부응하기라도 하듯 백철은 북한 출신의 신인 작가인 김성한, 선우휘, 오상원 등을 계속 수상자로 밀어줌으로써 그것에 화답한다. ≪사상계≫는 백철만이 아니라 황순원도 심사위원으로 계속 기용해 문학적 권위를 키워주는 데에 일조한다. 황순원은 순수문학 진영의 ≪현대문학≫과 ≪사상계≫를 연결하는 고리 역할을 하면서 문학적 입지를 넓혀나간다.

제4회 '동인문학상' 수상작은 긍정적 인간을 등장시킨 손창섭의 「잉여인간」이다. 심사위원 황순원은 전년도 심사평에서 부정적 인물을 그린 손창섭의 작품이 수상 조건을 충족시키지 못한다고 평한 적이 있다.12) 그렇다면 손창섭은 수상자가 되기 위해 자신의 작품 경향을 바꾼 것일까. 손창섭은 '동인문학상'을 수상하기 이전에 이미 '현대문학신인상'을 수상한 바 있다. '현대문학신인상'이 '동인문학상'과 엇비슷한 문학적 권위를 가지고 있다는 점을 감안한다면 작가 손창섭이 '동인문학상'을 타기 위해 자신의 작품 경향을 바꿨다고 보는 것은 무리한 추론이라고 생각된다. 손창섭이 부정적 인간상에 대한 형상화의 한계를 느낀 시점에서 긍정적 인물을 그린 「잉여인간」이 나왔다고 보는 것이 더 적합한 추론일 것이다. 그럼에도 불구하고 심사평과 수상작의 작품 경향은 동인문학상 수상을 기대하는 작가들에게 간접적인 압력 수단이었다고 보아야 한다. 심사위원들의 심사평과 수상작의 작품 경향은 해당 문학상을 염두에 두고 있는 작가에게 특정 경향에 대한 옹호나 배척 행위를 유도한다. 이것은 결과적으로 이전에 수상한 작품 경향과 비슷한 작품이 다시 수상될 확률을 높게 만든다.

'동인문학상'의 심사위원은 성별로 보았을 때 대다수가 남성이다. 여성으로서 심사위원에 뽑힌 사람은 작가 최정희가 유일하다. 최정희는 심사 과정에서 여성작가들의 작품을 적극적으로 추천하는 열의를 보인다.[13] 하지만 최정희의 의견은 적극적으로 반영되지 못한 채 수상작가

---

12) 황순원은 3회 심사평인 「나의 의견」(≪사상계≫, 1958.10, 315쪽)에서 "孫昌涉은 작년 일년 간 종래와는 달리 그의 장기였던 인생의 부정면 대신에 긍정적인 인물을 그리려 한 흔적이 있다. 그것이 좋고 나쁘다는 속단을 내리기 전에, 우선 주목할 만한 일이 아닐 수 없다. 그러나 그것은 아직 모색 과정에 있고 결실은 맺어지지 못했다고 본다. 그런 의미에서 앞으로 얼마동안 그에게 수상이라는 굴레를 씌우지 않고 그냥 두는 것이 오히려 이 작가를 위해서 좋은 일이 아닐까 생각"한다고 밝힌 바 있다.

13) 최정희는 제 5회 동인문학상 심사평인 「'젊은느티나무'의 향기」(≪사상계≫, 1960.10, 324쪽)에서 다음과 같이 안타까움을 피력하고 있다. "康信哉씨의 「젊은 느티나무」를 抛棄할 생각이 아니었다. 作品의 價値를 적잖게 보고 있기 때문이기도 했지만 이번 東仁賞은 여류작가에게 돌리고 싶은 생각에 서였다. 그렇다고 作品을 덮어놓고 맹목적인 주장을 하려는 것은 아니었다.

들은 100% 남성작가들이었다. 최정희 자신도 사용한 용어이지만 당시에 여성작가들은 '여류작가'라고 취급받으며 남성작가들의 보조물로 취급되었다. 비주류를 대변하는 '동인문학상'도 여성이라는 소수를 무시한 점에서 주류와 대동소이했던 것이다. 같은 시기에 '현대문학신인상'이 소설 부문에서 박경리와 한말숙을 수상자로 선정했다는 점을 감안한다면 '동인문학상'의 남성중심주의는 더욱 도드라져 보인다. 이것은 사상성과 이념성의 잣대에 당대 여성작가들이 미흡하다는 ≪사상계≫와 남성 심사위원의 판단이 반영된 것이다. 그들은 '사상성=남성작가'라는 고정관념과 편견에서 벗어나지 못했던 것이다. 이러한 '동인문학상'의 가부장적 우월주의는 마땅히 비판받아야 할 부분이다.

문학상의 제정과 시상은 철저하게 상호 이익성을 전제로 한다. 문학상은 심사위원, 수상자인 작가, 운영 주체 모두를 만족시켜주는 윈윈 전략의 산물이다. ≪사상계≫는 문단 권력에서 변방일 수밖에 없는 북한 출신의 문인들을 심사위원으로 위촉해 상징적 문학권력의 장을 형성하도록 일조했다. 한번이라도 심사위원이 된 사람은 '동인문학상'의 권위를 통해 역으로 문학적 역량을 이미 공인받은 것으로 간주되었다. 문학상은 표면적으로 보면 심사위원이 수상자를 선정해 칭찬하는 형태를 취하지만 그 행위에는 수상자 뿐만 아니라 심사위원의 드높임도 자연스럽게 포함되어 있는 것이다.[14] '동인문학상' 수상자인 신인들도 북

「젊은 느티나무」가 「이 成熟한 밤의 抱擁」에 비하여 內容이 좀 가볍다 하겠지만 作品전체에 흐르는 '비누냄새'와 같은 향긋한 感覺, 薰風같은 것을 시종일관 나부끼면서 끌어내려간 그 멋, 실로 예술이란 이런 것이 아닐까 하고 생각했던 것이다.// 그러나 삼차에서 이 작품이 제외 되게 되었다."
14) 정명교는 「문학상의 역사와 기능」(『노벨문학상과 한국문학』, 월인, 2001, 84쪽)에서 문학상의 시상자와 수상자에 대해 "쌍방을 드높인다는 것은 이

한 출신 내지 비주류의 설움을 극복하고 문단의 주목을 받는 신데렐라로 등극할 수 있었다. 문학상을 통해 획득한 권위는 자신의 작품에 대한 우호적 평가와 문단의 주도권을 얻도록 만든다. 수상자들은 현재 자신이 심사위원이 주는 문학상을 군말없이 받아야 하는 약자의 처지이지만, 미래에 자신이 심사위원이 될 수 있는 문학적 권위의 가능성도 함께 확보한 것이다. '동인문학상'의 수상자인 김성한과 선우휘는 수상 이후에 ≪사상계≫가 제정한 '신인문학상'의 심사위원으로 위촉되기도 했다. 이처럼 문학상에 있어 심사위원과 수상자의 관계는 상징적 권위를 주고받으면서 그 권위를 더욱 부풀리는 데에 함께 동참한 동지였다. 그러나 심사위원과 수상자는 동지적 관계보다 봉건적 예속 관계가 더욱 강했다고 볼 수 있다. 문학상의 수여 과정은 문단의 서열을 생산하는 문학적 제도였던 것이다. 수상자들은 그 많은 작가 중에서 자신을 뽑아주었다는 고마움 때문에 심사위원에 대해 저자세를 취하거나 충성심을 보여준다. 이 과정에서 심사위원들은 자신들을 추종하는 후배 문인들을 거느리며 세력화 했고, 문학상을 매개로 한 전후의 문단 재편은 더욱 가속화된다.

4. 양대 문학상의 비교와 수상작 경향

'현대문학신인상'이 시·소설·희곡·평론의 장르를 대상으로 한다

상호적 관계의 특징이자 전제이다. '드높임'에 대한 기대가 없으면, 상호적 관계는 성립할 수 없었을 것이다. '드높임'은 언뜻 대가를 바라지 않는 듯이 보이는 상 주기 행위에 대한 실질적인 보상으로 작용한다"고 밝힌 바 있다.

면, '동인문학상'은 소설이라는 장르만을 대상으로 한다. 이러한 차이는
문예지와 종합지라는 매체의 특성에서도 기인하지만 문학상의 제정 의
도가 본래부터 달랐기에 나타난 현상이다. 문단의 공백기인 전후 시대
에 ≪현대문학≫은 '현대문학신인상'을 통해 문단의 헤게모니를 장악하
려는 의도였기에 문학의 장르를 모두 포괄하는 문학상을 제정했다. 이
에 비해 문학판에 뒤늦게 뛰어든 후발 주자인 ≪사상계≫는 모든 장르
를 포괄하기보다 상대적으로 대중적인 소설만을 대상으로 삼아 문학보
다 더 큰 범주인 문화의 패권을 겨냥했다. '헤게모니'라는 점에서 양자
는 동일하지만 '현대문학신인상'이 문인에 대한 직접적 통제의 성격이
강했다면, '동인문학상'은 문화 담론이라는 확장된 헤게모니를 통해 간
접적으로 문단을 지배하려는 차별성을 보인다.

역대 '동인문학상' 수상자는 1회(1956)에 김성한(함남), 2회에 선우휘
(평북), 3회에 오상원(평북), 4회에 손창섭(평양), 5회에 이범선(평남)과
서기원(서울)이 당선작 후보작의 자격으로, 6회에 남정현(충남)이 당선
작 후보작의 자격으로, 7회에 전광용(함남)과 이호철(함남)이 공동 수상,
8회(1962)에 당선자 없음, 9회에 송병수(경기), 1년을 건너뛰어 10회
(1966)에 김승옥(일본 오사카), 11회에 최인훈(함북), 12회에 이청준(전남)
이 수상한다. 총 13명이 수상했는데 지역별로 보면 북한 8명(62%), 남
한 4명(31%), 기타 1명(7%)의 비율이다. 여기에서 북한 출신의 작가가
동인문학상을 많이 받았다는 사실을 다시 한번 확인할 수 있다.

'동인문학상'과 같은 시기에 '현대문학신인상'은 1회(1956)에 손창섭
(평양) · 김구용(경북), 2회에 김광식(평북) · 박재삼(일본 도쿄) · 최일수(전
남), 3회에 박경리(경남) · 이수복(전남) · 김양수(인천), 4회에 이범선(평
남) · 구자운(부산) · 임희재(충남) · 유종호(충북), 5회에 서기원(서울) · 정

공채(경남) · 오학영(서울) · 김상일(경기), 6회에 오유권(전남) · 김상억(함남) · 원형갑(충남), 7회에 이호철(함남) · 이종학(충남), 8회에 권태웅(평북) · 박봉우(광주), 9회에 한말숙(서울) · 문덕수(경남), 10회에 이문희(충남) · 박성룡(전남), 11회에 이광숙(함남) · 이성교(강원) · 천이두(전북), 12회에 최상규(충남), 13회(1968)에 정을병(경남) · 황동규(서울) · 오혜령(서울)이 수상한다. 이 시기에 소설로 수상한 작가는 총 13명인데 지역별로 보면 남한 출신이 7명(54%) 북한 출신이 6명(46%)으로 적절한 균형을 이룬다. 하지만 시, 희곡, 평론 등을 함께 추가시켜 수상한 총 34명을 비교하면 남한 26명(76%), 북한 7명(21%), 일본 1명(3%)이다. 여기에서 보듯 '현대문학신인상'을 수상한 문인들은 남한 출신 사람들이 압도적 다수인 76%를 차지한다. 이처럼 남한 출신 문인이 우대되었던 '현대문학신인상'에서 소설의 경우 북한 출신의 작가들이 상대적으로 많은 46%를 차지했던 것은 그만큼 당시에 북한 출신 작가가 우수했음을 말해주는 객관적 증거로 해석될 수 있다.

　이번에는 수상작들이 실린 매체를 살펴보자. '동인문학상'의 경우, ≪사상계≫에 김성한 · 손창섭 · 서기원 · 전광용 · 이호철 · 김승옥의 수상작들이, ≪현대문학≫에 오상원 · 이범선 · 송병수의 수상작들이, 기타 잡지에 선우휘 · 남정현 · 최인훈 · 이청준의 수상작들이 실린다. 퍼센트로 따지면 ≪사상계≫ 46%, ≪현대문학≫ 23%, 기타 잡지 31%이다. '동인문학상'을 수상하기 위해 ≪사상계≫에 반드시 실릴 필요는 없지만 유리한 것이 사실임을 수치가 말해준다. 동일한 시기에 '현대문학신인상'에서 소설의 경우, ≪현대문학≫에 손창섭 · 박경리 · 이범선 · 서기원 · 오유권 · 이문희 · 이광숙 · 최상규 · 정을병의 수상작들이, 기타 매체에 김광식 · 이호철 · 한말숙 · 권태웅의 수상작들이 실려 있다. 퍼센트로 따지면 ≪현대문학≫ 69%, 기타 매체가 31%이다. 이러한 자료에서 ≪현대문학≫에 실린 작품들이 '현대문학신인상'을 압도적으로 수상했다는 사실을 확인할 수 있다. 이 지점에서 '동인문학상'이 '현대문학신인상'보다 더 많은 권위를 가질 수 있었던 객관적 요인을 발견한다. '동인문학상'이 '현대문학신인상'보다 수상작이 실린 매체와 문학상 수상의 연관성이 상대적으로 크지 않음을 수치가 보여준다. 특정 매체에 실려야만 수상에 유리하다는 사실은 문학상의 객관성과 공정성에 치명적인 것이다.

등단매체와 문학상의 연관성에서도 흥미 있는 자료가 도출된다. '동인문학상'의 경우, 수상자인 김성한·오상원·전광용·김승옥은 신춘문예, 선우휘는 ≪신세계≫, 손창섭은 ≪문예≫, 이범선과 서기원은 ≪현대문학≫, 남정현과 최인훈은 ≪자유문학≫, 이호철과 송병수는 ≪문학예술≫, 이청준은 ≪사상계≫로 등단한다. 이것에서 보듯 '동인문학상'은 다양한 매체를 통해 등단한 사람들이 수상하고 있음을 알 수 있다. ≪사상계≫가 배출하여 '동인문학상'을 수상한 사람은 이청준이 유일하다. 퍼센트로 따지면 불과 8%에 불과하다. 오히려 경쟁 상대인 ≪현대문학≫을 통해 등단한 작가에게 동인문학상을 수여한 것이 2명인 15%를 차지한다. 반면에 '현대문학신인상'의 경우 동일 시기의 소설을 기준으로 하여 비교했을 때, 전체 13명 중 9명(69%)인 박경리·이범선·서기원·오유권·권태응·한말숙·이문희·이광숙·정을병이 ≪현대문학≫을 통해 등단해 '현대문학신인상'을 수상했다.[15) 결국 '현

---

15) 손창섭은 ≪문예≫를 통해 등단했는데, ≪문예≫는 ≪현대문학≫의 전신이라 할 수 있다. 따라서 손창섭마저 포함시킨다면 그 퍼센트는 77%까지 올라간다.

대문학신인상'을 받으려면 ≪현대문학≫을 통해 등단하는 것이 절대적
으로 유리하다는 사실을 알 수 있다.

등단매체만이 아니라 누구를 통해 등단했는지도 문학상 수상에 중요
한 변수이다. 예를 들어 4회 '동인문학상' 심사에서 심사위원 황순원은
자신이 추천하여 등단시킨 서기원에 대한 애정을 곳곳에서 표시하고
있다. 물론 이것을 좋게 생각한다면 작가 황순원의 문학적 세계관의
반영으로 해석할 수 있다. 그렇지만 순수함의 세계를 주로 형상화한
황순원의 문학세계와 전후의 절망을 우울한 이미지로 드러낸 서기원의
문학세계는 그 거리가 그렇게 가까워 보이지 않는다. 서기원은 4회에
황순원의 적극적 추천에도 불구하고 낙방의 고배를 마셨으나, 그 다음
번인 5회에 황순원의 추천 속에 이범선과 함께 당선작 후보작의 자격
을 획득한다. 이처럼 심사위원과의 사적 친분 관계도 문학상 수상에
중요한 변수로 작용한다. 이것은 다른 심사위원이나 문학상의 경우에
도 대동소이했다고 보아야 한다.

문학상과 사적 인맥의 중요성은 심사 대상인 젊은 작가들을 지속적
으로 압박했다. 이것은 대가급 문인들을 중심으로 서열화 된 '사단(師
團)'의 형성을 촉진한다. '에콜(ecole)'이 문학적 정체성이 유사한 문인
들의 자생적 결사체라면, '사단'은 권력의 유무에 의해 결집된 이해타산
적 문인들의 결사체이다.16) 1960, 70년대에 ≪창작과 비평≫과 ≪문
학과 지성≫의 '에콜'이 활성화되기 이전 '사단'의 소속 여부는 한 문인
의 문학적 운명을 결정할 정도의 힘을 발휘했다. 등단을 하더라도 한

---

16) '에콜'이 초기에 지녔던 자신의 정체성을 망각하고 타락하기 시작하면, '에콜'
   은 어느 순간 '사단'으로 변질된다. 따라서 '에콜'과 '사단'은 그 거리가 사뭇
   멀면서도 가까운 관계이다.

정된 지면이라는 열악한 상황은 문인들에게 발표 기회를 확보하기 위해서 어쩔 수 없이 사단에 합류하도록 유혹했던 것이다. 더군다나 문학상의 획득을 통해 더 주목받는 위치를 확보하기 위해서라도 사단의 합류는 문인들의 문학적 생존의 문제로 다가온다. 여기에서 '등단'과 '문학상'이란 제도가 문단정치의 시발점임을 확인할 수 있다. 이런 점에서 '문학상'의 심사위원과 수상자의 얼굴은 문단의 권력 역학 관계가 가장 잘 드러나는 지표이다. 문인들과 독자들은 심사위원과 수상자의 면면을 통해 당대를 지배하는 문학권력의 실체를 암암리에 느낄 수 있었던 것이다.

당시에 팽팽하게 대립했던 '동인문학상'과 '현대문학상'을 동시에 수상한 작가는 손창섭, 이범선, 서기원, 이호철이다.[17) 공교롭게도 두 상을 함께 수상한 작가들은 '현대문학신인상'을 먼저 수상하고 난 다음에 '동인문학상'을 수상했다. '현대문학신인상'의 경우 '신인'이라는 기호는 젊은 신인 작가의 이미지를[18), '신인'이라는 기호가 붙어있지 않은 '동인문학상'의 경우 상대적으로 좀더 성숙한 단계의 신인 작가를 대상으로 한다는 이미지를 독자에게 전달한다. '현대문학신인상'을 수상한 작가들이 '동인문학상'을 다시 수상하는 사례는 이러한 이미지를 독자에게 강화시켜준다. 문학적인 역량에서도 '현대문학신인상'을 받은 작가보다 '동인문학상'을 받은 작가의 문학적 생명력이 더 높았다는 사실도 무시할 수 없다. '동인문학상'의 경우 2회 때 기성과 신인을 막론하고

---

17) 이 논문에서 수상작 시기 연도는 모두 문예 잡지에 수상작이 발표된 시점을 기준으로 하였다.
18) '현대문학신인상'은 1979년에 '신인'이라는 말을 삭제하고 '현대문학상'이라 개명하면서 중견문인을 대상으로 하는 문학상으로 바뀐다.

최우수작에게 수상의 영예를 부여한 선례도 있다. 요컨대 같은 신인상이라고 하더라도 '동인문학상'은 '현대문학신인상'보다 더 우월한 상징적 권위가 있다는 인식을 독자에게 심어주었던 것이다. 이처럼 여러 가지 객관적 자료를 종합해 볼 때, '동인문학상'은 '현대문학신인상'보다 상대적인 비교 우위에 있었다. '동인문학상'이 '현대문학신인상'보다 문학적 권위가 더 높았던 것은 남한 주류가 추진한 비주류의 배제 전략이 실패했음을, 북한 출신의 문인들이 비주류의 한계를 일정 부분 극복하고 남한 문단 형성에 한 중심축으로 우뚝 섰음을 의미한다. 이것은 새시대의 근대 담론을 주도한 ≪사상계≫ 진영이 구시대의 전통에 매달린 ≪현대문학≫ 진영보다 상대적으로 시대적 진보성을 확보한 것에서 기인한다.

그렇다면 사상성과 이념성을 중시했던 '동인문학상' 수상작들의 작품 경향은 구체적으로 어떠했을까?

첫째, 알레고리나 리얼리즘 등의 수법을 통해 가치관의 혼란과 정체성 찾기를 보여준다. 이 계열의 작품은 김성한의 「바비도」, 전광용의 「꺼삐딴리」, 남정현의 「너는 뭐냐」, 이청준의 「병신과 머저리」, 이호철의 「닳아지는 살들」이다. 이 중에서 김성한의 「바비도」는 재봉 직공인 바비도를 등장시켜 타락한 교회 세력과 대립하는 모습을 통해 전후 사회를 알레고리적으로 비판한다. 여기에서 주목되는 부분은 소설의 시공간이 한국이 아닌 영국이라는 점이다. 주인공인 바비도가 목숨을 걸고 지키고자 했던 기독교 신앙은 ≪사상계≫ 편집위원들의 종교관이기도 했다. 이것은 ≪사상계≫의 편집위원들이 전후의 혼란을 극복하는 데에 기독교주의를 염두에 두고 있음을 말해준다. 「바비도」는 기독교로 대변되는 서구의 근대세계에 대한 ≪사상계≫ 동인들의 애틋한 그리움을 상징적으로 대변한다.

둘째, 전쟁과 같은 극한상황의 설정과 휴머니즘의 옹호이다. 이 계열의 작품은 선우휘의 「불꽃」, 오상원의 「모반」, 서기원의 「이 성숙한 밤의 포옹」이다. 이 중에서 선우휘의 「불꽃」은 북한 공산주의의 폭력에 의해 삶의 기반을 상실하고 남으로 월남할 수밖에 없었던 서북지역 지식인들의 처지를 대변한다. 역사적 현실 앞에서 소극적이었던 주인공 고현은 북한 공산군의 인민재판을 경험하면서 좌익에 저항하는 행동주의자로 변신한다. 평안북도 정주 출생인 선우휘의 집안은 일제하 서북 민족주의자들이 대거 나온 명문가이다. ≪사상계≫의 입장에서 서북지역주의의 정통성을 잇는 선우휘의 '동인문학상' 수상은 자연스러운 순리였을 것이다. 게다가 선우휘의 「불꽃」은 ≪사상계≫ 편집위원들이 공유하는 반공이데올로기와 행동주의적 휴머니즘을 적극적으로 형상화하고 있다. 이런 점에서 선우휘의 「불꽃」은 김성한의 「바비도」와 함께 '동인문학상' 수상작의 기본적 성향을 가장 잘 보여주는 작품이다.

셋째, 지식인 주인공이 등장하여 타락하거나 궁핍한 전후사회와의 갈등 양상을 표출한 작품들이다. 이 계열에 속하는 것은 이범선의 「오발탄」, 오상원의 「모반」, 손창섭의 「잉여인간」이다. 이 중에서 이범선의 「오발탄」은 월남한 북한 지주계급 출신 가족의 몰락을 비극적으로 그리고 있다. 미친 노모, 양공주로 전락한 누이 동생, 출산하다가 죽은 아내와 아기, 은행을 털다가 경찰에 붙잡힌 남동생 등 연속된 불행한 사건의 경험은 양심을 지키려는 철호의 정체성을 끊임없이 위협한다. 어디로 가야할지 방향을 정하지 못한 채 '가자'를 반복적으로 외치는 주인공 철호의 처절한 모습은 바로 월남 지식인들이 느낀 정체성의 혼란을 반영하고 있다. 자동차 속에서 피 흘리며 죽어가는 철호의 모습은 끝까지 자존심을 지키고자 안간힘을 다하는 북한 출신 지식인의 당당함을 표출한다. 옳고 그름의 경계선이 무너진 전후사회에서 철호의 양심적 모습은 역설적으로 서북 지식인이 지닌 도덕적 우월성을 효과적으로 선전한다.

넷째, 현대인의 소외성과 익명성이다. 이 계열의 작품은 김승옥의 「서울, 1964년 겨울」, 최인훈의 「웃음소리」이다. 이 중에서 김승옥의 「서울, 1964년 겨울」은 구청 병사계에서 일하는 젊은 공무원, 대학원생 안, 30대 서적 외판원 사내가 등장하여 각자의 틀에 갇힌 현대인의 소외를 고발한다. '나'와 안이라는 20대 세대는 타인의 고통을 외면한 채 각자의 성곽에 갇혀 있다. 아내의 시신을 판 대가로 얻은 돈 때문에 괴로워하는 서적 외판원 사내는 끝내 여관방에서 홀로 자살하고 만다. 연대의 고리를 상실한 채 고립되어 있는 20대 젊은이들의 자화상은 박정희 군사정권의 등장과 4·19세대의 좌절이라는 현상을 반영한다. ≪사상계≫는 김승옥의 작품을 '동인문학상' 수상작으로 선정함으로써 근대국가 건설이라는 대의 명분 아래 젊은이들을 소외시키는 파시즘적 국가주의에 우회적으로 의문을 표시했던 것이다.

앞에서 '동인문학상' 수상작들이 보여준 '사상성과 이념성'은 과거 카프에서 보여준 것과 다른 층위에 존재한다. 반공이데올로기를 내면화했던 '동인문학상' 수상작들은 '자유'와 '평등' 중에서 '자유'라는 항목에 가중치를 부여한 절름발이 형태였다. 좌파적 상상력의 부재 속에 수상자들이 추구했던 근대(현대)는 이상화된 서구라는 지점을 상상하면서 서구중심주의를 재생산한 역오리엔탈리즘 내지 옥시덴탈리즘(occidentalism)이다. 또한 계급(계층) 모순이 민족주의와 근대의 구호 속에 은폐되었다는 점에서도 동인문학상 수상작들의 한계점은 명백하게 드러난다. 수상작들이 보여주는 휴머니즘은 자유민주주의 내지 자본주의에 대해서만 한껏 열려 있는 반쪽의 휴머니즘이었던 것이다. ≪사상계≫는 주요 독자층인 지식인을 통해 근대의 역사적 당위성과 그 추진 동력을 확보할 수 있었지만 동시에 '지식인 중심주의'는 민중과의 수평적 연대와 소통을 가로막는 걸림돌로 작용한다.

5. 문학 논쟁과 문단 재편

한국전쟁이 비록 미소의 냉전체제가 낳은 부산물이지만, 좌우의 이념 갈등 속에 끝내 동족에게 총부리를 겨누었다는 점에서 한민족 내부의 책임도 결코 작지 않다. 전후 시기에 '실존주의'에 영향 받은 젊은이들은 전쟁을 낳게 한 기성 세대에게 역사적 책임을 물으면서 새로운 근대를 추구한다. ≪사상계≫도 기성세대를 일제식민지 교육의 내면화 속에 자주적 근대정신을 제대로 학습하지 못한 구세대로 간주한다. 장준하는 잡지 ≪사상계≫를 통해 서구적 근대담론을 생산하고, 이것을 수용한 전후의 젊은 세대에게서 새로운 희망을 찾는다. 그는 당면한 문제를 "解決하고 未來를 개척할 民族의 棟樑은 托孤寄命의 靑年이요, 學生이요, 새로운 世代임을 확신"[19]했던 것이다. 이제 '세대론'은 단순한 신구 갈등이 아니라 근대화를 성취하기 위해 꼭 겪어야 할 통과제의이다. ≪사상계≫의 '동인문학상'은 전후 신세대 작가를 대거

---

19) 장준하, 「우리는 왜 ≪사상계≫를 내는가?--창간9주년을 맞이하여」, ≪사상계≫, 1962.4, 30쪽.

수상자로 선정함으로써 새로운 세대와 근대 문학담론의 형성을 적극적
으로 지원하는 역할을 담당한다.

1950년대에 ≪현대문학≫의 조연현도 신인의 발굴과 소개에 남다른
열정을 보여준다. 이것은 문학평론가 조연현이 새로운 작가와 문학세
계에 대한 기대도 있었겠지만, 현실적으로 추천제를 통해 문인수를 늘
려 문단 패권을 장악하려는 의도도 있었기에 신인에 대한 적극적 옹호
론을 펼쳤던 것이다. ≪현대문학≫은 다수의 신인을 배출하지만 새로
운 문학 담론을 제시하지 못한 채 민족 정체성을 중시하는 한국적 전
통론을 표방한다. 이것은 개화기 무렵에 유행했던 동양 정신을 유지한
채 서양 문물을 받아들인다는 동도서기론(東道西器論)이 격세유전한
것이다. 문제는 전통론이 전통에 대한 반성이나 주체적 수용보다 기득
권을 유지하기 위한 수사학에 가까웠다는 점이다. 그 결과 김동리, 조
연현, 서정주 등의 ≪현대문학≫ 진영이 내세운 전통론은 전통에 대한
지나친 강박관념 속에 옥석을 제대로 구분하지 않는 과거 편향의 수구
주의로 귀착된다. 전통은 고정불변의 항수(恒數)가 아니라 상황에 따라
변할 수도 있는 임시적 항수이다. 이것을 깨닫지 못한 ≪현대문학≫
진영의 주류 문인들은 새로운 변화나 도전적 실험에 대해 취약성을 노
출했던 것이다.

반면에 ≪사상계≫는 새로운 서구적 담론을 통해 구시대적 전통을
비판하고 신세대들을 옹호하는 입장에 선다. 이러한 ≪사상계≫의 입
장을 초반에 대변한 것은 백철이다. 백철은 「신세대적인 것과 문학」
(≪사상계≫, 1955.2)에서 문단의 신인 문제가 단순한 신인 이야기라기
보다 하나의 신세대적인 논의로 발전되어야 한다고 주장한다. 이러한
백철의 신세대론은 문단 주류에 의해 타자가 된 북한 출신 신진 문인

들의 입지를 보존하고 자신의 문단적 위치를 지키려는 전략의 일환이었다. 백철은 전후세대가 성장하여 문단의 한축을 담당하게 되자 점차 신세대에 대한 우려를 표명하면서 전통 계승론을 강조하는 입장으로 돌아선다. 이것은 신세대문학의 문제점에서도 기인하지만 자신의 처지가 문단권력의 중심으로 이동한 현실과도 연관되어 있다. 백철의 신세대론이 중견 문인의 입장에서 개진된 것이라면, 당시 만 23세의 이어령이 제기한 신세대론은 소장파 입장에서 제기된다. 이어령은 1950년대 중반부터 1960년대 초반까지 ≪문학예술≫·≪자유문학≫·≪사상계≫를 중심으로 활동하면서 전후 신세대가 기성 세대라는 우상을 제거하고 새로운 문학을 개척하는 운명을 지닌 화전민 세대라고 주장한다. 이러한 세대론적 화전민 의식은 기성 문단이 구축한 전통의 단절과 새로운 세대의 옹호라는 시대의 변화를 적극 반영한다. 선배 문인들에게서 전혀 배울 것이 없고, 배운 적도 없다는 당찬 신세대 문인들의 모습은 일종의 고아 의식이자 새로운 것을 만들겠다는 시조(始祖) 의식의 표현이기도 하다. 전후 신세대들의 기성 세대에 대한 철저한 부정과 인정 투쟁은 '전통 부재론 내지 단절론'과 '우상 파괴'로 이어지면서 전후 문단을 뒤흔든다.

이처럼 ≪사상계≫ 진영은 신세대론에 기반한 전통 단절론 내지 부재론을 통해 ≪현대문학≫ 진영의 수구적 전통론과 충돌한다. 특히 전후에 등단한 젊은 비평가들은 "기성세대의 관념적인 전통성 표방에 서구 문학이론의 구체성을 무기로 반발"20)한다. 더욱이 ≪현대문학≫ 진영이 제기한 전통론은 주체의 정립이라는 애초의 의도를 달성하지 못

---

20) 홍성식, 『한국 문학논쟁의 쟁점과 인식』, 월인, 2003, 72쪽.

한 채 유교주의적 동양 문화를 상기시키면서 연령이나 등단 시기를 기준으로 하여 선후배 문인들을 서열화한다. 그 결과 전통론은 친일문인이나 정치적 문인들에 대한 인적 청산을 유도하지 못한 채 역으로 그들에게 면죄부를 준 셈이다. ≪현대문학≫이 ≪사상계≫보다 먼저 '현대문학신인상'을 제정했음에도 불구하고 시대의 흐름을 선도하지 못했던 것도, 기득권을 확대 재생산하려는 안이한 태도에서 기인한다. 전통을 둘러싼 양자의 팽팽한 대립은 격렬한 논쟁으로 이어지면서 60년대 후반에 전통의 반성과 극복이라는 논의로 발전한다. 이것은 전통의 단절이냐 계승이냐라는 이분법적 논쟁을 극복하고 전통의 창조적 계승이라는 결론에 도달했음을 의미한다. 1950년대 말에 등장해 1960년대를 달구었던 '참여문학론'도 세대론과 전통론의 자장 속에 배태된 논쟁이다. 예술가이자 지식인이었던 전후 시대의 작가는 근대국가 건설을 위해 자신의 지식을 적극 활용해야 한다는 의무감에서 자유롭지 못했다. 이러한 생각을 대변한 ≪사상계≫ 진영은 사르트르의 행동적 실존주의에 영향 받은 '참여문학론'을 본격적으로 제기하고, '동인문학상'을 통해 사상성과 이념성을 강조한다. 이때 유의할 점은 문학의 현실 참여 주장이 좌파적 이론의 도입이 아니라 서구적 근대 추구의 일환으로 도입되었다는 것이다.

1950년대에 반공이데올로기를 상호 공유했던 ≪사상계≫와 ≪현대문학≫ 진영은 모두 순수문학일 수밖에 없었다. 그러나 양 진영의 상호 대립 속에 ≪사상계≫의 사상성과 이념성이라는 계몽적 '문화주의'는 '참여문학론'으로 발전한다. 허구적 차별성이 시간이 지나면서 실체화 되었던 것이다. ≪현대문학≫ 대 ≪사상계≫의 치열한 싸움에서 시대적 진보성을 상대적으로 획득한 것은 비평 담론을 선점한 ≪사상계≫였다. 반면에 ≪현대문학≫ 진영은 시대적 변화에 재빨리 대응하지 못한 채 보수적 이미지에 갇혀버린다. 이런 상황을 타개하기 위해 ≪현대문학≫은 나름대로 변화를 모색한다. ≪현대문학≫ 출신으로서 참여문학론을 주장한 문학평론가 김우종에게 ≪현대문학≫의 지면을 준 것이나 분단현실을 그린 이호철의 「판문점」이 '현대문학신인상'을 수상한 것도 이것과 관련성이 있다. 1950년대 후반부터 남한 출신 일색이었던 예술원 회원의 구성도 북한 출신 문인들이 일부 참여하는 형태로 바뀐다. 이러한 변화는 '참여문학론과 동인문학상'을 앞세운 ≪사상계≫의 공세 속에 '남한중심주의'가 일정 부분 해체되고 있음을 보여준다.

1960년대 후반 들어 문인의 사회적 책임에 대한 공감대가 형성되면서 '순수/참여'라는 대립 구도는 점차 무의미해진다. 이러한 상황에서 ≪사상계≫ 동인들은 박정희 정권의 근대화에 참여하거나 그것을 비판하는 집단으로 양분되면서 필연적으로 붕괴의 과정에 들어선다. 시인 김수영과의 불온시 논쟁이 벌어지면서 참여론자였던 ≪사상계≫ 진영의 김붕구, 선우휘, 이어령이 현재의 참여문학을 '용공문학'이라 규정하는 논리의 변신을 보여준 것이 대표적인 예이다. 1950년대 말의 '참여문학론'이 '근대화의 담론'으로 등장한 것이라면, 1960년대 후반의 '참여문학론'은 '근대화 비판의 담론'으로 그 성격이 바뀌었던 것이다. 이처럼 '근대화'에 대해 다양한 시각이 생성되면서 ≪사상계≫ 진영은 더 이상 통일적인 근대 담론을 생산하지 못한 채 표류한다. 1968년 제12회를 끝으로 ≪사상계≫가 제정하고 운영했던 '동인문학상'도 공식적인 사망신고서를 제출한다. 장준하에 이어 부완혁이 발행하던 ≪사상계≫는 1970년 5월에 김지하의 시 「오적」 필화 사건에 휘말려 강제로 폐간되면서 역사의 뒤편으로 사라진다. 유신독재정권에 맞서 싸우던 장준하는 1975년 8월 17일, 약사봉에서 의문의 추락사로 사망한다. 그의 비극적인 죽음은 ≪사상계≫가 '현실의 투쟁'이 아닌 '저항의 신화'라는 자리로 이동했음을 최종적으로 알리는 상징적 사건이다.

비록 ≪사상계≫는 폐간되었지만 '동인문학상'을 앞세운 ≪사상계≫는 신세대론, 전통론, 참여문학론을 통해 한국문학의 발전과 전후 문단 재편에서 큰 역할을 담당했다. 사상성과 이념성을 강조한 '동인문학상'의 성공은 침체되었던 한국문학의 리얼리즘을 소생시키는 큰 원동력으로 자리한다. 반공이데올로기에 의해 억압되었던 현실비판의 목소리가 ≪사상계≫의 담론과 '동인문학상'을 통해 화려하게 부활할 수 있었던 것이다. ≪사상계≫의 '동인문학상'은 전근대적인 '지역주의' 대신 '순수 대 참여'라는 논쟁 구도를 만드는 계기를 제공한다. 이러한 ≪사상계≫의 '동인문학상과 참여문학론'은 1970년대의 리얼리즘론, 민족문학론, 민중문학론을 낳는 밑거름이 된다.

1960년대에 ≪사상계≫에서 주도적으로 활약했던 문학평론가들은 제도권의 교육을 체계적으로 받은 한글세대이거나 4·19세대이다. 특히 그들 대부분은 공교롭게도 서울대 출신이라는 공통점을 지닌다. ≪사상계≫에 글을 쓴 유종호, 이어령, 김붕구, 김우종, 박이문, 홍사중, 송욱, 김진만, 김주연, 백낙청, 김치수, 김현, 김윤식은 ≪사상계≫ 동인의 분열이 가속화되는 60년대 후반부터 은연중에 느슨한 서울대 공동체를 형성하게 된다. ≪사상계≫와 ≪현대문학≫ 진영의 남북한 지역주의는 서울대를 중심으로 한 강단비평 세력이 문학논쟁을 통해 문단의 주도권을 잡아나가면서 소멸의 길로 들어선다. 창작계를 보더라도 서울대 출신인 김승옥, 최인훈, 이청준이 '동인문학상'을 연속으로

수상한다. 이것은 창작과 비평담론의 결합을 통해 서울대 출신이, 또는
4·19세대가 문단 중심 세력으로 부상하고 있음을 보여주는 상징적 사
건이라 할 수 있다. 서울대 중심주의로 대표되는 학벌주의의 징후는
《사상계》의 엘리트 중심주의에서 필연적으로 싹튼 산물이다. 지역주
의를 대체한 학벌주의는 처음에 비평적 선진성을 드러내는 에콜로 결
집되어 한국 문학을 발전시키는 초석이 된다. 하지만 1970년대 후반
들어 학벌주의는 타자를 배제하는 폭력성을 드러내며 한국문학 발전의
걸림돌로 변질된다. 남북한 지역주의를 통해 분리되었던 문인들은 이
제 학벌주의라는 새로운 구별짓기 잣대에 의해 분리되었던 것이다.

6. 《사상계》와 '동인문학상'이 남긴 유산들

1950, 60년대에 《사상계》는 서구적 근대화 담론을 전파하며 근대
민족국가 건설을 꿈꿨다. 한국의 지식인들은 《사상계》가 바라본 지
평 안에서 근대를 꿈꾸면서 전후의 폐허를 극복해나갔다. 《사상계》
가 제정한 '동인문학상'은 선진적 근대화 담론을 예술적 형식으로 전달
하는 매개체였다. 이것은 《사상계》가 지향한 문학이 계몽주의문학이
었음을 명백하게 보여준다. 《사상계》는 책이 귀했던 당대인들에게
근대의 교과서로 인식되었다. '현대문학신인상'이 문학장이라는 협소한
틀에 갇혀 있었다면, '동인문학상'은 사회 운동 차원에서 유통되었던 것
도 이것과 무관하지 않다. '현대문학신인상'이 남한중심주의에 기반한
문단 주류의 상징적 권위를, '동인문학상'은 범북한지역주의에 기반한
문단 비주류의 상징적 권위를 생산·분배·유통시켜 문화자본을 유지

확장시키는 문학제도였다. 이 두 문학상의 충돌 속에 전후 문단의 공백은 새롭게 형성된 상징적 권위가 더해지면서 빠르게 메워진다. '동인문학상'과 '현대문학신인상'을 비교해보면 공정성과 객관성에 있어 '동인문학상'이 상대적인 비교 우위에 있음을 알 수 있다. 이 비교 우위를 적극 활용하여 비주류의 문인들은 주변에서 중심으로, 타자에서 주체로 서게 된다.

당시 ≪사상계≫의 문인들은 월남 인사들이 많았다는 점에서 반공 이데올로기를 앞세운 순수문학의 ≪현대문학≫ 진영과 서로 닮아 있다. 이들은 출신 지역만 차이가 있을 뿐 문학적 내용에 있어 별다른 차별성이 없다. 그러나 남한 문단의 주류를 장악한 ≪현대문학≫ 진영의 문협 정통파 문인들은 공세적 지역주의 코드들 통해 폭력적 구별짓기를 시도하고, 이에 자극받은 북쪽 출신의 비주류 문인들은 수세적 형태의 범북한지역주의를 형성하며 집단적으로 결속했다. 특히 문단 주류의 '현대문학신인상'과 비주류의 '동인문학상'이 제정되면서 남쪽 출신인 '우리'와 북쪽 출신인 '그들'의 갈등 구조는 더욱 첨예하게 드러난다. 이처럼 경계선의 모호함은 문단 통합으로 나아가기보다 오히려 차별성의 구축으로 나아갔던 것이다. 허구적인 지점에서 출발했던 양 진영의 정체성은 문학상의 이미지와 일련의 문학논쟁을 통해 '≪현대문학≫=보수, ≪사상계≫=진보'라는 실체적 차별성의 형태로 발전한다.[21] 문학에 한정시켜 이야기한다면 양자의 정체성은 타자의 매개를 통해 구

---

21) ≪사상계≫의 진보적 색깔은 문학면만이 아니라 함석헌으로 대표되는 논객들의 사상 투쟁에 의해 더욱 강화되었다. ≪사상계≫는 '문학'과 '사상'이라는 두 개의 요소가 서로 등가 관계를 형성하며 내외적으로 결합되어 상승작용을 했던 것이다. 문학이 사상이고, 사상이 문학이라는 일원론은 ≪사상계≫의 계몽적 문화주의의 필연적 산물이다.

축된 비자립적 정체성이라 할 수 있다. 따라서 상대방의 몰락은 아이
러니하게 자신의 정체성마저도 위협하는 현상을 초래한다. ≪사상계≫
가 정권의 탄압 속에 폐간되면서 ≪현대문학≫도 점차 힘을 잃어갔던
것이다.

≪사상계≫와 '동인문학상'은 전후의 허무주의와 패배주의를 극복하
고 순수문학 편향의 불구성을 시정하는 데에 지대한 공헌을 했다. 그
러나 지식인 중심주의, 가부장적 남성주의, 지역주의, 반공이데올로기
의 내면화, 수상작과 기념 작가의 문학적 세계의 불일치, 서구콤플렉스
등은 ≪사상계≫와 '동인문학상'이 지닌 한계점이다. 이것은 계몽적 욕
망과 근대에 대한 조급증이 합작해 만들어낸 것인지도 모른다. 이런
점에서 근대담론을 주장한 ≪사상계≫의 진보성은 반쪽만의 진보였다.
특히 수세적 지역주의였지만 그것도 엄연히 지역주의 틀 속에서 작동
하였다는 점에서 ≪사상계≫를 비판하지 않을 수 없다. 혹독하게 이야
기한다면 ≪사상계≫는 지역주의를 지렛대로 은연중에 활용하여 ≪현
대문학≫과 일종의 공모 관계 속에 헤게모니를 각각 휘둘렀다고 해도
과언이 아니다.

≪사상계≫ 진영의 수세적 지역주의는 세대론, 전통론, 참여문학론
이라는 일련의 문학논쟁을 벌이면서 점차 희미해져 1960년대 후반에
들면 용도 폐기된다. 이것은 비평담론의 선진성을 앞세운 4·19세대에
의해 한국문학계가 질적인 변화를 맞이했기 때문이다. 집단보다 개인
적 삶에 더욱 초점을 맞춘 김승옥의 「서울, 1964년 겨울」(1966)은 이러
한 변화의 징후를 상징적으로 보여주는 '동인문학상' 수상작이다. 현실
적으로도 분단체제가 지속되면서 북한 출신 문인들이 더 이상 공급될
수 없는 시대적 요인도 무시할 수 없다. ≪사상계≫가 남북한 지역주

의 코드에서 자유로워지고, 근(현)대 문학담론을 본격적으로 구축할 시점에 정치적 이유로 폐간된 것은 큰 아쉬움을 남긴다. 비록 ≪사상계≫는 1970년에 폐간되었지만 시대의 불의에 저항하는 비판 정신은 계간지 ≪창작과 비평≫과 월간지 ≪씨올의 소리≫ 등에 계승되어 후대에 계속 영향을 미쳤다. 그러나 ≪사상계≫가 제정한 '동인문학상'은 후에 ≪조선일보≫가 인수하면서 본래의 사상성과 이념성의 진보를 확보하지 못한다.

김유정 소설의 근대성과 반근대성

1. 식민지적 근대성과 삶의 궁핍화

한국에 있어 '근대'란 기호란 어떤 모습으로 다가왔을까. 그것은 애
틋하게 연모하는 환상의 대상이기 전에 그곳에 도달해야 할 당위의 지
점이었다. 근대화를 성취하지 못하면 생존할 수 없는 약육강식의 제국
주의 앞에서 조선은 허겁지겁 근대의 성곽으로 질주해야만 했다. 이것
은 근대에 대한 욕망이 자발적이었다기보다 타발적이었음을 의미한다.
바깥 세계인 서구 세력에 의해 주입된 근대에 대한 욕망 지향은 타발
적이었음에도 불구하고 그것은 철저하게 조선이란 나라를 옭아매는 족
쇄이자 채찍질로 작용한다. 이 시점에서 욕망의 자발성이나 타발성은
중요하지 않다. 무엇보다 근대란 대상에 도달하는 것이 중요했다는 사
실이다. 비록 위정척사파를 비롯한 수구세력들이 서구적 기획인 근대
에 반대하는 반근대를 추진하기도 했으나 그것은 근대란 대세 앞에서
궤멸될 수밖에 없었다. 근대는 선택사항이 아니라 필수품이었기 때문
이다.

근대는 유교적 덕목을 중시하는 동양적 질서의 배제와 서양적 질서의 옹호를 의미했다. 이와같은 근대화 과정은 새로운 세계의 창출이자 동시에 또 다른 종속관계의, 위계질서의 출현을 의미했다. 이런 점에서 '개화(문명)/미개화(야만), 서양=좋고 우월한 것/동양=나쁘고 열등한 것, 도시/농촌, 이성/감성' 등으로 재편된 이항대립적 근대화는 배제와 차별이 극대화된 시기였다. 조선은 불행하게도 바로 이 배제와 차별이란 근대적 행위를 주도하는 주체가 아니라 그것을 당하는 타자였다. 조선의 근대화는 조국의 발전보다 식민지적 질서의 재편을 촉진시키는 아이러니한 결과를 빚었다.[1] 이런 모순에도 불구하고 당대 조선은 생존의 가능성을 찾아 근대의 도정에 들어설 수밖에 없었다. 다른 어떤 출구도 부재했기 때문이다. 이웃 나라 일본은 큰타자인 서구 제국주의국가를 재빨리 모방해 체질 개선에 성공했다. 이에 비해 조선은 큰타자의 질서를 재빨리 수용하지 못한 채 경쟁에서 뒤쳐진다. 그 결과 조선은 큰타자를 모방한 일본제국주의에 의해 주체가 거세된 채 식민지적 타자로 전락해야 했다. 식민지 시대에 추진된 타율적 근대화는 철저하게 일본군국주의의 필요성에 의해 기획되고 시행되었다. 1919년 3·1운동은 이런 흐름에 대한 저항이었지만 그것은 찻잔 속의 태풍이었을 뿐이다. '무단통치'가 '문화통치'란 기표로 바뀌었을 뿐 전과 달라진 것은 아무것도 없었다.

우리가 이 글에서 중점적으로 다룰 1930년대는 바로 주체의 상실과 식민지적 타자화의 과정이 공고화된 시기이다. 중경의 임시정부가 뜬

---

1) 일본제국주의에 의해 주도된 철도 건설이 결국 식민지를 만드는 데 필요한 일본군의 병력 이동을 용이하게 했다는 점에서 뒤늦은 조선의 근대화는 식민지화를 가속화시킨 요인 중의 하나로 작용했다.

소문으로 존재했다면 조선총독부는 조선인을 전일적으로 지배하는 실체이자 권력으로서의 기표였다. 식민지 조선인들은 더 이상 달리는 열차를 보고 경악을 하거나 활동사진인 영화를 보고 혼을 빼놓는 물건이라 질겁하지 않았다. 제국주의 자본주의가 쏟아내는 근대의 문물은 이미 우리의 일상 속에 정도의 차이는 있지만 들어와 있었던 것이다. 이제 근대는 더 이상 희망이나 행복의 신기루가 아니었고 바로 현실 그자체였다. 근대가 약속한 신기루는 식민지적 궁핍화와 빈부의 갈등 속에 소멸했다. 식민지적 근대화가 완성되는 1930년대는 휘황찬란한 도시의 네온사인 불빛을 비집고 흉물스러운 근대의 환부가 노골적으로 드러났던 것이다.

작가 김유정이 주목하는 지점은 바로 식민지적 근대화의 물결에 의해 타자화 되어 신음하는 농촌의 궁핍이다. 그는 그 비참한 모습을 풍자적 웃음이란 렌즈를 통해 형상화한다. 그에게 있어 근대는 순박한 인정으로 가득한 과거의 공동체를 파괴하는 폭력 그 자체이다. 따라서 김유정은 근대의 속성이 집약된 도시에 의심의 시선을 던진다. 그는 농촌이 지닌 순박함과 건강성을 풍자적 웃음으로 형상화하여 식민지적 근대에 저항한다. 이런 점 때문에 일부 연구자들은 김유정을 반근대성으로 독해하면서 근대성이란 화두와 절연한 존재로 파악하기도 한다. 그러나 이것은 일면적 고찰이라 하지 않을 수 없다. 필자는 이 글에서 작가 김유정이 근대란 기표와 맺고 있는 관계의 의미망을 통해 그의 작품세계를 살펴보고자 한다. 그것은 식민지적 지식인으로서 삶의 출구를 모색하고자 했던 한 인간의 삶에 대한 고찰이기도 하다.

2. '위대한 사랑'을 지향한 김유정의 문학

김유정은 「병상의 생각」(1937)에서 자신의 문학관과 근대에 대한 생각의 편린을 드러낸다. 이 글에서 그는 근대 과학에 기초를 둔 근대예술의 하나인 신심리주의 문학을 따갑게 비판한다. 그는 개인주의적 신심리주의 문학이 형식만의 새로움을 추구하는 '예술을 위한 예술'인 모더니즘이었다고 낮게 평가한다. 그가 보기에 신심리주의 문학은 예술의 생명을 잃은 괴벽한 문학으로서 지엽적 탈선이었다. 이런 김유정에게 신심리주의 문학이 즐겨 하는 치밀한 내면 묘사법은 살아있는 사람을 유령으로 만드는 기법에 불과했다.[2] 이렇게 신심리주의 문학을 혹독하게 비판했던 김유정은 아이러니하게도 1930년대 모더니즘의 진앙지였던 구인회의 일원이었다. 그는 이상(李箱)의 강력한 추천으로 구인회의 좌장격인 이태준을 비롯한 몇몇의 반대에도 불구하고 구인회에 가입했다. 당시 구인회는 박태원, 김기림, 이상 등등의 구성원에서 알 수 있듯 자유로운 개성을 바탕으로 순수문학을 도모한 친목집단이었다. 그 구성원들 중 이태준, 김기림에서 보듯 상당수가 각 신문사 학예부장이었기에 문단에 영향력을 행사할 수 있는 위치에 있었다. 따라서 구인회에 가입한다는 것은 문단 신인으로서 문학적 주목을 받을 수 있는 여건의 보장을 의미했다. 김유정의 구인회 가입은 문학관의 일치보다 이상과의 친분, 문단 중심으로의 진입 욕망 등이 복합적으로 작용한 결과였다.

그렇다면 작가 김유정은 몸은 비록 구인회에 있었지만 마음은 모더

---

2) 김유정, 「병상의 생각」, 전신재 편, 『원본 김유정 전집』, 강, 467-472쪽.

니즘의 신심리주의 문학과 대타적 관계에 있었던 카프의 자장권에 있었던 것일까. 김유정이 문단에서 활동하던 1935년 전후에 카프의 영향력은 감소되었다고는 하지만 무시 못할 정도의 세력을 여전히 지니고 있었다. 그것은 카프의 해산(1935)이 카프 자체의 한계보다 일경에 의한 탄압에 더 기인했기 때문이다. 따라서 카프가 지향했던 문학적 담론은 여전히 문학계에 영향을 미쳤다고 보아야 한다. 김유정은 휘문고보 시절 임화, 안회남 등 카프의 소장파 핵심 멤버들과 사귀었다. 이런 이유로 김유정은 카프의 자장권에서 활약할 수도 있었다.

그러나 김유정은 자유로운 삶을 지향했다. 비록 그는 개인주의가 "니체의 초인설(超人說) 마르사스의 인구론(人口論)과 더부러 머지 않어 암장(暗葬)될 날이 올겝니다. 그보다는 크로보토킨 상호부조론(相互扶助論)이나 맑스의 자본론(資本論)이 훨신 새로운 운명(運命)"[3]이라고 생각하기는 했다. 이렇게 집단적 공동체에 우호적 시선을 보내기는 하였지만 그 자신은 자유분방한 삶을 살았다. 「병상의 생각」에서 피력된 그의 생각은 자신이 병마에 시달리면서 죽음의 그림자를 짙게 느낄 무렵이었다는 것을 감안해서 읽어야 한다. 또한 그는 논리정연한 이론가가 아닌 창작가였다는 것을 고려해야 한다. 죽음의 징후를 느끼는 병상에서 과거에 대한 후회와 새로운 미래에 대한 삶의 의지가 교차되는 시점에서 그 글은 쓰여졌던 것이다.

　　예술가에게는 예술가다운 감흥이 있고 그감흥은 표현을 목적하고 설레는 열정이 많읍니다. 이 열정의 도(度)가 강하면 강할스록 그 비례로 전달이 완숙(完熟)하야 가는것입니다. 그리고 예술이란 그전달정

---

3) 김유정, 앞의 글, 471쪽.

도와 범위에 맞아 그 가치가 평가(評價)되어야 할겝니다.[4]

 김유정이 「병상의 생각」에서 주장한 것은 감흥과 열정에 바탕을 둔 문학이었다. 김유정이 파악하는 진정한 예술은 감흥이라는 어느 일방이 아니라 상호 조화 속에서 성취되는 교감의 세계이다. 그래서 그는 카프가 지향한 사회주의 리얼리즘이나 구인회가 지향한 예술지향의 모더니즘에 모두 불편한 시선을 던진다. 그가 파악하는 진정한 예술이란 "자연의 복사(複寫)"인 소박한 리얼리즘이나 "예술을 위한 예술"인 고답적 모더니즘도 아니기 때문이다. 그에게 있어 진정한 예술은 감흥과 열정을 결합시켜 전달 정도와 범위가 확장된 것이다. 그것은 궁극적으로 '위대한 사랑'이란 기호에 귀착된다. 그 자신이 문학의 지향점을 '위대한 사랑의 문학'이라고 규정했지만 정작 그것의 정확한 실체와 도달하는 방법을 김유정은 알지 못했다. 즉 관념만 있을 뿐 실천 방안이 거의 없는 것이었다. 그럼에도 불구하고 그의 문학은 바로 이런 '위대한 사랑'이란 미지의 지점을 향해 나아간다.

　새로운 방법이란 무엇인지 나역 분명히 모릅니다. 다만 사랑에서 출발한 그 무엇이라는 막연한 개념이 있을뿐입니다. 사랑, 하면 우리는 부질없이 예수를 연상하고, 또는 석가여래(釋迦如來)를 곳잘 들추어 냅니다. 허나 그것은 사랑의 일부발현(一部發現)은 될지언정 사랑 거기에 대한 설명은 되지 못할겝니다.[5]

 여기서 사랑은 개인적 차원만이 아닌 집단적 차원으로까지 확대된

---

4) 김유정, 앞의 글, 469-470쪽.
5) 김유정, 앞의 글, 471쪽.

사랑이다. 그렇지만 앞의 인용문에서 보듯 김유정이 마르크스에 우호적이었다면 그의 최종 지향점은 '위대한 사랑'보다 '정의와 진리가 숭상되는 진정성 내지 사회주의 세계'가 되어야 더욱 정확한 것이 아니었을까. 이처럼 그의 근대 문학관은 질서정연한 논리로 구체화되지 못한 채 서로 상반되는 논리가 뒤섞여 있다. 여기서 우리는 김유정이 근대를 바라보는 이중적 시선을 자연스럽게 감지한다.

이런 이중적 상호 모순의 공존은 그의 개인사적 체험과 결부시켜 보면 고아의식에서 비롯한 것이다. 김유정은 7살에 어머니를, 9살에 아버지를 잃었다. 아버지는 죽기 전에 큰형 유근과 심한 갈등 관계에 있었다. 부친의 사망 후 큰형은 술에 취해 자주 집에 돌아와 세간살이를 부수거나 가족에게 폭행을 행사했다. 이런 상황에서 김유정의 영혼은 어디에도 의지할 곳없는 고아의식이 배태되면서 대인기피증(對人忌避症)을 유발한다. 그의 고아의식은 성장하여 구원의 여인상에 대한 집착과 조선의 집시를 연상시키는 방랑벽으로까지 이어진다. 그의 고아의식은 정신적인 면뿐만 아니라 육체적인 면에도 영향을 끼쳐 말더듬이 증세로 나타난다. 이러한 말더듬이 증세는 김유정이 지닌 대인기피증적 태도를 가속화시키는 촉매제였다.[6] 고아의식에서 생성된 마음의 상처를 치료받지 못할 때 사랑의 갈구는 타인에 대한 기피증으로 쉽게 변질할 수 있다. 모더니즘이 개인주의를, 리얼리즘이 집단주의를 지향한다고 할 때 그의 대인기피증적 태도는 그를 모더니즘의 세계로 이끄는 요인

---

6) 김유정은 1936년 「어떠한 부인을 마지할까」(앞의 책, 428쪽)에서 "나는 宿命的으로 사람을 싫여합니다. 다시 말하면 사람을 두려워한다는것이 좀 더 適切할는지 모릅니다. 늘 周圍의 人物을 警戒하는 버릇이 있습니다. 그버릇이 結局에는 말없는 憂鬱을 낳"는다고 고백한다.

이었다. 그렇지만 대인기피증을 고쳐보려고 문학을 시작했던 김유정이 기에 타자인 세상과 소통을 시도하는 리얼리즘과 분리되지 못한다. 그가 춘천 실레마을에서 야학당을 연 것도 그의 리얼리즘적 문학관을 현실에서 실천하기 위해서였다. 그의 내면에 여전히 도사리고 있는 대인기피증적, 개인주의적 속성은 그의 리얼리즘이 지나치게 집단주의 문학으로 경도되는 것을 막는 역할을 한다. 김유정이 카프와 일정한 거리를 유지할 수 있었던 것은 바로 이러한 이유 때문이었다.

3. 근대의 명암인 농촌과 도시

김유정이 자신의 소설에서 주로 다룬 공간은 농촌이다. 김유정은 1936년을 전후로 하여 농촌에서 도시로 공간을 이동시키고 있지만 소설의 중심 공간은 여전히 농촌이다. 김유정은 식민지적 근대화 속에 황폐화된 농촌 풍경을 해학적 문체로 날카롭게 그려낸다. 이에 비해 김유정은 경성이라는 대도시를 배경으로 한 소설에서는 대개 소품에 그치거나 소설적 형상화에 실패한다. 이것은 대체 무엇을 의미하는가. 김유정은 근대의 병폐를 지성이 아닌 정서적 감흥인 감성과 현실 체험으로 파악했다. 특히 그는 근대의 병폐를 책이 아닌 직접 체험을 통해 발견한다. 김유정은 탄광과 노름판 등 직접적 체험에서 느낀 여러 가지 생각들을 자신의 문학에 적극적으로 반영한다. 농촌을 배경으로 한 소설이 성공을 거두었던 것은 바로 이러한 이유에서이다. 반면에 도시를 배경으로 한 소설은 그 자신의 체험이 빈약한 관계로 대개 실패한다. 이런 이유로 「봄과 따라지」, 「두꺼비」, 「이런 음악회」, 「생의 반

려」, 「따라지」 등 경성이란 도시를 배경으로 한 김유정의 소설은 도시
를 개성적으로 형상화하지 못한 채 지리멸렬해버린다. 이것은 김유정
이 동시대의 작가 이상에 비해 제도권 교육을 충실하게 받지 못한 결
과로도 보여진다. 김유정은 휘문고보에서 낙제를 하여 제때에 진급하
지 못했고 연희 전문학교 문과에 입학했으나 제적된 바 있다.[7] 그래서
그는 학교란 근대적 제도를 통해 근대성의 담론을 충분히 전수받을 기
회를 갖지 못했다.

　김유정은 근대가 파생시킨 발전적 혜택보다 근대라는 이름이 일종의
폭력적 기호로 작용하여 조선 민중에게 가한 현상에 주목한다. 그는
자신의 소설에서 식민지적 근대화가 농촌의 부를 증가시킨 것이 아니
라 부익부 빈익빈 현상을 가중시켜 농촌의 궁핍화를 가져온 주범이었
음을 암시한다. 당시 일제에 의해 추진된 식민지적 근대화는 자작농을
반자작농이나 소작인으로, 반자작농이나 소작인을 소작인이나 거리의
부랑자로 만들어버렸다. 근대화는 조선 민중의 삶의 근거를 뿌리 채
뒤흔들어 놓으며 더욱 궁핍하게 만들었던 것이다. 비록 각성한 일부
지식인층의 주도에 의해 서구적 근대화가 발전적으로 추진되었지만 그
성과는 미미했다. 김유정은 식민지적 근대화 추진 속에 점점 살기 어
려워진 조선 민중의 현실을 크게 네 개의 양상으로 그려낸다. 첫째, 아
내 양도와 매매춘 등을 통해 궁핍을 면하거나 탈출해보려는 허망한 시

---

7) 김유정은 자서전적 소설인 「생의 반려」에서 자신을 성적불량의 학생이었다
　고 말한다. 그러면서 그 자신이 학과의 흥미도 없을 뿐만 아니라 우선 학교
　와 정이 들지 않았다고 고백한다. 그 증거로 그는 학교에 나온 일수가 삼분
　지 이가 못되었다. 이런 점에서 그가 1930년 연희 전문 문과에 입학하였다
　가 두달 17일 만에 학교에서 '제명'당하고 만 것은 그 이유가 '무단결석'일
　가능성이 높다.

도를 형상화하기.(「소낙비」, 「정조」, 「가을」, 「솥」, 「산골 나그네」) 둘째, 노름판의 투전(「만무방」, 「소낙비」)과 금 캐기(「금 따는 콩밭」, 「금」)를 통해 일확천금을 노리는 허망한 한탕주의를 형상화하기. 셋째, 상식에 어긋난 행위를 통해 삶의 궁핍과 인간의 어리석음을 형상화하기. (「떡」, 「만무방」, 「솥」, 「동백꽃」, 「아내」), 넷째, 농촌의 부랑자나 도시의 빈민으로 추락하기.(「봄과 따라지」, 「땡볕」) 이런 유형에 등장하는 작중인물들이 주로 생활하는 터전인 농촌은 더 이상 목가적 공간이 아니다. 소규모 자본에 바탕을 둔 영세한 농업은 대규모 농업을 하는 대자본에 의해 잠식되었고, 주먹구구식 전근대적 농업은 근대적 농업방식을 앞세운 새로운 흐름 앞에서 파산 선고를 선언해야 했다. 궁핍한 시골은 조선을 일본의 식량공급기지이자 상품 소비시장으로 설정한 일본제국주의의 식민지적 기획이 만들어낸 참담한 결과였다.

> 시골이란 그리 아름답고 고요한 곳이 아닙니다. 서울사람이 시골을 憧憬하야 산이잇고 내가 잇고 쌀이 열리는풀이잇고……이러케 單調로운 夢想으로 哀想的詩興에 잠길 때 저-쪽 촌띄기는 쌀잇고 옷잇고 돈이 물밀 듯 질번거릴법한 서울에 오고십퍼 몸살을합니다.
> 頹廢한 시골. 굶주린 農民, 이것은 自他업시 周知하는바라 이제 새삼스리 뇌일것도 아닙니다. 마는 우리가 아는 것은 쌀을 못먹은 시골이요 밥을 못먹은 시골이 아닙니다. 굶주린 창자의 야릇한 機微는 都是모릅니다. 萬若에 우리가 本能的으로 주림을 인식했다면 곳바루 아름다운 시골, 고요한 시골이라 안합니다.[8]

김유정은 탄광이나 들병이들과 어울리는 실제 체험을 통해 부조리한

---

8) 김유정, 「닙히루르러 가시든님이」, 앞의 책, 412쪽.

농촌현실에 눈을 뜬다. 농촌은 그에게 더 이상 삶에 지친 인간의 영혼을 보듬어줄 수 있는 유토피아가 아니다. 궁핍한 농촌 현실을 풍자적으로 그려내는 「만무방」이란 작품을 보자. 여기서 형 응칠은 궁핍으로 인해 떠도는 부랑배가 되어 투전에 열중하면서 삶을 낭비한다. 이에 비해 동생 응오는 농사를 성실하게 지으면서 어떻게든 살아보려고 몸부림치는 인간이다. 그렇지만 오히려 빚은 늘어만가고 아내는 중병을 앓는다. 응오는 자신이 소작한 논에서 벼를 훔쳐오는 도둑질을 하고 만다. 이런 희화화 작업을 통해 김유정은 농촌의 열악한 현실을 신랄하게 고발한다.

그렇다면 궁색한 농촌을 버리고 화려한 도시로 이동한다면 삶을 제대로 영위할 가능성은 있는 것일까. 김유정이 볼 때 '도시'라는 공간은 삶의 순수성과 진정성을 삼켜버리는 비정의 공간이다.[9] 상대적으로 보아 '농촌(시골)'은 빈곤 속에서도 삶의 인정이 숨쉬는 공간이다. 「산골」에서 이쁜이는 사랑하는 주인집 도련님을 경성으로 떠나 보내고 하염없이 기다린다. 그럼에도 곧 돌아온다던 도련님은 편지 한 장 부치지 않는다. 여기에서 경성이란 도시는 도련님의 마음을 타락시키는 부정적 공간으로 나타난다. 농촌을 대표하는 이쁜이는 매일같이 도련님을 생각하며 눈물 짓는데 도시 사람이 된 도련님은 무정하게 멀리 존재할 뿐이다. 농촌의 희생 속에 더욱 비대해져가는 도시와 무정한 주인집 도련님 처사는 묘하게 겹쳐지면서 근대화 된 도시의 부정적 면을 독자에게 전달한다.

---

9) 이재선은 『현대 한국소설사』(민음사, 1991, 316쪽)에서 도시의 의미를 "소외와 갇힘, 무력과 결핍, 잃음과 긴장, 압력과 눌림, 비정과 냉혹, 위축과 분열, 공해, 추락" 등으로 파악한다.

근대화의 물결 속에 더욱 궁핍해진 농촌은 인간의 기본적 도덕 가치
도 허물어지고 만다. 그것의 대표적인 경우로 김유정 소설에서 나타난
것은 아내를 이용한 매매춘 행위이다. 「소낙비」에서 빈민층인 춘호는
아무런 죄의식 없이 자신의 처를 매춘 행위로 내보내고, 춘호 처는 봉
건적 질서에서 내려오는 칠거지악 중의 하나인 음행(淫行)을 위반함에
도 전혀 죄의식을 느끼지 않는다. 그들이 직면하고 있는 경제적 고통
은 인간다움을 위해 지켜야 할 기본적 도덕마저도 소멸시켰던 것이다.
그들은 자신의 도덕적 위반을 살기 좋은 서울에 살기 위한 불가피한
행위로 치부하며 자신의 행동을 합리화한다. 춘호는 겨우 한번 가서
얼핏 본 서울의 풍경10)에 대해 자신의 희망을 담아 끊임없이 부풀려
아내에게 이야기한다. 시골 외진 곳에서 살던 춘호에게 휘황찬란한 네
온사인의 불빛이 번쩍이는 서울은 일종의 문화적 충격이었을 것이다.
그 충격 속에 춘호는 자신의 궁핍화를 가져오게 만든 식민주의적 근대
의 정체를 파악하지 못한다. 오히려 그는 서울이란 화려한 시공간에
동참하지 못하는 자신의 무능력함을 곱씹으면서 투전을 통해 서울로
탈출하려는 욕망을 키울 뿐이다. 자신을 투전판으로 몰게 만든 식민지
적 근대화의 기만성을 파악하지 못한 춘호에게 서울은 근대적 유토피
아로 비쳐졌던 것이다. 현실에서 겪는 주체의 절망이 크면 클수록 서

---

10) 서준섭은 「자본주의의 화려한 옷으로 변신한 1930년대 경성거리」(≪역사비
    평≫, 1991년 여름, 98쪽)에서 경성의 풍경을 다음과 같이 언급한다. "이층
    에서 사층까지의 현대식 건물이 들어선 상가에는 일본과 서구에서 들여온
    각종 상품이 진열되어 있어 밤이면 화려한 전등불 아래 시민들이 모여들었
    다. 도로는 포장되고 거리에는 플라타너스 가로수가 심어지고 각종 광고
    탑·마네킹·네온사인이 조화를 이루어 불야성의 별천지로 변했다. 본정통
    일대에 들어서면 마치 조선을 떠나 일본에 여행 나온 느낌이 들 정도였다."

울이라는 환상에 대한 집착은 더욱 더 강렬해진다. 그렇지만 그의 희망대로 농촌에서 벗어날 가능성은 거의 없다. 설사 농촌이란 공간에서 탈출에 성공했다고 하더라도 그들은 서울에 입성하여 도시의 빈민층으로 편입할 수밖에 없다.

이처럼 식민주의적 근대화 속에 농촌에서 살기 어려워진 농민들은 꿈과 희망을 약속하는 도시로 흘러들어간다. 김유정도 그들과 함께 농촌에서 도시로 소설의 공간을 이동한다. 이런 김유정이 도시에서 발견한 것은 도시의 빈민이 되어 삶에 허덕이는 조선인의 암담한 모습이다. 「봄과 따라지」에서 등장하는 거지는 농촌을 떠나 도시로 이동한 농민들의 비참한 모습을 잘 보여주고 있다. 김유정은 도시의 빈민으로 전락한 농민들의 모습을 소설에서 보여주었지만 도시 공간에서 대개 효과적으로 드러내지 못한다. 더욱이 김유정에게 들이닥친 병마는 도시적 체험을 자신의 소설 미학과 연결시킬 시간을 주지 못했다. 김유정이 도시를 배경으로 쓴 소설 중에서 자신의 독특한 미학을 드러낸 작품으로 겨우 「땡볕」이 있을 뿐이다. 이 작품은 덕순이 병든 아내를 치료하기 위해 농촌에서 도시로 이동하는 모습을 담아내고 있다. 덕순은 아내의 병이 희귀하여 치료비를 내는 것이 아니라 오히려 월급을 받으면서 치료받을지도 모른다는 헛된 기대를 갖고 도시로 온다. 이러한 덕순의 행동은 근대에 대한 조선 민중의 막연한 기대감을 반영하고 있다. 그렇지만 그런 기대감은 허망한 환상이었을 뿐이다. 덕순의 기대감은 대학병원이란 근대적 제도 앞에서 순식간에 궤멸되어버린다. 식민지 조선의 미래를 위해서는 근대는 추진되어야 하지만 현존하는 식민주의적 근대는 '그 결과가 반듯이 좋다고 단언할 수도' 없음을 「땡볕」은 보여준다.

　　"이 뱃속에 어린애가 있는데요, 나올랴다 소문이 적어서 그대로 죽었어요. 이걸 그냥 둔다면 앞으로 일 주일을 못갈것이니 불가불수술은 해야하겠으나 또 그 결과가 반듯이 좋다고 단언할수도 없는것이매 배를 가르고 아이를 끄내다 만일 사불여의하야 불행을 본다 드라도 전혀 관계없다는 승낙만 있으면 내일이라도 곧 수술을 하겠어요."
　　하고 나어린 간호부는 조곰도 꺼리낌없는 어조로 줄줄 쏟아 놓다가,
　　"어떻게 하실테야요?"
　　"글세요!"[11)

　　근대적 의료 행위를 하는 뚱뚱한 의사는 자궁 안에 들어 있는 죽은 아이를 수술로 제거해야 덕순 처가 살 가능성이 있다는 말을 덕순에게 한다. 그렇지만 근대적 수술이 반드시 아내의 생명을 보장하지 못한다는 데에 딜레마가 있다. 만약 실패하더라도 근대적 제도의 문제점이 아니라 그냥 병을 방치해 둔 덕순 부부의 전적인 잘못이라는 뉘앙스를 풍기는 의사의 말 앞에서 봉건적 질서를 지닌 덕순 부부는 머뭇거릴 수밖에 없다. 이러한 의사의 말은 식민주의적 근대가 완전무결한 제도가 아님을 암시한다. 이런 상황에서 덕순의 처는 병실에서 "코를 찌르는 무더운 약내에 소름이 끼치기도 하려니와 한쪽에 번쩍번쩍 늘려놓인 기계가 더욱이 마음을 죄이게"[12) 한다. 덕순처가 지닌 공포를 해소하기에는 식민지적 근대의 풍경은 딱딱한 고체의 이미지를 제공한다. 그래서 덕순 처는 근대를 거부하는 반근대적 선언을 함으로써 장렬한 죽음을 선택한다.[13) 근대적 제도인 병원에서 병든 덕순의 처를 치료할

---

11) 김유정, 「땡볕」, 앞의 책, 328-329쪽.
12) 김유정, 위의 책, 328쪽.
13) 김영화는 이 부분에 대해 「김유정의 소설 연구」(『김유정문학의 전통성과 근대성』, 한림대학교 아시아문화연구소, 1997, 173쪽)에서 "일본인 의사의 통

가능성이 높지 않다는 사실은 김유정이 근대에 대해 품고 있는 의구심을 반영하고 있다. 도시 공간을 내리쬐는 땡볕이 암시하는 식민주의적 근대성의 냉정함은 따스한 온정에 익숙한 농촌 사람에게 낯선 타자일 수밖에 없다.

　이처럼 김유정이 그리고 있는 도시 경성은 조선인들에게 행복과 환상을 제공하는 공간이 아니다. 그곳은 소수의 선택받은 자들만이 자본주의의 상품을 구입해 향유할 수 있는 차별과 배제의 공간이다. 당시 경성은 일본제국주의의 자본논리를 대리하는 백화점, 은행 등의 근대적 제도가 들어서면서 식민주의적 자본의 논리가 지배했다. 이곳에서 숭상되는 것은 생산, 효율, 합리성 등의 빠름 등이다. 농촌에서 숭상되는 전통, 따스한 정, 협동 등의 느림은 이곳에서 발붙일 수 없었다. 이런 점에서 경성의 화려함은 농촌 사람들에게 식민지적 근대화의 허구성과 기만성을 확인하는 자리였다. 김유정은 서울이란 도시를 이상 등과 함께 어울려 다니며 이런 근대화의 병폐를 목격했다. 그렇지만 불행하게 김유정의 시선은 모순에 가득찬 대상의 배후까지 꿰뚫는데 미흡했다. 김유정의 소설은 도시를 배경으로 한 소설의 미학적 형상화에서 한계를 노출했던 것이다.

명스러운 수술 권고를 뿌리치고 오히려 죽음을 택하는 그 아내의 행위는 무지의 소산일 수도 있으나 언어가 통하지 않는 이질적 세계의 인간에 대한 공포와 수술에 대한 공포의 소산이"라고 언급하고 있다.

4. 산책자의 부재와 집시의 방황

김유정의 소설에는 박태원, 이상의 소설처럼 거리를 천천히 걸어 다니는 만보객(漫步客)으로서의 산책자가 부재하다. 룸펜 지식인이 대부분인 산책자는 근대화된 세상과 객관적 거리를 유지하면서 느리게 거리를 걸어다닌다. 이때 "만보객의 느린 걸음은 바야흐로 부산해지고 바빠지는 도시의 삶, 결국 다람쥐 쳇바퀴를 정신없이 돌리는 삶을 살아가야 하는 것에 대한 항의"[14]였다. 근대화의 초반에 나타났던 산책자는 근대화의 진전 속에 생존하기 위해 노동자로 전락하면서 공장에 갇혀 자취를 감췄다. 이제 거리를 빠르게 누비는 무수한 사람들은 산책자가 아니라 상품을 구경하고 구매하려는 소비자가 대부분이다. 그런데 김유정의 소설 공간에 출현한 것은 산책자도 소비자도 아니다. 그의 소설에 나타난 것은 유랑하는 조선의 집시이다. 물론 이때의 집시는 서구에서처럼 오랜 세월 동안 정처없이 떠도는 유랑족들이 아니다. 그들은 경제적 어려움 때문에 생존권의 차원에서 한시적으로 떠돌아 다니는 사람들이다. 그들은 김유정 소설에서 대개 부랑자와 들병이로 나타난다. 「총각과 맹꽁이」, 「솥」, 「산골나그네」에서 들병이가 등장했다면 「만무방」에서 부랑자가 등장한다. 한국판 집시들인 그들은 한 마을에 계속 머무는 것이 아니라 끊임없이 움직인다. 그들이 한곳에 정착한다는 것은 굶주려 죽는다는 것을 의미하기 때문이다.

그는 한 구석에 머물러 잇슴은 가슴이 답답할만치 되우 괴로 다.

---

14) 강내희, 『공간, 육체, 권력』, 문화과학사, 1995, 122쪽.

그럿타고 응칠이가 번시라영마직성이냐 하면 그런것도 아니다. 그도
오년전에는 사랑하는 안해가 잇섯고 아들이 잇섯고 집도 잇섯고 그때
야 어릴 하로라고 집을 떠러저 보앗스랴. 밤마다 안해와 마주안즈면
어찌하면 이 살림이 좀늘어볼가 불어볼가, 애간장을 태이며 가른 궁리
를 되하고 되하엿다. 마는 별 뾰죽한 수는 업섯다. 농사는 열심히 하는
것가튼데 알고보면 남는건 겨우 남의 빗뿐.[15]

「만무방」에서 응칠은 경제적 어려움 때문에 가족과 헤어지고 유랑
의 삶을 산다. 이런 집시족의 증가는 일본제국주의의 입장에서 보아
그리 달가운 일은 아니다. 그들은 어떤 계기를 만나면 쉽게 폭동이나
소요를 일으킬 가능성을 가지고 있기 때문이다. 일본제국주의는 식민
지적 근대의 병폐를 객관적으로 파악해 날카롭게 비판하는 산책자와
마찬가지로 집시를 위험분자로 취급한다. 이런 까닭에 응칠은 새로운
마을에 들어가기만 하면 '일경 주재소'의 간섭을 받는다. 한곳에 정착
한 마을 사람들에게도 응칠이와 같은 존재는 위험스러운 존재이다. 응
칠의 자유스러운 삶은 질곡된 삶 속에서 바둥거리며 어렵게 살아가는
농민들을 유혹하기 때문이다. 산책자보다 집시이기를 원했던 김유정은
이러한 집시들을 형상화함으로써 식민지적 근대에 저항하는 반근대성
을 노출한다. 유목민족의 잔영이 남아 있는 집시는 생산, 효율을 신봉
하는 근대의 입장에서 보면 분명 대척점에 서 있다. 근대는 기본적으
로 한곳에 정착한 농경민족의 안정성을 바탕으로 하여 생성된 문화이
다. 물론 근대는 유목민족의 기동성인 속도를 농경문화에 접목시켰다
는 점을 부인할 수 없다. 그럼에도 불구하고 근대는 농경문화와 더 많

---

15) 김유정, 「만무방」, 앞의 책, 99-100쪽.

은 유사점을 갖고 있다. 근대는 합리적 이성에 기반한 정확한 축조와 건설을 지향한다. 이런 점에서 집시를 추구한다는 것은 근대성에 역행하는 처사라고 할 수 있다. 김유정은 현실의 속박이 심하면 심할수록 집시를 꿈꾼다. 그가 들병이와 어울려 다닌 것은 애정의 실패와 복잡한 가정사가 원인이기도 했지만 식민주의적 근대에 대한 나름대로의 저항이다. 김유정은 근대의 경직성을 집시족의 유목민적 유랑성을 통해 해체하려고 시도했던 것이다. 이러한 그의 반근대성은 전통적으로 내려오는 풍자와 해학의 수법을 이용하여 독자에게 부담스럽지 않게 펼쳐진다.

집시는 조직화, 체계화보다 유동성, 이동성이 강하다. 집시는 역마살 낀 유랑성 때문에 지배질서의 경직성을 비판하지만 그 유랑성 때문에 또 다른 곳으로 떠나야 한다. 이런 성향의 집시는 새로운 흐름이나 사건을 촉발시킬 수 있지만 완결할 가능성은 거의 없다. 이와 마찬가지로 소설 속에서 집시를 꿈꾸었던 김유정은 식민지적 근대를 비판했지만 그것을 지속적으로 개혁할 의지를 보여주지 못했다. 그가 집시를 포기하고 생활인으로, 노동자로 정착하지 않는 한 그것은 불가능했기 때문이다. 그의 반근대성이 보여준 한계는 그래서 처음부터 예정된 것이었다. 반근대성이 근대성에 대한 이의제기로 그치고 새로운 대안이나 방법을 제시하지 못할 때 그의 반근대성도 점차 기력을 잃을 수밖에 없다. 이런 현상은 그가 농촌에서 도시로 진입했을 때에 더욱 두드러지게 나타난다. 집시를 지향한 김유정의 소설은 일종의 말더듬이 증세를 언어에서 드러낸다. 그가 도시를 형상화한 대부분의 작품이 소품으로 끝난 것은 이러한 말더듬이 증상과 연관된다. 도시에 대해 말할 것이 없다는 언어의 빈곤과 더불어 그의 건강은 점차 악화된다.

혹자는 김유정이 도시 공간의 형상화 실패와 그의 풍자 수법이 전통적임을 들어 그를 근대문학과 동떨어진 지점에 놓기도 한다. 하지만 이것은 단선적인 생각에 불과하다. 그가 지향한 반근대성은 봉건성이 아닌 근대의 병폐에 대한 자연스러운 대항이었다. 넓게 본다면 그러한 반근대적인 움직임도 바로 근대의 범주에 드는 것이다. 또한 그의 소설 기법은 전통을 단순히 안이하게 물려받은 것이 아니라 근대에 적합하도록 변용했다. 게다가 그는 유교적 봉건질서를 넘어 인간 본연의 본능적인 면을 리얼하게 형상화한다. 들병이들의 삶을 그린 「산골나그네」가 대표적이다. 이 작품에서 들병이는 생존하기 위해 뭇 남성들에게 몸을 파는 기구한 존재이다. 농촌에서 가난한 남성들은 여성들이 귀해 제때에 결혼을 하지 못한다. 이런 그들에게 들병이와의 육체적 만남과 동거는 손쉽게 배필이나 육체적 욕망을 채워줄 수 있었다. 그래서 들병이가 마을에 오기만 하면 그녀를 차지하기 위해 젊은 총각들은 한껏 몸이 달아오른다. 김유정은 이러한 들병이와 관련한 에로티시즘의 모습들을 다음의 장면처럼 잘 표현하고 있다.

> 계집이칼라머리무릅우에 안저담배를피여올릴때 코웃음을흥치더니 그무지스러운손이 계집의아래ㅅ배가죽을 사양업시응켜잡앗다. 별안간 "아야" 하고 퍼들껑하드니 계집의몸뚱아리가 공중으로도로 뛰여오르다 떨어진다.
> "이자식아, 너만 돈내고먹엇니?"
> 한사람새두고 안저든상투가 코ㅅ살을찌푸린다. 그리고 맨발벗은 계집의 두발을 량손에붓잡고 가랭이를 쩍벌려무릎우로지르르 끌어올린다. 계집은 앙탕을 한다.[16)]

이와 같은 남녀의 외설스러운 모습을 형상화하는 것은 봉건적 유교 질서에서 보면 금기의 사항이다. 하지만 근대문학은 억압된 것의 해방을 통해 인간 존재의 본질을 추구한다. 성은 감추어지는 것이 아니라 보여지는 대상으로 변한다. 김유정은 경직된 유교질서를 넘어 성의 개 방성을 추구한다. 「산골 나그네」에서 김유정은 '계집의 아랫배 거웃'을 사양없이 움켜쥐는 농촌 남성들을 등장시켜 그들의 자연스러운 육욕을 거침없이 표현한다. 정비석이 1954년 춤바람 난 대학교수 부인을 등장 시킨 「자유부인」으로 논란을 일으킨 점을 생각하면 김유정은 그보다 더 진한 성적 표현을 1930년대에 표출했던 것이다.

이렇게 진한 성적 표현을 한 김유정이 '외설작가'로 몰리지 않은 것 은 김유정 소설이 지닌 희화적 웃음에서 기인한다. 「봄봄」을 보자. 이 작품에서 어리숙한 봉필은 장인에게 점순과 빨리 성례를 시켜달라고 태업을 벌인다. 장인은 데릴사위인 봉필이 괘씸하여 봉필의 '바지가랭 이'를 꽉 움켜쥐고, 잠시 후 봉필도 장인의 '바지가랭이'를 꽉 움켜쥔다. 이때 봉필과 장인은 '할아버지'라는 단어를 서로 맞교환한다. 이 장면 에서 독자들은 웃음을 떠올리지만 그 웃음을 유발시키는 심층 구조를 살펴보면 전혀 다른 의미가 내재해 있다. '성례'를 빨리 안시켜준다는 사실은 세대의 원활한 교체를 장인이라는 기존 봉건질서가 막고 있음 을 의미한다. 장인이 봉팔의 바지가랭이를 움켜쥐는 행위는 봉팔의 성 적 욕망만이 아니라 세대교체의 욕망마저 억압하는 것이다. 이런 상황 에서 봉팔은 장인의 바지가랭이를 똑같이 꽉 붙잡는 행위를 통해 경직 된 오이디푸스 콤플렉스에 저항한다. 독자들은 이 장면에서 웃음을 머

---

16) 김유정, 「산골 나그네」, 앞의 책, 21쪽.

금게 되지만 그 이면에는 기성세대와 신세대간의 헤게모니가 충돌하고 있는 것이다. 그들은 서로의 성기를 압박하는 과정 속에 역할 전이를 경험하고, 이것은 카니발적 체험으로 이어진다. 그 결과 팽팽한 갈등은 해소되고 봉필은 성례를 하면서 새로운 세대가 전면에 등장한다. 이처럼 김유정은 다른 리얼리즘 작가들이 심각하게 다룰 슬픔과 절망의 문제를 오히려 희화적 웃음을 통해 전면에 내세워 표현하여 새로운 미학성을 획득한다. 슬픔이나 절망의 감정이 심층 구조에 숨고, 표층 구조에 어이없는 웃음이 존재하는 것이 바로 김유정의 소설 미학이다. 김유정 소설에서 웃음을 유발하는 작중인물은 농민, 들병이, 부랑자 등의 하층계급이다. 김유정은 웃음을 통해 열악한 농촌현실을 드러내어 식민지 시대를 낯설게 비판한다.

어떤 이들은 김유정이 식민지의 궁핍한 현실을 가벼운 웃음으로 치환시켜 식민지의 현실을 왜곡시켰다고 평하면서 그의 리얼리즘 문학을 낮게 평가한다. 그러나 이러한 평가는 근대적 계몽주의가 신봉하는 '진지함/가벼움'이라는 서열체계의 도식을 아무런 비판없이 그대로 적용한 결과이다. 식민지 현실을 그리는 방법이 오직 진지한 고뇌로 가득한 인물들이 그려내는 울음과 비명이라면 문학의 다양성은 그 순간에 사망할 수밖에 없다. 그것은 도구적 합리성을 신봉한 단선적 문학인들이 내린 편견에 지나지 않다. 오히려 김유정이 펼쳐낸 희비극적 아우라를 풍기는 리얼리즘 문학은 카프의 도식적 리얼리즘이나 염상섭 등이 보여준 부르주아 리얼리즘의 한계를 일정 부분 극복하고 있다. 그가 작품에서 생산하는 카니발적 웃음은 웃음으로 그치는 것이 아니라 현실에 대한 자조적 분노와 부조리한 사회현실을 예리하게 반영한다. 물론 그의 소설이 주로 단편에 집중되어 있는 까닭에 삶의 다양한 측면을 드러내는 데에 한계점을 노출하고 있는 것이 사실이다. 또한 그의 해학적 웃음은 새로운 대안을 제시하기 보다 그 자체에 머물고 있다는 비판도 정당하다. 총체성을 지향하는 리얼리즘의 입장에서 보아 주로 현실의 단면만을 보여준 김유정의 소설이 충분히 만족스러운 것은 분명 아닐 것이다. 그렇지만 웃음을 선보인 김유정의 문학이 염상섭, 채만식, 이기영처럼 진지하게 삶을 그려내고 있지 않다고 폄하하는 것은 또 다른 오류일 수 있다.

서구의 근대는 차별과 배제의 논리를 유포시키면서 '부르주아/프롤레타리아, 고급품/저급품, 진지함/가벼움'의 위계질서를 확대 재생산한다. 이에 비해 김유정은 이러한 양자의 경계선을 해체시키는 카니발적 웃음을 통해 공존의 논리를 보여준다. 그것은 근대의 병폐를 해결할 수 있는 또 하나의 대안일 수 있었다. 그렇지만 김유정은 도시 공간에서 그 특유의 이중적 의미의 웃음을 소설에서 미학적으로 생산하지 못한다. 병마로 인한 요절은 김유정의 새로운 가능성을 개척하는 모습을 더 이상 보여주지 못하게 한다. 김유정 소설의 가능성은 미완의 과제로 남겨졌던 것이다.

5. 미적 근대성과 반근대성의 공존

김유정이 1930년대란 시공간에서 발견한 것은 식민적 근대화가 조선에서 자행한 기만적 환상이었다. 그 환상과 더불어 몰락하는 자신의 집안과 피폐해져가는 자신의 육신이 겹쳐졌다. 그 속에서 그는 끊임없이 꿈꾸었다. 현실의 질곡에서 벗어나 따스한 유토피아에 도달하기를.

그 방법으로 그가 발견한 것은 '위대한 사랑'이었다. 그렇지만 그 '위대한 사랑의 문화적 형상화'는 하부구조가 삭제된 관념의 성채였다. 현실에서 사랑은 부재하고, 김유정을 짓누른 것은 견딜 수 없는 삶의 허기였다. 문학은 그 허기를 채우려는 그의 몸부림이었다.

김유정은 한국적 정조를 해학과 풍자의 문체로 맛깔스럽게 펼쳐 보인다. 김유정의 소설은 한국적 해학과 풍자의 전통을 발전적으로 계승하여 식민지적 근대의 황폐화된 농촌 풍경을 탁월하게 형상화했다. 김유정이 그려낸 농촌은 목가적인 농촌도 봉건적 질서의 위계질서를 신봉하는 고리타분한 세계가 아니었다. 그가 그려낸 소설에는 「만무방」이나 「소나기」 등에서 보듯 당대의 식민지적 모순에 의해 몸을 팔거나 집을 팔고 유랑의 길을 떠나야 했던 조선 민중의 궁핍한 실상이 적나라하게 펼쳐진다. 또한 그가 「산골 나그네」 등에서 선보인 과감한 성애 장면은 그가 경직된 유교적 질서를 신봉하는 전통주의자가 아님을 보여준다. 근대문학이 신과 낡은 질서에 의해 억압된 인간이 지닌 다양한 개성과 본능을 드러내는 것이라 할 때 김유정의 소설은 그 조건을 충족시키고 있다.

김유정이 지닌 소설의 미학은 카니발적 웃음이다. 그 웃음이 발생하는 지점은 바로 '봉건적 전통/근대성, 부르주아/프롤레타리아, 리얼리즘/모더니즘'이 교차하는 시공간이다. 어리석은 작중인물들이 연출하는 희비극적 상황에서 발생하는 웃음은 전통적 지배질서를 뒤흔든다. 이러한 역동성의 웃음은 전근대와 근대의 모순을 넘어 새로운 세계를 지향한다. 하지만 그는 농촌 공간에서 지녔던 카니발적 웃음을 도시공간에서 제대로 펼치지 못했다. 그의 도시체험이 이상에 비해 절실하지 못했다는 것과 제도권 교육에 충실하지 못했던 원인 등이 겹쳐지면서 그는 복잡한 도시의 모순을 지적으로, 구조적으로 파악할 수 없었다. 이것은 그의 요절과 겹쳐지면서 그 난제를 극복할 가능성을 원천적으로 봉쇄했다.

동시대의 작가인 이상이 경성이란 공간을 배회하면서 동경이란 근대의 세계를 꿈꾸었을 때, 김유정은 농촌을 배회하면서 식민지적 근대가 낳은 병폐와 마주 대면했다. 이런 이유로 그는 근대와 동떨어진 지점에 위치한 작가라는 오해를 받기도 했다. 이 글에서 그것이 단선적 견해임을 밝혔다. 김유정은 근대의 풍경이나 봉건적 질서에 몸 닿기를 그리 원하지 않았다. 즉 그는 어디에도 매이고 싶지 않은 '집시'를 꿈꾼 존재였다. 그 집시가 유발하는 카니발적 웃음을 통해 그는 근대성 너머에 숨 쉬고 있을 유토피아에 도달하고자 했다. 하지만 그것을 찾아 가려는 그의 도정은 병마에 굴복하면서 함께 소멸됐다.

결론적으로 김유정은 그의 카니발적 웃음과 함께 1930년대 소설문학사에서 특이한 지점에 위치한다. 작가 이상이 전통의 단절을 소리 높여 외칠 때, 대다수 리얼리즘 작가들이 웃음의 양식을 폄하할 때 그는 조용히 그 지점에 서 있었다. 그 지점에서 그는 나름대로의 종합을 시도했다. 그것이 상황에 따라 전근대로, 반근대로, 근대로 비쳐졌다. 이렇게 다양하게 읽히는 그의 소설 문학은 1930년대의 식민지 현실을 색다른 시각으로 형상화 한다. 그러한 이유 때문에 불과 몇 십 편의 단편을 문학사에 남기고도 문학사에서, 독자의 기억 속에서 김유정은 살아남을 수 있었던 것이다.

참고문헌 탈식민과 디아스포라 문학

[제1부 참고문헌]

고자카이 도시아키, 『민족은 없다』, 방광석 옮김, 뿌리와이파리, 2003.

김광억 외, 『종족과 민족』, 아카넷, 2006.

김성곤, 「리얼리티와 판타지 사이의 환상문학」, ≪문학사상≫, 1998.11.

김수연, 「한국의 혼혈인 복지정책에 관한 연구」, 중앙대 석사논문, 2000.

김연숙, 「"양공주"가 재현하는 여성의 몸과 섹슈얼리티」, ≪페미니즘연구≫3집, 동녘, 2003.

김은하, 「탈식민화의신성한 사명과 '양공주'의 섹슈얼리티」, ≪여성문학연구≫ 10집, 2003.

김효원, 「펄벅의 문학작품에 나타난 세계정신」, ≪영어영문학≫ 19집 1호, 2000.

로즈메리 잭슨, 『환상성--전복의 문학』, 서강여성문학연구회 옮김, 문학동네, 2001.

바트 무어-길버트, 『탈식민주의! 저항에서 유희로』, 이경원 옮김, 한길사, 2001.

박선애, 「기지촌 소설에 나타난 매춘 여성의 문제」, ≪현대소설연구≫ 24집, 2004.

베네딕트 앤더슨, 『상상의 공동체 - 민족주의의 기원과 전파에 대한 성찰』, 윤형숙 옮김, 나남, 2002.

빌 애쉬크로프트·개레스 그리피스·헬렌 티핀, 『포스트콜로니얼 문학이론』, 이석호 옮김, 민음사, 1996.

샤오메이 천, 『옥시덴탈리즘』, 정진배·김정아 옮김, 강, 2001.

송홍한, 「펄벅의 소설에 나타난 국제주의」, ≪동아영어영문학≫ 12집, 1996.

신형기, 『민족 이야기를 넘어서』, 삼인, 2003.

심상욱, 「동·서 양쪽에서 재조명되는 펄벅」, ≪신영어영문학≫ 37집, 2007.8.

심진경, 「환상의 기원, 환상문학의 논리」, ≪실천문학≫, 2000년 겨울호.

에드워드 사이드, 『오리엔탈리즘』, 박홍규 옮김, 교보문고, 1991.

에릭 홉스봄 외, 『만들어진 전통』, 박지향 외 옮김, 휴머니스트, 2004.

오구마 에이지, 『일본 단일민족신화의 기원』, 조현설 옮김, 소명출판, 2003.

윤건차, 『현대 한국의 사상흐름』, 당대, 2000.

이석구, 「식민주의 역사와 탈식민주의 담론」, ≪외국문학≫, 1997. 봄호.

이택광, 「'해리포터'와 '반지의 제왕'」, 『한국문화의 음란한 판타지』, 이후, 2002,

이혜령, 「인종과 젠더, 그리고 민족 동일성의 역학」, ≪현대소설연구≫, 2003.

임지현, 『민족주의는 반역이다』, 소나무, 1999.

장왕록, 「펄벅여사의 동양관」, ≪사상계≫, 1963.11.

장왕록, 「W. Somerset Maugham과 Pearl S. Buck 比較硏究」, ≪영어영문학≫ 3집, 1955.

최현식, 「혼혈/ 혼종과 주체의 문제」, ≪민족문학사학회≫ 23집, 2003.

프란츠 파농은 『검은 피부, 하얀 가면』, 이석호 옮김, 인간사랑, 1998.

프랑수아 레이몽・다니엘 콩페르, 『환상문학의 거장들』, 고봉만 외 옮김, 자음 과모음, 2001,

피터 콘, 『펄벅 평전』, 이한음 옮김, 은행나무, 2004.

하응백, 「팬터지 소설의 허와 실」, ≪문예중앙≫, 1999.봄호.

한홍구, 『대한민국사』, 1권, 한겨레신문사, 2003.

[제2부 참고문헌]

고부응, 「이창래의 『원어민』-비어 있는 기표의 정체성」, ≪영어영문학≫ 48권 3호, 한국영어영문학회, 2002.

구은숙, 「여성의 몸, 국가 권력과 식민주의/민족주의 : 노라 옥자 켈러의 『종군 위안부』」, ≪영어영문학≫ 47권 2호, 한국영어영문학회, 2001.

권혁경 임진희, 「아시아계 미국문학 연구: 변방적 자아상의 표현」, ≪현대영미 소설≫, 제5권 2호, 1998.

권희영, 「러시아 민족주의의 특징」, ≪정신문화연구≫ 55호, 1994.

김미영, 「이창래 소설에 재현된 한국여성과 한국문화」, ≪어문연구≫ 34권 1호, 한국어문교육연구회, 2006.

김상률, 『차이를 넘어서』, 숙명여자대학교 출판부, 2005.

김종회 편, 『한민족 문화권의 문학』, 국학자료원, 2003.

김필영, 『소비에트 중앙아시아 고려인 문학사』, 강남대 출판부, 2004.

김현진, 「기억의 허구성과 서사적 진실」, 『기억과 망각』, 앞의 책, 216쪽.

박인찬, 「한국계 미국소설의 좌표와 문학간 소통의 모색」, ≪안과밖≫ 20호, 영 미문학회, 2006.

박진임, 「김용익의 「푸른 씨앗」에 나타난 주체 형성과 차이의 문제」, ≪미국학 논집≫, 2005/겨울.

반병률, 「한국인의 러시아이주사-연해주로의 유랑과 중앙아시아로의 강제이주」,

≪한국사시민강좌≫ 28집, 2001.

베네딕트 앤더슨, 『상상의 공동체』, 윤형숙 옮김, 2002, 나남, 27쪽.

서종택, 「향수와 페이소스의 세계, 『재외한인작가연구』, 고려대학교 한국학연구소, 2001,

스쩨빤 김, 「스탈린의 한인 강제이주와 잃어버린 모국어」, ≪역사비평≫, 1990. 봄.

양원식, 「중앙아시아 카자흐스탄 고려인들의 사회문제」, ≪재외한인연구≫ 제7호, 1998.12.

에드워드 사이드, 『문화와 제국주의』, 김성곤·정정호 옮김, 창, 1995.

유게라씸, 「재쏘조선사람들」, ≪한국과 국제정치≫, 경남대 극동문제연구소, 1990.

유선모, 『미국 소수민족 문학의 이해』, 신아사, 2001.

윤인진, 『코리안 디아스포라』, 고려대출판부, 2004.

이귀우, 「『딕테』에 나타난 탈식민적 언어와 파편적 구조」, ≪영미문학 페미니즘≫ 제8권 1호, 한국영미문학페미니즘학회, 2000.

이소희, 「종군위안부와 제스처 인생 비교 : 위안부 유령의 재현을 중심으로」, ≪인문학연구≫ 제8호, 경희대학교 인문학연구소, 2006.

이수미, 「『종군위안부』에 드러난 억압적 식민담론」, ≪미국학논집≫ 35권 2호, 한국아메리카학회, 2003.

이영옥, 「'아시아계 미국문학' 발달의 의미」, ≪영어영문학≫ 제50권 3호, 한국영어영문학회, 2004.

임선애, 「한국 이야기하기와 미국 찾아가기」, ≪한국사상과 문화≫, 2005.

임진희, 『한국계 미국 여성문학』, 태학사, 2005.

_____, 「한국계 미국문학 연구--생태미학을 통한 국가의 형상화」, ≪영어영문학≫ 49권 2호, 한국영어영문학회, 2003.

_____, 「아시아계 미국문학에 나타난 언어의 재정의를 통한 탈식민적 정체성의 추구」, ≪영어영문학≫ 제 45권 3호, 한국영어영문학회, 1999.

임채완, 「소련 한인사회의 현황과 과제」, ≪통일문제연구≫ 8집, 1991.

장태한, 『아시안 아메리칸』, 책세상, 2004.

전광식, 『고향』, 문학과지성사, 1999.

정근식·염미경, 「디아스포라, 귀환, 출현적 정체성-사할린 한인의 역사적 경험」, ≪재외한인연구≫ 9호, 2000.

정상진, 「재소련 고려인 문학의 정체성」, ≪민족발전연구≫ 6호, 2002.3.

정효구, 『재미한인문학연구』, 월인, 2003.

주돈식, 「재소 한인의 어제와 오늘」, ≪월간조선≫, 1989.12.

채수영, 「재소 교민문학의 특징」, 《문화예술》 132호, 1990.7.
최혜실, 「식민자/피식민자, 남성/여성, 부자/빈자--노라 옥자 켈러의 『종군위안
　　　부』를 중심으로」, 《여성문학연구》 제7호, 한국여성문학학회, 2002.
태혜숙, 「아시아계 디아스포라 여성의 위치에서 '몸으로 글쓰기' : 『여성전사』와
　　　『딕테』를 중심으로」, 《영미문학 페미니즘》 제11권 1호, 한국영미문
　　　학페미니즘학회, 2003.

[제3부 참고문헌]
강내희, 『공간, 육체, 권력』, 문화과학사, 1995, 122쪽.
강준만 · 권성우, 『문학권력』, 개마고원, 2001
권성우, 『비평과 권력』, 소명, 2001.
김건우, 『사상계와 1950년대 문학』, 소명, 2003.
김영화, 「김유정의 소설 연구」, 『김유정문학의 전통성과 근대성』, 한림대학교출
　　　판부, 1997.
문학과비평연구회, 『한국 문학권력의 계보』, 한국출판마케팅연구소, 2004.
박경수, 『장준하』, 돌베개, 2003.
박태순, 「민주 · 민족이념을 추구하다 쓰러진 《사상계》」, 《역사비평》, 1997
　　　년 여름호,
서준섭, 「자본주의의 화려한 옷으로 변신한 1930년대 경성거리」, 《역사비평》,
　　　1991년 여름호.
이용성, 「한국 지식인잡지의 이념에 대한 연구 : 《思想界》를 중심으로」, 한
　　　양대 박사논문, 1996.
이재선, 『현대 한국소설사』, 민음사, 1991.
정명교, 「문학상의 역사와 기능」, 『노벨문학상과 한국문학』, 월인, 2001.
한국예술종합학교 한국예술연구소 엮음, 『한국현대 예술사대계』 2, 시공사, 2000.
홍성식, 『한국 문학논쟁의 쟁점과 인식』, 월인, 2003.

저자 최강민

1966년 서울 출생. 중앙대학교 국어국문학과를 졸업한 후 2000년 2월 같은
대학 대학원에서 「한국 전후소설의 폭력성 연구」로 박사학위를 취득했다.
2002년 ≪조선일보≫ 신춘문예 문학평론이 당선 되었고, 반연간 비평전문지
≪작가와 비평≫의 편집동인으로 활약하고 있다. 현재 중앙대와 가톨릭대에
출강 중이다.

탈식민과 디아스포라 문학

초판인쇄 2009년 1월 9일
초판발행 2009년 1월 16일

저자 최강민
발행 제이앤씨
등록번호 제7-220

주소 서울시 도봉구 창동 624-1 현대홈시티 102-1206
전화 (02) 992 / 3253
팩스 (02) 991 / 1285
홈페이지 http://www.jncbook.co.kr / 제이앤씨북
전자우편 jncbook@hanmail.net
책임편집 조성희

ISBN 978-89-5668-673-8 93810   **정가** 20,000원